A Hipótese
do Amor

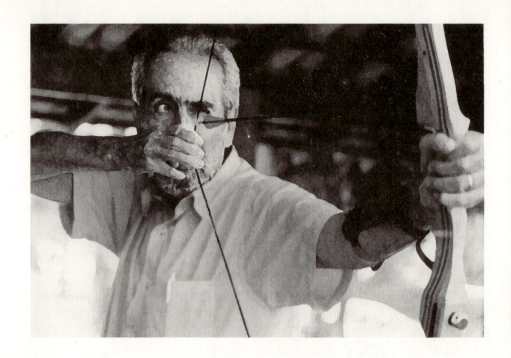

O Arqueiro

GERALDO JORDÃO PEREIRA (1938-2008) começou sua carreira aos 17 anos, quando foi trabalhar com seu pai, o célebre editor José Olympio, publicando obras marcantes como *O menino do dedo verde*, de Maurice Druon, e *Minha vida*, de Charles Chaplin.

Em 1976, fundou a Editora Salamandra com o propósito de formar uma nova geração de leitores e acabou criando um dos catálogos infantis mais premiados do Brasil. Em 1992, fugindo de sua linha editorial, lançou *Muitas vidas, muitos mestres*, de Brian Weiss, livro que deu origem à Editora Sextante.

Fã de histórias de suspense, Geraldo descobriu *O Código Da Vinci* antes mesmo de ele ser lançado nos Estados Unidos. A aposta em ficção, que não era o foco da Sextante, foi certeira: o título se transformou em um dos maiores fenômenos editoriais de todos os tempos.

Mas não foi só aos livros que se dedicou. Com seu desejo de ajudar o próximo, Geraldo desenvolveu diversos projetos sociais que se tornaram sua grande paixão.

Com a missão de publicar histórias empolgantes, tornar os livros cada vez mais acessíveis e despertar o amor pela leitura, a Editora Arqueiro é uma homenagem a esta figura extraordinária, capaz de enxergar mais além, mirar nas coisas verdadeiramente importantes e não perder o idealismo e a esperança diante dos desafios e contratempos da vida.

A Hipótese do Amor

ALI HAZELWOOD

Título original: *The Love Hypothesis*

Copyright © 2021 por Ali Hazelwood
Copyright da tradução © 2022 por Editora Arqueiro Ltda.

Publicado mediante acordo com Berkley, um selo do Penguin Publishing Group, uma divisão da Penguin Random House LLC.

Todos os direitos reservados. Nenhuma parte deste livro pode ser utilizada ou reproduzida sob quaisquer meios existentes sem autorização por escrito dos editores.

coordenação editorial: Gabriel Machado

produção editorial: Ana Sarah Maciel

tradução: Thaís Britto

preparo de originais: Melissa Lopes

revisão: Carolina Rodrigues e Rachel Rimas

diagramação: Valéria Teixeira

capa e ilustração de capa: lilithsaur

adaptação de capa: Natali Nabekura

impressão e acabamento: Lis Gráfica e Editora Ltda.

CIP-BRASIL. CATALOGAÇÃO NA PUBLICAÇÃO
SINDICATO NACIONAL DOS EDITORES DE LIVROS, RJ

H337h
    Hazelwood, Ali
        A hipótese do amor / Ali Hazelwood ; tradução Thaís Britto. - 1. ed. - São Paulo : Arqueiro, 2022.
        336 p. ; 23 cm.

        Tradução de: The love hypothesis
        ISBN 978-65-5565-330-4

        Romance italiano. I. Britto, Thaís. II. Título.

22-77393   CDD: 853
                       CDU: 82-31(450)

Meri Gleice Rodrigues de Souza - Bibliotecária - CRB-7/6439

Todos os direitos reservados no Brasil por
Editora Arqueiro Ltda.
Rua Artur de Azevedo, 1.767 – Conj. 177 – Pinheiros
05404-014 – São Paulo – SP
Tel.: (11) 2894-4987
E-mail: atendimento@editoraarqueiro.com.br
www.editoraarqueiro.com.br

Para minhas queridas mulheres nas ciências:
Kate, Caitie, Hatun e Mar.
Per aspera ad aspera.

hi·pó·te·se (substantivo)

Uma suposição ou explicação possível construída com base em evidências limitadas como um ponto de partida para mais investigações.

Exemplo: "Com base nas informações disponíveis e nos dados coletados até agora, minha hipótese é: quanto mais longe eu me mantiver do amor, melhor eu vou ficar."

Prólogo

Para dizer a verdade, Olive não estava muito decidida em relação ao doutorado.

Não porque não gostasse de ciência. (Ela gostava. Ela *amava* ciência. Era totalmente a praia dela.) O motivo também não era a enorme quantidade de sinais de alerta óbvios. Ela estava bem ciente de que se comprometer a encarar alguns anos trabalhando oitenta horas por semana, sendo mal paga e desvalorizada, talvez não fosse bom para sua saúde mental. Sabia também que as árduas noites passadas dentro de um laboratório para revelar uma porção ínfima de conhecimento banal talvez não fossem o caminho para a felicidade. E que se dedicar de corpo e alma às pesquisas acadêmicas, apenas fazendo raras pausas para roubar pãezinhos esquecidos por alguém, talvez não fosse a escolha mais sábia.

Olive já tinha refletido sobre todas essas desvantagens, mas mesmo assim nada daquilo a preocupava. Ou talvez preocupasse um pouquinho, mas ela conseguiria lidar com isso. Era outra coisa que a estava impedindo de se render e vender sua alma para o mais famoso círculo do inferno (também conhecido como programa de doutorado). Mas então ela foi chamada para uma entrevista para uma vaga no departamento de biologia de Stanford e cruzou com O Cara.

O Cara cujo nome ela nunca descobriu.

O Cara que ela conheceu depois de entrar aos tropeços, sem olhar, no primeiro banheiro que encontrou.

O Cara que perguntou:

– Só por curiosidade, tem algum motivo específico pra você estar chorando no meu banheiro?

Olive deu um gritinho. Tentou abrir os olhos em meio às lágrimas, sem muito sucesso. Seu campo visual estava completamente embaçado. Tudo que conseguiu ver foi um vulto – alguém alto, de cabelos escuros, vestido de preto e... só.

– Eu... Aqui não é o banheiro feminino? – balbuciou ela.

Uma pausa. Silêncio. E então:

– Não.

A voz dele era grave. Bem grave. Parecia vinda de um sonho.

– Tem certeza?

– Tenho.

– Absoluta?

– Sim, já que esse é o banheiro do meu laboratório.

Depois dessa, ela teve que ceder.

– Mil desculpas. Você está querendo...

Ela fez um gesto em direção às cabines, ou para onde achou que ficavam as cabines. Seus olhos ardiam, mesmo fechado, e ela os apertou ainda mais para diminuir a sensação. Tentou secar as bochechas com a manga do vestido envelope, mas o tecido era fino e meio vagabundo, nem um pouco absorvente como algodão de verdade. Ah, as maravilhas de ser pobre.

– Só preciso derramar esse reagente na pia – respondeu ele.

Mas ela não o ouviu se mexer. Talvez porque ela estivesse no meio do caminho. Ou talvez ele achasse que Olive era louca, já pensando em chamar o segurança para tirá-la dali. O sonho do doutorado terminaria de forma rápida e cruel.

– Não usamos isso aqui como banheiro, mas como um lugar para descartar resíduos e lavar os equipamentos.

– Ah, desculpe. Eu pensei...

Errado. Achou errado, como era seu costume e sua sina.

– Você está bem? – perguntou ele.

Ele devia ser bem alto. A voz parecia vir de uns três metros acima dela.

– Claro. Por quê?

– Porque você está chorando. No meu banheiro.

– Ah, não estou chorando. Bom, meio que estou, mas são só lágrimas, sabe como é.

– Não, não sei.

Ela soltou um suspiro e se recostou na parede de azulejos.

– São minhas lentes de contato. Estão vencidas há um tempinho e nunca foram muito boas mesmo. Incomodam meus olhos. Eu tirei, mas... – ela deu de ombros – ... demora um pouco pra melhorar.

– Você colocou lentes de contato vencidas?

Ele parecia pessoalmente ofendido.

– Vencidas há pouco tempo.

– O que é "pouco tempo"?

– Sei lá. Alguns anos?

– *O quê?*

Sua pronúncia era incisiva e precisa. Vigorosa. Agradável.

– Só dois ou três, eu acho.

– Só dois ou três *anos*?

– É tranquilo. Data de validade é para os fracos.

Houve um som agudo, algo como um guincho de deboche.

– Data de validade serve para eu não encontrar você chorando no meu banheiro.

A menos que aquele cara fosse o próprio Sr. Stanford, deveria parar de chamar o lugar de *seu* banheiro.

– Está tudo bem. – Ela fez um gesto de desdém com a mão. Teria revirado os olhos se não estivessem queimando. – Normalmente a ardência passa depois de alguns minutos.

– Então você já fez isso antes?

Ela franziu a testa.

– Fiz o quê?

– Usar lentes de contato vencidas.

– É óbvio. Lentes não são baratas.

– *Olhos* também não são.

Hum. Bem pensado.

– Ei, a gente já se esbarrou? – perguntou ela. – Talvez ontem à noite, no jantar de aspirantes a uma vaga no doutorado?

– Não.

– Você não estava lá?

– Não sou chegado nessas coisas.

– Nem na comida de graça?

– Não compensa o papo furado.

Que tipo de estudante de doutorado diria uma coisa daquelas? Ele devia estar de dieta, só podia. E Olive tinha *certeza* de que ele era um estudante de doutorado; o tom de voz esnobe e condescendente denunciava logo. Todos os doutorandos eram assim: achavam que eram melhores que todo mundo só porque tinham o privilégio questionável de trucidar mosquinhas-da-fruta em nome da ciência por noventa centavos por hora. No cenário sombrio e deprimente da academia, os alunos de pós-graduação estavam na base da pirâmide das criaturas e, portanto, precisavam convencer a si mesmos de que eram os melhores. Olive não era psicóloga nem nada, mas aquele parecia um caso clássico de mecanismo de defesa.

– Você vai fazer entrevista para uma vaga no programa? – perguntou ele.

– Isso. Para a turma de biologia do ano que vem. – Caramba, os olhos dela ainda ardiam muito. – E você? – indagou ela, pressionando as palmas das mãos nos olhos.

– Eu?

– Há quanto tempo está aqui?

– Aqui? – Ele fez uma pausa. – Seis anos, mais ou menos.

– Ah. Vai se formar em breve, então?

– Eu...

Ela percebeu a hesitação dele e imediatamente se sentiu culpada.

– Olha, não precisa me dizer. Primeira regra do doutorado: não pergunte a outros estudantes sobre o progresso da tese deles.

Um segundo se passou. Depois outro.

– Certo.

– Me desculpe. – Ela queria conseguir enxergá-lo. Interações sociais já eram difíceis por si só; daquele jeito, então, tinha menos informações ainda sobre como deveria agir. – Não foi minha intenção soar como seus pais no almoço de Ação de Graças.

Ele riu de leve.

– Você jamais conseguiria.

– Ah. – Ela sorriu. – Pais irritantes?

– E almoços de Ação de Graças ainda piores.

– É nisso que dá vocês, americanos, saírem da Commonwealth. Meu nome é Olive, aliás. Sim, "azeitona" em inglês.

Ela começava a se perguntar se tinha acabado de se apresentar para a pia quando o ouviu chegar mais perto. A mão que segurou a dela estava seca e quente e era tão grande que poderia ter envolvido seu punho inteiro. Tudo nele parecia ser imponente: altura, dedos, voz.

Não era de todo ruim.

– Você não é americana? – perguntou ele.

– Canadense. Olha, se você por acaso falar com alguém que está no comitê de admissões, poderia, por favor, não mencionar esse meu infortúnio com as lentes? Acho que não ia me fazer parecer uma candidata muito brilhante.

– Você *acha*? – disse ele, com frieza.

Ela o teria fuzilado com o olhar se conseguisse. Ou talvez tivesse conseguido, porque ele riu – foi um riso abafado, mas ela percebeu. E meio que gostou.

Ele soltou sua mão, e só então ela percebeu que ainda estava agarrada à mão dele. Ops.

– Está pensando em se matricular? – indagou ele.

Ela deu de ombros.

– Não sei se vou conseguir uma vaga.

No entanto, ela e a professora que a entrevistou, a Dra. Aslan, tinham se dado muito bem. Olive gaguejou e se enrolou bem menos que o normal. Além disso, seu coeficiente de rendimento e sua nota da prova para o doutorado eram quase perfeitos. Às vezes não ter vida até que servia para alguma coisa.

– Está pensando em se matricular se conseguir a vaga, então?

Ela seria idiota se não se matriculasse. Afinal, tratava-se de Stanford, um dos melhores programas de biologia. Ou ao menos era o que Olive vinha dizendo a si mesma para encobrir a verdade apavorante.

E a verdade era que ela não estava muito decidida em relação ao doutorado.

– Eu... Talvez. Admito que a linha que separa uma excelente escolha profissional de uma bela cagada na vida anda meio nebulosa.

– Parece que você está tendendo à cagada. – Pela voz dele, parecia que estava sorrindo.

– Não. Bem.... Eu só...

– O quê?

Ela mordeu o lábio.

– E se eu não for boa o suficiente? – disparou ela.

Meu Deus, por que ela estava compartilhando os mais profundos e secretos medos de seu coração com aquele cara aleatório num banheiro? E para que isso, no final das contas? Sempre que ela expunha suas dúvidas para amigos e conhecidos, todos automaticamente respondiam com as mesmas palavras vazias de encorajamento: "Você vai ficar bem", "Você consegue", "Eu acredito em você". Aquele sujeito certamente ia dizer a mesma coisa.

Estava prestes a dizer.

A qualquer momento.

– Por que você quer fazer isso? – perguntou ele.

Hein?

– Fazer... o quê?

– O doutorado. Qual é a sua motivação?

Olive pigarreou.

– Sempre tive uma mente questionadora, e o doutorado é o ambiente ideal para estimular isso. Vai me propiciar habilidades importantes...

Ele deu uma risada de deboche. Ela franziu a testa, confusa.

– O que foi? – indagou Olive.

– Esqueça essa frase que você encontrou em algum livro preparatório para entrevistas. Por que *você* quer ter um doutorado?

– Mas é verdade – insistiu ela, com menos autoconfiança. – Quero aperfeiçoar minhas habilidades de pesquisa...

– É porque você não sabe o que mais poderia fazer?

– Não.

– Porque não conseguiu um emprego no mercado?

– Não... Eu nem tentei.

– Ah.

Ele se mexeu, um vulto grande e embaçado chegando mais perto dela para derramar algo na pia. Olive sentiu cheiro de eugenol, sabão de roupa e pele masculina limpa. Uma combinação estranhamente agradável.

– Preciso de mais liberdade do que o mercado pode oferecer.

– Você não vai ter muita liberdade na academia. – Sua voz estava mais próxima, como se ele não tivesse se afastado ainda. – Vai ter que bancar seu trabalho com bolsas de pesquisa ridiculamente competitivas. Ganharia mais dinheiro num emprego de escritório que lhe permitisse cogitar ter finais de semana.

Olive fez cara feia.

– Está tentando me fazer desistir? É algum tipo de campanha contra usuários de lentes de contato vencidas?

– Não, não. – Deu para perceber que ele estava sorrindo. – Vou deixar pra lá e acreditar que foi só um lapso.

– Eu uso essas lentes *o tempo inteiro* e quase nunca...

– Numa longa lista de lapsos, evidentemente. – Ele suspirou. – O negócio é o seguinte: não tenho a menor ideia se você é boa o suficiente, mas não é isso que deveria se perguntar. O custo-benefício da vida acadêmica é muito ruim. O que importa é se a sua *motivação* para estar na academia é boa o suficiente. Enfim, por que o doutorado, Olive?

Ela pensou sobre isso, pensou e pensou mais um pouco. E então falou com cuidado:

– Eu tenho uma indagação. Uma indagação específica, de pesquisa. Algo que quero descobrir. – Pronto. Ali estava a resposta. – Algo que temo que ninguém vai descobrir se eu não fizer.

– Uma indagação?

Olive sentiu uma mudança no ar e percebeu que ele estava apoiado na pia.

– Isso. – A boca de Olive estava seca. – Algo que é importante para mim. E... Eu não confio em mais ninguém para pesquisar. Porque até agora não foi feito. Porque...

Porque algo ruim aconteceu. Porque quero fazer minha parte para que não aconteça novamente.

Eram reflexões pesadas para se fazer na presença de um estranho, na escuridão dos olhos fechados. Então, ela os abriu; a visão ainda estava embaçada, mas a ardência tinha praticamente sumido. O Cara estava olhando para ela. Com os contornos ainda meio nebulosos, mas sem dúvida *ali*, esperando pacientemente que ela continuasse.

– É importante pra mim – repetiu ela. – A pesquisa que quero fazer.

Olive tinha 23 anos e era sozinha no mundo. Não queria finais de semana nem um salário decente. Queria voltar no tempo. Queria ser menos solitária. Mas, como isso era impossível, ela se contentaria em consertar o que conseguisse.

Ele assentiu, mas não disse nada. Empertigou-se e foi andando em direção à porta. Estava indo embora.

– Minha motivação é boa o suficiente para o doutorado? – perguntou ela, e na hora detestou ter soado tão desesperada por aprovação.

Era possível que estivesse no meio de algum tipo de crise existencial.

O desconhecido parou e se voltou para ela.

– É a melhor motivação.

Ele estava sorrindo, pensou ela. Ou algo assim.

– Boa sorte na entrevista, Olive.

– Obrigada.

Ele já estava quase saindo.

– Quem sabe a gente se encontra no ano que vem – completou ela, corando um pouco. – Se eu entrar. E você ainda não tiver se formado.

– Quem sabe – disse ele.

E O Cara foi embora. E Olive nunca soube seu nome. Mas, algumas semanas depois, quando o departamento de biologia de Stanford lhe ofereceu uma vaga, ela aceitou. Sem hesitar.

Capítulo Um

~~~~~~

♥ **HIPÓTESE**: *Quando me for dada a possibilidade de escolher entre A (uma situação ligeiramente incômoda) e B (um pandemônio de grandes proporções com consequências desastrosas), eu vou acabar, inevitavelmente, optando por B.*

Dois anos e onze meses depois

Em defesa de Olive, o homem não parecia se importar tanto com o beijo.

Sim, ele levou um momento para se acostumar – o que era perfeitamente compreensível, dadas as circunstâncias repentinas. Foi um minuto constrangedor, desconfortável e um tanto doloroso, no qual Olive ao mesmo tempo pressionava os lábios contra os dele e ficava na ponta dos pés para manter a boca na mesma altura do seu rosto. Esse cara precisava ser *tão* alto?

Aquele beijo estava parecendo uma cabeçada meio desengonçada, e ela foi ficando ansiosa, achando que não ia conseguir levar a coisa toda adiante. Sua amiga Anh, que Olive tinha visto se aproximando havia alguns segundos, ia olhar aquilo e saber na mesma hora que não tinha a menor chance de Olive e o Cara do Beijo estarem no meio de um encontro romântico.

Mas então o momento angustiante passou e o beijo ficou... diferente. O homem inspirou fundo e inclinou de leve a cabeça, fazendo com que Olive deixasse de parecer um mico escalando um baobá. As mãos dele – que

15

eram grandes e quentinhas no ar-condicionado do corredor – abraçaram a cintura dela. Elas se moveram mais alguns centímetros para cima, puxando Olive para mais perto. Nem muito grudado, nem muito longe.

Na medida certa.

Estava mais para um selinho prolongado do que qualquer outra coisa, mas era gostoso, e naqueles poucos segundos Olive se esqueceu de muitas coisas, inclusive do fato de estar atracada a um homem desconhecido e aleatório. Esqueceu que mal tivera tempo de sussurrar "Posso te beijar?" antes de grudar os lábios nos dele. E apagou da mente a razão que a levara a dar aquele showzinho – a esperança de enganar Anh, sua melhor amiga.

Um beijo dos bons é mesmo capaz disso: fazer uma garota se esquecer de si mesma por um tempo. Olive já estava se aninhando naquele peito largo e firme. As mãos dela passeavam do queixo definido até os cabelos surpreendentemente fartos e macios e, então... então ela ouviu a si mesma suspirando, como se já estivesse sem fôlego, e foi aí que se deu conta, como se uma pedra tivesse caído em sua cabeça. Não. Não.

Não, não. *Não.*

Ela não deveria estar curtindo. Era um cara aleatório e tudo o mais.

Olive teve um sobressalto e se afastou dele, olhando em volta desesperadamente, à procura de Anh. Sob o brilho azulado das onze da noite no corredor do laboratório de biologia, não havia nem sinal da amiga. Estranho. Olive tinha certeza de tê-la visto alguns segundos antes.

O Cara do Beijo, por outro lado, estava parado bem na frente dela, a boca entreaberta, o peito subindo e descendo e um brilho estranho nos olhos, e foi então que ela percebeu a enormidade do que tinha acabado de fazer. Ou de *quem* ela tinha acabado de beijar...

Puta merda.

Ela estava ferrada.

Porque o Dr. Adam Carlsen era conhecido por ser um babaca.

Esse dado, por si só, não seria exatamente digno de nota. No mundo acadêmico, qualquer posição acima do nível de estudante de doutorado (o nível de Olive, infelizmente) exige algum grau de babaquice para que se consiga durar um tempo ali, e o corpo docente titular está bem no topo da pirâmide dos babacas. O Dr. Carlsen, no entanto, era um caso especial. Pelo menos se os boatos fossem verdadeiros.

Tinha sido por causa dele que Malcolm, o colega de quarto de Olive, precisou começar dois projetos de pesquisa do zero e ia provavelmente atrasar a formatura em um ano; por causa dele Jeremy vomitou de ansiedade antes do exame de qualificação. Ele fora o único culpado por metade dos alunos do departamento terem precisado adiar suas defesas de tese. Joe, que era do grupinho de amigos de Olive e a levava toda quinta à noite para assistir a filmes europeus desfocados com legendas minúsculas, tinha sido assistente de pesquisa no laboratório de Carlsen, mas resolveu desistir depois de seis meses por "motivos pessoais". Provavelmente foi melhor assim, já que a maioria dos assistentes dele que sobraram estava sempre com as mãos trêmulas e parecia não dormir havia um ano.

O Dr. Carlsen podia ter sido um jovem astro do mundo acadêmico e um prodígio da biologia, mas também era cruel e exageradamente crítico. Pelo jeito que falava e se portava, era óbvio que se considerava o único fazendo um trabalho decente no departamento de biologia de Stanford. No mundo inteiro, provavelmente. Ele tinha fama de ser um cretino temperamental, antipático e assustador.

E Olive tinha acabado de beijá-lo.

Ela não tinha certeza de quanto tempo durou aquele silêncio, apenas sabia que foi ele quem o quebrou. O cara estava parado na frente de Olive, absolutamente intimidador com aqueles olhos escuros e cabelos mais escuros ainda, olhando-a do alto – devia ter pelo menos uns quinze centímetros a mais que ela, com certeza mais de 1,80 metro. Ele fez uma careta, uma expressão que ela já tinha visto nos seminários do departamento e que normalmente precedia o momento em que ele levantava a mão e chamava atenção para alguma falha grave no trabalho que estava sendo apresentado.

"Adam Carlsen, destruidor de carreiras de pesquisadores", Olive tinha escutado sua orientadora dizer uma vez.

Está tudo bem. Tudo tranquilo. Supertranquilo. Ela ia fingir que nada tinha acontecido, acenar com a cabeça educadamente e sair de fininho dali. *Isso, um plano perfeito.*

– Você... Você acabou de me beijar?

Ele parecia confuso e talvez um pouco sem fôlego. Seus lábios estavam inchados e... Meu Deus. Não tinha a menor condição de Olive contestar o que tinha acabado de acontecer.

Ainda assim, valia a pena tentar.

– Não.

Para sua surpresa, aparentemente funcionou.

– Ah. Tudo bem, então.

Carlsen fez que sim com a cabeça e se virou, parecendo um tanto desorientado. Deu alguns passos no corredor até o bebedouro – talvez estivesse indo para lá antes daquilo tudo.

Olive começava a acreditar que fosse se safar quando ele parou e se virou para ela novamente, uma expressão incrédula no rosto.

– Tem certeza?

Droga.

– Eu... – Ela cobriu o rosto com as mãos. – Não é o que parece.

– Está bem. Eu... Está bem – repetiu ele, devagar. Sua voz era grave, baixa e soava como se ele estivesse prestes a ficar bem irritado. – O que está acontecendo aqui?

Simplesmente não havia como explicar. Uma pessoa normal teria achado a situação de Olive esquisita, mas Adam Carlsen, que obviamente considerava empatia um empecilho e não um traço de humanidade, nunca entenderia. Ela deixou as mãos penderem ao lado do corpo e respirou fundo.

– Eu... Olha, não quero ser grossa, mas isso não é da sua conta.

Ele a encarou por um instante, depois assentiu.

– Sim. É claro. – Ele devia estar retornando ao seu estado habitual, porque o tom de voz perdeu aquele ar de surpresa e voltou ao normal: seco e lacônico. – Vou então voltar pra minha sala e começar a redigir minha queixa baseada no Título IX.

Olive soltou um suspiro de alívio.

– Sim, isso seria ótimo, já que... Espera aí. Vai fazer o quê?

Ele empinou o nariz.

– Título IX é uma lei federal sobre condutas sexuais impróprias no ambiente acadêmico...

– Eu sei o que é.

– Entendi. Então você escolheu deliberadamente desrespeitar a lei.

– Eu... O quê? Não, eu não fiz isso!

Ele deu de ombros.

– Devo estar enganado, então. Alguma outra pessoa deve ter me assediado.

– Assédio... Eu não *assediei* você.

– Você me beijou.

– Mas não *de verdade*.

– Sem primeiro garantir meu consentimento.

– Eu *perguntei* se podia te beijar!

– E então você me beijou sem esperar a minha resposta.

– O quê? Você disse sim.

– Como é que é?

Ela franziu a testa.

– Eu perguntei se podia te beijar e você disse que sim.

– Errado. Você perguntou se podia me beijar e eu ri.

– Eu *tenho certeza* que ouvi você dizer sim.

Ele arqueou uma sobrancelha, e por um minuto Olive se permitiu sonhar que estava afogando alguém. O Dr. Carlsen. Ela mesma. Ambos pareciam ótimas opções.

– Olha, eu sinto muito mesmo. É uma situação estranha. Podemos só esquecer que isso aconteceu?

Ele a analisou por um bom tempo, seu rosto anguloso com uma expressão séria e algo mais, alguma coisa que ela não conseguiu interpretar porque estava muito ocupada percebendo, mais uma vez, como ele era alto e largo. Enorme. Olive sempre foi franzina, quase magra demais, mas garotas com 1,72 metro raramente se sentem pequenas. Pelo menos até estarem ao lado de Adam Carlsen. Ela já sabia que ele era alto, óbvio, de tanto vê-lo por ali no departamento ou andando pelo campus, e por pegar o elevador com ele, mas os dois nunca tinham interagido. Nunca tinham ficado assim tão próximos.

A não ser um minuto atrás, Olive. Quando você quase enfiou a língua na...

– Você está com algum problema? – perguntou ele, parecendo quase preocupado.

– O quê? Não, não estou.

– Porque – continuou ele, com calma – beijar um estranho no meio de um laboratório de ciência à meia-noite talvez seja um indício de que tem algo errado.

– Não tem.

Carlsen assentiu, pensativo.

– Pois bem. Espere receber uma notificação nos próximos dias, então.

O homem começou a se afastar, e ela se virou e gritou:

– Você nem perguntou meu nome!

– Com certeza qualquer pessoa pode descobrir, já que você passou seu crachá para entrar no laboratório depois do expediente. Tenha uma boa noite.

– Espera aí!

Ela se inclinou para a frente e segurou seu pulso. Ele parou imediatamente, embora pudesse se soltar sem qualquer esforço, e ficou olhando para o exato lugar onde os dedos dela envolviam sua pele, bem abaixo do relógio que provavelmente custava uns seis meses de sua bolsa de doutorado. Talvez o ano inteiro.

Ela o soltou e deu um passo para trás.

– Desculpe, eu não quis...

– O beijo. Explique.

Olive mordeu o lábio. Ela realmente tinha se ferrado. Precisava contar a ele.

– Anh Pham. – Ela olhou em volta para se certificar de que Anh realmente não estava ali. – A garota que estava passando na hora. Ela é aluna de doutorado no departamento de biologia.

Carlsen não deu qualquer indício de saber quem era Anh.

– Anh tem... – Olive colocou uma mecha de cabelo atrás da orelha. Era aí que a história ficava meio constrangedora, complicada e meio infantil. – Eu estava saindo com um cara do departamento, Jeremy Langley. Ele é ruivo e trabalha com o doutor... Enfim, nós saímos algumas vezes e eu o levei à festa de aniversário de Anh, e eles meio que se deram muito bem e...

Olive fechou os olhos. Aquilo provavelmente tinha sido uma má ideia, porque de repente ela estava visualizando de novo a cena: sua melhor amiga e seu ficante conversando animados na pista de boliche, como se já se conhecessem a vida inteira; os assuntos que nunca tinham fim, as risadas e, então, no fim da noite, Jeremy olhando para Anh a cada movimento que ela fazia. E a dor de saber com certeza em quem ele estava interessado.

Olive abanou com a mão e tentou sorrir.

– Para encurtar a história, quando Jeremy e eu terminamos, ele chamou Anh pra sair. Ela disse que não podia, por causa da lealdade entre amigas e tal, mas eu sei que ela gosta *mesmo* dele. Está com medo de me magoar e, por mais que eu diga que está tudo bem, ela não acredita em mim.

Sem contar o outro dia, em que eu a ouvi confessar ao nosso amigo Malcolm que ela acha Jeremy incrível, mas que nunca me trairia saindo com ele. Sua voz pareceu triste, decepcionada e insegura, nada a ver com a Anh ousada e expansiva que ela conhecia.

– Então eu menti e disse a ela que já estava saindo com outra pessoa. Porque ela é uma das minhas melhores amigas e eu nunca a tinha visto gostar tanto de um cara, e quero que ela tenha todas as coisas boas que merece, e sei que ela faria o mesmo por mim, e... – Olive percebeu que estava tagarelando e que Carlsen não dava a mínima. Parou e engoliu em seco. – Hoje à noite. Eu disse a ela que tinha um encontro *hoje à noite*.

– Ah.

A expressão dele era indecifrável.

– Mas não tenho – continuou Olive. – Então decidi vir trabalhar e fazer um experimento, mas Anh apareceu também. Não era pra ela estar aqui. Mas estava. Vinha na minha direção. E aí eu entrei em pânico. – Olive secou o rosto com a mão. – Não pensei direito.

Carlsen não disse nada, mas em seus olhos estava claro que ele pensou: "Deu pra ver."

– Eu precisava fazer ela acreditar que eu estava num encontro.

Ele fez que sim com a cabeça.

– E aí você beijou a primeira pessoa que passou no corredor. Perfeitamente lógico.

Olive fez uma careta.

– Quando você coloca dessa forma, talvez não tenha sido meu melhor momento.

– Talvez.

– Mas não foi o meu pior também! Tenho quase certeza de que Anh viu a gente. Agora ela vai achar que eu estava num encontro com você e talvez se sinta liberada pra sair com o Jeremy e... – Ela balançou a cabeça. – Olha. Eu sinto muito, muito mesmo, pelo beijo.

– Sente?

– Por favor, não me denuncie. Eu realmente achei que você tinha dito sim. Juro que não tinha a intenção de...

De repente, a enormidade do que ela acabara de fazer ficou evidente. Ela tinha beijado um cara aleatório, um cara que por acaso era a pessoa mais desagradável do departamento de biologia. Havia confundido uma risada com consentimento, praticamente o atacara no corredor, e agora ele olhava para ela de um jeito estranho e reflexivo, tão focado e próximo dela e...

Merda.

Talvez fosse o avançado da hora. Talvez fosse porque tomara seu último café dezesseis horas antes. Talvez fosse porque Adam Carlsen estava olhando para ela *daquele* jeito. De repente, a situação toda ficou insustentável para ela.

– Na verdade, você está totalmente certo. E eu lamento muito. Se você se sentiu assediado por mim, devia mesmo me denunciar, porque é justo. Eu fiz uma coisa horrível, embora não fosse minha intenção... Não que a minha intenção tenha alguma importância. É mais como foi a sua percepção de...

Merda, merda, merda.

– Vou embora agora, está bem? – anunciou ela. – Obrigada e... Eu sinto muito, muito, *muito mesmo.*

Olive deu meia-volta e saiu correndo pelo corredor.

– Olive. – Ela o ouviu chamar. – Olive, espere...

Ela não parou. Desceu correndo as escadas até o primeiro andar, depois saiu do prédio e seguiu pelas ruas mal iluminadas do campus de Stanford, passando por uma garota com um cachorro e um grupo de alunos rindo diante da biblioteca. Continuou correndo até chegar à porta de seu apartamento, parando apenas ao destrancar a porta, e avançou em linha reta até o quarto na esperança de evitar seu colega e qualquer pessoa que ele tivesse trazido para casa.

Foi só quando ela estava jogada na cama, olhando para as estrelas coladas no teto que brilhavam no escuro, que ela se deu conta de que não tinha checado seus ratos no laboratório. Ela também havia deixado o notebook na bancada e o casaco em algum lugar por lá, e também esquecera totalmente de parar no mercado para comprar café, como tinha prometido a Malcolm que faria.

Merda. Que dia desastroso.

Olive nunca percebeu que o Dr. Carlsen – conhecido por ser um babaca – a tinha chamado pelo nome.

Capítulo Dois

💜 **HIPÓTESE**: *Qualquer boato sobre a minha vida amorosa vai se espalhar numa velocidade diretamente proporcional ao meu desejo de manter o referido boato em segredo.*

Olive Smith era uma aluna em ascensão no terceiro ano do doutorado em um dos melhores departamentos de biologia do país, onde estudavam mais de uma centena de pós-graduandos e um número aparentemente infinito de graduandos. Ela não fazia ideia do tamanho exato do corpo docente, mas, a julgar pelos escaninhos da sala de fotocópias, eram muitos. Portanto, chegou à conclusão de que, se não tivera o infortúnio de interagir com Adam Carlsen por dois anos antes da Noite (haviam se passado poucos dias desde o incidente do beijo, mas Olive já sabia que pensaria na última sexta-feira como A Noite pelo resto da vida), era perfeitamente possível que conseguisse terminar o doutorado sem cruzar com ele novamente. Na verdade, tinha certeza de que Adam Carlsen não só não fazia a menor ideia de quem ela era, como também não tinha nenhuma vontade de descobrir – e já devia ter se esquecido do que acontecera.

A não ser, é claro, que ela estivesse catastroficamente errada e ele tivesse, no final das contas, prestado uma queixa com base no Título IX. Nesse caso, ela o veria de novo, no dia em que se declarasse culpada no tribunal.

Olive ponderou que podia perder tempo surtando com honorários de advogados ou pensar em questões mais urgentes, como os quinhentos slides que precisava preparar para a aula de neurobiologia que ia dar como professora assistente no semestre que começava em duas semanas. Ou o bilhete que Malcolm tinha deixado de manhã dizendo que viu uma barata correr para debaixo do armário, embora o apartamento já estivesse dedetizado. Ou a mais importante de todas: o fato de que seu projeto de pesquisa tinha chegado a um ponto crítico e ela precisava desesperadamente encontrar um laboratório maior e com mais recursos para continuar seu experimento. Caso contrário, o que poderia se tornar um estudo revolucionário e clinicamente relevante ia acabar mofando em placas de Petri empilhadas na gaveta de sua geladeira.

Olive abriu o notebook quase disposta a jogar no Google "órgãos que posso vender sem comprometer minha saúde" e "quanto dinheiro consigo por eles", mas acabou fisgada pelos vinte novos e-mails que recebera enquanto estava ocupada com seus animais no laboratório. Quase todos eram de periódicos predatórios, falsos príncipes da Nigéria e uma empresa de cosméticos cuja newsletter ela assinara seis anos antes para ganhar um batom grátis. Olive rapidamente marcou todos como lidos, ansiosa para voltar a seus experimentos, e então notou que uma das mensagens era uma resposta a algo que enviara. Uma resposta de... Ai, meus Deus. *Meu Deus.*

Clicou tão forte para abrir que quase torceu o dedo indicador.

Hoje, 15:15
DE: Tom-Benton@harvard.edu
PARA: Olive-Smith@stanford.edu
ASSUNTO: Re: Projeto de exame de detecção de câncer de pâncreas

Olive,
Seu projeto parece bom. Estarei em Stanford daqui a umas duas semanas. Vamos marcar uma conversa?

Até lá,
TB

Tom Benton, Ph.D.
Professor adjunto
Departamento de Ciências Biológicas, Universidade Harvard

O coração dela parou por um instante. E depois acelerou. Depois as batidas se reduziram a quase nada. E então ela sentiu a pulsação na pálpebra, o que não devia ser um bom indicador de saúde, mas... *Sim*. Sim! Ela tinha um interessado. Quase. Provavelmente? Talvez. Com certeza talvez. Tom Benton tinha dito "bom". Ele tinha dito que parecia "bom". Tinha que ser um *bom* sinal, não é?

Ela franziu a testa e rolou a tela para reler a mensagem que havia mandado semanas antes.

7 de junho, 08:19
DE: Olive-Smith@stanford.edu
PARA: Tom-Benton@harvard.edu
ASSUNTO: Projeto de exame de detecção de câncer de pâncreas

Dr. Benton,
Meu nome é Olive Smith e sou estudante de doutorado no departamento de biologia da Universidade Stanford. Minha pesquisa é sobre câncer de pâncreas, especificamente sobre encontrar meios de detecção acessíveis e pouco invasivos que possam levar ao tratamento precoce e ao aumento das taxas de sobrevida. Tenho trabalhado com biomarcadores de sangue, e os resultados são promissores. (Você pode ler meu trabalho preliminar no artigo revisado por pares que envio anexado. Também inscrevi descobertas mais recentes e ainda não publicadas para a conferência deste ano da Sociedade para Descobertas Biológicas; ainda não recebi resposta, mas envio o resumo em anexo.) O próximo passo seria realizar estudos adicionais para determinar a viabilidade do meu kit de testagem.

Infelizmente, meu atual laboratório (da Dra. Aysegul Aslan, que se aposenta daqui a dois anos) não tem os recursos nem o equipamento necessários para que eu avance. Ela me incentivou a buscar um laboratório maior de pesquisa em câncer, onde eu possa passar o próximo ano acadêmico coletando os dados necessários. Eu então voltaria a Stanford para analisar e escrever com base nos dados. Sou uma grande fã do trabalho que você publicou sobre câncer de pâncreas e gostaria de saber se seria possível dar continuidade ao meu trabalho no seu laboratório, em Harvard.

Se estiver interessado, será um prazer fornecer mais detalhes sobre o projeto.

Atenciosamente,
Olive

Olive Smith
Estudante de doutorado
Departamento de Biologia, Universidade Stanford

Se Tom Benton, sumidade nas pesquisas sobre câncer, fosse a Stanford e concedesse dez minutos de seu tempo a Olive, ela poderia convencê-lo a ajudá-la com os recursos necessários para sua pesquisa!

Bem... talvez.

Olive era muito melhor em efetivamente *fazer* a pesquisa do que em defender a importância do projeto para os outros. Comunicação científica e falar em público eram sem dúvida seus maiores pontos fracos. Mas ela tinha uma chance de mostrar a Benton como seus resultados eram promissores. Podia fazer uma lista dos benefícios clínicos de seu trabalho e explicar que necessitava de pouca coisa para transformá-lo num imenso sucesso. Tudo de que ela precisava era uma bancada silenciosa no canto do laboratório dele, algumas centenas de ratos e acesso ilimitado a seu microscópio eletrônico de vinte milhões de dólares. Benton não ia nem notar sua presença.

Olive foi andando em direção à copa enquanto escrevia mentalmente um discurso apaixonado dizendo que estava disposta a usar as instalações dele apenas à noite e limitar sua quantidade de oxigênio a menos de cinco respirações por minuto. Serviu uma xícara de café velho e, ao se virar, viu alguém com uma cara amarrada atrás dela.

Ela se assustou tanto que quase se queimou com o café.

– Meu Deus! – exclamou ela, levando a mão ao peito. Então respirou fundo e segurou forte sua caneca do Scooby-Doo. – Anh, que susto!

– Olive.

Era um mau sinal. Anh nunca a chamava de Olive – a não ser que estivesse lhe dando uma bronca por roer as unhas ou por jantar apenas balinhas de gelatina.

– Ei! Como foi seu...

– Naquela noite – cortou a amiga.

Droga.

– ... fim de semana?

– O Dr. Carlsen.

Droga, droga, droga.

– O que tem ele?

– Eu vi vocês dois juntos.

– Ah. Sério?

A surpresa de Olive foi muito mal dissimulada, até ela sabia disso. Talvez devesse ter feito aquelas aulas de teatro na escola em vez de praticar todos os esportes possíveis.

– É. Aqui, no departamento – confirmou Anh.

– Ah. Legal. Hum, eu não te vi, senão teria dado um oi.

Anh franziu a testa.

– Ol, eu vi você. Vi você com o Carlsen. Você sabe que eu te vi, e eu sei que você sabe que eu te vi, porque você anda me evitando.

– Não ando, não.

Anh lançou um dos seus temíveis olhares que diziam não estar para brincadeira. Provavelmente ela usava o mesmo olhar ao atuar como presidente do diretório acadêmico, ou como líder da Associação das Mulheres na Ciência de Stanford, ou como diretora de divulgação da Organização de Cientistas Negros, Indígenas e Não Brancos. Não havia briga que Anh não vencesse. Ela era destemida e impetuosa, e Olive adorava isso nela – mas não naquele momento.

– Você não respondeu nenhuma das minhas mensagens nos últimos dois dias. A gente costuma se falar toda hora.

Era verdade. Elas se falavam muitas vezes por dia. Olive transferiu a caneca para a mão esquerda sem qualquer motivo a não ser ganhar um pouco mais de tempo.

– Eu estava... ocupada.

– Ocupada? – Anh arqueou a sobrancelha. – Ocupada beijando o Carlsen?

– Ah. Ah, *aquilo*. Aquilo foi só...

Anh meneou a cabeça, como se a encorajasse a concluir a frase. Quando ficou óbvio que Olive não faria isso, Anh continuou por ela:

– Aquilo foi... Não se ofenda, Ol, mas aquele foi o beijo mais bizarro que eu já vi.

Calma. Fique calma. Ela não sabe. Ela não tem como saber.

– Duvido muito – rebateu Olive, sem muita certeza. – E aquele beijo de cabeça pra baixo do Homem-Aranha? Aquilo foi muito mais bizarro que...

– Ol, você disse que tinha um encontro naquela noite. Não está saindo com o *Carlsen*, está?

Ela fez uma cara de desgosto.

Teria sido fácil confessar a verdade. Desde que começaram o doutorado, Anh e Olive tinham feito um monte de besteiras, juntas e separadas. Olive entrando em pânico e beijando ninguém menos que Adam Carlsen poderia virar uma dessas histórias, uma da qual elas dariam risada em sua noite semanal de cerveja com marshmallow.

Ou não. Se Olive admitisse a mentira, havia a possibilidade de que Anh nunca mais confiasse nela. Ou de que nunca saísse com Jeremy. E mesmo que a ideia de ver sua melhor amiga saindo com seu ex lhe desse vontade de vomitar um pouquinho, a ideia de ver sua melhor amiga infeliz lhe dava muito mais repulsa.

A situação era simples e deprimente: Olive estava sozinha no mundo. Já estava sozinha havia muito tempo, desde o ensino médio. Vinha se convencendo a não dar muita bola para isso – tinha certeza de que muitas outras pessoas estavam sozinhas no mundo e precisavam inventar nomes e telefones para preencher seus contatos de emergência nos formulários. Ao longo da graduação e do mestrado, concentrar-se na pesquisa e na ciência tinha sido sua maneira de lidar com aquilo, e ela se sentia superdisposta a passar o resto da vida enfurnada num laboratório tendo a fiel companhia de alguns béqueres e pipetas. Até... Anh aparecer.

De certa forma, tinha sido amor à primeira vista. Primeiro dia do doutorado. Orientação da turma de biologia. Olive entrou na sala de reuniões, olhou em volta e se sentou no primeiro assento vago que enxergou, petrificada. Era a única mulher na sala, basicamente sozinha num mar de homens brancos que já conversavam sobre barcos, qualquer jogo com bola que tinha passado na TV na noite anterior e os melhores lugares para viajar de carro. *Cometi um erro terrível*, pensou. *O Cara do banheiro estava errado. Eu nunca devia ter vindo para cá. Nunca vou me adaptar.*

E então uma garota com cabelos cacheados escuros e um belo rosto redondo se jogou na cadeira ao lado dela e murmurou:

– Esse é o compromisso dos programas de doutorado em ciência com a inclusão, certo?

E foi nesse momento que tudo mudou.

Elas podiam ter sido apenas aliadas. Sendo as únicas duas pessoas que não eram homens brancos cisgênero naquele ano, podiam se ajudar apenas quando alguma reclamação fosse necessária e ignorar uma à outra no resto do tempo. Olive tinha um monte de amigos assim; todos eles, na verdade, eram conhecidos circunstanciais em quem ela pensava com carinho, mas raramente.

Anh, no entanto, tinha sido diferente desde o início. Talvez porque elas tivessem descoberto de cara que ambas amavam passar as noites de sábado comendo guloseimas e assistindo a comédias românticas até dormir. Talvez porque ela insistira em carregar Olive para todo e qualquer grupo de "mulheres nas áreas STEM" do campus, que incluíam as áreas de ciências, tecnologia, engenharia e matemática. Talvez porque deslumbrara todo mundo com seus comentários certeiros. Talvez porque tivesse aberto o coração para Olive e explicado como tinha sido difícil para ela chegar ali. Contou que seus irmãos mais velhos a ridicularizavam e a chamavam de nerd por gostar tanto de matemática – numa idade em que ser nerd não estava na moda. Que o professor de física perguntou se ela estava na turma errada no primeiro dia do semestre. E que, apesar de suas notas e sua experiência de pesquisa, até mesmo seu orientador acadêmico pareceu descrente quando ela decidiu fazer faculdade na área de ciência.

Olive, cuja trajetória até o doutorado tinha sido complicada, mas nem tanto, ficou perplexa. E depois furiosa. E então completamente embasbacada quando compreendeu que Anh tinha conseguido transformar aquela insegurança em impetuosidade.

E, por alguma razão inimaginável, Anh parecia gostar de Olive também. Quando o dinheiro de Olive não durava até o fim do mês, Anh compartilhava seu macarrão instantâneo. Quando o computador de Olive pifou e ela não tinha cópia de nada, Anh ficou acordada a noite inteira ajudando-a a reescrever seu artigo sobre cristalografia. Quando Olive não tinha para onde ir nos feriados, Anh levava a amiga para sua casa, no Michigan, onde sua família enorme a entupia de comidas deliciosas e ela ouvia todo mundo falando vietnamita. Quando Olive achou que era burra demais para o programa de doutorado e pensou em desistir, Anh a convenceu do contrário.

No dia em que Olive conheceu Anh e seu olhar de deboche, nasceu uma amizade que mudou sua vida. Aos poucos, elas começaram a incluir Malcolm e viraram uma espécie de trio, mas Anh... Anh era a *pessoa favorita dela*. Parte da família. Olive nem achava que isso fosse possível para alguém como ela.

Anh raramente pedia algo para si mesma, e, ainda que fossem amigas havia mais de dois anos, Olive nunca a tinha visto demonstrar interesse em alguém – até conhecer Jeremy. Fingir que estava num encontro com Carlsen era o mínimo que Olive podia fazer para garantir a felicidade da amiga.

Então ela se preparou, sorriu e tentou manter o tom de voz o mais neutro possível.

– Como assim?

– A gente conversa o tempo todo, todo dia, e você nunca tinha falado sobre o Carlsen. Minha melhor amiga aparentemente está saindo com o professor que é o astro do departamento e eu não sei de nada? Você sabe da fama dele, não sabe? Isso é alguma pegadinha? Você está com um tumor no cérebro? *Eu* estou com um tumor no cérebro?

Era isso que acontecia quando Olive mentia: ela acabava precisando contar mais mentiras para disfarçar a primeira e era péssima nisso; assim, cada mentira ficava ainda pior e menos convincente que a anterior.

Ela não conseguiria enganar Anh. Não conseguiria enganar *ninguém*. Anh ia ficar com raiva, e então Jeremy ia ficar com raiva, e depois Malcolm também, e então Olive ficaria completamente sozinha. O coração partido a faria abandonar o doutorado. Ia perder seu visto e sua única fonte de renda e voltar para o Canadá, onde nevava o tempo inteiro, as pessoas comiam coração de alce e...

– Oi.

A voz, grave e serena, vinha de algum lugar atrás de Olive, mas ela não precisava se virar para saber que era Carlsen. Assim como não precisava se virar para saber que aquele peso quente e repentino em seu corpo, uma pressão firme mas suave bem no meio da sua lombar, era a mão de Carlsen. Uns cinco centímetros acima da sua bunda.

Deus do céu.

Olive virou o pescoço e olhou para cima. Mais para cima. Mais para cima. Um pouquinho mais para cima. Ela não era uma mulher baixa, mas ele era *gigante*.

– Ah. Hum, oi.

– Está tudo bem? – disse ele, olhando nos olhos dela com um tom de voz baixo e íntimo.

Como se estivessem sozinhos. Como se Anh não estivesse ali.

Ele falou de um jeito que deveria ter deixado Olive desconfortável, mas não deixou. Por alguma razão inexplicável, a presença dele ali a acalmou, mesmo que ela estivesse surtando poucos segundos atrás.

Será que dois tipos diferentes de incômodo neutralizavam um ao outro? Parecia um tópico de pesquisa fascinante. Valia a pena explorar. Talvez Olive devesse abandonar a biologia e mudar para psicologia. Talvez devesse pedir desculpas, sair dali e pesquisar a literatura a respeito. Talvez devesse sumir de vez para evitar aquela situação totalmente descabida em que havia se colocado.

– Sim. Sim, está tudo ótimo. Anh e eu estávamos só... conversando. Sobre o final de semana.

Carlsen olhou para Anh como se enfim tivesse percebido sua presença. Ele a cumprimentou com um daqueles breves acenos de cabeça que os homens costumam usar. Sua mão desceu um pouco mais nas costas de Olive, e Anh arregalou os olhos.

– Prazer em te conhecer, Anh. Já ouvi falar muito de você – disse Carlsen.

Ele era bom naquela encenação, Olive precisava admitir. Porque ela tinha certeza de que, pelo ângulo em que Anh estava, parecia que ele estava apalpando sua bunda. Mas não estava. Olive mal sentia sua mão encostando nela.

Só um pouquinho, talvez. A pressão de leve, o toque quente e...

– Igualmente. – Anh parecia atordoada. Como se estivesse prestes a desmaiar. – Hum, eu já estava indo embora. Ol, vou te mandar uma mensagem quando... Beleza?

Ela saiu da copa antes que a amiga pudesse responder, o que foi ótimo, porque Olive não precisou inventar mais mentiras. Mas também um pouco ruim, porque agora estava ali sozinha com Carlsen. E eles estavam muito próximos.

Foi Carlsen quem se afastou primeiro. O suficiente para dar a ela o espaço de que precisava, e um pouco mais.

– Está tudo bem? – perguntou ele novamente.

Seu tom de voz ainda era suave. Não era o que Olive esperava dele.

– Sim. Sim, eu só... – Olive balançou a mão. – Obrigada.

– De nada.

– Você ouviu o que ela disse? Sobre sexta-feira e...

– Ouvi. Foi por isso que eu...

Carlsen olhou para ela e depois para a própria mão, aquela que estava esquentando as costas de Olive havia alguns segundos, e ela entendeu imediatamente.

– Obrigada – repetiu ela. Porque Adam Carlsen era conhecido por ser um babaca, mas Olive estava bastante agradecida a ele naquele momento. – Ah, e eu percebi que nenhum agente do FBI bateu na minha porta pra me prender nas últimas 72 horas.

O canto da boca de Carlsen se moveu bem de leve. Quase nada.

– É mesmo?

Olive assentiu.

– O que me leva a crer que talvez você não tenha feito uma queixa. Embora fosse seu direito. Então, obrigada. Por isso. E... e por intervir agora. Você me tirou de uma encrenca.

Carlsen a encarou por um bom tempo, e de repente sua expressão era a mesma que fazia nos seminários quando as pessoas confundiam teoria e hipótese ou admitiam ter usado análise de caso completo em vez de imputação pela média.

– Você não deveria precisar da intervenção de alguém.

Olive ficou rígida. Ali estava. *Conhecido por ser um babaca.*

– Bem, eu não pedi que você fizesse alguma coisa. Eu ia resolver...

– E não deveria precisar mentir sobre seus relacionamentos – continuou ele. – Muito menos para que sua amiga e seu namorado possam ficar juntos sem sentir culpa. Não é assim que a amizade funciona, que eu saiba.

Ah. Então ele realmente estava ouvindo quando Olive vomitou toda a história em cima dele.

– Não é isso. – Ele arqueou uma sobrancelha e Olive levantou a mão para se defender. – Jeremy não era exatamente meu namorado. E Anh não me pediu nada. Eu não sou a vítima aqui, eu só... quero que minha amiga seja feliz.

– Mentindo pra ela – completou ele, sarcástico.

– Bem, sim, mas... Ela acha que estamos saindo, eu e você – confessou Olive.

Meu Deus, as consequências eram ridículas demais para suportar.

– Não era essa a ideia?

– Era. – Ela concordou com a cabeça, então se lembrou do café em sua mão e bebeu um gole. Ainda estava morno. A conversa com Anh não devia ter durado mais que cinco minutos. – É, acho que era. Aliás, meu nome é Olive Smith. Caso você ainda esteja interessado em prestar aquela queixa. Sou estudante de doutorado no laboratório da Dra. Aslan...

– Eu sei quem você é.

– Ah.

Talvez ele tivesse pesquisado sobre ela, afinal. Olive tentou imaginá-lo analisando as fichas dos atuais doutorandos no site do departamento. A foto de Olive tinha sido tirada pela secretária no terceiro dia de aula, bem antes de ela ter se dado conta de onde exatamente havia se metido. Havia feito um esforço para parecer bonita: escovou os cabelos castanhos ondulados, colocou rímel para ressaltar o verde dos olhos, até tentou esconder as sardas com uma base que pegou emprestada. Aquilo tinha sido antes de ela perceber como o ambiente acadêmico podia ser cruel e brutal. Antes de seu sentimento de inadequação, antes do medo constante de, mesmo sendo boa em pesquisa, talvez nunca conseguir realmente ser uma acadêmica. Ela estava sorrindo. Um sorriso verdadeiro.

– Eu sou Adam. Carlsen. Faço parte do corpo docente no...

Ela riu na cara dele. E depois se arrependeu imediatamente ao perceber a expressão confusa em seu rosto, como se ele de fato achasse que Olive não sabia quem ele era. Como se não tivesse noção de que era um dos pesquisadores mais proeminentes do campo de pesquisa deles. A modéstia não combinava com Adam Carlsen. Olive pigarreou.

– Certo. É... Eu também sei quem você é, Dr. Carlsen.

– Acho que devia me chamar de Adam.

– Ah. Ah, não.

Isso seria muito... Não. O departamento não funcionava assim. Alunos não deveriam chamar os professores pelo primeiro nome.

– Eu não poderia... – continuou ela.

– Se por acaso Anh estiver por perto.

– Ah. É. – Fazia sentido. – Obrigada. Eu não tinha pensado nisso.

Não tinha pensado em nada, na verdade. Com certeza o cérebro dela havia parado de funcionar três dias antes, quando decidira que beijá-lo para salvar a própria pele era uma boa ideia.

– Se você não vê problema, tudo bem – comentou Olive. – Eu vou para casa, porque essa coisa toda foi muito estressante e....

Eu ia fazer um experimento, mas o que preciso mesmo é me sentar no sofá e assistir a American Ninja Warrior *por 45 minutos enquanto como um pacote de Doritos sabor Cool Ranch.*

Ele assentiu.

– Eu acompanho você até o carro.

– Não estou *tão* perturbada assim.

– Caso Anh ainda esteja por perto.

– Ah.

Era uma oferta gentil. Surpreendentemente gentil. Em especial porque vinha de Adam "Sou Bom Demais para Esse Departamento" Carlsen. Olive sabia que ele era um escroto, então não entendia muito bem por que naquele dia ele... não parecia ser. Talvez a culpa fosse de seu próprio comportamento absurdo, que fazia qualquer um parecer legal em comparação.

– Obrigada, mas não precisa.

Dava para notar que ele não queria insistir, mas que não conseguiu se conter.

– Eu me sentiria melhor se me deixasse ir com você até o carro.

– Eu não tenho carro.

Sou uma doutoranda morando em Stanford, na Califórnia. Ganho menos de trinta mil dólares por ano. Meu aluguel consome dois terços do meu salário. Estou usando as mesmas lentes de contato desde maio e vou a todos os seminários que servem lanche pra economizar com comida, ela não fez questão de acrescentar. Não fazia ideia da idade de Carlsen, mas não era possível que ele já tivesse esquecido como era ser estudante.

– Você pega o ônibus?

– Vou de bicicleta. E minha bicicleta está bem na entrada do prédio.

Ele abriu a boca, depois fechou. E então abriu de novo.

Você beijou essa boca, Olive. E o beijo foi bom.

– Não tem ciclovia aqui.

Ela deu de ombros.

– Gosto de viver perigosamente. – Viver *do jeito mais barato*, era o que ela queria dizer. – E eu tenho capacete.

Ela se virou para colocar a caneca na primeira superfície que encontrou. Guardaria depois. Ou não, caso alguém roubasse. Quem se importava? De qualquer forma, tinha herdado aquela de um aluno do pós-doutorado que largara a vida acadêmica para virar DJ. Pela segunda vez em menos de uma semana, Carlsen a tinha salvado. Pela segunda vez, ela não suportava ficar ao lado dele por nem mais um minuto.

– Vejo você por aí, beleza?

Ele respirou fundo e seu peito estufou.

– É. Beleza.

Olive saiu da copa o mais rápido possível.

<hr>

– É uma pegadinha? Deve ser pegadinha. Estou sendo filmada? Onde estão as câmeras escondidas? Pra onde eu olho?

– Não é pegadinha. Não tem nenhuma câmera. – Olive ajeitou a alça da mochila no ombro e deu um passo para o lado a fim de evitar ser atropelada por um estudante num patinete elétrico. – Mas, agora que comentou, você está linda. Ainda mais porque são só sete e meia da manhã.

Anh não ficou corada de vergonha, mas foi quase isso.

– Ontem à noite eu usei uma daquelas máscaras faciais que você e Malcolm me deram de aniversário. Aquela que te deixa com cara de panda, sabe? E comprei um novo protetor solar que teoricamente dá um pouco de brilho. E coloquei rímel – acrescentou ela, depressa.

Olive poderia perguntar por que ela tinha feito aquele esforço para ficar bonita numa manhã de terça qualquer, mas já sabia a resposta: os laboratórios de Anh e Jeremy ficavam no mesmo andar e, ainda que o departamento de biologia fosse grande, encontros ao acaso eram sempre possíveis.

Ela escondeu um sorriso. Por mais estranha que parecesse a ideia de ver sua amiga namorando seu ex, estava feliz por Anh começar a considerar Jeremy uma possibilidade amorosa. Mais do que isso, era legal perceber que a indignidade que Olive tinha cometido com Carlsen na Noite valera a pena. Essa novidade, somada ao e-mail promissor de Tom Benton sobre seu projeto de pesquisa, fazia Olive pensar que as coisas finalmente estavam progredindo.

– Está bem. – Anh mordeu o lábio, parecendo muito concentrada. – Então não é pegadinha. Isso significa que tem alguma outra explicação. Deixa eu pensar.

– Não tem explicação nenhuma. A gente só...

– Ai, meu Deus, você está tentando conseguir cidadania? Eles vão te deportar pro Canadá porque nós usamos a senha da Netflix do Malcolm? Diz que a gente não sabia que era crime federal. Não, espera, não diz nada antes de arranjarmos um advogado. E, Ol, eu caso com você. Você consegue um *green card* e não precisa...

– Anh. – Olive apertou a mão da amiga com força para fazê-la calar a boca. – Não vou ser deportada, juro. Apenas tive um encontro com Carlsen.

Anh franziu a testa, arrastou Olive para um banco e a forçou a se sentar. Olive cedeu e disse a si mesma que, se estivesse no lugar dela, se houvesse pegado Anh beijando Adam Carlsen, provavelmente teria a mesma reação. Caramba, provavelmente ela estaria marcando uma avaliação psiquiátrica completa para Anh.

– Escuta – começou a amiga. – Você se lembra daquela vez ano passado em que segurei seu cabelo enquanto você vomitava loucamente os dois quilos de camarão estragado que comeu na festa de aposentadoria do Dr. Park?

– Ah, lógico, lembro. – Olive inclinou a cabeça, pensativa. – Você comeu mais do que eu e nem passou mal.

– Porque eu tenho estômago de avestruz, mas não é disso que quero falar. A questão é: eu estou aqui do seu lado, sempre estarei, não importa o que aconteça. Não importa quantos quilos de camarão estragado você vomitar, pode confiar em mim. Nós somos uma equipe, eu e você. E Malcolm, quando ele não está ocupado transando com toda a população de Stanford. Então, se Carlsen for um extraterrestre disfarçado com um plano pra invadir a Terra que consiste em toda a humanidade ser escravizada por mestres malignos em forma de cigarra, e a única maneira de impedi-lo é saindo com ele, você pode me contar, e eu vou informar à Nasa e...

– Pelo amor de Deus. – Olive não conseguiu conter o riso. – Foi só um encontro!

Anh parecia aflita.

– Eu simplesmente não entendo.

Porque não faz sentido.

– Eu sei, mas não tem nada pra entender. Foi só... Nós tivemos um encontro.

– Mas... Por quê? Ol, você é linda, inteligente, divertida, tem muito bom gosto pra meias... Por que sairia com Adam Carlsen?

Olive coçou o nariz.

– Por que ele é... – Foi um custo para ela dizer aquela palavra. Ah, e como. Mas ela tinha que dizer. – Legal.

– Legal?

As sobrancelhas de Anh se ergueram tanto que quase se juntaram ao cabelo.

Ela está mesmo muito bonitinha hoje, pensou Olive, satisfeita.

– Adam "Babaca" Carlsen?

– Bem, sim. Ele é... – Olive olhou em volta, como se alguma resposta fosse vir dos carvalhos ou dos estudantes de graduação correndo para a aula. Quando ficou evidente que isso não aconteceria, ela completou: – Ele é um babaca *legal*, acho.

A expressão de Anh era de incredulidade total.

– Então você trocou alguém legal como o Jeremy por Adam Carlsen.

Perfeito. Era exatamente a brecha que Olive queria.

– Isso. E estou satisfeita, porque nunca gostei muito do Jeremy mesmo. – Finalmente alguma verdade naquela conversa. – Não foi muito difícil seguir em frente, pra ser sincera. E é por isso que, por favor, Anh, acabe com o sofrimento desse menino. Ele merece e, acima de tudo, *você* merece.

Aposto que ele está no campus hoje. Que tal chamá-lo pra ir naquele festival de filmes de terror com você, assim não preciso ir e dormir com as luzes acesas pelos próximos seis meses.

Dessa vez, Anh ficou realmente corada de vergonha. Ela olhou para baixo na direção das mãos, mexeu nas unhas e então passou a mão na bainha do short antes de dizer:

– Não sei. Talvez. Se você realmente acha que...

Um alarme tocou no bolso de Anh, e ela se ajeitou para pegar o celular.

– Droga, tenho uma mentoria de Diversidade em STEM e depois preciso fazer duas análises. – Ela se levantou e pegou a mochila. – Quer me encontrar pro almoço?

– Não posso. Tenho uma reunião dos professores assistentes. – Olive abriu um sorriso. – Mas talvez Jeremy esteja livre.

Anh revirou os olhos, mas os cantos de sua boca se curvaram. Aquilo deixou Olive mais do que feliz. Tão feliz que nem mandou Anh se catar quando ela deu meia-volta e perguntou:

– Ele está te chantageando?

– Hein?

– Carlsen. Está te chantageando? Ele descobriu que você é uma aberração e faz xixi no banho?

– Em primeiro lugar, é uma economia de tempo. – Olive sorriu. – Em segundo, acho estranhamente lisonjeiro você achar que Carlsen faria esses esforços ridículos para me fazer sair com ele.

– Qualquer um faria, Ol, porque você é maravilhosa. – Anh fez cara de nojo antes de completar: – Menos quando está fazendo xixi no banho.

<hr>

Jeremy estava agindo de um jeito estranho – o que não significava muita coisa, porque Jeremy sempre fora um tanto esquisito, e ter acabado de romper com Olive para sair com sua melhor amiga não o deixaria mais "normal". Só que naquele dia ele parecia mais bizarro que o habitual. Chegou à cafeteria do campus algumas horas depois da conversa entre Olive e Anh e ficou encarando Olive por dois minutos. Depois três. E então cinco. Ele nunca tinha dedicado tanta atenção a ela, nem mesmo durante os encontros.

Quando a situação beirava o ridículo, Olive ergueu os olhos do notebook e acenou para ele. Jeremy enrubesceu, pegou seu latte no balcão e se sentou a uma mesa. Olive voltou a ler seu e-mail de três linhas pela centésima vez.

Hoje, 10:12
DE: Olive-Smith@stanford.edu
PARA: Tom-Benton@harvard.edu
ASSUNTO: Re: Projeto de exame de detecção de
câncer de pâncreas

Dr. Benton,
Obrigada pela resposta. Conversar pessoalmente seria fantástico. Quando você estará em Stanford? Veja, por favor, o dia e horário mais conveniente para nos encontramos.

Atenciosamente,
Olive

Menos de vinte minutos depois, um aluno do quarto ano que trabalhava com o Dr. Holden Rodrigues na farmacologia chegou e se sentou à mesa de Jeremy. Os dois imediatamente começaram a cochichar e apontar para Olive. Em qualquer outro dia ela teria ficado preocupada e um tanto irritada, mas o Dr. Benton já tinha respondido ao e-mail, o que era mais importante do que... do que qualquer coisa, na verdade.

Hoje, 10:26
DE: Tom-Benton@harvard.edu
PARA: Olive-Smith@stanford.edu
ASSUNTO: Re: Projeto de exame de detecção de
câncer de pâncreas

Olive,
Estou tirando um semestre sabático de Harvard, então ficarei vários dias aí. Um parceiro de Stanford e eu acabamos de receber uma grande

bolsa de pesquisa, então vamos nos encontrar para falar sobre os preparativos, etc. Tudo bem se a gente decidir quando eu estiver aí?

Até logo,
TB

Enviado do meu iPhone

Oba! Ela teria vários dias para convencê-lo a abraçar seu projeto, o que era bem melhor que os dez minutos que tinha previsto. Olive deu um soquinho no ar em comemoração, fazendo Jeremy e o amigo olharem para ela de um jeito ainda mais estranho. O que estava acontecendo com eles, afinal? Será que estava com pasta de dente na cara ou algo assim? Quem se importava? Ela ia se encontrar com Tom Benton e convencê-lo a aceitá-la. *Câncer de pâncreas, aí vou eu.*

Ela estava de excelente humor até duas horas depois, quando entrou na reunião dos professores assistentes de biologia e de repente a sala toda ficou em silêncio. Uns quinze pares de olhos estavam fixados nela; não era uma reação a que estivesse acostumada.

– Hum... Tudo bem?

Algumas pessoas a cumprimentaram. A maioria desviou o olhar. Olive disse a si mesma que estava imaginando coisas. *Deve ser minha glicose baixa. Ou alta. Uma das duas opções.*

– Oi, Olive. – Um aluno do sétimo ano que nunca tinha demonstrado saber de sua existência tirou a mochila da cadeira ao lado para que ela se sentasse. – Como você está?

– Bem. – Ela se sentou com cuidado, tentando não parecer tão desconfiada. – E você?

– Ótimo.

Havia algo de peculiar naquele sorriso. Algo malicioso e falso. Olive pensou em perguntar o que estava acontecendo, mas o chefe dos professores assistentes ligou o projetor e começou a reunião.

Depois daquilo, as coisas ficaram ainda mais estranhas. A Dra. Aslan passou no laboratório apenas para perguntar a Olive se ela queria conversar sobre algum assunto; Chase, um aluno do mesmo laboratório, a deixou usar o termociclador primeiro, embora normalmente se apropriasse dele como uma criança com seu último doce do Halloween; o gestor do laboratório *deu uma piscadinha* para Olive enquanto lhe entregava uma resma de papel para a impressora. E então ela encontrou Malcolm no banheiro unissex, totalmente por acaso, e tudo começou a fazer sentido.

– Sua monstrinha sorrateira – sibilou ele. Seus olhos escuros estavam tão apertados que era quase cômico. – Te mandei mensagem o dia inteiro.

– Ah. – Olive passou a mão no bolso de trás da calça jeans, depois no da frente, tentando se lembrar da última vez que tinha visto o celular. – Acho que deixei o celular em casa.

– Eu não acredito.

– Não acredita em quê?

– Não acredito em *você*.

– Não sei do que está falando.

– Achei que a gente fosse amigo.

– Mas nós somos.

– Bons amigos.

– Mas nós somos. Você e Anh são meus melhores amigos. O que...

– Pelo visto não, já que eu tive que saber pela Stella, que soube pela Jess, que soube pelo Jeremy, que soube pela Anh...

– Soube o quê?

– ... que soube por não sei quem. E eu achei que a gente fosse amigo.

Um arrepio começou a subir pela coluna de Olive. Será que... Não. Não, não podia ser.

– Soube o quê?

– Pra mim chega. Vou deixar as baratas te comerem. E vou trocar minha senha da Netflix.

Ah, não.

– Malcolm, soube o quê?

– Que você está saindo com *Adam Carlsen*.

~~~~~~~

Olive nunca tinha ido ao laboratório de Carlsen, mas sabia onde encontrá-lo. Era o maior e mais funcional espaço de pesquisa do departamento, cobiçado por todos e fonte inesgotável de ressentimento em relação a Carlsen. Ela teve que passar o crachá uma vez e depois uma segunda vez para entrar (revirou os olhos nas duas ocasiões). A segunda porta se abria diretamente para o espaço do laboratório, e talvez porque ele fosse tão alto quanto o monte Everest – e seus ombros fossem igualmente largos –, Carlsen foi a primeira coisa que ela viu. Ele examinava um experimento ao lado de Alex, um aluno que estava um ano à frente de Olive, mas se virou para a porta no momento em que ela entrou.

Olive sorriu de leve para ele, principalmente pelo alívio de tê-lo encontrado.

Ia ficar tudo bem. Ela ia explicar o que Malcolm tinha contado, ele sem dúvida consideraria aquela situação absolutamente inaceitável e resolveria tudo pelos dois, porque Olive *não* podia passar os próximos três anos rodeada de gente que achava que ela estava saindo com a porcaria do Adam Carlsen.

O problema é que Carlsen não foi o único a notar a presença de Olive. Havia mais de uma dúzia de bancadas no laboratório com pelo menos dez pessoas. A maioria delas – *todas elas* – olhava para Olive. Provavelmente porque a maioria delas – *todas elas* – tinha ouvido falar que Olive estava saindo com o chefe delas.

Puta merda.

– Posso falar com você um minutinho, Dr. Carlsen?

Racionalmente, Olive sabia que a estrutura do laboratório não provocava nenhum eco. Ainda assim, ela sentiu como se suas palavras tivessem ricocheteado nas paredes e se repetido pelo menos quatro vezes.

Carlsen assentiu, meio desconcertado, e entregou o experimento para Alex antes de caminhar na direção dela. Parecia não ter se dado conta, ou não ligar, que dois terços dos membros de seu laboratório olhavam para ele, embasbacados. O terço que sobrou parecia prestes a ter um AVC.

Carlsen levou Olive até uma sala de reuniões ao lado do espaço principal do laboratório e ela o seguiu, em silêncio, tentando não pensar muito na ideia de que um laboratório cheio de gente que achava que os dois estavam saindo tinha acabado de vê-los entrar num lugar reservado. Sozinhos.

Aquilo era muito ruim. A pior situação possível.

– Todo mundo sabe – despejou ela assim que a porta se fechou.

Ele a analisou por um momento, parecendo confuso.

– Você está bem?

– Todo mundo sabe. Sobre nós.

Ele inclinou a cabeça e cruzou os braços. Mal havia passado um dia desde que eles se falaram pela última vez, mas pelo visto tinha sido o suficiente para que Olive se esquecesse da... presença dele, ou seja lá o que fosse aquilo que a fazia se sentir pequena e delicada quando ele estava por perto.

– Nós?

– Nós.

Ele parecia perdido, então Olive explicou.

– Nós, saindo. Não que a gente esteja saindo, mas Anh realmente achou que estávamos, e ela contou... – Ela percebeu que as palavras estavam se atropelando, então diminuiu o ritmo: – Pro Jeremy. E ele contou pra todo mundo, e agora todo mundo sabe. Ou eles acham que sabem, embora não haja absolutamente *nada* pra saber. Como você e eu sabemos.

Ele parou um pouco para assimilar aquilo e depois assentiu, devagar.

– E quando você diz todo mundo...?

– Eu quero dizer *todo mundo*. – Ela apontou na direção do laboratório. – Esse pessoal aí? Eles sabem. Os outros alunos do doutorado? Eles sabem. Cherie, a secretária do departamento? Com certeza ela sabe. A fofoca nesse departamento é um horror. E todos eles acham que estou saindo com um *professor*.

– Entendo – disse ele, estranhamente despreocupado no meio daquele desastre.

A postura dele devia ter deixado Olive mais calma, mas acabou aumentando seu pânico.

– Sinto muito por isso. Sinto muito *mesmo*. É tudo culpa minha. – Ela passou a mão no rosto. – Mas eu não achei que... Eu entendo por que Anh contaria pro Jeremy. Afinal, juntar os dois foi o motivo de toda essa confusão. Mas... por que Jeremy contaria pra todo mundo?

Carlsen deu de ombros.

– Por que não contaria?

Ela o encarou.

– Como assim?

– Uma aluna do doutorado saindo com um professor parece uma informação interessante pra compartilhar.

Olive negou com a cabeça.

– Não é tão interessante assim. Por que as pessoas estariam tão interessadas?

Ele ergueu uma sobrancelha.

– Alguém me disse uma vez que a fofoca nesse departamento é um horr...

– Ok, ok. Entendi.

Ela respirou fundo e começou a andar de um lado para outro, tentando ignorar a forma como Carlsen a examinava, como ele estava relaxado, apoiando o corpo na mesa de reuniões, os braços cruzados. Não era para ele estar calmo. Era para ele estar irado. Ele tinha fama de escroto e arrogante; as pessoas pensarem que ele estava saindo com um ser insignificante deveria ser algo constrangedor para ele. Olive não deveria estar surtando sozinha.

– Isso é... Temos que fazer alguma coisa, é claro. Precisamos dizer às pessoas que isso não é verdade e que inventamos tudo. Só que vão achar que eu sou louca, e talvez que você seja louco também, então precisamos bolar outra história. Ah, já sei: podemos dizer às pessoas que não estamos mais juntos e...

– E o que Anh e o fulano de tal vão fazer?

Olive parou de andar.

– Hein?

– Seus amigos não vão desistir de namorar se souberem que não estamos juntos? Ou que você mentiu pra eles?

Ela não tinha pensado nisso.

– Eu... Talvez. Talvez, mas...

Anh parecia estar feliz. Talvez ela já tivesse convidado Jeremy para ir ao festival de cinema, logo depois de contar a ele sobre Olive e Carlsen. Que desgraçada. Mas era exatamente isso que Olive queria.

– Vai contar a verdade pra ela?

Olive deixou escapar um grunhido de pânico.

– Não posso. Pelo menos não *agora*.

Meu Deus, por que Olive resolvera sair com Jeremy? Ela nem estava a fim dele. Sim, claro que o sotaque irlandês e o cabelo ruivo eram bonitinhos, mas não valiam todo aquele drama.

– Talvez a gente possa dizer às pessoas que eu terminei com você, que tal? – perguntou ela.

– Isso vai pegar muito bem – respondeu o Dr. Carlsen, sem expressar qualquer emoção.

Ela não conseguiu definir se ele estava brincando ou não.

– Está bem. Podemos dizer que você terminou comigo.

– Porque isso seria convincente – disse ele, secamente, em voz baixa.

Olive não tinha certeza de que tinha escutado certo nem entendeu o que ele quis dizer, mas estava começando a ficar irritada. Tudo bem, foi ela quem o beijou primeiro, mas as atitudes dele na copa no dia anterior também não haviam ajudado em nada. Ele podia pelo menos demonstrar alguma preocupação. Não era possível que estivesse tranquilo com o fato de todo mundo achar que estava a fim de uma garota qualquer com apenas uma publicação e meia no currículo (sim, aquele artigo que ela tinha revisado e submetido novamente três semanas atrás contava como "meio").

– E se a gente disser às pessoas que o término foi de comum acordo?

Ele fez que sim com a cabeça.

– Parece bom.

Olive se animou.

– É sério? Ótimo, então. Vamos...

– Podemos pedir a Cherie que inclua na newsletter do departamento.

– O quê?

– Ou você acha que uma declaração pública antes do seminário seria melhor?

– Não. Não, isso é...

– Talvez a gente devesse pedir pro TI colocar no site de Stanford. Assim as pessoas saberiam...

– Tá bem. Já entendi.

Ele olhou para Olive com calma por um instante e, quando abriu a boca para falar, seu tom de voz era muito razoável, de um jeito que ela nunca esperaria do Adam "Babaca" Carlsen:

– Se o que te incomoda é as pessoas comentarem que você saiu com um professor, sinto dizer que esse estrago já está feito. Dizer a todo mundo que terminamos não vai mudar o fato de que eles acham que nós saímos.

Olive deixou os ombros caírem. Ela odiava que ele estivesse certo.

– Tá legal. Se você tem alguma ideia de como consertar essa confusão, estou aberta a ouvir...

– Podemos deixar que continuem pensando que estamos saindo.

Por um instante, ela pensou não ter ouvido direito.

– O quê?

– Podemos deixar as pessoas pensarem que estamos namorando. Resolve o seu problema com sua amiga e o fulano de tal e você não tem muito a perder, já que, aparentemente, do ponto de vista da reputação... – ele pronunciou a palavra "reputação" revirando um pouco os olhos, como se a preocupação com o que os outros pensam fosse a coisa mais idiota desde a invenção dos antibióticos homeopáticos – ... as coisas não podem piorar muito.

Aquilo era... De todas as opções... Em toda a sua vida, Olive nunca, *nunca*...

– O quê? – perguntou ela novamente, já sem forças.

Ele deu de ombros.

– Parece uma situação em que todos saem ganhando.

Mas não parecia *mesmo*, pelo menos não para Olive. Parecia uma situação em que todos saíam perdendo, depois perdiam um pouco mais e então um pouquinho mais ainda. Uma insanidade.

– Você quer dizer... pra sempre? – indagou ela, achando que a própria voz tinha saído meio chorosa, mas talvez fosse apenas o efeito do sangue pulsando em sua cabeça.

– Não precisa exagerar. Talvez até seus amigos não estarem mais namorando? Ou estarem um pouco mais firmes? Não sei. O que funcionar melhor, eu acho.

Ele não estava brincando.

– Você não é... – Olive não tinha nem ideia de como perguntar aquilo – ... casado ou algo assim?

Ele devia ter 30 e poucos anos. Tinha um trabalho incrível, era alto, com cabelos pretos ondulados e fartos, obviamente inteligente e até mesmo atraente; ele tinha *um porte*. Sim, ele era um escroto temperamental, mas algumas mulheres não se importariam. Algumas podiam até gostar.

Ele deu de ombros.

– Minha esposa e os gêmeos não vão se incomodar.

Ai, merda.

Olive sentiu um calor percorrer o corpo. Seu rosto ficou vermelho e ela quase morreu de vergonha porque, céus, ela tinha forçado um homem casado, um *pai*, a beijá-la. Agora as pessoas achavam que ele estava tendo um caso. A esposa dele provavelmente estava chorando no travesseiro. As crianças cresceriam com problemas horríveis e se tornariam assassinos em série.

– Eu... Ai, meu Deus, eu não... Eu sinto *muito*...

– É brincadeira.

– Eu não fazia ideia que você...

– Olive, eu estava brincando. Não sou casado. Não tenho filhos.

Uma onda de alívio a invadiu. Seguida por uma dose similar de raiva.

– Dr. Carlsen, isso não é algo com que se brinca...

– Você precisa realmente começar a me chamar de Adam, já que, segundo as fofocas, estamos saindo há um tempinho.

Olive suspirou devagar, apertando a parte de cima do nariz.

– Por que... O que você tem a ganhar com isso?

– Ganhar com o quê?

– Fingir que está namorando comigo. Por que se importa? Qual é a vantagem pra você?

O Dr. Carlsen – Adam – abriu a boca e, por um instante, Olive teve a impressão de que ele iria dizer algo importante. Mas então ele desviou o olhar e falou:

– Vai ajudar você. – Ele hesitou por um momento. – E tenho meus motivos.

Ela estreitou os olhos.

– Que motivos?

– Motivos.

– Se for algo contra a lei, não quero me envolver.

Ele sorriu.

– Não é contra a lei.

– Se não me contar, minha única opção é concluir que envolve sequestro. Ou incêndio criminoso. Ou peculato.

Ele pareceu preocupado por um segundo, as pontas dos dedos batendo no bíceps largo. A blusa estava até meio esticada.

– Se eu contar, não poderá sair desta sala.

– Acho que ambos concordamos que *nada* que aconteceu nesta sala pode sair daqui.

– Bem pensado. – Ele fez uma pausa. Respirou fundo. Mordeu a parte de dentro da bochecha. Respirou fundo de novo. – Está bem – disse finalmente, e soava como um homem certo de que se arrependeria de falar no segundo que abrisse a boca. – Eu sou considerado um fugitivo em potencial.

– Fugitivo em potencial?

Deus, ele era um criminoso em regime condicional. Um júri de professores o havia condenado por crimes contra doutorandos. Ele provavelmente tinha atingido alguém na cabeça com um microscópio por ter colocado as etiquetas erradas nas amostras de peptídeos.

– Então é algo contra a lei – acrescentou ela.

– O quê? Não. O departamento suspeita que eu esteja planejando sair de Stanford e ir pra outra instituição. Normalmente eu não me preocuparia com isso, mas Stanford decidiu congelar meus recursos para pesquisa.

– Ah. – Não era o que ela estava imaginando. Nem de longe. – Eles podem fazer isso?

– Podem. Bom, com até um terço dos recursos. A explicação é que não querem financiar uma pesquisa e a carreira de alguém que, supostamente, vai embora.

– Mas se é só um terço...

– São milhões de dólares – explicou ele, sem se exaltar. – Que já destinei pra projetos que pretendo terminar até o ano que vem. Aqui em Stanford. Isso significa que vou precisar desses recursos em breve.

– Ah. – Parando para pensar, Olive realmente tinha ouvido boatos sobre Carlsen ser abordado por outras universidades desde o primeiro ano dela ali. Alguns meses antes houve um rumor de que ele talvez fosse trabalhar na Nasa. – Por que eles acham isso? E por que agora?

– Por várias razões. A mais importante delas é que há algumas semanas eu ganhei uma bolsa bem generosa, com um cientista de outra instituição. Essa instituição já tinha tentado me contratar no passado, e Stanford entendeu essa colaboração como um indício de que estou inclinado a aceitar. – Ele hesitou um pouco antes de continuar: – De modo geral, fiquei sabendo que a impressão das pessoas é de que não criei raízes aqui porque estou planejando sair de Stanford a qualquer momento.

– Raízes?

– A maior parte dos meus alunos se forma no fim do ano. Não tenho família por aqui. Nem esposa, nem filhos. Moro num apartamento alugado. Eu teria que comprar uma casa só pra convencer o departamento de que estou comprometido a ficar – disse ele, visivelmente irritado. – Se eu estivesse num relacionamento... talvez ajudasse.

Está bem. Fazia sentido. Mas...

– Você já pensou em arranjar uma namorada de verdade?

Ele ergueu uma sobrancelha.

– Você já pensou em ter um encontro de verdade?

– *Touché*.

Olive ficou em silêncio e o encarou, deixando que ele a fitasse também. Era engraçado como costumava ter medo dele antes. Agora, Adam Carlsen era a única pessoa do mundo que sabia da maior mancada que ela já cometera na vida, e era difícil se sentir intimidada; mais difícil ainda depois de descobrir que ele era o tipo de pessoa desesperada o bastante para fingir que estava namorando alguém em troca de conseguir seus fundos de pesquisa. Olive tinha certeza de que faria o mesmo pela oportunidade de concluir sua pesquisa sobre câncer de pâncreas, o que estranhamente a levava a... se identificar com ele. E, se ela se identificava com ele, não haveria problema em fingir que estavam namorando, não é?

Não. Sim. Não. O quê? Ela estava louca só por considerar a ideia. Comprovadamente maluca. E, no entanto, se pegou respondendo:

– Seria complicado.

– O que seria complicado?

– Fingir que estamos namorando.

– Sério? Seria complicado fazer as pessoas pensarem que estamos namorando?

Ah, ele era impossível.

– Está bem, já entendi. Mas seria difícil fazer isso de forma convincente por um período mais longo.

Ele deu de ombros.

– Vai dar tudo certo, desde que a gente se cumprimente nos corredores e você não me chame de Dr. Carlsen.

– Não acho que pessoas que estão namorando somente... se cumprimentem nos corredores.

– O que pessoas que estão namorando fazem?

Aquilo deixou Olive abalada. Ela devia ter tido uns cinco encontros na vida, incluindo aqueles com Jeremy, e foram de meio chatos a angustiantes, passando por aterrorizantes (quando um cara fez um monólogo sobre o transplante de quadril da avó com um nível bizarro de detalhes). Ela adoraria ter alguém, mas duvidava que aquilo um dia acontecesse.

Talvez fosse impossível amá-la. Talvez passar tantos anos sozinha a tivesse deformado de maneira radical e fosse por isso que ela aparentemente não conseguia desenvolver nenhuma conexão amorosa de verdade, nem mesmo sentir o tipo de atração sobre a qual ouvia as pessoas falarem. No final das contas, não importava. Doutorado e namoro não eram compatíveis, aliás, e era provavelmente por isso que o Dr. Adam Carlsen, ganhador de uma bolsa MacArthur e gênio renomado, estava ali, aos 30 e poucos anos, perguntando a Olive o que as pessoas faziam num namoro.

Senhoras e senhores, esses são os acadêmicos.

– Hum... coisas. – Olive se esforçou para pensar. – As pessoas saem e fazem atividades juntas. Tipo colher maçãs ou fazer aquelas aulas de pintura com vinho.

Que são uma idiotice, Olive pensou.

– Que são uma idiotice – falou Adam, fazendo um gesto de desdém com aquelas mãos enormes. – Você pode dizer a Anh que a gente saiu e pintou um Monet. Acho que ela vai dar conta de espalhar pra todo mundo.

– Ok, pra começar, foi o Jeremy. Vamos concordar em culpar o Jeremy? E é mais do que isso – insistiu Olive. – Quando estão namorando, as pessoas conversam. E muito. Trocam mais do que cumprimentos nos corredores. Sabem qual é a cor favorita do outro, onde o outro nasceu, andam de mãos dadas, *se beijam*.

Adam comprimiu os lábios como se estivesse contendo um sorriso.

– Ah, *isso* realmente jamais poderíamos fazer!

Uma nova onda de constrangimento atingiu Olive.

– Eu *sinto muito* pelo beijo. Eu não estava pensando e...

Ele balançou a cabeça.

– Sem problemas.

Ele parecia estranhamente indiferente a toda a situação, em especial para um cara que era conhecido por surtar quando alguém errava o número atômico do selênio. Não, ele não estava indiferente. Ele estava *se divertindo*.

Olive inclinou a cabeça.

– Você está curtindo tudo isso?

– "Curtindo" talvez não seja a palavra certa, mas você precisa admitir que é um tanto divertido.

Olive não tinha ideia do que ele estava falando. Não havia nada de divertido no fato de que tinha beijado um professor aleatoriamente porque ele era a única pessoa no corredor e que, como consequência dessa ação absurdamente idiota, todo mundo agora achava que estava saindo com alguém que encontrara somente duas vezes na vida...

Ela caiu na gargalhada antes mesmo de concluir sua linha de raciocínio, totalmente tomada pela inverossimilhança daquela situação. *Aquela* era a sua vida. *Aqueles* eram os resultados de suas ações. Quando finalmente conseguiu voltar a respirar, sua barriga doía, e ela teve que secar os olhos.

– Isso é terrível.

Ele estava sorrindo e a encarava com um estranho brilho no olhar. E vejam só: Adam Carlsen tinha covinhas. Bonitinhas.

– Pois é.

– E é tudo culpa minha – disse ela.

– Basicamente, sim. Eu meio que ludibriei Anh ontem, mas, sim, eu diria que a culpa é em grande parte sua.

Fingir um namoro. Com Adam Carlsen. Olive só podia estar pirando.

– Não seria um problema você ser professor, e eu, aluna?

Ele baixou a cabeça, sério.

– Não pega muito bem, mas acho que oficialmente não tem problema, já que não tenho nenhuma autoridade sobre você nem estou envolvido na sua orientação. Mas posso averiguar.

Era uma ideia péssima. A pior ideia já cogitada na história das más ideias. A não ser pelo fato de que realmente resolveria o problema atual dela e também alguns problemas de Adam, e ela só precisaria dizer oi para ele uma vez por semana e fazer o esforço de não chamá-lo de Dr. Carlsen. Parecia até um bom negócio.

– Posso pensar um pouco a respeito?

– Claro – disse ele calmamente, tranquilizando-a.

Olive não achava que ele seria assim. Depois de ouvir todas as histórias e vê-lo andando por aí sempre de cara amarrada, realmente nunca pensou que ele seria assim. Ainda que não soubesse muito bem o que era esse *assim*.

– E obrigada, acho. Pela oferta. Adam.

Ela acrescentou aquela última palavra como um adendo, experimentando para ver como soava. Meio estranho, mas não tão estranho assim.

Depois de uma longa pausa, ele assentiu.

– De nada. Olive.

Capítulo Três

💙 **HIPÓTESE:** *Uma conversa em particular com Adam Carlsen torna-se 150% mais constrangedora depois que a palavra "sexo" é mencionada. Por mim.*

Três dias depois, Olive estava à porta da sala de Adam.

Ela nunca tinha ido lá, mas não teve nenhuma dificuldade em encontrá-la. Os alunos que saíam correndo com os olhos marejados e uma expressão de pânico no rosto eram um indício bem certeiro, além do fato de a porta de Adam ser a única no corredor inteiro sem qualquer foto de crianças, bichos de estimação ou parentes. Não havia nem mesmo uma cópia do artigo dele que aparecera na capa da *Nature Methods*, sobre o qual ela descobriu ao pesquisar o nome dele no Google Scholar no dia anterior. Apenas a madeira escura e uma placa de metal em que se lia: *Adam J. Carlsen, Ph.D.*

Olive havia se sentido meio enxerida na noite anterior ao vasculhar a página dele no site do corpo docente, analisar aquela lista de dez milhões de publicações e bolsas de pesquisa e ficar olhando para a foto que nitidamente tinha sido tirada no meio de uma trilha ao ar livre, e não pelo fotógrafo oficial de Stanford. Ainda assim, ela rapidamente reprimiu essa sensação e disse a si mesma que uma investigação acadêmica completa era a coisa lógica a se fazer antes de embarcar num namoro de mentira.

Respirou fundo antes de bater à porta, e em seguida mais uma vez ao ouvir Adam dizer "Pode entrar", então finalmente se convenceu a abrir a porta.

Quando Olive entrou na sala, ele não ergueu o olhar de imediato e continuou digitando no iMac.

– Meu horário de expediente acabou cinco minutos atrás, então...

– Sou eu.

As mãos dele interromperam o movimento, pairando poucos centímetros acima do teclado. A cadeira se virou para Olive.

– Olive.

Havia algo especial no jeito com que ele falava. Talvez fosse um sotaque, talvez apenas uma característica de sua voz. Olive não sabia bem o que era, mas havia algo ali, no jeito como pronunciava seu nome. Preciso. Cuidadoso. Profundo. Diferente de todas as outras pessoas. Familiar... ainda que fosse impossível.

– O que você disse pra ela? – perguntou Olive, tentando não se importar muito com o modo de falar de Adam Carlsen. – Pra garota que saiu correndo chorando?

Ele levou um momento para lembrar que menos de sessenta segundos atrás uma outra pessoa estivera na sala – uma pessoa que ele certamente tinha feito chorar.

– Eu só dei um feedback sobre algo que ela escreveu.

Olive assentiu, agradecendo em silêncio a todos os deuses porque ele não era nem nunca seria seu orientador e então olhou em volta. A sala ficava numa quina do prédio, é claro. Havia duas janelas que, juntas, deviam ter uns setenta mil metros quadrados de vidro, e tinha tanta luz que daria para curar a depressão sazonal de umas vinte pessoas. Com todo o dinheiro de subsídios e bolsas que ele trazia para Stanford, além de todo o seu prestígio, fazia sentido que tivesse um bom espaço de trabalho. A sala de Olive, por outro lado, não tinha qualquer janela e exalava um cheiro esquisito, provavelmente porque ela a compartilhava com outros três alunos de doutorado, embora devesse acomodar no máximo duas pessoas.

– Eu ia te mandar um e-mail. Falei com o reitor hoje cedo – disse Adam.

Ele apontou para a cadeira em frente à sua mesa. Olive a puxou e se sentou.

– Sobre você – completou ele.

– Ah.

Olive sentiu um frio na barriga. Preferia que o reitor não soubesse de sua existência. Mas, pensando bem, também preferia não estar naquela sala com Adam Carlsen, preferia que o semestre não começasse dali a alguns dias, preferia que as mudanças climáticas não fossem um problema. E ainda assim...

– Bom, sobre nós – consertou ele. – E as regras sociais.

– O que ele disse?

– Não há nada que nos proíba de ter um relacionamento, já que não sou seu orientador.

Um misto de pânico e alívio invadiu o corpo de Olive.

– No entanto, há algumas questões que precisam ser consideradas. Eu não posso colaborar com você em nenhuma instância formal. E faço parte do comitê de premiações, o que significa que terei que me afastar caso você seja indicada para alguma bolsa ou oportunidade similar.

Ela fez que sim com a cabeça.

– É justo.

– E não posso de jeito nenhum fazer parte da sua banca de defesa de tese.

Olive conteve uma risada.

– Isso não vai ser um problema. Eu não ia chamar você pra minha banca.

Ele estreitou os olhos.

– Por que não? Você estuda câncer de pâncreas, não é?

– Isso. Detecção precoce.

– Então seria bom pro seu trabalho ouvir a perspectiva de alguém que estuda modelagem computacional.

– Claro, mas existem outras pessoas que estudam modelagem computacional no departamento. E eu gostaria de me formar em algum momento, de preferência sem precisar chorar no banheiro depois de cada reunião com a banca.

Ele a fuzilou com o olhar.

Olive deu de ombros.

– Não me leve a mal. Sou uma garota simples, com necessidades simples.

Ele baixou o olhar, mas Olive conseguiu ver o canto de sua boca mexer um pouquinho. Quando ele a encarou, sua expressão era séria.

– E então? Você se decidiu?

Ela crispou os lábios, e ele ficou observando, com calma. Olive respirou fundo antes de responder:

– Sim. Sim, eu... quero fazer isso. Na verdade, é uma boa ideia.

Por diversos motivos. Tiraria Anh e Jeremy do seu pé, mas, além disso... tiraria todo mundo do seu pé. Desde que o boato havia começado a se espalhar, as pessoas pareciam tão intimidadas por Olive que já não a atormentavam como antes. Os outros professores assistentes desistiram de tentar fazê-la trocar seu ótimo horário de duas da tarde pelos turnos horríveis das oito da manhã; seus colegas de laboratório pararam de furar a fila na frente dela para usar o microscópio; e dois professores com quem Olive vinha tentando falar havia semanas finalmente tinham se dignado a responder os e-mails dela.

Parecia um pouco desonesto se aproveitar desse enorme mal-entendido, mas o ambiente acadêmico é uma terra sem lei, e a vida de Olive tinha sido uma desgraça nos últimos dois anos. Ela aprendera a agarrar qualquer oportunidade que tivesse. E se alguns... quer dizer, se a maioria dos doutorandos do departamento a olhassem com desconfiança porque estava saindo com Adam Carlsen, que assim fosse. Seus amigos pareciam não ter qualquer problema com isso, ainda que estivessem um pouco perplexos.

A não ser Malcolm. Fazia três dias que ele vinha evitando a presença de Olive como se ela estivesse infectada com uma praga. Mas Malcolm era Malcolm, ia acabar cedendo.

– Muito bem, então – continuou ele.

Ele não tinha qualquer expressão no rosto. Estava quase neutro *demais*. Como se aquilo não fosse grande coisa e ele não se importasse; como se, caso ela tivesse dito não, não fosse fazer qualquer diferença.

– Mas andei pensando muito sobre isso – disse Olive.

Ele esperou pacientemente que ela continuasse.

– E acho que seria melhor se a gente estabelecesse algumas regras. Antes de começar.

– Regras?

– Sim, sabe como é. O que podemos ou não fazer. O que esperamos desse combinado. Um protocolo bem básico antes de embarcar num namoro de mentira.

Ele inclinou a cabeça.

– Protocolo básico?

– É.

– Quantas vezes você já fez isso?

– Nenhuma –respondeu Olive. – Mas tenho alguma noção de como funciona.

– Tem... Como é?

Ele parecia confuso.

– Está bem. – Ela respirou fundo e levantou o dedo indicador. – Em primeiro lugar, esse combinado deve valer apenas dentro do campus. Não que eu ache que você vá querer me encontrar fora do campus, mas, só para garantir caso queira matar dois coelhos com uma cajadada só, eu não vou posar de acompanhante de última hora se você precisar levar alguém pra casa no Natal ou...

– Chanucá.

– O quê?

– Minha família costuma celebrar mais o Chanucá que o Natal. – Ele deu de ombros. – Mas eu não costumo celebrar nenhum dos dois.

– Ah. – Olive refletiu por um instante. – Acho que é o tipo de coisa que uma namorada de mentira deveria saber.

Um quase sorriso apareceu no rosto de Adam, mas ele não disse nada.

– Está bem. Segunda regra. Na verdade, pode ser interpretada como uma extensão da primeira regra, mas... – Olive mordeu o lábio, tentando se convencer a falar. – Nada de sexo.

Durante vários segundos ele simplesmente não se mexeu. Nem um milímetro. Então seus lábios se abriram, mas não saiu qualquer som, e foi aí que Olive percebeu que tinha deixado Adam Carlsen sem palavras. Isso teria sido divertido em qualquer outro momento, mas o fato de ele parecer tão atônito por Olive não querer incluir sexo no namoro de mentira a deixou meio chocada.

Ele tinha achado que eles iam transar? Ela tinha dado a entender isso? Será que deveria explicar que tinha feito muito pouco sexo na vida? Que durante anos ela se perguntou se seria assexual, e foi apenas recentemente que percebeu que *talvez* fosse sim capaz de sentir atração sexual, mas apenas por pessoas em que confiasse profundamente? E que, se por algum motivo inexplicável Adam quisesse transar com ela, Olive não conseguiria?

– Olha. – Ela se levantou da cadeira, o pânico subindo pela garganta. – Sinto muito, mas se você deu essa ideia do namoro de mentira porque pensou que a gente fosse...

– *Não*. – A palavra saiu quase como uma explosão. Ele parecia realmente estarrecido. – Estou chocado que você tenha achado necessário dizer isso.

– Ah.

As bochechas de Olive ficaram quentes diante da indignação na voz dele. Certo. É claro que ele não esperava que fosse rolar sexo. E nem ia querer fazer aquilo com ela. Olha só para esse cara: por que ele iria querer fazer qualquer coisa com ela?

– Desculpe, eu não quis dizer que...

– Não, faz sentido se antecipar ao assunto – falou ele. – Eu só fiquei surpreso.

– Eu sei. – Olive assentiu. Para falar a verdade, ela estava um pouco surpresa também. Por estar sentada na sala de Adam Carlsen falando com ele sobre sexo; e não para falar de meiose, mas de uma possível relação sexual entre os dois. – Desculpe. Não quis deixar as coisas estranhas.

– Tudo bem. Essa situação toda é estranha.

O silêncio entre os dois se prolongou, e Olive percebeu que ele estava um pouco corado. Só um toquezinho vermelho, mas parecia tão... Olive não conseguia parar de olhar.

– Nada de sexo – confirmou ele, assentindo.

Ela teve que limpar a garganta e parar de analisar o formato e a cor das maçãs do rosto dele.

– Nada de sexo – repetiu ela. – Está bem. Em terceiro lugar, não é exatamente uma regra, mas lá vai: eu não vou sair com mais ninguém. Como num namoro de verdade. Seria muito confuso e complicaria tudo e...

Olive hesitou por um momento. Deveria contar a ele? Estava compartilhando demais? Ele precisava saber? *Ah, que se dane.* Por que não, àquela altura do campeonato? Para quem já tinha beijado o cara e falado de sexo em sua sala...

– Eu não saio com ninguém, de qualquer forma – continuou ela. – Jeremy foi uma exceção. Eu nunca... nunca namorei sério com ninguém, e provavelmente é melhor assim. O doutorado já é estressante o suficiente, e eu tenho meus amigos, meu projeto sobre câncer de pâncreas e, pra ser sincera, acho uma perda de tempo.

Com aquelas últimas palavras, ela soou mais na defensiva do que pretendia.

Adam apenas ficou olhando e não disse nada.

– Mas você pode sair com quem quiser, claro – acrescentou, rapidamente. – Eu só agradeceria se pudesse não contar pras pessoas do departamento, assim eu não vou parecer uma idiota, você não vai ser o cara que está me traindo e evitamos que a fofoca saia do controle. Seria bom para você também, já que está tentando aparentar um relacionamento sério...

– Eu não vou.

– Está bem. Ótimo. Obrigada. Sei que omitir as coisas pode ser difícil, mas...

– Quis dizer que não vou sair com ninguém.

Havia uma certeza e uma objetividade em seu tom de voz que a pegaram de surpresa. Ela só conseguiu assentir, embora sua vontade fosse contestar e dizer que não havia como ele ter certeza daquilo, embora um milhão de perguntas tivessem pipocado em sua mente. Uns 99% delas eram inapropriadas e não lhe diziam respeito, então ela deixou pra lá.

– Está bem. Quarta regra. Obviamente não podemos ficar fazendo isso pra sempre, então devíamos estabelecer um prazo.

Ele comprimiu os lábios.

– E quando seria isso?

– Não tenho certeza. Acho que mais ou menos um mês deve ser suficiente para convencer Anh de que realmente já superei o Jeremy. Mas talvez não seja suficiente para os *seus* objetivos, então... me diga você.

Ele pensou e então fez que sim com a cabeça.

– Dia 29 de setembro.

Era dali a pouco mais de um mês. Mas ao mesmo tempo...

– É uma data estranhamente específica – comentou ela.

Olive quebrou a cabeça tentando entender o que tinha de especial naquela data. A única coisa que veio à mente era que ela estaria em Boston naquela semana para o congresso anual de biologia.

– É um dia depois da decisão final do departamento sobre o orçamento. Se não liberarem meus recursos nesse dia, não vão liberar mais.

– Entendi. Bem, então concordamos que no dia 29 de setembro nós terminamos. Vou dizer pra Anh que tivemos um término amigável, mas que estou meio triste porque ainda gosto um pouco de você. – Ela abriu um sorrisinho. – Só pra ela não achar que ainda estou a fim do Jeremy. Beleza. – Ela respirou fundo. – Quinta e última regra.

Aquela era a mais difícil. Olive temia que ele não fosse concordar. Percebeu que estava torcendo as mãos e então as pousou com calma no colo.

– Para isso funcionar, a gente provavelmente deveria... fazer coisas juntos. De vez em quando.

– Coisas?

– Coisas. Atividades.

– Atividades – repetiu ele, em dúvida.

– É. Atividades. O que você faz pra se divertir?

Provavelmente ele devia gostar de alguma atrocidade, tipo excursões para derrubar vacas ou rinhas de besouros-japoneses. Talvez colecionasse bonecas de porcelana. Ou fosse um ávido praticamente de *geocaching*, aquela caça ao tesouro por GPS. Ou então frequentasse eventos de pessoas que fumam cigarro eletrônico.

– Me divertir? – repetiu ele, como se nunca tivesse escutado aquelas palavras antes.

– É. O que faz quando não está trabalhando?

A quantidade de tempo que se passou entre a pergunta de Olive e a resposta dele foi inquietante.

– Às vezes eu trabalho em casa também. Eu malho. E durmo.

Ela teve que se segurar para não esconder o rosto nas mãos.

– Hum, legal. Mais alguma coisa?

– O que *você* faz pra se divertir? – perguntou ele, meio na defensiva.

– Várias coisas. Eu... – *Vou ao cinema.* Embora a última vez tivesse sido há muito tempo, quando Malcolm a arrastou. *Gosto de jogos de tabuleiro.* Mas todos os seus amigos estavam muito ocupados nos últimos tempos, então nada disso também. Ela havia participado de um torneio de vôlei, mas fazia mais de um ano. – Hum. Eu malho. – Ela queria muito arrancar aquele sorrisinho sarcástico da cara dele. – Não importa. A gente devia fazer algo juntos regularmente. Sei lá, talvez tomar um café? Tipo uma vez por semana? Só por uns dez minutos, num lugar onde as pessoas nos vejam. Sei que parece meio chato e uma perda de tempo, mas vai ser rapidinho, e tornaria o namoro de mentira mais verossímil e...

– Combinado.

Ah.

Ela achou que precisaria de mais tempo para convencê-lo. Bem mais. Só que, pensando bem, aquilo era do interesse dele também. Precisava que os colegas acreditassem no namoro para persuadi-los a liberar os recursos.

– Está bem. Hum... – Ela se obrigou a parar de imaginar por que ele estava aceitando tudo com tanta tranquilidade e tentou visualizar a própria agenda. – Que tal na quarta-feira?

Adam virou a cadeira para o computador e abriu o calendário. Era tão cheio de caixinhas coloridas que Olive se sentiu ansiosa por tabela.

– Pode ser antes das onze da manhã ou depois das seis da tarde.

– Dez horas?

Ele se virou para ela.

– Dez horas está bom.

– Certo. – Ela esperou que ele digitasse no calendário, mas ele não se moveu. – Não vai colocar na agenda?

– Vou me lembrar.

– Então tá. – Ela fez um esforço para sorrir, e foi relativamente sincero. Bem mais sincero que qualquer sorriso que jamais imaginou dar para Adam Carlsen. – Ótimo. Que venha a quarta do namoro de mentira!

Ele franziu as sobrancelhas.

– Por que você fica dizendo isso?

– Dizendo o quê?

– Namoro de mentira. Como se fosse algo que existe.

– Porque existe. Você não assiste a comédias românticas?

Ele olhou para ela com uma expressão confusa, até que ela pigarreou e olhou para baixo.

Caramba, eles não tinham nada em comum. Nunca iriam encontrar um assunto para conversar. Esses encontros de dez minutos para um café seriam as partes mais dolorosas e constrangedoras de suas semanas já dolorosas e constrangedoras.

Mas Anh ia conseguir viver sua bela história de amor, e Olive não precisaria esperar décadas para usar o microscópio eletrônico. Era isso que importava.

Ela se levantou e estendeu a mão para ele, imaginando que um acordo de namoro de mentira merecia pelo menos um aperto de mão. Adam ficou analisando a cena, hesitante, por alguns segundos. Então se levantou e selou o acordo, olhando para as mãos de ambos unidas e depois para o rosto de Olive. Ela lutou para não notar o calor da pele dele, a largura de seus ombros e... todo o resto. Quando ele finalmente a soltou, ela precisou se esforçar para não ficar olhando para a palma da mão.

Ele tinha feito alguma coisa com ela? Seu corpo estava formigando.

– Quando você quer começar?

– Que tal semana que vem?

Era sexta-feira. Portanto, ela tinha menos de sete dias para se preparar psicologicamente para a experiência de tomar um café com Adam Carlsen. Sabia que ia conseguir – se ela tinha conseguido tirar a melhor nota na parte de raciocínio verbal na prova do mestrado, podia fazer qualquer coisa ou quase isso –, mas ainda assim parecia uma péssima ideia.

– Pode ser.

Aquilo ia mesmo acontecer. Ah, meu Deus.

– Vamos nos encontrar na Starbucks do campus. É onde a maior parte dos alunos toma café. Alguém vai nos ver lá. – Ela foi andando para a porta, parou e olhou para Adam. – A gente se vê na quarta do namoro de mentira, então?

Ele ainda estava em pé atrás da mesa, os braços cruzados, olhando para ela. Parecia bem menos irritado por toda a confusão do que ela imaginava. Parecia... simpático.

– A gente se vê, Olive.

~~~~~~

– Passa a pimenta.

Olive até teria passado, mas Malcolm já parecia estar inflamado demais. Ela então se recostou na bancada da cozinha e cruzou os braços.

– Malcolm.

– E o sal.

– Malcolm.

– E o óleo.

– Malcolm...

– De girassol.

– Me escuta. Não é o que você está pensando...

– Tá. Eu mesmo pego.

Malcolm tinha todo o direito de estar furioso. E Olive sentia muito por isso. Ele estava um ano à frente dela e vinha de uma linhagem de cientistas, produto de gerações de biólogos, geólogos, botânicos, físicos e sabe-se lá que outros tipos de cientistas se misturavam naquele DNA e geravam pequenas máquinas científicas. O pai dele era reitor em alguma universidade estadual da Costa Leste. A mãe fazia palestras sobre células de Purkinje em TED Talks que tinham milhões de visualizações no YouTube. Malcolm gostaria de estar num programa de doutorado buscando uma carreira acadêmica? Provavelmente não. Ele tinha alternativa, diante da pressão colocada pela família desde que saiu das fraldas? Também não.

Isso não queria dizer que Malcolm estivesse infeliz. Seu plano era concluir o doutorado, arranjar um belo e confortável emprego fora da universidade e ganhar muito dinheiro trabalhando de nove às cinco – continuaria sendo cientista e, portanto, os pais não iriam poder contestar. Pelo menos não com muito afinco. Enquanto isso, tudo que queria era ter uma experiência de pós-graduação que fosse o menos traumática possível.

De todas as pessoas do programa de Olive, ele era o que mais conseguia ter uma vida além dos estudos. Fazia coisas que eram inimagináveis para a maioria dos estudantes, tipo cozinhar comida de verdade! Sair para fazer trilhas! Meditar! Atuar numa peça de teatro! Pegar gente como se isso fosse um esporte olímpico! ("É um esporte olímpico, Olive. E estou treinando pra ganhar o ouro.")

E foi por isso que, quando Adam obrigou Malcolm a jogar fora uma quantidade enorme de dados e refazer metade de sua pesquisa, ele ficou muito, muito deprimido durante alguns meses. Pensando em retrospecto, devia ter sido naquela época que Malcolm começou a ansiar por uma maldição que se abatesse sobre o clã dos Carlsens (ele estava ensaiando para *Romeu e Julieta* naquele período).

– Malcolm, será que a gente pode falar sobre isso?

– Estamos falando.

– Não, você está cozinhando e eu estou só parada aqui, tentando fazer você admitir que está irritado porque Adam...

Malcolm se afastou da panela e balançou o dedo na direção de Olive.

– Não diga isso.

– O quê?

– Você sabe.

– Adam Carl...?

– *Não* diga o nome dele.

Ela jogou os braços para cima.

– Isso é maluquice. É tudo de mentira, Malcolm.

Ele voltou a picar os aspargos.

– Passa o sal.

– Você está ouvindo? Não é de verdade.

– E a pimenta, e o...

– Esse relacionamento é de mentira. Não estamos saindo de verdade. Estamos fingindo para que as pessoas *pensem* que estamos namorando.

As mãos de Malcolm pararam de cortar no meio do processo.

– O quê?

– É isso mesmo que você ouviu.

– É um... acordo de amizade colorida? Porque...

– Não. É o contrário. Não tem nada de colorido. Nadinha. Nada de sexo. E nada de amizade também.

Ele a encarou com os olhos semicerrados.

– Só pra deixar claro, oral e anal também contam como sexo...

– Malcolm.

Ele chegou um pouco mais perto e pegou um pano de prato para secar as mãos, as narinas dilatadas.

– Estou com medo de perguntar mais.

– Sei que parece ridículo. Ele está me ajudando a fingir que estamos juntos porque menti pra Anh e preciso que ela se sinta confortável pra sair com Jeremy. É tudo de mentira. Adam e eu conversamos precisamente... – ela decidiu ali na hora omitir as informações sobre A Noite – ... três vezes, e eu não sei nada sobre ele. A não ser que está disposto a me ajudar com essa situação, e eu agarrei a chance.

Malcolm estava com aquela expressão que usava para pessoas que calçavam sandália com meia branca. O amigo era meio assustador às vezes, ela precisava admitir.

– Isso é... uau. – Havia uma veia pulsando na testa dele. – Ol, isso é completamente idiota.

– Talvez. – Sim. Sim, era. – Mas é assim que as coisas são. E você precisa me apoiar na minha idiotice, porque você e Anh são meus melhores amigos.

– Carlsen não é seu melhor amigo agora?

– Ah, para, Malcolm. Ele é um babaca. Mas até que tem sido bem legal comigo e...

– Não vou nem... – Ele fez uma careta. – Não vou comentar essa frase.

Ela suspirou.

– Tudo bem. Não comente. Não precisa. Mas pode pelo menos não me odiar? Por favor? Sei que ele é um pesadelo pra metade dos alunos do programa, incluindo você. Mas está me ajudando. Você e Anh são as únicas pessoas a quem eu gostaria de dizer a verdade. Mas não posso contar pra Anh...

– Por motivos óbvios.

– ... por motivos óbvios – disse ela ao mesmo tempo que ele, e sorriu.

Ele balançava a cabeça, condenando tudo aquilo, mas a expressão em seu rosto estava mais branda.

– Ol, você é incrível. E gentil, gentil até demais. Devia encontrar alguém melhor que Carlsen. Alguém pra namorar de verdade.

– Aham, tá bom. – Ela revirou os olhos. – Porque deu supercerto com o Jeremy. Aliás, eu só concordei em sair com ele porque *você* insistiu. "Dá uma chance pro garoto", você disse. "O que poderia dar errado?", você disse.

Malcolm lhe lançou um olhar furioso, e ela deu risada.

– Olha, dá pra ver que sou muito ruim em namoros de verdade. Talvez com os de mentira seja diferente. Quem sabe eu tenha encontrado meu nicho?

– Mas precisava ser o Carlsen? Tem outros professores melhores pra você fingir que namora.

– Tipo quem?

– Sei lá. O Dr. McCoy?

– A mulher dele não acabou de ter trigêmeos? – questionou Olive.

– Ah, é. E o Holden Rodrigues? Ele é gato. Tem um belo sorriso também. Eu sei muito bem... Está sempre sorrindo pra mim.

Olive caiu na gargalhada.

– Eu nunca poderia namorar o Dr. Rodrigues de mentira, não depois de você passar esses últimos dois anos babando loucamente por ele.

– É verdade. Já te contei sobre o flerte real que aconteceu entre nós dois na feira de pesquisa da graduação? Tenho quase certeza de que ele piscou para mim várias vezes do outro lado da sala. Quer dizer, me disseram que ele tinha alguma coisa no olho, mas...

– Eu. Fui *eu* quem te disse que ele provavelmente tinha alguma coisa no olho. E você vive me contando essa história.

– Está bem – disse ele, com um suspiro. – Sabe, Ol, eu teria namorado você de mentira num piscar de olhos para te salvar desse maldito Carlsen. Andaria de mãos dadas com você, te emprestaria meu casaco quando você estivesse com frio e te daria flores, chocolates e ursinhos no Dia dos Namorados.

Como era reconfortante falar com alguém que já assistiu a uma comédia romântica. Ou a umas dez.

– Eu sei. Mas você também traria uma pessoa diferente pra casa toda semana, e você adora isso, e eu adoro que você adore. Não ia querer atrapalhar seu estilo de vida.

– É justo.

Malcolm parecia satisfeito; se era com o fato de que ele realmente adorava passar o rodo ou com a compreensão de Olive em relação a seus hábitos amorosos, ela não tinha certeza.

– Pode, por favor, não me odiar, então?

Ele jogou o pano de prato na bancada e chegou mais perto.

– Ol, eu nunca te odiaria. Você sempre vai ser a minha azeitona kalamata.

Ele a puxou para um abraço e a apertou forte. No início, quando eles se conheceram, Olive ficava meio desorientada com toda essa proximidade física, provavelmente porque tinha anos que não experimentava nenhum contato tão afetuoso. Agora, os abraços de Malcolm eram seu porto seguro.

Ela deitou a cabeça no seu ombro e sorriu.

– Obrigada.

Malcolm a apertou ainda mais forte.

– E prometo que, se algum dia eu trouxer Adam pra casa, eu coloco uma meia na porta... *Ai!*

– Sua demônia – brincou o amigo.

– Brincadeirinha! Espera, não vai embora. Tenho uma coisa importante pra te contar.

Ele parou no batente da porta e fez uma careta.

– Atingi a minha cota máxima de conversas sobre Carlsen para um dia – declarou ele. – Qualquer coisa além disso pode me matar, então...

– Tom Benton, o pesquisador de câncer de Harvard, me escreveu! Não tem nada certo ainda, mas talvez ele me convide pro laboratório dele no ano que vem.

– Ai, meu Deus! – Malcolm se aproximou, extasiado. – Ol, isso é incrível! Achei que nenhum daqueles pesquisadores pra quem você escreveu tivesse respondido.

– Demorou muito tempo mesmo. Mas agora Benton respondeu, e você sabe como ele é famoso e popular. Provavelmente tem mais subsídios de pesquisa do que dá pra imaginar. Seria...

– Fantástico. Seria mesmo fantástico. Ol, estou muito orgulhoso de você. – Malcolm segurou as mãos dela. Seu sorriso se transformou numa expressão mais gentil. – E sua mãe estaria orgulhosa também.

Olive olhou para o lado, piscando rapidamente. Não queria chorar, não naquela noite.

– Não tem nada confirmado. Ainda preciso convencê-lo. Vai envolver um tanto de politicagem e aquele lance de saber vender minha ideia pra ele... o que, você sabe, não é o meu forte. Talvez não dê certo e...

– Vai dar certo.

Isso. Sim. Ela precisava ser otimista. Olive assentiu e esboçou um sorriso.

– Mas, mesmo que não dê... ela ainda assim estaria orgulhosa – disse ele.

Olive fez que sim novamente. Quando uma única lágrima conseguiu escapar em direção à sua bochecha, ela decidiu deixar rolar.

Quarenta e cinco minutos depois, ela e Malcolm se sentaram coladinhos em seu sofá minúsculo e assistiram às reprises de *American Ninja Warrior* enquanto comiam um ensopado vegetariano quase sem sal.

Capítulo Quatro

💛 **HIPÓTESE:** *Adam Carlsen e eu não temos absolutamente nada em comum, e tomar um café com ele é duas vezes mais doloroso que fazer um tratamento de canal. Sem anestesia.*

Olive chegou atrasada e muito mal-humorada à sua primeira quarta do namoro de mentira, depois de passar a manhã resmungando com seus reagentes baratos por não dissolverem, depois não precipitarem e então não realizarem sonicação, tornando assim impossível que ela terminasse sua análise.

Ela parou na porta da cafeteria e respirou fundo. Precisava de um laboratório melhor se quisesse produzir conhecimento científico decente. Equipamentos melhores. Reagentes melhores. Culturas de bactérias melhores. *Tudo* melhor. Na semana seguinte, quando Tom Benton chegasse, tinha que estar no auge de suas habilidades. Deveria estar preparando seu discurso e não perdendo tempo tomando um café que ela nem queria, ao lado de uma pessoa com quem certamente não desejava conversar, bem no meio do seu protocolo de experimento.

Argh.

Quando entrou na cafeteria, Adam já estava lá e vestia uma camiseta preta de gola portuguesa que parecia ter sido idealizada, desenhada e produzida sob medida para a parte superior de seu corpo. Olive ficou desconcertada por um momento, não exatamente porque as roupas lhe caíam bem, mas porque ela tinha notado o que alguém estava vestindo, para começo de conversa. Ela não era assim. Via Adam perambulando pelo prédio de biologia havia dois anos, sem contar a quantidade incomum de vezes em que tinham se falado nas últimas semanas. Eles já tinham até se beijado, se alguém considerasse aquilo que aconteceu Na Noite como um beijo de verdade. Foi um pouco atordoante e um tanto perturbadora a conclusão à qual ela chegou enquanto eles entravam na fila para pedir o café.

Adam Carlsen era bonito.

Adam Carlsen, com seu nariz comprido e cabelo ondulado, com lábios grossos e rosto anguloso, que não deviam combinar entre si mas de alguma forma combinavam, era muito, *muito* bonito. Olive não fazia ideia de por que não percebera isso antes, nem por que tinha sido aquela camiseta preta simples que a fizera se dar conta de repente.

Ela se obrigou a olhar para a frente, na direção do cardápio de bebidas, e não para o peitoral dele. Na cafeteria havia um total de três alunos da pós-graduação em biologia, um do pós-doutorado em farmacologia e um assistente de pesquisa da graduação olhando para eles. *Perfeito.*

– E aí, tudo bem? – perguntou ela, porque era o que deveria fazer.

– Tudo bem. E você?

– Tudo.

Olive se deu conta de que talvez não tivesse pensado naquilo tão meticulosamente quanto deveria. Porque serem vistos juntos até podia ser o objetivo deles, mas ficar lado a lado em silêncio não ia convencer ninguém de que estavam num namoro apaixonado. E Adam era... Bem, ele não parecia muito inclinado a começar nenhum tipo de conversa.

– Então... – Olive ficou na ponta dos pés algumas vezes. – Qual é a sua cor favorita?

Ele olhou para ela, confuso.

– O quê?

– Sua cor favorita.

– Minha cor favorita?

– É.

Dava para ver uma ruga se formando entre os olhos dele.

– Eu... não sei.

– Como assim não sabe?

– Cores existem. É tudo a mesma coisa.

– Deve ter alguma de que você gosta mais.

– Acho que não.

– Vermelho?

– Não sei.

– Amarelo? Verde-vômito?

Ele estreitou os olhos.

– Por que a pergunta?

Olive deu de ombros.

– Achei que era algo que eu devia saber.

– Por quê?

– Porque se alguém tentar descobrir se estamos realmente namorando, pode ser uma das primeiras perguntas que vão fazer. Uma das cinco primeiras, com certeza.

Ele a encarou por alguns segundos.

– Isso lhe parece plausível?

– Tão plausível quanto eu namorar você de mentira.

Ele assentiu, como se tivesse se rendido ao argumento.

– Está bem. É preto, eu acho.

Ela deu uma risada de deboche.

– Só podia ser.

– O que tem de errado com preto? – perguntou ele, franzindo a testa.

– Não é nem uma cor. Tecnicamente é a ausência de cor.

– É melhor que verde-vômito.

– Não é, não.

– Óbvio que é.

– Tudo bem. Combina com sua personalidade de herdeiro das trevas.

– O que isso quer di...

– Bom dia – disse a barista, sorrindo animadamente para eles. – O que vão querer hoje?

Olive sorriu de volta e fez um gesto para que Adam pedisse primeiro.

– Café. – Ele deu uma olhada para ela antes de completar, meio envergonhado: – Preto.

Ela teve que virar a cabeça para esconder o sorriso, mas, quando se voltou para ele, sua boca estava curvada num sorriso também, o que, ela admitiu com alguma relutância, não era uma expressão ruim para o rosto dele. Ela ignorou esse pensamento e pediu a bebida mais doce do cardápio, com chantilly extra. Estava se perguntando se deveria compensar comprando uma maçã ou se chutava o balde e completava o pedido com um cookie quando Adam tirou o cartão de crédito da carteira e entregou ao caixa.

– Ah, não. Não, não, não. *Não*. – Olive colocou a mão na frente dele e falou mais baixo. – Você não pode pagar as minhas coisas.

Ele pareceu surpreso.

– Não posso?

– Não é esse o tipo de namoro de mentira que temos.

Ele pareceu surpreso.

– Não é?

– Não. – Ela negou com a cabeça. – Eu nunca namoraria de mentira um homem que acha que precisa pagar o meu café só porque é homem.

Ele arqueou uma sobrancelha.

– Duvido que haja alguma língua no mundo em que isso que você acabou de pedir seja chamado de "café".

– Ei...

– E não tem a ver com eu ser homem. Mas sim com você ainda ser uma doutoranda. E com sua bolsa anual.

Por um momento ela hesitou, pensando se deveria ficar ofendida. Adam estava sendo o mesmo babaca de sempre? Estava sendo condescendente com ela? Achava que ela era pobre? E então se lembrou de que, de fato, *era* pobre, e ele provavelmente ganhava cinco vezes mais que ela. Deu de ombros e então pediu um cookie com gotas de chocolate, uma banana e um pacote de chicletes junto com o café. Adam pagou a conta de 21,39 dólares sem pestanejar.

Enquanto os dois esperavam as bebidas, a mente de Olive começou a divagar e se voltar para seu projeto e se conseguiria convencer a Dra. Aslan a comprar reagentes melhores. Olhou distraidamente em volta e notou que, apesar de o assistente de pesquisa, o aluno do pós-doutorado e um dos pós-graduandos terem ido embora, ainda havia dois deles (e um, numa feliz coincidência, trabalhava no laboratório de Anh) sentados numa mesa perto da porta, olhando para eles a cada dois minutos. Excelente.

Ela recostou o quadril no balcão e ergueu os olhos para Adam. Ainda bem que aquilo só aconteceria durante uns dez minutos por semana, ou ela arrumaria um torcicolo permanente.

– Onde você nasceu? – indagou ela.

– É mais uma de suas perguntas pra testar se é um casamento arranjado e conseguir o *green card*?

Ela deu risada, e ele abriu um sorriso, como se tivesse ficado satisfeito em fazê-la rir. Embora com certeza devesse ter sido por algum outro motivo.

– Na Holanda. Em Haia.

– Ah.

Ele se recostou no balcão também, de frente para ela.

– Por que "ah"?

– Não sei. – Olive deu de ombros. – Acho que eu estava esperando... Nova York. Ou talvez Kansas.

Ele negou com a cabeça.

– Minha mãe era a embaixadora dos Estados Unidos na Holanda.

– Uau.

Era estranho pensar que Adam tinha mãe. Uma família. Que, antes de ser alto, assustador e abominável, ele tinha sido uma criança. Talvez falasse holandês. Talvez estivesse acostumado a comer arenque defumado no café da manhã. Talvez sua mãe tivesse desejado que ele seguisse seus passos como diplomata, mas aquela personalidade brilhante logo apareceu e ela desistiu desse sonho. Olive de repente se viu realmente interessada em saber mais sobre a infância dele, o que era... estranho. Muito estranho.

– Aqui.

As bebidas apareceram no balcão. Olive disse a si mesma que o modo como a barista loura obviamente ficou secando Adam quando ele se virou para pegar uma tampa para o copo não era da sua conta. Ela também lembrou a si mesma que, por mais curiosa que estivesse a respeito da mãe diplomata, de quantas línguas ele falava e se gostava de tulipas, aquelas eram informações que ultrapassavam os limites do acordo.

As pessoas já tinham visto os dois juntos. Elas voltariam para seus respectivos laboratórios e contariam a história improvável sobre o Dr. Adam Carlsen e a aluna aleatória e desinteressante com a qual ele fora visto. Era hora de Olive voltar para sua pesquisa.

Ela pigarreou.

– Bom, isso foi divertido.

Ele tirou os olhos do copo, surpreso.

– A quarta do namoro de mentira já acabou?

– Já! Ótimo trabalho, time, agora pode ir para o vestiário. Você está livre até semana que vem. – Olive enfiou o canudo na bebida e tomou um gole, sentindo o gosto açucarado explodir na boca. O que quer que fosse aquilo que pediu, era repulsivamente delicioso. Ela devia estar desenvolvendo uma diabetes naquele momento. – A gente se vê...

– E onde *você* nasceu? – perguntou Adam antes que ela fosse embora.

Ah, eles iam fazer aquilo, então. Ele provavelmente estava só sendo educado, então Olive soltou um suspiro por dentro, ansiosa por voltar à sua bancada do laboratório.

– Toronto.

– Certo. Você é canadense – disse ele, como se já soubesse.

– Isso.

– Quando se mudou pra cá?

– Há oito anos. Pra fazer faculdade.

Ele assentiu, como se estivesse arquivando a informação.

– E por que os Estados Unidos? O Canadá tem faculdades excelentes.

– Ganhei uma bolsa integral de estudos.

Era verdade. Embora não fosse a verdade completa.

Ele estava mexendo no protetor de papelão do copo.

– Você viaja muito pra lá?

– Não, na verdade não.

Olive lambeu um pouco de chantilly do canudo. Ficou confusa quando ele imediatamente desviou o olhar.

– Pretende voltar a morar lá quando concluir o doutorado?

Ela ficou tensa.

– Não se eu puder evitar.

Ela tinha muitas lembranças dolorosas do Canadá, e sua única família, as pessoas que queria por perto, eram Anh e Malcolm, ambos cidadãos americanos. Olive e Anh tinham feito um pacto: se Olive estivesse prestes a perder o visto por algum motivo, Anh se casaria com ela. Pensando bem, toda essa coisa de namoro de mentira com Adam era um belo treino para quando ela subisse de nível e começasse a enganar o Departamento de Segurança Interna sem a menor cerimônia.

Adam assentiu e bebeu um gole do café.

– E a cor favorita?

Olive abriu a boca para responder, e sua resposta certamente seria muito melhor que a dele e...

– Droga.

Ele lançou um olhar de quem sabia das coisas.

– Difícil, né?

– Tem tantas boas – disse ela.

– É.

– Vou escolher azul. Azul-claro. Não, espera!

– Hum.

– Vamos ficar com branco. Está bem, branco.

Ele estalou a língua.

– Sabe, acho que não posso aceitar essa resposta. Branco não é bem uma cor. São todas as cores juntas...

Olive deu um beliscão no antebraço dele.

– Ai – disse ele, obviamente não sentindo qualquer dor.

Com um sorriso dissimulado, ele deu tchau e se virou na direção do prédio de biologia.

– Ei, Adam – disse ela.

Ele deu meia-volta.

– Obrigada por me comprar comida pra três dias.

Ele hesitou e então assentiu. Aquilo que ele estava fazendo com a boca... *Sem dúvida* estava sorrindo para ela. Um pouco relutante, mas ainda assim.

– O prazer é meu, Olive.

Hoje, 14:40
DE: Tom-Benton@harvard.edu
PARA: Olive-Smith@stanford.edu
ASSUNTO: Re: Projeto de exame de detecção de câncer de pâncreas

Olive,
Chego na terça-feira à tarde. Que tal nos encontrarmos na quarta, por volta das 15h, no laboratório de Aysegul Aslan? Meu colega pode me explicar como chegar.

TB

Enviado do meu iPhone

~~~~~~~~

Olive também chegou atrasada para sua segunda quarta do namoro de mentira, mas por motivos diferentes – e todos tinham a ver com Tom Benton.

Para começar, perdeu a hora depois de ficar acordada até tarde ensaiando o que falaria para vender seu projeto a ele. Tinha repetido o discurso tantas vezes que Malcolm começou a terminar suas frases, e então, à uma da manhã, ele arremessou uma nectarina nela e implorou que fosse ensaiar no quarto – o que ela fez, até três da manhã.

Então, ao se levantar, caiu a ficha de que seu look básico de laboratório (calça legging, camiseta de corrida surrada e um coque muito, muito bagunçado) provavelmente não transmitiria a mensagem "futura colega adequada" para o Dr. Benton. Passou então uma parte enorme da manhã procurando algo que fosse apropriado, pensando naquela máxima: "Vista-se para o trabalho que você quer ter!"

No fim, ela se deu conta de que não tinha a menor ideia de como era a *aparência* do Dr. Benton – sem dúvida a pessoa mais importante da sua vida no momento e, sim, ela sabia como isso soava triste, mas não pensou muito a respeito. Fez uma busca na internet e descobriu que ele estava chegando na casa dos 40 anos, era louro de olhos azuis e tinha dentes muito brancos e alinhados. Quando chegou à Starbucks do campus, Olive estava sussurrando para a foto dele no site de Harvard: "Por favor, me deixe trabalhar no seu laboratório." Foi nesse momento que notou a presença de Adam.

O dia estava atipicamente nublado. Ainda era agosto, mas a impressão era a de que já estavam no fim do outono. Olive olhou para ele e imediatamente percebeu que estava de péssimo humor. De repente se lembrou do boato de que ele tinha jogado uma placa de Petri na parede porque seu experimento não dera certo, porque o microscópio eletrônico precisava de conserto ou qualquer outro motivo irrelevante. Pensou em se esconder embaixo da mesa.

Está tudo bem, pensou consigo mesma. *Vale o esforço.* As coisas com Anh já tinham voltado ao normal. Melhores que o normal, até: ela e Jeremy estavam oficialmente namorando, e no final de semana anterior ela tinha aparecido na noite de cerveja e marshmallow usando calça legging e um casaco de moletom grande do MIT que com certeza era dele. Quando Olive almoçou com os dois num outro dia, não foi nem um pouco estranho.

Além disso, os alunos do primeiro, do segundo e até mesmo do terceiro ano tinham muito medo da "namorada" de Adam Carlsen e não roubavam mais suas pipetas, assim ela não precisava escondê-las na mochila e levá-las para casa no final de semana. E ainda estava ganhando comida boa de graça com isso tudo. Ela podia aguentar Adam Carlsen – sim, mesmo aquele Adam Carlsen com o mau humor das trevas. Pelo menos por dez minutos por semana.

– Oi. – Ela sorriu. Ele respondeu com uma expressão que exalava mau humor e angústia existencial. Olive respirou fundo para se recuperar. – Como você está?

– Bem.

Seu tom de voz era seco; a expressão, mais tensa que o habitual. Estava usando uma camisa vermelha xadrez e calça jeans e parecia mais um lenhador do que um pesquisador que examinava os mistérios da biologia computacional. Ela não pôde deixar de notar os músculos e se perguntou mais uma vez se as roupas eram feitas sob medida para ele. O cabelo estava um pouco mais curto que na semana anterior. Era surreal que os dois tivessem chegado ao ponto de ela conseguir distinguir suas variações de humor e de corte de cabelo.

– Pronto pro café? – perguntou, animada.

Ele assentiu distraído e mal olhou para ela. Numa mesa nos fundos, um cara do quinto ano olhava para eles enquanto fingia limpar a tela do notebook.

– Desculpe o atraso. Eu... – começou ele.

– Tudo bem.

– A semana foi boa?

– Foi tudo bem.

Ok. Ela tentou puxar assunto.

– Hum. Fez algo de divertido no final de semana?

– Trabalhei – respondeu ele.

Eles entraram na fila para pedir.

– O tempo está bom, né? – perguntou ela. – Não está muito quente.

Ele respondeu com um grunhido.

Estava começando a passar do ponto. Havia um limite para o que Olive conseguiria fazer por esse namoro de mentira – ou por um frappuccino de manga grátis. Ela soltou um suspiro.

– É por causa do corte de cabelo?

Aquilo chamou a atenção dele. Adam a encarou, uma ruga de confusão entre suas sobrancelhas.

– O quê?

– O mau humor. É por causa do corte de cabelo?

– Que mau humor?

Olive fez um gesto expansivo na direção dele.

– Este. O mau humor que tomou conta de você.

– Eu não estou de mau humor.

Ela deu uma risadinha – embora essa talvez não seja a palavra certa para o que ela fez. Foi mais um som alto e sarcástico, como uma gargalhada.

– O que foi? – perguntou Adam.

Ele franziu a testa, como se não tivesse gostado muito.

– Fala sério – disse ela.

– O quê?

– Você está *transbordando* mau humor.

– Não estou, não.

Ele parecia indignado, o que ela achou estranhamente fofo.

– Está, e muito – rebateu ela. – Vi sua cara e percebi logo.

– Não percebeu, não.

– Percebi, sim. Mas tudo bem, você tem direito a estar de mau humor.

Era a vez deles, então ela deu um passo à frente e sorriu para o atendente.

– Bom dia. Vou querer um latte de abóbora e especiarias. E aquele pãozinho com cream cheese ali. Isso, esse mesmo, obrigada. E... – ela apontou para Adam com o polegar – ... ele vai querer um chá de camomila. Sem açúcar – completou, alegre.

Imediatamente Olive deu alguns passos para o lado a fim de evitar o estrago caso Adam decidisse jogar uma placa de Petri nela. Ficou surpresa quando ele entregou o cartão de crédito calmamente para o rapaz atrás do balcão. Até que ele não era tão mau quanto todo mundo dizia.

– Eu odeio chá – disse ele. – E camomila.

Olive abriu um sorriso para ele.

– Que pena.

– Engraçadinha.

Ele ficou olhando para a frente, mas Olive tinha quase certeza de que ele estava prestes a sorrir. Podiam falar muita coisa dele, mas não que não tivesse senso de humor.

– Então... não foi o corte de cabelo?

– Hum? Ah, não. Estava com um comprimento estranho. Caía no rosto na hora de correr.

Ah, então ele era um corredor. Assim como Olive.

– Ah, legal. Porque não ficou ruim.

Ficou bom. Muito bom, na verdade. Você provavelmente já era um dos homens mais bonitos com quem eu conversei na vida até semana passada, mas agora está ainda melhor. Não que eu me importe com esse tipo de coisa. Não ligo nem um pouco. Quase nunca presto atenção nos homens e não sei por que estou prestando atenção em você, no seu cabelo, nas suas roupas, na sua altura e na largura dos seus ombros. Eu realmente não entendo. Eu nunca me importo. Normalmente. Aff.

– Eu... – Ele pareceu atrapalhado por um momento, os lábios se movendo sem emitir qualquer som enquanto buscava uma resposta adequada. Então, do nada, ele disse: – Falei com o chefe do departamento hoje de manhã. Ele ainda está se recusando a liberar meus subsídios de pesquisa.

– Ah. Achei que só fossem bater o martelo no fim de setembro.

– Não vão. Foi um encontro informal, mas o assunto surgiu. Ele disse que ainda estão monitorando a situação.

– Entendi. – Ela esperou que ele continuasse. Quando percebeu que isso não ia acontecer, perguntou: – Monitorando... como?

– Não ficou claro.

Ele estava com o maxilar tenso.

– Sinto muito – disse ela, com sinceridade. Se tinha algo que ela entendia muito bem era estudos científicos interrompidos por falta de recursos. – Isso significa que não vai poder continuar sua pesquisa?

– Tenho outros financiamentos.

– Então... o problema é que não pode começar novas pesquisas?

– Posso. Eu teria que reorganizar algumas fontes de renda, mas acho que conseguiria subsidiar novas linhas de pesquisa também.

Hein?

– Sei. – Ela pigarreou. – Então... deixa eu ver se entendi. Parece que Stanford congelou seu financiamento por causa de boatos, o que eu concordo que é um absurdo. Mas também parece que por enquanto você vai conseguir colocar em prática todos os seus planos, então.... não é exatamente o fim do mundo, certo?

Adam a fuzilou com os olhos e de repente pareceu ainda mais irritado.

Ai, meu Deus.

– Não me entenda mal, eu compreendo a raiz da questão e ficaria bem irritada também. Mas você tem quantos outros financiamentos? Pensando bem, não responda. Não sei se quero saber.

Ele devia ter uns quinze. Também tinha estabilidade, dezenas de publicações e ainda todas aquelas honrarias listadas no site dele. Sem contar que ela havia visto no currículo de Adam que ele tinha uma patente. Olive, por outro lado, tinha reagentes vagabundos e pipetas velhas que viviam sendo roubadas. Tentou não pensar muito em como ele estava mais adiantado na carreira do que ela, mas era impossível esquecer como ele era bom no que fazia. *Irritantemente* bom.

– O que estou dizendo é que não é um problema insuperável. Aliás, estamos trabalhando para resolvê-lo. Estamos nisso juntos, mostrando pras pessoas que você vai ficar aqui pra sempre por causa da sua namorada incrível.

Olive apontou para si mesma com um floreio, e o olhar de Adam seguiu a mão dela. Certamente ele não era muito fã de racionalizar e trabalhar as emoções.

– Ou você pode continuar irritado e nós podemos ir pro seu laboratório jogar tubos cheios de reagentes tóxicos um no outro, até que a dor das queimaduras de terceiro grau sejam maiores que o seu mau humor. Parece divertido, não acha?

Ele desviou o rosto e revirou os olhos, mas ela podia ver pela curva das bochechas que ele estava gostando daquilo. Provavelmente contra a própria vontade.

– Você gosta muito de bancar a engraçadinha – disse ele.

– Talvez, mas não sou eu que resmungo quando alguém me pergunta como foi minha semana.

– Eu não resmunguei. E você pediu chá de camomila pra mim.

Ela sorriu.

– De nada.

Eles ficaram em silêncio por um momento enquanto ela dava a primeira mordida no pãozinho. Depois de engolir, disse:

– Sinto muito pelo seu financiamento.

Ele balançou a cabeça.

– Sinto muito pelo mau humor.

Olha só...

– Tudo bem. Você é famoso por isso.

– Eu sou?

– Sim. É meio que a sua principal característica.

– É mesmo?

– Aham.

A boca de Adam se curvou de leve.

– Talvez eu quisesse poupar você disso.

Olive sorriu, porque foi legal da parte dele dizer aquilo. Adam não era um cara simpático, mas era bem gentil com ela na maior parte do tempo – o tempo todo, talvez. Ele estava quase sorrindo de volta, olhando para ela de um jeito que Olive não conseguiu muito bem interpretar e que lhe provocou pensamentos estranhos, até que o atendente colocou as bebidas no balcão. De repente, pareceu que ele ia vomitar.

– Adam? Você está bem?

Ele olhou para o copo dela e deu um passo para trás.

– O *cheiro* dessa coisa.

Olive respirou fundo. Era delicioso.

– Você odeia latte de abóbora e especiarias?

Ele franziu o nariz e se afastou ainda mais.

– Que nojo.

– Como pode odiar isso? É a melhor coisa que seu país produziu no último século.

– Por favor, chega pra lá. Isso fede.

– Ei. Se eu tiver que escolher entre você e este latte, talvez a gente precise repensar nosso acordo.

Ele olhou para o copo como se contivesse lixo radioativo.

– Talvez a gente precise.

Adam segurou a porta para ela enquanto saíam da cafeteria, tomando cuidado para não chegar muito perto do latte. Do lado de fora estava começando a chuviscar. Os alunos corriam para recolher os notebooks das mesas do pátio e ir para a sala de aula ou para a biblioteca. Olive era apaixonada por chuva desde que se entendia por gente. Ela respirou fundo, encheu os pulmões com aquele cheiro de chuva e parou ao lado de Adam sob o toldo. Ele tomou um gole do chá de camomila, e ela sorriu.

– Ei – disse ela. – Tive uma ideia. Você vai no piquenique de outono das biociências?

Ele assentiu.

– Tenho que ir. Sou do comitê de eventos sociais do departamento de biologia.

Ela deu uma gargalhada bem alta.

– Não é possível.

– É.

– Você realmente se voluntariou para isso?

– É trabalho. Fui obrigado a entrar no rodízio.

– Ah. Isso parece... divertido. – Ela fez uma careta em solidariedade, quase rindo novamente da expressão perplexa dele. – Bom, eu também vou. A Dra. Aslan nos obriga a ir, diz que é bom para criar vínculos com os colegas de laboratório. Você faz seus alunos irem também?

– Não. Tenho outras maneiras mais produtivas de deixar meus alunos infelizes.

Ela riu. Ele *era* engraçado, daquele jeito estranho e meio sombrio dele.

– Aposto que tem. Bom, minha ideia é a seguinte: a gente devia ficar juntos lá. E na frente do chefe do departamento, já que ele está "monitorando". Eu jogo um charme pra você e ele vai ver que estamos basicamente a um passo do casamento. Então ele dá um telefonema e vai chegar um caminhão com todo o seu financiamento em dinheiro e descarregar tudo bem na porta...

– E aí, cara?

Um homem louro se aproximou de Adam. Então ele se virou, sorriu e o cumprimentou com um aperto de mão – um aperto de mão *de amigos chegados*. Olive piscou com força, se perguntando se estava vendo coisas, e tomou um gole de seu latte.

– Pensei que você fosse dormir até tarde – disse Adam.

– Essa diferença de fuso horário me ferrou. Achei melhor vir pro campus trabalhar. E pegar alguma coisa pra comer também. Você não tem comida em casa, cara.

– Tem maçã na geladeira.

– Isso. Nada de comida.

Olive deu um passo para trás, pronta para ir embora, quando o homem louro voltou sua atenção para ela. Parecia estranhamente familiar, embora ela tivesse certeza de que não o conhecia.

– E quem é esta? – perguntou ele, curioso.

Seus olhos eram de um azul penetrante.

– Esta é a Olive – respondeu Adam.

Houve um momento de hesitação depois do nome, quando provavel-mente ele deveria ter dito *o que* Olive era dele. Ela entendeu ele não querer empurrar aquela maluquice de namoro de mentira para alguém que obviamente era um amigo próximo. Continuou sorrindo e deixou que Adam prosseguisse:

– Olive, este é o meu colega...

– Cara. – O homem fingiu ficar irritado. – Me apresenta como seu amigo.

Adam revirou os olhos, se divertindo com a situação.

– Olive, este é o meu *amigo* e colega Tom Benton.

Capítulo Cinco

♥ **HIPÓTESE**: *Quanto mais eu precisar que meu cérebro esteja no auge de sua capacidade, maior será a probabilidade de ele travar completamente.*

– Espera aí. – O Dr. Benton inclinou a cabeça para o lado. Ainda mantinha o sorriso no rosto, mas seu olhar ficou mais atento, focado em Olive. – Por acaso você é a...

Olive congelou.

Sua mente nunca estava calma ou organizada – era mais como uma confusão insana de pensamentos. E, no entanto, parada ali em frente a Tom Benton, sua cabeça de repente ficou estranhamente silenciosa, organizando uma série de reflexões.

A primeira reflexão: ela era azarada a ponto de ser cômico. Quais eram as chances de a pessoa da qual ela dependia para terminar seu amado projeto de pesquisa fosse colega, ou melhor, *amiga* da pessoa da qual ela dependia para garantir a felicidade romântica de sua amada Anh? Muito pequenas. E, no entanto...

Pensando bem, a falta de sorte de Olive não era nenhuma novidade, então ela passou para a próxima reflexão.

Precisava admitir para Tom Benton que era a Olive do e-mail. Eles tinham combinado de se encontrar às três da tarde, e fingir que não o reconhecera seria o fim de seus planos de se infiltrar no laboratório dele. Afinal, acadêmicos tinham um ego gigantesco.

Última reflexão: se dissesse as palavras certas, talvez ela pudesse evitar que o Dr. Benton ficasse sabendo de toda aquela confusão do namoro de mentira. Adam não dissera nada, o que provavelmente significava que não tinha mesmo a intenção de revelar qualquer coisa. Olive só precisava seguir o fluxo.

Isso. Ótimo plano. Ela estava com a faca e o queijo na mão.

Olive sorriu e respondeu:

– Sim, eu sou Olive Smith, a...

– Namorada de quem tanto ouvi falar?

Merda. Merda, merda, merda. Ela engoliu em seco.

– Hum, na verdade eu...

– Ouviu de quem? – perguntou Adam, com a testa franzida.

O Dr. Benton deu de ombros.

– De todo mundo.

– Todo mundo – repetiu Adam. Sua expressão não era nada boa. – Em Boston?

– Isso.

– Por que as pessoas de Harvard estão falando sobre a minha namorada?

– Porque você é você.

– Porque eu sou *eu*?

Adam parecia perplexo.

– Houve algumas lágrimas – disse Benton. – Umas pessoas arrancando os cabelos. Um ou outro coração partido. Não se preocupe, vão superar.

Adam revirou os olhos, e o Dr. Benton voltou sua atenção para Olive. Sorriu para ela e estendeu a mão.

– É um grande prazer conhecer você. Eu estava imaginando que toda essa história de namorada fosse boato, mas estou feliz que você... exista. Desculpe, não gravei seu nome, sou péssimo nisso.

– Meu nome é Olive.

Ela o cumprimentou. Tinha uma boa pegada, nem muito forte nem muito fraca.

– Em que departamento você dá aula, Olive?

Puta merda.

– Na verdade, não dou aula.

– Ah, desculpe. Acabei tirando conclusões precipitadas.

Ele sorriu, sem jeito. Tinha certo charme. Era jovem para ser professor universitário, embora não tão jovem quanto Adam. E era alto, embora não tão alto quanto Adam. E era bonito, embora... Pois é. Não tão bonito quanto Adam.

– O que você faz? É pesquisadora?

– Hum, na verdade...

– Ela é aluna – disse Adam.

Os olhos do Dr. Benton se arregalaram.

– Aluna do *doutorado* – completou Adam.

Havia um leve toque de advertência em sua voz, como se quisesse que o Dr. Benton mudasse de assunto.

O que o amigo, obviamente, não fez.

– *Sua* aluna do doutorado?

Adam franziu a testa.

– Não, é óbvio que ela não é minha...

Aquela era a deixa perfeita.

– Na verdade, Dr. Benton, eu trabalho com a Dra. Aslan. – Talvez ainda desse para salvar a reunião. – Você provavelmente não reconheceu meu nome, mas já trocamos e-mails. Tínhamos combinado de nos reunir hoje. Eu sou a aluna que está trabalhando em biomarcadores de câncer de pâncreas. E que pediu pra trabalhar no seu laboratório por um ano.

Os olhos do Dr. Benton se arregalaram ainda mais e depois ele abriu um sorriso largo e malicioso.

– Adam, seu filho da mãe. Você nem me contou.

– Eu não sabia – murmurou Adam, encarando Olive.

– Como poderia não saber que a sua namorada...

– Não contei pro Adam porque não sabia que vocês eram amigos – interrompeu Olive. E depois pensou que talvez isso não fosse muito fácil de acreditar. Se Olive fosse mesmo namorada de Adam, ele teria conversado com ela sobre seus amigos, já que, numa reviravolta impressionante, ele parecia ter pelo menos um. – É... Assim... não sabia que o Tom de quem ele sempre falava era você. – Pronto, melhorou. Um pouco. – Me desculpe, Dr. Benton, eu não quis...

– Tom – disse ele, ainda com um sorrisinho no rosto. O choque parecia ter se transformado numa surpresa agradável. – Por favor, me chame de Tom. – Durante alguns segundos, ele olhou alternadamente para Adam e Olive. E então falou: – Ei, você está livre? – perguntou, apontando para a cafeteria. – Por que não entramos e conversamos sobre seu projeto agora? Não tem por que esperar até de tarde.

Ela tomou um gole da bebida para ganhar tempo. Estava livre? Tecnicamente, sim. Adoraria correr para os fundos do campus e gritar para o vazio até o colapso da civilização moderna, mas isso não tinha urgência. E ela queria parecer o mais flexível possível para o Dr. Benton. Tom. A cavalo dado não se olham os dentes.

– Estou livre.

– Ótimo. E você, Adam?

Olive ficou paralisada, assim como Adam, por cerca de um segundo, antes de ele argumentar:

– Acho que não devo estar presente se você está prestes a fazer uma entrevista com ela...

– Ah, não é uma entrevista. Apenas uma conversa informal pra saber se a minha pesquisa e a de Olive combinam. Você vai querer saber se sua namorada vai se mudar pra Boston por um ano, não é? Vamos lá.

Ele fez um gesto para que os dois entrassem com ele na Starbucks.

Olive e Adam trocaram um olhar silencioso que, de alguma forma, dizia muita coisa. Tipo "O que vamos fazer?" e "Como é que eu vou saber?" e "Isso vai ser estranho" e "Não, vai ser uma catástrofe mesmo". Então Adam respirou fundo e, resignado, entrou na cafeteria. Olive o seguiu, lamentando suas escolhas de vida.

– Aslan está se aposentando? – perguntou Tom depois que encontraram uma mesa isolada nos fundos.

Olive não tinha escolha a não ser ficar de frente para ele, do lado esquerdo de Adam. Como uma boa "namorada", ela pensou. Seu "namorado", enquanto isso, tomava pequenos goles do chá de camomila, de cara fechada. *Eu devia tirar uma foto*, pensou. *Daria um meme excelente.*

– Nos próximos anos – confirmou Olive.

Ela adorava sua orientadora, que sempre lhe dera muito apoio e incentivo. Desde o começo, ela proporcionou a Olive liberdade para desenvolver o próprio projeto de pesquisa, o que era bastante raro para estudantes de doutorado. Ter uma orientadora que não intervinha muito era ótimo na hora de buscar seus interesses, mas...

– Se Aslan vai se aposentar em breve, não deve estar mais se inscrevendo pra receber subsídios. O que é compreensível, já que não estará aqui pra ver os projetos acontecerem. Mas significa que seu laboratório não está exatamente nadando em dinheiro no momento – resumiu Tom perfeitamente. – Está bem, então me conte sobre seu projeto. O que tem de legal nele?

– Eu... – começou Olive. E se embolou para organizar os pensamentos. – Então, é... – Mais uma pausa. Mais longa dessa vez, e mais constrangedora. – Hum...

Aquele era exatamente o seu problema. Olive sabia que era uma excelente cientista, que tinha disciplina e pensamento crítico para produzir bons trabalhos no laboratório. Infelizmente, para ter sucesso no mundo acadêmico também era preciso saber vender seu trabalho para estranhos e apresentá-lo em público, e... *isso* era algo de que ela não gostava e que não fazia bem. Entrava em pânico e se sentia julgada, como se tivesse sido colocada numa lâmina de microscópio para ser observada, e sua habilidade de produzir frases coerentes parecia derreter e escorrer do cérebro.

Como estava acontecendo naquele momento. Olive sentiu as bochechas corarem, a língua travar e...

– Que tipo de pergunta é essa? – interrompeu Adam, encarando Tom com uma expressão de desagrado, e o outro apenas deu de ombros. – O que tem de *legal* no seu projeto?

– É. Legal. Você sabe o que estou querendo dizer.

– Acho que não sei, e talvez a Olive também não.

Tom bufou.

– Está bem, e como é que *você* perguntaria?

Adam se virou para Olive. Seu joelho tocou a perna dela, um toque quente e tranquilizador.

– Quais são os objetivos do seu projeto? Por que acha que ele é importante? O que traz de novo para a literatura já existente? Que técnicas está usando? Que desafios está prevendo?

Tom bufou de novo.

– Ah, está bem. Considere essas perguntas longas e chatas, Olive.

Ela olhou para Adam, que a encarava com uma expressão calma e encorajadora. O modo como tinha formulado as perguntas a ajudou a reorganizar os pensamentos, e, ao perceber que tinha respostas para todas elas, o pânico começou a se dissipar. Provavelmente não tinha sido intencional da parte de Adam, mas ele lhe fizera um imenso favor.

Olive se lembrou daquele cara no banheiro, anos antes. "Não tenho a menor ideia se você é boa o suficiente", ele tinha dito. "O que importa é se a sua *motivação* para estar na academia é boa o suficiente." Ele afirmara que a motivação de Olive era a melhor de todas e, portanto, ela ia conseguir fazer isso. Ela *precisava* fazer.

– Está bem – começou ela de novo depois de respirar fundo e relembrar o que tinha ensaiado com Malcolm na noite anterior. – O câncer de pâncreas é muito agressivo e mortal. Tem um prognóstico péssimo: apenas uma entre quatro pessoas sobrevivem um ano após o diagnóstico. – Ela reparou que sua voz parecia menos ofegante e mais confiante. – O problema é que, por ser muito difícil de detectar, só se consegue um diagnóstico quando já é tarde demais. A essa altura, o câncer já se espalhou tanto que a maior parte dos tratamentos não tem qualquer efeito. Mas, se o diagnóstico fosse mais rápido...

– As pessoas poderiam começar o tratamento mais cedo e ter mais chances de sobreviver – completou Tom, meio impaciente. – Sim, sei bem disso. Mas já temos alguns equipamentos de detecção, como os exames por imagem.

Ela imaginou que ele fosse mencionar isso, já que o laboratório de Tom se concentrava em exames por imagem.

– Sim, mas isso é caro, leva bastante tempo e normalmente não é muito útil por causa da posição do pâncreas. Mas... – ela respirou fundo de novo – ... acho que encontrei um conjunto de biomarcadores. Não coletados a partir de biópsia dos tecidos, mas do sangue. Pouco invasivos, fáceis de obter. Baratos. Nos ratos, eles detectaram o câncer de pâncreas ainda no primeiro estágio.

Ela fez uma pausa. Tom e Adam a encaravam. Tom estava visivelmente interessado, e Adam parecia... um pouco esquisito, para dizer a verdade. Impressionado, talvez? Não, impossível.

– Está bem. Isso parece promissor. E qual é o próximo passo?

– Coletar mais dados. Fazer mais análises com equipamentos melhores pra provar que meu conjunto de marcadores é viável para um teste clínico. Mas pra isso eu preciso de um laboratório maior.

– Entendi. – Ele assentiu, ponderando, e então se recostou na cadeira. – Por que câncer de pâncreas?

– É um dos tipos mais letais e sabemos muito pouco sobre...

– Não – interrompeu Tom. – A maioria dos alunos do terceiro ano do doutorado está mais preocupada em brigar pela centrífuga do que em desenvolver sua própria linha de pesquisa. Deve haver uma razão para você estar tão determinada a estudá-lo. Alguém próximo a você teve câncer?

Olive pigarreou antes de responder:

– Sim.

– Quem?

– Tom... – disse Adam, com um toque de advertência na voz.

Seu joelho ainda tocava a perna de Olive. Ainda estava quente. E, no entanto, Olive sentiu o sangue gelar. Ela não queria mesmo responder. Mas não podia ignorar a pergunta. Precisava da ajuda de Tom.

– Minha mãe.

Certo. Foi. Ela tinha dito em voz alta e agora podia voltar a tentar não pensar muito...

– Ela morreu?

Olive hesitou e então fez que sim com a cabeça, em silêncio, sem olhar para nenhum dos dois. Ela sabia que Tom não estava sendo cruel; as pessoas eram curiosas, só isso. Mas aquele não era um assunto sobre o qual Olive quisesse conversar. Ela mal o mencionava, nem mesmo para Anh e Malcolm, e tinha evitado escrever sobre a experiência nas cartas de inscrição, mesmo com todo mundo dizendo que aquilo lhe daria uma vantagem.

Ela simplesmente... não conseguia. Ela não conseguia.

– Quantos anos você tinha...

– *Tom* – interrompeu Adam, ríspido. Ele colocou o chá em cima da mesa com mais força que o necessário. – Pare de importunar a minha namorada – declarou, menos como um aviso e mais como uma ameaça.

– Certo. Está bem. Eu sou um babaca insensível.

Tom sorriu, se desculpando.

Olive percebeu que ele olhava para o ombro dela e percebeu que Adam estava com o braço atrás de sua cadeira. Ele não a estava tocando, mas havia algo... de protetor naquela posição. Adam parecia emanar muito calor humano, o que não era nada ruim. Ajudou a derreter o sentimento ruim que aquela conversa com Tom tinha despertado.

– Mas, pensando bem, seu namorado também é – completou Tom, com uma piscadela. – Está bem, Olive. Vamos fazer o seguinte. – Tom se inclinou para a frente, com os cotovelos sobre a mesa. – Eu li seu artigo. E o resumo que você enviou para o congresso da Sociedade para Descobertas Biológicas. Ainda está planejando ir?

– Se o artigo for aceito.

– Tenho certeza de que será. É um trabalho excelente. Mas me parece que seu projeto já progrediu desde que enviou o resumo, e preciso saber mais sobre ele. Se eu decidir levar você pro meu laboratório ano que vem, vou cobrir todas as suas despesas: salário, suprimentos, equipamento, tudo de que precisar. Mas preciso saber em que estágio está pra ter certeza de que vale a pena investir em você.

Olive sentiu o coração acelerar. Aquilo parecia promissor. Muito promissor.

– Vamos fazer assim: vou te dar duas semanas para escrever um relatório de tudo o que fez até agora: protocolos, descobertas, dificuldades. E vou decidir com base nisso. Parece razoável?

Ela sorriu e assentiu com entusiasmo.

– Sim!

Aquilo era totalmente possível para ela. Ia precisar pegar a introdução de um dos seus artigos, os métodos de seus protocolos de laboratório, os dados preliminares daquela inscrição de bolsa para a qual não foi selecionada e teria que refazer algumas das análises – só para garantir que o relatório estivesse completamente impecável para Tom. Era muito trabalho para pouco tempo, mas quem precisava dormir? Ou ir ao banheiro?

– Ótimo. Enquanto isso, a gente vai se encontrando por aqui e conversa mais. Adam e eu seremos unha e carne pelas próximas semanas, já que estamos trabalhando no projeto da bolsa que acabamos de ganhar. Você vai na minha palestra amanhã?

Olive não tinha nem ideia de que ele daria uma palestra, muito menos onde ou quando seria, mas respondeu:

– É claro! Mal posso esperar – respondeu ela, com a certeza de alguém que já tinha programado até uma contagem regressiva no celular.

– E estou hospedado na casa do Adam, então vejo você lá.

Ah, não.

– Hum. – Ela arriscou dar uma olhada para Adam, mas era impossível decifrar sua expressão. – Claro. Mas a gente costuma se encontrar mais na minha casa, então...

– Entendo. Você não curte a coleção de taxidermia dele, né? – Tom se levantou com um sorrisinho. – Com licença. Vou pegar um café e já volto.

Assim que ele saiu, Olive se virou para Adam. Agora que estavam sozinhos, havia pelo menos uns dez milhões de assuntos que precisavam discutir, mas ela só conseguia pensar em uma coisa.

– Você realmente coleciona animais empalhados?

Ele lhe lançou um olhar contundente e tirou o braço que estava em volta de seus ombros. De repente, ficou frio. Olive se sentiu meio abandonada.

– Desculpe. Eu não tinha ideia de que ele era seu amigo, ou que tinham ganhado uma bolsa juntos. Suas pesquisas são tão diferentes que essa possibilidade nem passou pela minha cabeça.

– Ah, é, você disse mesmo que pesquisadores de câncer não têm nada a aprender ao colaborar com cientistas de modelagem computacional.

– Você... – Ela percebeu que a boca de Adam se curvou num leve sorriso e ficou se perguntando como eles tinham chegado àquele ponto de implicar um com o outro. – Como vocês dois se conheceram?

– Ele era pós-doutorando no meu laboratório na época em que eu era aluno do doutorado. Mantivemos contato e temos trabalhado juntos ao longo dos anos.

Então ele devia ser uns quatro ou cinco anos mais velho que Adam.

– Você estudou em Harvard, não foi?

Ele assentiu, e então um pensamento assustador passou pela cabeça de Olive.

– E se ele se sentir obrigado a me aceitar porque sou sua namorada de mentira?

– Tom não faria isso. Ele já demitiu o próprio primo por quebrar um citômetro de fluxo. Não é do tipo coração mole.

Os iguais se reconhecem, ela pensou.

– Olha, lamento que essa situação toda obrigue você a mentir pro seu amigo. Se quiser contar a ele que é mentira...

Adam negou com a cabeça.

– Se eu contar, ele nunca mais vai me dar um minuto de paz.

Ela deu risada.

– É, dá pra perceber. E, sinceramente, não ia pegar bem pra mim também.

– Mas, Olive, se você acabar decidindo ir para Harvard, preciso que guarde segredo até o fim de setembro.

Ela teve um sobressalto ao perceber as implicações daquilo.

– Sim, sim. Se as pessoas acharem que vou embora, o chefe do departamento jamais vai acreditar que você não vai embora também. Eu nem tinha pensado nisso. Prometo que não vou contar pra ninguém! Bom, a não ser pra Malcolm e Anh, mas eles são ótimos em guardar segredo, eles nunca...

Ele ergueu uma sobrancelha. Olive se encolheu.

– Vou *obrigar* os dois a guardar esse segredo. Eu juro.

– Eu agradeço.

Ela percebeu que Tom estava voltando, então se aproximou de Adam para falar baixinho:

– Só mais uma coisa. A palestra que ele mencionou, essa que é amanhã...

– Essa pela qual você "mal pode esperar"?

Olive mordeu o lábio.

– É. Quando e onde vai ser?

Adam riu baixinho enquanto Tom se sentava à mesa.

– Não se preocupe. Vou te mandar todas as informações por e-mail.

Capítulo Seis

♥ **HIPÓTESE**: *Na comparação com diferentes tipos e modelos de móveis, o colo de Adam Carlsen está no quinto percentil dos mais confortáveis, aconchegantes e agradáveis.*

No instante em que Olive abriu a porta do auditório, Anh e ela se entreolharam, boquiabertas, e disseram, em uníssono:

– Puta merda.

Em seus dois anos de Stanford, ela tinha ido a incontáveis seminários, cursos, palestras e aulas naquela sala, mas nunca a tinha visto tão cheia. Será que Tom estava distribuindo cerveja de graça?

– Acho que a palestra era obrigatória para os alunos de imunologia e farmacologia – explicou Anh. – E ouvi pelo menos umas cinco pessoas no corredor dizendo que Benton é um gato. – Ela olhou para o palco onde Tom conversava com a Dra. Moss, da imunologia, e avaliou. – É, acho que ele é bonitinho. Mas não chega aos pés do Jeremy.

Olive sorriu. A atmosfera da sala era quente e úmida, cheirando a suor e uma quantidade excessiva de seres humanos.

– Você não precisa ficar. Isso aqui provavelmente já ultrapassou a lotação máxima e não tem nada a ver com a sua pesquisa...

– É melhor que trabalhar. – Ela pegou Olive pelo pulso e a puxou em meio à multidão de alunos da pós-graduação e do pós-doutorado que se amontoavam na entrada e depois pelas escadas para a lateral. Ali também estava lotado. – Se esse cara vai tirar você de mim e te levar pra Boston por um ano inteiro, quero me certificar de que te merece. – Ela deu uma piscadinha. – Considere a minha presença o equivalente ao pai que limpa a arma na frente do namorado da filha antes do baile de formatura.

– Ah, papaizinho.

Não havia nenhum lugar vazio, é claro, nem mesmo no chão ou nos degraus. Olive viu Adam sentado no corredor um pouco mais à frente. Tinha voltado a usar sua camiseta de gola portuguesa de sempre e estava envolvido numa conversa com Holden Rodrigues. Quando os olhares de Adam e Olive se encontraram, ela abriu um sorrisinho e acenou para ele. Por algum motivo ainda desconhecido, que provavelmente tinha a ver com o fato de compartilharem aquele segredo enorme, ridículo e improvável, ela agora via Adam como um rosto amigável. Ele não acenou de volta, mas seu olhar ficou mais suave e acolhedor, e a boca se curvou de leve naquilo que ela tinha aprendido a reconhecer como sua versão de um sorriso.

– Não acredito que não transferiram a palestra para um dos auditórios maiores – reclamou Anh. – Não está nem perto de ter lugar para... *Ah, não.* Não, não, não.

Olive seguiu o olhar de Anh e viu pelo menos umas vinte pessoas entrando. A multidão imediatamente começou a empurrar Olive para a frente do auditório. Anh gritou quando um aluno do primeiro ano da neurociência, que tinha quatro vezes o tamanho dela, pisou no seu pé.

– Isso é ridículo.

– Pois é. Não acredito que tem mais gente...

O quadril de Olive bateu em alguma coisa. Em alguém. Ela se virou para se desculpar e... era Adam. Mais exatamente, o ombro de Adam. Ele ainda estava conversando com o Dr. Rodrigues, que estava com uma expressão de desagrado e murmurava:

– Por que estamos aqui?

– Porque ele é meu amigo – respondeu Adam.

– Mas não meu.

Adam suspirou e se virou para Olive.

– Oi. Desculpe. – Ela apontou para a entrada. – Um monte de gente entrou e aparentemente o espaço nesta sala é finito. Acho que é uma lei da física ou algo assim.

– Tudo bem.

– Eu daria um passo pra trás, mas...

No palco, a Dra. Moss pegou o microfone para apresentar Tom.

– Aqui – disse Adam para Olive, começando a se levantar da cadeira. – Fica no meu lugar.

– Ah.

Foi legal da parte dele oferecer. Não tão legal quanto namorar de mentira para salvar a pele dela ou gastar vinte pratas em comida para ela, mas ainda assim bem legal. Olive não podia aceitar. Além disso, Adam era professor, o que significava que era mais velho e tal. Tinha uns 30 e poucos anos. Parecia em forma, mas provavelmente devia ter um joelho bichado ou estar próximo da osteoporose.

– Obrigada, mas...

– Na verdade, isso é uma péssima ideia – interrompeu Anh. – Sem querer ofender, Dr. Carlsen, mas você é três vezes maior que a Olive. Se você se levantar, este salão vai explodir.

Adam olhou para Anh como se não soubesse se tinha sido insultado ou não.

– Mas – continuou Anh, olhando para Olive – seria ótimo se você me fizesse um enorme favor e se sentasse no colo do seu namorado, Ol. Assim eu não precisaria ficar na ponta dos pés.

Olive piscou. Depois piscou de novo. E então piscou mais um pouco. No palco, a Dra. Moss ainda apresentava Tom.

– "... concluiu seu doutorado na Vanderbilt e depois ganhou uma bolsa de pós-doutorado em Harvard, onde foi pioneiro nas pesquisas de diversas técnicas de reprodução de imagens... Mas sua voz parecia vir de um lugar muito, muito longe. Provavelmente porque Olive não conseguia parar de pensar no que Anh tinha proposto, que era...

– Anh, acho que não é uma boa ideia – sussurrou Olive, evitando olhar na direção de Adam.

Anh olhou para ela com uma expressão estranha.

– Por quê? Você está ocupando um espaço que não temos, e é bastante lógico que você use Carlsen como assento. Eu usaria, mas ele é seu namorado, não meu.

Por um momento, Olive tentou imaginar o que Adam faria se Anh decidisse sentar em seu colo e concluiu que provavelmente terminaria em assassinato. A imagem mental era tão ridícula que ela quase gargalhou. Então percebeu que Anh a encarava, esperando uma resposta.

– Anh, eu *não posso*.

– Por quê?

– Porque isso aqui é uma palestra científica.

– Fala sério. Não lembra ano passado, quando Jess e Alex ficaram se pegando durante quase metade da palestra sobre sistema CRISPR?

– Lembro. E aquilo foi bizarro.

– Ah, foi nada. Além disso, Malcolm jura que viu uma vez, num seminário, aquele cara alto da imunologia ganhar uma punheta do...

– *Anh*.

– A questão é: ninguém se importa. – A expressão no rosto de Anh ficou mais suave, quase suplicante. – O cotovelo dessa menina aqui do lado está perfurando meu pulmão direito e acho que só tenho mais uns 30 segundos de ar. Por favor, Olive.

Olive se virou para Adam. Como sempre, ele estava encarando-a com aquele semblante inexpressivo que Olive nunca conseguia decifrar. Mas sua mandíbula estava prestes a se mexer, e ela se perguntou se aquilo era o fim. A gota d'água. O momento em que ele desistiria do combinado. Porque nem por milhões de dólares em fundos de pesquisa valeria a pena ter uma garota aleatória que você nem conhece direito sentada no seu colo no auditório mais lotado da história dos auditórios lotados.

Tudo bem?, ela tentou perguntar com os olhos. *Porque talvez isso seja passar dos limites. É bem mais que cumprimentar um ao outro e tomar café juntos.*

Ele assentiu com a cabeça de leve, e então Olive – ou pelo menos o corpo de Olive – foi se esgueirando na direção de Adam e cautelosamente se sentando sobre sua coxa, os joelhos apertados entre as pernas abertas dele. Estava acontecendo. Já tinha acontecido. Olive estava ali.

Sentada.

No.

Adam.

Isso era sua vida agora.

Ela ia matar Anh. Lentamente. Talvez com requintes de crueldade. Iria para a cadeia por melhoramigacídio e estava conformada com isso.

– Desculpa – sussurrou para Adam.

Ele era tão alto que sua boca não chegava exatamente à altura da orelha dele. Olive sentiu o cheiro dele: o aroma amadeirado do xampu, o sabonete e algo mais por baixo de tudo, algo bom e limpo. Pareceu familiar, e depois de alguns segundos Olive se deu conta que era por causa da última vez em que estiveram tão próximos. Por causa da Noite. Por causa do beijo.

– Desculpa *mesmo* – reforçou ela.

Ele não respondeu logo de cara. Contraiu a mandíbula e olhou para o slide da apresentação. A Dra. Moss já tinha saído e Tom falava sobre diagnóstico de câncer. Num dia normal, Olive estaria absorvendo tudo aquilo vorazmente, mas, naquele momento, ela só queria *sumir*. Da palestra. Daquela sala. De sua própria vida.

Então, Adam virou o rosto para ela e disse:

– Está tudo bem.

Parecia meio tenso. Na verdade, nada naquela situação estava bem.

– Desculpa. Eu não tinha a menor ideia de que ela ia sugerir isso e não consegui pensar num jeito de...

– Shhh. – Ele passou o braço em volta da cintura de Olive e pousou a mão em seu quadril, num gesto que deveria ter sido desagradável, mas que até foi reconfortante. Ele acrescentou, em voz baixa: – Está tudo bem. – As palavras reverberaram no ouvido dela, calorosas. – É mais material pra minha queixa baseada no Título IX.

Merda.

– Caramba, me desculpa...

– Olive.

Ela levantou a cabeça, olhou para Adam e ficou chocada ao ver que ele estava... não exatamente sorrindo, mas algo parecido.

– Eu estava brincando. Você não pesa nada. Não me incomoda.

– Eu...

– Shh. Preste atenção na palestra. Tom pode te fazer perguntas a respeito.

Aquilo era... Sério, a coisa toda era total e *completamente*...

Confortável. O colo de Adam Carlsen era um dos lugares mais confortáveis do mundo. Ele era aconchegante e firme de uma maneira agradável e tranquila e não parecia estar muito incomodado com a presença de Olive em cima dele. Depois de um tempo, ela percebeu que a sala estava cheia demais para alguém prestar atenção neles, a não ser Holden Rodrigues, que deu uma longa olhada para Adam e depois sorriu para Olive antes de voltar sua atenção para a palestra. Ela parou de fingir que conseguiria manter a coluna ereta por mais de cinco minutos e recostou-se no peito de Adam. Ele não disse nada, mas se virou um pouco para ajudá-la a se encaixar e ficar mais confortável.

Mais ou menos na metade da palestra, Olive percebeu que estava escorregando na coxa de Adam. Ou, para falar a verdade, Adam percebeu e a endireitou com um puxão firme e rápido que a fez sentir como se não pesasse nada. Quando estava equilibrada novamente, ele não tirou o braço de onde estava, ao redor da cintura de Olive. A palestra já durava 35 minutos e parecia que ia se estender por mais um século, então ninguém podia culpar Olive por se aninhar nele um pouco mais.

Estava tudo bem. Estava mais que bem, na verdade. Estava ótimo.

– Não vai dormir – murmurou ele.

Olive sentiu os lábios dele se movendo junto ao cabelo dela. Aquilo deveria ter sido um recado para ela esticar a coluna, mas Olive não tinha vontade de se mexer.

– Não vou dormir. Embora você seja muito aconchegante.

Os dedos dele a apertaram com mais força, talvez para acordá-la, talvez para trazê-la mais para perto. Ela estava prestes a relaxar na cadeira e roncar.

– Parece que você vai tirar uma soneca.

– É que eu li todos os artigos do Tom. Já sei tudo que ele está falando.

– É, eu também. Falamos sobre tudo isso na inscrição para a bolsa. – Ele suspirou, e ela sentiu seu corpo se mover por baixo do dela. – Está chato.

– Talvez você devesse fazer uma pergunta. Pra dar uma agitada nas coisas.

Adam se virou ligeiramente para ela.

– Eu?

Ela se ajeitou para falar em seu ouvido:

– Tenho certeza de que consegue pensar em alguma coisa. É só levantar a mão e fazer algum comentário maldoso com aquele seu tom de voz. Dá uma olhada pra ele de cara feia. Quem sabe isso não vira até uma troca de socos pra entreter todo mundo.

Ele deu um sorrisinho.

– Tão engraçadinha.

Olive voltou a atenção para o palco, sorrindo.

– Foi estranho? Ter que mentir pra ele sobre a gente?

Adam pensou um pouco a respeito.

– Não. – Ele hesitou. – Parece que seus amigos estão acreditando que estamos juntos.

– Acho que estão. Não sou muito boa em contar mentiras e às vezes tenho medo de que Anh desconfie. Mas outro dia flagrei Jeremy e ela se pegando na sala de convívio dos alunos.

Eles ouviram os últimos minutos da palestra em silêncio. Na frente deles, Olive viu dois professores dormindo e vários deles disfarçadamente mexendo em seus notebooks. Ao lado de Adam, o Dr. Rodrigues estava jogando Candy Crush no celular havia meia hora. Algumas pessoas tinham saído, e Anh encontrara um lugar para sentar uns dez minutos antes. Assim como vários outros alunos que estavam ao redor de Olive, o que significava que teoricamente ela poderia ter se levantado e deixado Adam em paz. Teoricamente. Teoricamente, havia alguma cadeira vazia nas fileiras de trás. Teoricamente.

Em vez disso, ela levou os lábios à orelha de Adam outra vez e sussurrou:

– Preciso admitir que isso está funcionando bem para mim. Essa coisa de namoro de mentira.

Mais do que bem. Melhor do que ela jamais imaginara que poderia funcionar.

Adam assentiu. Talvez tivesse apertado um pouco o braço ao redor dela. Talvez não, e fosse só a cabeça de Olive inventando coisas. Estava começando a ficar tarde. Seu último café tinha sido há muito tempo e ela não se sentia plenamente desperta; os pensamentos estavam confusos e relaxados.

– E pra você?

– Hum?

Adam não estava olhando para ela.

– Está funcionando bem pra você? – Aquilo soou meio carente. Olive disse a si mesma que era só porque estava falando em voz muito baixa. – Ou quer terminar de mentira antes do previsto?

Ele demorou um instante para responder. Então, enquanto a Dra. Moss pegava o microfone para agradecer a Tom e abrir para as perguntas da plateia, ela o ouviu dizer:

– Não. Não quero terminar.

Ele tinha um cheiro bom mesmo. Era engraçado de um jeito meio esquisito e inexpressivo e, sim, ele era conhecido por ser um babaca, mas era legal com ela o suficiente para fazê-la ignorar isso. Além disso, gastava uma pequena fortuna em guloseimas para ela. De fato, Olive não tinha do que reclamar.

Ela se ajeitou para ficar mais confortável e voltou a olhar para o palco.

〜〜〜〜〜

Depois da palestra, Olive pensou em ir até o palco para cumprimentar Tom e fazer uma ou duas perguntas para as quais já sabia a resposta. Infelizmente, havia dezenas de pessoas ali esperando para fazer o mesmo, e ela achou que não valia a pena ficar na fila para puxar saco. Então se despediu de Adam, ficou esperando Anh acordar de seu cochilo enquanto pensava em se vingar desenhando um pênis no rosto dela, e depois as duas foram andando pelo campus até o prédio da biologia.

– Vai dar muito trabalho esse relatório que o Benton pediu? – perguntou a amiga.

– Bastante. Preciso realizar alguns testes de controle para garantir que meus resultados estão certos. Além disso, tem as outras coisas que preciso fazer, como as aulas como professora assistente e minha apresentação para o congresso da Sociedade para Descobertas Biológicas. – Olive deixou a cabeça pender para trás, sentiu o sol aquecer sua pele e sorriu. – Se eu me enfurnar no laboratório a noite inteira durante essa semana e a próxima, acho que termino tudo a tempo.

– Pelo menos temos uma coisa legal pela frente, que é o congresso.

Olive concordou. Ela não era muito fã de congressos acadêmicos, dada a exorbitância dos valores de inscrição, passagens e hospedagem. Mas Malcolm e Anh iam ao congresso da SDB também, e Olive estava animada para conhecer Boston com eles. Além disso, todo o bafafá entre os departamentos que acontecia em eventos acadêmicos envolvendo bebida liberada era entretenimento garantido.

– Estou organizando um evento paralelo pra mulheres negras, indígenas e não brancas das áreas STEM do país inteiro. Vou chamar alunas de doutorado como eu pra conversar pessoalmente com estudantes da graduação e mostrar a elas que não estarão sozinhas quando chegarem à pós.

– Anh, isso é incrível. *Você* é incrível.

– Eu sei. – Anh deu uma piscadinha e entrelaçou seu braço com o de Olive. – Podemos ficar todos no mesmo quarto de hotel. Pegar brindes nos estandes e encher a cara juntos. Lembra no evento da Sociedade de Genética Humana, quando Malcolm ficou bêbado e começou a cutucar pessoas aleatórias com o tubo onde veio o pôster e... O que está acontecendo ali?

Olive apertou os olhos por causa do sol. Um engarrafamento muito maior que o normal tinha se formado no estacionamento do prédio de biologia. As pessoas buzinavam e saíam dos carros, tentando entender o que estava causando aquilo. Ela e Anh caminharam ao longo de uma fileira de veículos presos dentro do estacionamento e deram de cara com um grupo de doutorandos de biologia.

– A bateria do carro de alguém morreu e está atravancando a saída – explicou Greg, um dos colegas de laboratório de Olive.

Ele revirava os olhos e se sacudia, impaciente. Apontou para uma caminhonete vermelha parada no lugar mais inconveniente da curva.

Olive reconheceu: era o carro de Cherie, a secretária do departamento.

– Vou defender minha proposta de tese amanhã. Preciso ir pra casa me preparar. Isso é ridículo. E por que a Cherie está simplesmente parada ali, conversando tranquilamente com o Carlsen? Será que querem que a gente leve um chá com biscoito?

Olive olhou em volta, procurando a silhueta alta de Adam.

– Ah, é, o Carlsen está ali – disse Anh.

Olive olhou para o lugar apontado e viu Cherie voltar ao volante e Adam correr para trás da caminhonete.

– O que ele...

Foi tudo que Olive conseguiu dizer, até que ele parou, colocou as mãos na parte de trás da caminhonete e começou a...

Empurrar.

Seus ombros e bíceps esticaram a camiseta de malha. Dava para ver os músculos firmes da parte de cima das costas se movendo e tensionando por baixo do tecido preto enquanto ele se inclinava para a frente e empurrava uma caminhonete de toneladas por... uma distância razoável até a vaga mais próxima.

Uau.

Houve aplausos e assobios dos passantes quando a caminhonete foi movida, e alguns dos professores da neurociência cumprimentaram Adam com um tapinha nas costas enquanto a fila de carros começava a sair do estacionamento.

– Porra, finalmente – disse Greg atrás de Olive.

Ela ficou ali, parada, um pouco chocada. Estava vendo coisas? Ou Adam tinha realmente empurrado uma caminhonete enorme sozinho? Ele era um alienígena do planeta Krypton que se transformava em super-herói?

– Ol, vai lá dar um beijo nele.

Olive se virou, lembrando-se de repente da existência de Anh.

– O quê? – Não. *Não.* – Não precisa. Acabei de me despedir dele e...

– Ol, por que não quer ir dar um beijo no seu namorado?

Ai.

– Eu... Não é que eu não queira. É que...

– Cara, ele acabou de empurrar uma caminhonete. Sozinho. Numa subida. Ele merece a porra de um beijo.

Anh empurrou Olive na direção de Adam.

Olive cerrou os dentes e foi andando até ele, pensando que deveria ter desenhado uns vinte pênis na cara da amiga. Talvez ela estivesse desconfiando do relacionamento entre Olive e Adam. Ou talvez só estivesse se divertindo em pressioná-la a dar um beijo em público, aquela ingrata. De qualquer forma, se era esse seu castigo por elaborar um plano complexo de namoro de mentira para, supostamente, favorecer a vida amorosa da amiga, então talvez...

Olive parou de repente.

A cabeça de Adam estava inclinada para a frente, os cabelos pretos cobrindo sua testa enquanto ele secava o suor dos olhos com a barra da camiseta, deixando um belo pedaço do tronco visível e... Não era nada indecente, de verdade, nada fora do normal, só o abdômen de um cara sarado, mas por algum motivo Olive não conseguia parar de olhar para a pele nua de Adam, como se fosse feita de mármore italiano e...

– Olive? – disse Adam, e ela imediatamente desviou o olhar.

Droga, tinha sido pega no flagra. Primeiro, ela o tinha obrigado a beijá-la, agora estava vidrada no cara como se fosse uma pervertida no meio do estacionamento e...

– Precisa de alguma coisa?

– Não, eu...

Ela sentiu as bochechas ficando vermelhas.

A pele dele também estava vermelha depois de todo o esforço, seus olhos brilhavam e ele parecia... Bem, pelo menos ele não parecia triste em vê-la.

– Anh me mandou vir aqui te dar um beijo.

Ele parou no meio do movimento de limpar as mãos na camiseta. E então disse "Ah" naquele tom de voz neutro e impossível de interpretar.

– Porque você empurrou a caminhonete. Eu... eu sei que é muito ridículo. Eu sei. Mas eu não queria que ela suspeitasse e vi professores aqui também, então talvez eles comentem com o chefe do departamento e vamos matar dois coelhos com uma cajadada só e posso ir embora se você...

– Tudo bem, Olive. Respira.

Certo. Isso. Boa ideia. Olive respirou e, ao fazer aquilo, notou que não estava respirando mesmo havia um tempo, e aquilo a fez sorrir para Adam. Ele fez aquele movimento de curvar de leve a boca num sorriso. Ela já estava se acostumando com ele. Com suas expressões, seu porte, o jeito peculiar dele.

– Anh está olhando pra gente – disse ele, olhando por cima da cabeça de Olive.

Olive respirou fundo e apertou a parte de cima do nariz com os dedos.

– Tenho certeza de que está – murmurou.

Adam secou o suor da testa com as costas da mão.

Olive estava constrangida.

– Então... Será que a gente se abraça ou algo assim?

– Ah. – Adam olhou para as mãos e para si mesmo. – Acho que você não vai querer. Estou nojento.

Sem conseguir se conter, Olive o analisou de cima a baixo, examinando seu corpo grande, os ombros largos, a forma como o cabelo se enrolava atrás da orelha. Ele não parecia nojento. Nem mesmo para Olive, que não costumava ser fã de caras que davam a impressão de passar boa parte de seu tempo na academia. Ele parecia...

O contrário de nojento.

Ainda assim, talvez fosse melhor mesmo que não se abraçassem. Olive podia acabar fazendo algo notoriamente idiota. Ia só se despedir e ir embora. Sim, era isso que devia fazer.

Só que algo totalmente insano saiu de sua boca.

– Será que a gente se beija, então? – Ela se espantou ao ouvir a si mesma. E imediatamente depois disso desejou que um meteorito atingisse o exato local onde estava. Ela havia mesmo acabado de pedir um beijo a Adam Carlsen? Foi isso? Ela tinha ficado doida de repente? – Quer dizer, não um beijo *beijo* – completou, apressada. – Mas, tipo, como foi da última vez. Você sabe.

Ele não parecia saber, e isso até fazia sentido, porque o beijo anterior tinha sido definitivamente um beijo *beijo*. Olive tentava não pensar muito naquele beijo, mas alguns flashes passavam por sua mente de vez em quando, quase sempre quando estava fazendo algo importante que demandava concentração absoluta, como implantar eletrodos no pâncreas de um rato ou tentar decidir o que pedir no Subway. Outras vezes, os flashes vinham em momentos de tranquilidade, quando estava na cama prestes a dormir, e Olive sentia uma mistura de constrangimento, incredulidade e algo a mais. Algo que ela não tinha nenhuma intenção de investigar com mais afinco, nem agora nem nunca.

– Tem certeza? – perguntou ele.

Ela assentiu, embora não tivesse certeza nenhuma.

– Anh ainda está olhando pra gente? – quis saber Olive.

Ele levantou os olhos.

– Sim. E não está nem disfarçando. Eu... Por que ela se importa tanto? Você é famosa?

– Não, Adam. – Ela apontou para ele. – *Você* que é.

– Eu sou?

Ele pareceu perplexo.

– Enfim, a gente não precisa se beijar. Você está certo, provavelmente seria meio esquisito.

– Não. Não, eu não quis dizer isso. – Uma gota de suor escorreu pela lateral do rosto, e ele secou, dessa vez com a manga da camiseta. – A gente pode se beijar.

– Ah.

– Se você achar que... a sua amiga está vigiando.

– É. – Olive engoliu em seco. – Mas não precisamos.

– Eu sei.

– A não ser que você queira. – As palmas das mãos de Olive estavam suadas e grudentas, e ela as secou na calça jeans. – E quando digo "queira", significa: caso você ache uma boa ideia.

Não era uma boa ideia. Era péssima. Como *todas* as suas ideias.

– Certo. – Ele olhou para Anh, que provavelmente estava gravando um vídeo deles para postar nos stories do Instagram. – Então tá.

– Tá.

Ele chegou um pouco mais perto e, de fato, não estava nada nojento. Como alguém suado daquele jeito, que tinha acabado de empurrar uma caminhonete, ainda conseguia estar cheiroso era assunto para uma tese de doutorado, com certeza. Os melhores cientistas do planeta deveriam estar investigando isso.

– Por que eu não... – começou Olive.

Ela se inclinou de leve na direção dele e, depois de hesitar um pouco, pousou a mão sobre o ombro de Adam. Ficou na ponta dos pés e esticou o pescoço. Aquilo ajudou muito pouco, porque Olive ainda não estava na altura suficiente para alcançar a boca de Adam, então ela tentou ganhar mais impulso colocando a outra mão no braço dele. Imediatamente percebeu que o estava abraçando. Justo o que ele tinha pedido para não fazer. *Droga.*

– Desculpa, cheguei muito perto? – perguntou ela. – Não era minha...

Olive teria terminado a frase se ele não tivesse simplesmente chegado perto e... a beijado. Sem mais nem menos.

Foi um pouco mais que um selinho – apenas os lábios dele pressionados contra os dela, a mão dele em sua cintura, para firmá-la. Foi um beijo, mas muito de leve, e com certeza não justificava o coração acelerado nem aquela coisa meio quentinha que ela sentia na boca do estômago. Não era uma sensação ruim, mas meio confusa e assustadora, e fez com que Olive se afastasse depois de apenas um segundo. Quando voltou a plantar os pés no chão, pareceu por uma fração de segundo que Adam tinha se abaixado junto com ela, tentando alcançar sua boca novamente. Mas, quando ela abriu os olhos e saiu do transe do beijo, ele estava em pé na sua frente, as bochechas vermelhas e o peito subindo e descendo, ofegante. Ela devia ter sonhado com aquela última parte.

Precisava desviar os olhos de Adam. No mesmo instante. E ele precisava olhar para outro lugar também. Por que estavam se encarando, então?

– Beleza – disse ela. – Isso... é... funcionou.

O maxilar de Adam se moveu um pouco, mas ele não respondeu.

– Ok, então. Eu vou... É...

Ela fez um gesto apontando para trás com o polegar.

– Anh? – perguntou Adam.

– É, isso. Falar com a Anh.

Ele respirou fundo.

– Certo.

Eles tinham se beijado. Eles tinham se beijado duas vezes. *Duas vezes.* Não que tivesse importância. Não que alguém ligasse. Mas. Duas vezes. E teve o colo. Mais cedo. Assim, não que tivesse importância.

– Vejo você por aí, certo? Semana que vem? – indagou ela.

Adam levou os dedos à boca, depois deixou o braço cair ao lado do corpo.

– Isso. Quarta-feira.

Era quinta-feira. Logo, iam se ver dali a seis dias. E estava tudo bem. Tudo bem para Olive; não tinha importância com que frequência eles se encontravam.

– É. Vejo você na quar... Ei, e o piquenique?

– O... Ah. – Adam revirou os olhos e agora parecia mais consigo mesmo.

– Certo. Aquela merd... – Ele interrompeu a si mesmo. – Aquele piquenique.

Ela deu um sorrisinho.

– É na segunda-feira.

Ele suspirou.

– Eu sei.

– Ainda pretende ir?

Ele a olhou com uma expressão que dizia claramente: "Não tenho muita escolha, embora preferisse que arrancassem minhas unhas uma a uma. Com um alicate."

Olive riu.

– Bom, eu também vou.

– Pelo menos isso.

– Vai levar o Tom?

– Provavelmente. Ele por acaso *gosta* de pessoas.

– Beleza. Posso fazer um pouco de networking com ele, e você e eu podemos mostrar ao chefe do departamento como estamos firmes e comprometidos. Você vai parecer uma árvore. Totalmente enraizado aqui.

– Perfeito. Vou levar uma certidão de casamento falsa e deixar cair sem querer na frente dele.

Olive riu, deu tchau e então foi correndo até Anh. Passou a lateral da mão nos lábios, como se estivesse tentando arrancar da mente o fato de que tinha acabado de beijar Adam, o Dr. Adam Carlsen, pela segunda vez na vida. E, de novo, estava tudo bem. Mal tinha sido um beijo. Nada de importante.

– Olha só – disse Anh, colocando o celular no bolso. – Você realmente acabou de dar uns pegas no professor Adam MacArthur Carlsen na frente do prédio de biologia.

Olive revirou os olhos e começou a subir as escadas.

– Tenho quase certeza de que esse não é o nome do meio dele. E a gente não estava dando uns pegas.

– Mas estava bem óbvio que queriam.

– Para com isso. Por que você estava olhando pra gente, afinal?

– Eu não estava. Por acaso olhei quando ele estava prestes a te atacar e não consegui mais desviar o olhar.

Olive deu uma risada debochada e conectou os fones de ouvido no celular.

– Sei. Tá bom.

– Ele gosta mesmo de você. Dá pra ver no jeito que ele olha pra...

– Eu vou ouvir música bem alto agora. Pra te ignorar.

– ... você.

Foi só bem mais tarde, depois de horas trabalhando no relatório de Tom, que Olive se lembrou do que Adam dissera quando ela falou que iria ao piquenique.

"Pelo menos isso."

Olive baixou a cabeça e sorriu.

Capítulo Sete

❤ **HIPÓTESE:** *Há uma correlação positiva significativa entre a quantidade de filtro solar colocada nas minhas mãos e a intensidade do meu desejo de matar Anh.*

Um terço do relatório de Tom estava feito: até então com 34 páginas, espaço simples, fonte Arial tamanho 11, sem justificar. Eram onze da manhã e Olive estava trabalhando no laboratório desde as cinco – analisando amostras de peptídeos, registrando protocolos, tirando pequenos cochilos enquanto o termociclador funcionava – quando Greg entrou pela porta completamente furioso.

Aquilo era incomum, mas não *tão* incomum assim. Greg era meio esquentadinho, para começo de conversa. Além disso, o doutorado incluía no pacote explosões de ódio em locais semipúblicos quase sempre por razões que, Olive sabia muito bem, pareceriam ridículas para qualquer um que nunca tivesse pisado no ambiente acadêmico. "Estão me obrigando a dar aula de Introdução à Biologia pela quarta vez seguida"; "O artigo que preciso ler não está disponível de graça"; "Tive uma reunião com minha orientadora e a chamei de mãe sem querer".

Greg e Olive compartilhavam a orientadora, Dra. Aslan, e, embora sempre tivessem se dado bem, não eram muito próximos. Quando escolheu uma orientadora, Olive tinha em mente evitar um pouco do desprezo normalmente direcionado às mulheres na área de ciências. Infelizmente, acabou indo parar num laboratório onde os colegas eram todos homens, o que... não era o melhor dos ambientes.

Quando Greg entrou, bateu a porta e atirou uma pasta em cima da bancada, Olive não soube bem o que fazer. Ficou olhando enquanto ele se sentava, de cara feia. Chase, outro colega do laboratório, chegou logo depois dele com uma expressão apreensiva no rosto e começou a dar uns tapinhas nas costas de Greg.

Olive ficou olhando para suas amostras de RNA. Depois, foi até a bancada de Greg.

– O que aconteceu?

Ela estava esperando uma resposta do tipo: "Pararam de produzir o meu reagente" ou "Meu valor-p é .06" ou "O doutorado foi um erro, mas agora é tarde demais para desistir porque minha autoestima está completamente atrelada à minha performance acadêmica e o que vai ser de mim se eu decidir desistir?".

Em vez disso, a resposta foi:

– O seu namorado idiota.

Àquela altura, o namoro de mentira já durava duas semanas, e Olive não se espantava mais quando alguém se referia a Adam como seu namorado. Ainda assim, as palavras de Greg foram tão inesperadas e cheias de ódio que ela só conseguiu responder:

– Quem?

– O Carlsen.

Ele praticamente cuspiu o nome, como se fosse uma maldição.

– Ah.

– Ele está na banca do Greg – explicou Chase, com um tom de voz bem mais equilibrado, sem encarar Olive.

– Ah, entendi. – Isso vai ser ruim. Muito ruim. – O que houve?

– Ele não aprovou minha proposta de pesquisa.

– Merda. – Olive mordeu o lábio inferior. – Sinto muito, Greg.

– Isso vai me atrasar muito. Vou levar meses pra revisar, tudo porque Carlsen tinha que vasculhar cada mínimo detalhe. Eu nem queria que ele estivesse na minha banca. A Dra. Aslan me obrigou a colocá-lo porque está completamente obcecada com aquelas porcarias computacionais dele.

Olive tentou pensar em algo relevante para dizer, sem nenhum sucesso.

– Sinto muito mesmo.

– Olive, vocês conversam sobre essas coisas? – perguntou Chase, do nada, olhando para ela com desconfiança. – Ele te disse que não ia aprovar a pesquisa do Greg?

– O quê? Não. Não, eu... – *Falo com ele durante exatamente quinze minutos por semana. E, tudo bem, eu o beijei. Duas vezes. E sentei no colo dele. Mas é só isso, e o Adam... ele fala muito pouco. Na verdade, eu até gostaria que falasse mais, pois não sei nada sobre ele e queria saber.* – Não, ele não fala. Acho que seria contra as normas se falasse.

– Droga. – Greg deu um tapa na bancada, o que fez Olive pular de susto. – Ele é tão babaca! Aquele desgraçado sádico.

Olive abriu a boca para... para fazer o quê, exatamente? Defender Adam? Ele *era* um babaca. Ela já o tinha visto ser um babaca. Talvez não recentemente e não com ela, mas se fosse contar o número de conhecidos que já tinham chorado por causa dele... Ia precisar das duas mãos e dos dedos dos pés. E talvez de alguns dedos de Chase também.

– Ele disse o porquê, pelo menos? O que você precisa mudar?

– Tudo. Ele quer que eu mude meu grupo de controle e acrescente mais um outro, o que vai tornar o projeto dez vezes mais demorado. E o jeito dele de falar, aquele ar de superioridade... Ele é *tão* arrogante!

Bem, isso não era mesmo novidade. Olive coçou a testa, tentando não bufar.

– É um saco. Eu sinto muito – repetiu mais uma vez, sem ter algo melhor para dizer e sendo realmente solidária a Greg.

– É, pois é. – Ele se levantou, caminhou ao redor da bancada e parou na frente de Olive. – Devia sentir mesmo.

Ela ficou paralisada. Com certeza tinha ouvido errado.

– Como é que é?

– Você é namorada dele.

– Eu... – *Na verdade não sou. Mas. Ainda que ela fosse.* – Greg, eu só estou *namorando* o cara. Eu não sou ele. Como é que eu teria algo a ver com...

– Você faz vista grossa pra tudo isso. Pro fato de ele agir dessa maneira, como um babaca com delírios de poder. Você não dá a mínima pra forma como ele trata todo mundo no programa, ou então não teria estômago pra sair com ele.

Diante do tom de voz dele, Olive deu um passo para trás.

Chase ergueu a mão num gesto de quem pede calma e se colocou entre os dois.

– Ei, vocês dois. Não vamos...

– Não fui eu que reprovei você, Greg.

– Pode ser. Mas você também não se importa que metade do departamento viva em absoluto terror por causa do seu namorado.

Olive sentiu a raiva borbulhando dentro de si.

– Isso não é verdade. Eu consigo separar minhas relações profissionais e meus sentimentos por ele...

– Porque não dá a mínima pra mais ninguém além de você mesma.

– Isso é injusto. O que eu deveria fazer?

– Fazer com que ele parasse de reprovar as pessoas.

– Fazer com que ele.... – balbuciou Olive, quase engasgando com as palavras. – Greg, acha mesmo que essa é a reação mais racional que você poderia ter depois que o Adam te reprovou...

– Ah. Adam, é?

Ela trincou os dentes.

– É. Adam. Como eu deveria chamar meu namorado pra me adequar melhor às suas necessidades? Professor Carlsen?

– Se você fosse uma aliada minimamente decente dos outros alunos do departamento, simplesmente largaria essa merda de namorado.

– Como... Você consegue perceber como é sem noção...

Olive não teve nem chance de terminar a frase, já que Greg saiu como um raio do laboratório, batendo a porta, e nem um pouco interessado no que Olive ainda tinha a dizer. Ela passou a mão no rosto, perturbada com o que acabara de acontecer.

– Ele não... Ele não pensa assim de verdade. Pelo menos não sobre você – disse Chase, coçando a cabeça. Um ótimo lembrete de que ele estivera naquela sala durante toda a conversa. Na primeira fila. Ia levar talvez uns quinze minutos até que todo mundo do programa soubesse o que houve. – Greg precisa se formar nessa primavera junto com a esposa. Para procurarem pós-doutorados juntos. Eles não querem morar separados, sabe?

Ela assentiu. Não sabia, mas entendia. Parte de sua raiva começou a se dissipar.

– É, sei.

Me tratar dessa maneira horrível não vai fazer a pesquisa andar mais rápido, pensou ela.

Chase respirou fundo.

– Não é nada pessoal. Mas você precisa entender que é estranho pra todos nós. Porque o Carlsen... Talvez ele nunca tenha estado em nenhuma das suas bancas, mas você sabe o tipo de cara que ele é, certo?

Ela não sabia muito bem como responder.

– E agora vocês estão namorando e... – Chase deu de ombros com um sorriso meio nervoso. – Não deveria ser uma questão de tomar partido, mas às vezes parece algo assim, sabe?

Ela ficou com as palavras de Chase na cabeça pelo resto do dia. Pensou nelas enquanto aplicava os protocolos experimentais em seus ratos e depois mais tarde enquanto tentava descobrir o que fazer com aquelas duas discrepâncias que tornavam os resultados difíceis de interpretar. Ficou remoendo as palavras enquanto pedalava de volta para casa, o vento quente amornando suas bochechas e bagunçando o cabelo, e também ao comer dois pedaços da pior pizza da história. Malcolm estava numa fase saudável havia semanas (tinha algo a ver com cultivar seu microbioma intestinal) e se recusava a admitir que pizza de couve-flor não prestava.

Dentre seus amigos, Malcolm e Jeremy haviam tido situações desagradáveis com Adam no passado, mas, depois do choque inicial, não pareceram usar a relação de Olive para atacá-la. Ela não tinha pensado muito nos sentimentos dos outros alunos. Sempre havia sido solitária, e dar atenção às opiniões de pessoas com quem mal interagia lhe parecera um desperdício de tempo e energia. Ainda assim, talvez houvesse uma pontinha de verdade no que Greg dissera. Adam não tinha sido nada babaca com Olive, mas aceitar sua ajuda enquanto ele agia de forma horrenda com seus colegas fazia dela uma pessoa ruim?

Olive se deitou na cama desfeita e olhou para as estrelas que brilhavam no escuro. Fazia mais de dois anos que ela pegara emprestada a escada de Malcolm para colar as estrelas com cuidado no teto; a cola estava começando a soltar e o cometa grande que ficava no canto perto da janela ia cair a qualquer momento. Sem pensar muito, ela se levantou da cama, vasculhou os bolsos da calça jeans que tinha tirado e pegou o celular.

Ela ainda não tinha usado o número de Adam, que ele lhe dera havia apenas alguns dias, dizendo: "Se acontecer alguma coisa e você precisar cancelar, me liga. É mais rápido do que por e-mail." Quando clicou no ícone azul embaixo do nome dele, uma tela branca se abriu, sem nenhum histórico nem mensagens anteriores. Aquilo provocou uma onda de ansiedade em Olive, tanto que ela digitou a mensagem com uma das mãos enquanto roía a unha da outra.

Olive: Você acabou de reprovar o Greg?

Adam *nunca* estava com o telefone. Nunca. Em todas as vezes que Olive estivera com ele, não o tinha visto checar o celular nem uma vez; se bem que, num laboratório tão grande quanto o dele, Adam devia receber uns trinta e-mails por minuto. A verdade é que ela nem sabia se ele tinha um celular. Talvez fosse um desses hippies dos dias de hoje que odeiam tecnologia. Talvez tivesse lhe dado o número fixo do escritório, por isso dissera a ela para ligar. Talvez não soubesse enviar mensagem de texto, o que significava que ela nunca receberia uma resposta para...

O celular vibrou.

Adam: Olive?

Ela lembrou que não dera o próprio número para Adam. Então ele não tinha como saber quem estava mandando a mensagem, e o fato de que havia adivinhado corretamente revelava uma intuição quase sobrenatural.

Olive: Isso. Eu.

Olive: Você reprovou o Greg Cohen? Estive com ele depois da reunião com a banca. Ele estava bem chateado.

Comigo. Por sua causa. Por causa desse negócio idiota que estamos fazendo. Houve uma pausa de mais ou menos um minuto na qual talvez Adam estivesse rindo como um vilão de toda a dor causada a Greg. Ele então respondeu:

Não posso falar com você sobre as reuniões da banca de outros alunos.

Olive suspirou e trocou olhares com a raposa de pelúcia que Malcolm lhe dera de presente quando ela passou na qualificação.

Olive: Não estou pedindo pra me contar nada. Greg já me disse. E tá sobrando pra mim, já que sou sua namorada.

Olive: "Namorada."

Três pontinhos apareceram na parte de baixo da tela. Depois sumiram, depois apareceram de novo e então, finalmente, o telefone vibrou.

Adam: As bancas não reprovam os alunos. Reprovam suas propostas de pesquisa.

Ela deu uma risada de deboche, meio desejando que ele pudesse ouvir.

Olive: Ah, tá bem. Fala isso pro Greg.

Adam: Eu falei. E expliquei onde estavam os pontos fracos da pesquisa. Ele vai revisar a proposta e depois eu vou aprovar.

Olive: Então você admite que é o responsável pela decisão de reprová-lo.

Olive: Ou, sei lá, de reprovar sua proposta.

Adam: Sim. Do jeito que estava, a proposta não conduziria a resultados de valor científico.

Olive mordeu a parte de dentro da bochecha, olhou para o telefone e pensou se era uma péssima ideia continuar a conversa, se ia passar do limite caso dissesse o que queria dizer. Então ela se lembrou do jeito como Greg a tratara mais cedo, murmurou um "foda-se" e digitou:

Olive: Não acha que talvez pudesse ter dado o feedback de um jeito mais gentil?

Adam: Por quê?

Olive: Porque assim talvez ele não estivesse tão chateado agora.

Adam: Ainda não consigo entender por quê.

Olive: Sério?

Adam: Não é minha função administrar as emoções do seu amigo. Ele está num programa de doutorado, não na escola. Se continuar no mundo acadêmico, vai ser confrontado o resto da vida por feedbacks e opiniões que não vão agradar a ele. Como ele escolhe lidar com isso é problema dele.

Olive: Ainda assim, talvez você pudesse tentar não parecer que sente prazer em atrasar a conclusão do doutorado das pessoas.

Adam: Isso é irracional. A proposta dele precisa ser modificada porque, do jeito que está, vai levá-lo ao fracasso. O restante da banca e eu estamos dando a ele um retorno que vai ajudá-lo a produzir conhecimento útil. Ele é um cientista em treinamento: devia valorizar as orientações, não ficar chateado com elas.

Olive trincou os dentes enquanto respondia.

Olive: Você deve ter noção de que reprova mais gente que qualquer outro professor. E que suas críticas são desnecessariamente duras. Duras do tipo "saia do doutorado agora e não volte nunca mais". Deve saber a opinião que os alunos têm de você.

Adam: Não sei.

Olive: Hostil. E inacessível.

E isso porque ela estava pegando leve. *Você é um babaca*, era o que queria dizer. *Só que eu sei que você sabe não ser um babaca e não entendo por que é tão diferente comigo. Não sou nada pra você, então não faz sentido você mudar tanto de personalidade sempre que está na minha presença.*

Os três pontinhos na parte de baixo da tela piscaram durante dez segundos, vinte, trinta. Um minuto inteiro. Olive releu sua última mensagem e se perguntou se estava tudo acabado, se finalmente tinha ido longe demais. Talvez Adam fosse lembrar a ela que ser insultado por mensagem de texto às nove da noite de uma sexta-feira não fazia parte do acordo do namoro de mentira.

E então a caixinha de texto azul apareceu preenchendo toda a tela.

Adam: Estou fazendo meu trabalho, Olive. Que não é dar feedbacks de forma gentil nem fazer com que os alunos do departamento se sintam bem consigo mesmos. Meu trabalho é formar pesquisadores rigorosos que não publiquem artigos inúteis ou nocivos que prejudiquem nosso campo de pesquisa. O ambiente acadêmico está cheio de pesquisas terríveis e cientistas medíocres. Não dou a mínima pra opinião dos seus amigos sobre mim desde que os trabalhos deles atinjam um alto padrão de qualidade. Se eles quiserem desistir ao ouvir que o trabalho não atingiu esse padrão, que seja. Não é todo mundo que leva jeito pra ciência, e os que não levam devem ser eliminados mesmo.

Ela olhou para o telefone sentindo ódio da frieza e da insensibilidade daquelas palavras. Olive compreendia muito bem a insatisfação de Greg porque já tinha passado por situações parecidas. Talvez não com Adam, mas sua experiência em geral dentro da área de ciências na academia havia sido marcada por dúvidas sobre si, ansiedade e um sentimento de inferioridade. Ela mal tinha conseguido dormir nas duas semanas que antecederam sua qualificação, estava sempre se perguntando se o medo de falar em público iria impedi-la de ter uma carreira e apavorada com a ideia de ser a pessoa mais burra numa sala. E, ainda assim, gastava a maior parte de seu tempo e sua energia tentando ser a melhor cientista possível, encontrar um caminho para si mesma e conquistar *alguma coisa*. A ideia de que alguém pudesse desprezar seu trabalho e seus sentimentos de maneira tão fria a magoou profundamente, e por isso sua resposta foi tão imatura.

Olive: Então vai se foder, Adam.

Ela se arrependeu imediatamente, mas por algum motivo não conseguiu pedir desculpas. Apenas vinte minutos depois ela se convenceu de que Adam não ia responder. Recebeu um aviso de que sua bateria estava com 5% de carga.

Então respirou fundo, levantou-se da cama e olhou em volta, procurando um carregador.

～～～～～

– Agora vire à direita.

– Está bem. – Malcolm ligou a seta. Um clique ecoou no carro pequeno.

– Virando pra direita.

– Não, não dê ouvidos pro Jeremy. Vire à esquerda.

Jeremy se inclinou para a frente e deu um tapinha no braço de Anh.

– Malcolm, confia em mim. Anh nunca esteve nesse sítio. Fica do lado direito.

– O Google Maps diz que é pra virar à esquerda.

– O Google Maps está errado.

– O que eu faço? – Malcolm olhou para o retrovisor, em dúvida. – Esquerda? Direita? Ol, o que eu faço?

No banco de trás, Olive parou de olhar pela janela e deu de ombros.

– Tenta pela direita. Se estiver errado, a gente faz a volta.

Ela deu uma olhadinha rápida para Anh, meio que se desculpando, mas ela e Jeremy estavam muito ocupados provocando um ao outro e nem perceberam.

Malcolm fechou a cara.

– Vamos chegar atrasados. Meu Deus, como eu detesto esses piqueniques idiotas.

– Nós já estamos – Olive deu uma olhada no relógio do carro – uma hora atrasados. Acho que dez minutos a mais não vão fazer diferença.

Só espero que ainda tenha comida. Seu estômago estava roncando havia duas horas; não sabia como as outras pessoas no carro não tinham percebido.

Depois da discussão com Adam três dias antes, ela havia cogitado não ir ao piquenique. Ia se enfurnar no laboratório e seguir com o que vinha fazendo o final de semana inteiro: ignorar o fato de que tinha mandado Adam se foder sem um bom motivo. Podia usar aquele tempo para se dedicar ao relatório de Tom, que se revelara mais trabalhoso e demorado do que ela previra – provavelmente porque Olive sabia o que estava em jogo e refazia mil vezes cada análise e se martirizava a cada frase. Mas tinha mudado de ideia no último minuto, já que prometera a Adam que eles fariam um belo teatro para o chefe do departamento. Seria injusto da parte dela voltar atrás enquanto ele tinha feito até mais que o combinado para convencer Anh.

Isso, claro, no caso bastante improvável de ele ainda querer olhar para a cara de Olive.

– Não se preocupe, Malcolm – disse Anh. – Em algum momento vamos chegar lá. Se alguém perguntar, vamos dizer que fomos atacados por uma onça. Meu Deus, por que está tão quente? Eu trouxe protetor solar, aliás. FPS 30 e 50. Ninguém vai a lugar nenhum antes de passar o protetor.

Olive e Jeremy, que conheciam bem a obsessão de Anh por protetor solar, trocaram um olhar resignado no banco de trás.

O piquenique rolava solto quando eles finalmente chegaram e estava lotado, como a maioria dos eventos acadêmicos com comida de graça. Olive foi direto para as mesas e acenou para a Dra. Aslan, que estava sentada à sombra de um carvalho gigante com outros professores. A Dra. Aslan acenou de volta, certamente feliz porque, com sua autoridade, controlava também o tempo livre de seus alunos, não apenas as oitenta horas por semana que já passavam no laboratório. Olive deu um sorrisinho fraco, na tentativa de não parecer ressentida, pegou um punhado de uvas verdes e enfiou uma na boca enquanto olhava ao redor.

Anh tinha razão. Aquele mês de setembro estava estranhamente quente. Havia pessoas por toda parte, sentadas em cadeiras de praia, deitadas na grama, caminhando entre os galpões, todas aproveitando o clima bom. Algumas comiam em pratos de plástico, sentadas em mesas dobráveis perto do prédio principal, e havia pelo menos três jogos acontecendo: uma rodinha de vôlei, uma partida de futebol e algo envolvendo um frisbee e uns seis caras seminus.

– O que é aquilo que estão jogando? – Olive perguntou a Anh.

Ela viu o Dr. Rodrigues derrubar alguém da imunologia e olhou triste para as mesas quase vazias. Só havia alguns restos. Olive queria um sanduíche. Um pacote de batatinhas. Qualquer coisa.

– Ultimate Frisbee? Não sei. Você passou protetor solar? Está usando só uma regatinha e um short, tem que passar.

Olive comeu mais uma uva.

– Vocês, americanos, e seus esportes de mentira.

– Tenho quase certeza de que existem campeonatos canadenses de Ultimate Frisbee também. Sabe o que não é de mentira?

– O quê?

– Melanoma. Passa logo o protetor solar.

– Vou passar, mãe – disse Olive, sorrindo. – Posso comer primeiro?

– Comer o quê? Não sobrou nada. Ah, tem um bolo de milho ali.

– Ah, ótimo.

– Não comam o bolo de milho, gente. – A cabeça de Jeremy apareceu entre Olive e Anh. – Jess disse que um aluno do primeiro ano de farmacologia espirrou em cima dele. Aonde o Malcolm foi?

– Foi estacionar e... *Puta merda.*

Olive tirou os olhos da mesa, assustada com o tom de urgência na voz de Anh.

– O que foi?

– É só *puta merda.*

– Sim, mas o que...

– *Puta merda.*

– Você já disse isso.

– Porque... *Puta merda.*

Olive olhou em volta tentando entender o que estava acontecendo.

– O que acont... Ah, olha o Malcolm ali. Será que ele achou algo pra comer?

– Aquele é o *Carlsen*?

Olive já estava andando na direção de Malcolm para tentar encontrar algo comestível e deixar de lado a maluquice do protetor solar, mas, quando ouviu o nome de Adam, parou na mesma hora. Ou talvez não fosse o nome de Adam, e sim a forma como Anh tinha falado.

– O quê? Onde?

Jeremy apontou para o pessoal jogando Ultimate Frisbee.

– É ele, não é? Sem camisa?

– *Puta merda* – repetiu Anh, o vocabulário repentinamente bastante limitado para seus 20 e poucos anos de educação formal. – Estou vendo uma barriga tanquinho?

Jeremy piscou.

– Já é quase uma máquina de lavar.

– Aqueles ombros são de verdade? – perguntou Anh. – Ele fez uma cirurgia para aumentar os ombros?

– Deve ter gastado o dinheiro da bolsa MacArthur nisso – alfinetou Jeremy. – Não acho que existem ombros assim na natureza.

– Meu Deus, aquele é o *peitoral* do Carlsen? – Malcolm apoiou o queixo no ombro de Olive. – Era aquilo que estava embaixo da camiseta enquanto ele destruía minha proposta de pesquisa? Ol, por que você não disse que ele era *sarado*?

Olive ficou parada ali, os pés fincados no chão, os braços largados ao lado do corpo. *Porque eu não sabia. Porque eu não fazia ideia.* Ou talvez ela fizesse pelo menos um pouco, depois de vê-lo empurrar a caminhonete no outro dia, embora viesse tentando reprimir aquela imagem mental.

– Inacreditável. – Anh puxou a mão de Olive para despejar uma quantidade generosa de protetor solar. – Aqui, passe nos ombros. Nas pernas. E no rosto também. Você provavelmente está no grupo de risco máximo para todas as coisas de pele, sardentinha. Jer, você também.

Olive assentiu meio entorpecida e começou a espalhar a loção pelos braços e pernas. Sentiu o cheiro de óleo de coco e tentou muito não pensar em Adam e no fato de que ele realmente *era* daquele jeito. Não obteve muito sucesso, mas, enfim...

– Existem mesmo estudos? – perguntou Jeremy.

– Hein? – disse Anh, prendendo o cabelo num coque.

– Da relação entre sardas e câncer de pele.

– Não sei.

– Imagino que existam.

– Verdade. Agora quero saber.

– Espera aí. Tem wi-fi aqui?

– Oi, você tem internet?

Olive limpou as mãos num guardanapo que parecia não ter sido usado.

– Deixei meu celular no carro do Malcolm.

Ela desviou seu olhar de Anh e Jeremy, que agora analisavam a tela do celular dele, e se virou para dar uma boa olhada no grupo de Ultimate Frisbee: quatorze homens e nenhuma mulher. Provavelmente aquilo tinha a ver com o habitual excesso de testosterona nos programas acadêmicos de ciências. Pelo menos metade dos jogadores era composta de professores ou alunos do pós-doutorado. Adam, é claro, além de Tom, o Dr. Rodrigues e vários outros da farmacologia. Todos igualmente sem camisa. Mas não. Não tinha como competir. Não havia nada igual a Adam.

Olive não era daquele jeito. Não era mesmo. Podia contar nos dedos de uma das mãos os caras por quem se sentiu loucamente atraída. Na verdade... Em um dedo só. E, naquele momento, o referido cara estava correndo na direção dela, já que Tom, bendito fosse, jogara o frisbee de um jeito desajeitado e ele tinha ido parar a poucos metros de Olive. E Adam, Adam sem camisa, por acaso era quem estava mais perto dali.

– Ah, olha esse artigo – disse Jeremy, empolgado.

– Khalesi et al., 2013. É uma meta-análise. "Marcadores cutâneos de fotodano e risco de carcinoma basocelular da pele". Saiu no jornal *Cancer Epidemiology, Biomarkers & Prevention.*

Jeremy deu um soquinho no ar de animação.

– Olive, está ouvindo isso?

Não. Não, ela não estava. Estava basicamente tentando apagar coisas do cérebro e dos olhos. A visão de seu namorado de mentira e aquele frio repentino na barriga. Ela queria estar em outro lugar. Um lugar onde fosse temporariamente cega e surda.

– Escuta isso – continuou Anh. – As melanoses solares tiveram associações fracas mas positivas com carcinoma basocelular, com OR em torno de 1,5. Caramba, não estou gostando disso. Jeremy, segure o telefone. Vou dar mais protetor solar pra Olive. Toma aqui o FPS 50, que provavelmente é o que você precisa.

Olive tirou os olhos do peitoral de Adam, que agora estava assustadoramente perto, e se afastou um pouco de Anh.

– Espera aí. Eu já passei.

– Ol – disse Anh, com aquele tom de voz sensato e maternal que sempre usava quando Ol confessava que sua cota de legumes era batata frita ou que tinha lavado as roupas brancas e coloridas juntas. – Você conhece as pesquisas.

– Não conheço as pesquisas e você também não, só leu uma linha de um resumo e...

Anh pegou a mão de Olive novamente e despejou metade do frasco. Era tanta loção que Olive precisou usar a palma da outra mão para não derramar. Ficou parada ali que nem uma idiota, as mãos juntas como se estivesse pedindo esmola.

– Muito bem. – Anh abriu um sorriso. – Agora você pode se proteger do carcinoma basocelular.

– Eu... – Olive teria coberto o rosto com as mãos se tivesse alguma liberdade para mover os membros superiores. – Eu odeio protetor solar. É melequento, me deixa com cheiro de piña colada e... essa quantidade é um exagero.

– Coloca o tanto que sua pele absorver. Principalmente nas áreas com sardas. E compartilha o resto com alguém.

– Está bem. Então, Anh, pega um pouco. Você também, Jeremy. Você é ruivo, pelo amor de Deus.

– Mas sou um ruivo sem sardas. – Ele sorriu, orgulhoso, como se tivesse criado o próprio genótipo. – E eu já passei bastante. Obrigado, amor.

Ele se inclinou para dar um beijo na bochecha de Anh, o que logo se transformou numa sessão de amassos.

Olive tentou não resmungar.

– Gente, o que eu faço com isso?

– É só encontrar outra pessoa. Cadê o Malcolm? – disse Anh.

Jeremy deu uma risadinha maliciosa e respondeu:

– Está ali, com o Jude.

– Jude?

Anh franziu a testa.

– Sim, aquele aluno do quinto ano de neuro.

– Aquele da medicina? Eles estão saindo ou...

– Gente. – Olive estava se esforçando para não gritar. – Eu não consigo me mexer. Por favor, consertem essa bagunça de protetor solar que vocês criaram.

– Meu Deus, Ol. – Anh revirou os olhos. – Você é tão dramática às vezes. Espera aí. – Ela acenou para alguém atrás de Olive e, quando abriu a boca, sua voz estava bem mais alta. – Ei, Dr. Carlsen! Já passou protetor solar?

No espaço de um microssegundo, o cérebro de Olive pegou fogo e se transformou numa pilha de cinzas. Assim, do nada, cem bilhões de neurônios, mil bilhões de células gliais e sabe-se lá quantos mililitros de líquido cefalorraquidiano simplesmente deixaram de existir. O resto do corpo também não estava nada bem, já que Olive sentia todos os órgãos desligando em tempo real. Desde que ela tinha começado a conviver com Adam, já houvera umas dez situações em que Olive tinha desejado morrer, que o chão se abrisse e a engolisse de uma só vez, para evitar o constrangimento daquelas interações. Mas, naquele momento, parecia que o fim do mundo poderia acontecer de verdade.

Não se vire, era o que o último suspiro de seu sistema nervoso central dizia. *Finja que não ouviu o que Anh disse.* Mas era impossível. Eles estavam dispostos numa espécie de triângulo, com Olive, Anh na frente dela e Adam provavelmente – com certeza – parado atrás dela. Não era como se Olive tivesse escolha. Qualquer escolha. Ainda mais porque Adam, que não tinha a menor ideia dos pensamentos depravados que percorriam a cabeça de Anh e não havia visto aquela piscina de protetor solar nas mãos de Olive, respondeu:

– Não.

Merda.

Olive se virou e lá estava ele: suado, segurando um frisbee na mão esquerda e total e completamente sem camisa.

– Perfeito, então! – disse Anh, parecendo muito animada. – Olive está com muito protetor nas mãos e não sabia o que fazer com ele. Ela vai passar em você!

Não. Não, não, *não*.

– Não posso – cochichou ela para Anh. – Seria *muito* inapropriado.

– Por quê? – Anh piscou, inocente. – Eu passo protetor solar no Jeremy o tempo inteiro. Olha só. – Ela botou um pouco nas mãos e passou meio sem jeito no rosto de Jeremy. – *Eu* estou passando protetor solar no meu namorado. Porque não quero que ele tenha um melanoma. Eu sou "inapropriada"?

Olive ia matar Anh. Ia fazê-la lamber cada gota daquele protetor maldito e ia ficar olhando enquanto ela gritava de dor e morria lentamente de envenenamento por oxibenzona.

Mas isso seria mais tarde. No momento, Adam estava olhando para ela, a expressão em seu rosto indecifrável, e Olive poderia ter pedido desculpa, engatinhado para debaixo da mesa ou pelo menos acenado para ele. Mas tudo que ela conseguiu fazer foi encará-lo e perceber que, apesar de tê-lo insultado da última vez que se falaram, ele não parecia irritado. Apenas pensativo e um pouco confuso enquanto alternava o olhar entre o rosto de Olive e aquela poça de loção branca em suas mãos, provavelmente tentando descobrir se havia um jeito de escapar daquela bagunça e, então, finalmente cedendo.

Ele fez que sim com a cabeça e se virou, os músculos das costas se movendo enquanto jogava o frisbee para o Dr. Rodrigues.

– Vou fazer uma pausa! – gritou.

Essa fala, pensou Olive, significava que iam mesmo passar por aquilo. É óbvio que iam. Porque aquela era sua vida e aquelas eram suas escolhas ruins, idiotas e temerárias.

– Oi – disse Adam para ela ao chegar mais perto.

Ele olhava para as mãos de Olive, para a forma como estavam posicionadas, parecendo alguém que pede esmola. Atrás dela, Anh e Jeremy com certeza estavam espiando os dois.

– Oi. – Ela estava de chinelo e ele de tênis, e... Ele sempre foi alto, mas naquele momento parecia um arranha-céu. Os olhos de Olive estavam na altura do peitoral dele e... *Não. Não. Não vou fazer isso.* – Pode virar de costas?

Ele hesitou por um momento, mas então se virou, estranhamente obediente. Aquilo acabou não resolvendo o problema de Olive, já que suas costas não eram menos largas ou impressionantes que o peitoral.

– Você pode... é... se abaixar um pouco?

Adam curvou a cabeça até que seus ombros estivessem... ainda bastante altos, mas de alguma forma mais fáceis de alcançar. Assim que ela levantou a mão direita, um pouco da loção pingou no chão – *onde ele deveria estar*, ela pensou com raiva –, e então ela começou a fazer aquilo, algo que nunca, nunca pensou que faria. Passar protetor solar em Adam Carlsen.

Não era a primeira vez que Olive o tocava. Portanto, não devia ter ficado surpresa com a rigidez dos músculos ou que não houvesse qualquer flacidez em sua pele. Olive se lembrou da forma como ele empurrou a caminhonete, imaginou que ele provavelmente levantava três vezes o peso dela na barra de supino e então se obrigou a parar de pensar nisso, porque *não* era uma linha de raciocínio apropriada. Ainda assim, a questão permanecia ali: não havia nada entre a pele dele e a mão dela. Ele estava quente do sol, os ombros relaxados e imóveis sob seu toque. Até mesmo em público aquilo parecia muito íntimo.

– Então... – Sua boca estava seca. – Talvez esse seja um bom momento para dizer que sinto muito por sempre acabarmos em situações como essa.

– Tudo bem.

– Sinto muito mesmo.

– Não é culpa sua.

Havia algo de incisivo na voz dele.

– Você está bem? – perguntou ela.

– Estou.

Adam assentiu, mas o movimento pareceu meio robotizado. Olive percebeu que talvez ele não estivesse tão relaxado quanto ela pensara.

– Quanto você odeia isso, numa escala entre zero e "correlação é igual a causalidade"?

Ele riu, surpreendendo-a, embora ainda parecesse meio tenso.

– Não odeio. E não é culpa sua.

– Porque eu sei que essa é a pior coisa possível e...

– Não é. Olive. – Ele se virou para olhar em seus olhos com uma expressão que misturava divertimento e aquela tensão esquisita. – Essas coisas vão continuar acontecendo.

– Certo.

Ele passou os dedos de leve na palma da mão dela e roubou um pouco do protetor solar para passar na frente, para a sorte dela. Realmente não queria massagear o peitoral dele na frente de 70% das pessoas do programa de doutorado – isso sem falar na chefe dela, porque a Dra. Aslan devia estar observando aquilo atentamente. Ou talvez não estivesse. Olive não tinha a menor intenção de se virar para descobrir. Preferia viver na ignorância.

– Principalmente porque você anda com umas pessoas bem intrometidas.

Ela caiu na gargalhada.

– Eu sei. Acredite, neste momento estou *bastante* arrependida de ter feito amizade com a Anh. E meio que pensando em matar essa garota, pra dizer a verdade.

Ela passou então aos ombros. Ele tinha várias pintinhas e sardas, e ela se perguntou se seria muito inapropriado brincar de ligar os pontos com os dedos. Ficou apenas imaginando as belas figuras que apareceriam.

– Mas, olha só, os benefícios a longo prazo do protetor solar foram confirmados pela ciência. E sua pele é bem clara. Aqui, abaixa um pouco mais pra eu passar no pescoço.

– Aham.

Ela deu a volta para passar protetor na parte da frente dos ombros. Ele era tão grande que ela ia precisar usar todo o conteúdo. Talvez tivesse até que pedir mais para Anh.

– Pelo menos o chefe do departamento ganhou um belo espetáculo – comentou Olive. – E você parece estar se divertindo.

Ele olhou enfaticamente para a mão dela, que espalhava o creme pela clavícula. Olive sentiu as bochechas queimando.

– Não, não estou dizendo que é porque eu... Quis dizer que você parece estar se divertindo no jogo de frisbee.

Ele fez uma careta.

– É melhor do que ficar de conversa fiada, com certeza.

Ela riu.

– Faz sentido. Aposto que é por isso que você está tão em forma. Devia praticar muitos esportes quando era adolescente pra não precisar falar com as pessoas. Também explica por que agora, adulto, sua personalidade é tão...

Olive parou de repente.

Adam ergueu uma sobrancelha.

– Hostil e inacessível?

Merda.

– Eu não disse isso.

– Só escreveu.

– Me... Me desculpe. Sério mesmo. Eu não quis dizer... – Ela apertou os lábios, envergonhada. E então percebeu as rugas de riso ao redor dos olhos dele. – Seu palhaço.

Olive deu uma beliscadinha de leve na parte de dentro do braço de Adam, que gemeu e abriu um sorriso ainda maior, e ela ficou se perguntando o que ele faria se, em retaliação, escrevesse o próprio nome com protetor solar no peito dele, só para ficar com a marca. Tentou imaginar o rosto de Adam depois de tirar a camiseta e ver as cinco letras estampadas na pele pelo reflexo do espelho do banheiro. Que cara ele faria. Se ele as tocaria com os dedos.

Que maluquice, pensou Olive. *Essa coisa toda está te deixando doida. Então ele é bonito e você acha ele atraente. Grande coisa. Quem se importa?*

Ela limpou as mãos já praticamente livres de protetor solar no bíceps dele e se afastou.

– Prontinho, Dr. Hostil.

Adam tinha cheiro de suor fresco, de coco e dele mesmo. Olive não ia falar com ele novamente até quarta-feira, mas por que aquele pensamento viera junto com uma pontada no peito ela não saberia dizer.

– Obrigado. E agradeça a Anh, eu acho.

– Hum. O que acha que ela vai obrigar a gente a fazer da próxima vez?

Ele deu de ombros.

– Andar de mãos dadas?

– Dar morangos na boca um do outro?

– Boa.

– Talvez ela suba um pouco de nível.

– Casamento de mentira?

– Comprar uma casa de mentira?

– Assinar os papéis da hipoteca de mentira?

Olive riu, e a maneira como ele a olhava, gentil, curioso e paciente... Ela devia estar sofrendo de insolação. Tinha algo errado com sua cabeça. Devia ter trazido um chapéu para se proteger do sol.

– Oi, Olive.

Ela desviou o olhar de Adam e viu que Tom se aproximava. Ele também estava sem camisa, e visivelmente em forma, com um abdômen bastante definido. Ainda assim, por algum motivo, aquilo não teve qualquer impacto sobre Olive.

– Oi, Tom. – Ela sorriu, embora estivesse um pouco irritada pela interrupção. – Adorei sua palestra naquele dia.

– Foi boa, né? Adam te contou sobre nossa mudança de planos?

Ela franziu a testa.

– Mudança de planos?

– Estamos progredindo bastante com a questão da bolsa, então vamos pra Boston semana que vem terminar de organizar as coisas pelo lado de Harvard.

– Ah, que ótimo. – Ela se virou para Adam. – Quanto tempo vão ficar lá?

– Só alguns dias.

Olive ficou aliviada por não ser por muito tempo. O motivo do alívio era desconhecido.

– Será que consegue me mandar o relatório até sábado? – perguntou Tom. – Assim terei o fim de semana pra dar uma olhada, e poderemos conversar sobre ele enquanto eu ainda estiver aqui.

Sua cabeça explodiu numa mistura de pânico com vários botões vermelhos de alerta, mas ela conseguiu manter o sorriso.

– Sim, claro. Mando pra você no sábado.

Ai, meu Deus. *Ai, meu Deus.* Ela ia ter que virar todas as noites. Não dormiria a semana toda. Ia ter que levar o notebook para o banheiro e escrever enquanto estivesse fazendo xixi.

– Sem problemas – completou, afundando-se ainda mais na mentira.

– Ótimo. – Tom piscou para ela, ou talvez apenas tivesse pestanejado por causa do sol. – Vai voltar pro jogo? – perguntou a Adam, e, quando ele fez que sim com a cabeça, Tom se virou e saiu correndo.

Adam ficou ali por mais um segundo, então acenou com a cabeça para Olive e foi embora. Ela tentou muito não ficar olhando para as costas dele quando se juntou novamente ao time. Os outros pareciam muito felizes em tê-lo de volta. Pelo visto, esporte era mais uma coisa na qual Adam Carlsen era excelente. Mundo injusto.

Ela nem precisou investigar para saber que Anh e Jeremy, e basicamente todas as pessoas em volta, ficaram observando os dois nos últimos cinco minutos. Pegou uma latinha de refrigerante no isopor mais próximo, lembrou que era exatamente aquilo que queriam com o combinado e então achou um lugar embaixo de um carvalho ao lado dos amigos. Todo aquele drama com o protetor solar e agora estavam sentados na sombra. Vai entender.

Ela nem estava mais com fome, um pequeno milagre, muito por conta de ter que passar protetor solar publicamente no namorado de mentira.

– Então, como ele é? – perguntou Anh.

Ela estava deitada com a cabeça no colo de Jeremy. Acima dela, Malcolm olhava para os jogadores de frisbee, provavelmente suspirando por Holden Rodrigues e pensando em como ele ficava lindo sob o sol.

– Hein?

– Carlsen. Ah, quer dizer – corrigiu-se Anh, rindo –, *Adam*. Você chama ele de Adam, né? Ou prefere Dr. Carlsen? Se vocês já realizaram o fetiche de aluna de uniforme, réguas e tal, pode me contar tudinho.

– Anh.

– É, como é o Carlsen? – indagou Jeremy. – Imagino que ele se comporte com você de um jeito diferente do que faz com o resto de nós. Ou ele diz a você repetidamente que a fonte da letra de suas etiquetas é irritantemente pequena?

Olive sorriu e olhou para baixo, porque conseguia facilmente imaginar Adam dizendo aquilo. Podia quase ouvir a voz dele falando em sua cabeça.

– Não. Ainda não, pelo menos.

– E como ele é, então?

Ela abriu a boca para responder, pensando que seria fácil. Obviamente, não era nada fácil.

– Ele é... Vocês sabem.

– Não sabemos – retrucou Anh. – Deve ter algo a mais nele do que a gente vê superficialmente. Ele é tão temperamental, negativo, irritado e...

– Não é – interrompeu Olive. E se arrependeu um pouco, porque não era bem verdade. – Ele às vezes é. Mas às vezes *não* é.

– Se você diz... – Anh não pareceu convencida. – E como vocês começaram a sair? Você nunca me contou.

– Ah. – Olive olhou ao redor. Adam devia ter feito algo impressionante, porque ele e o Dr. Rodrigues estavam fazendo um *high-five*. Ela percebeu que Tom olhava para ela lá do campo e acenou para ele com um sorriso. – Hum, um dia a gente conversou. Depois foi tomar café. E então...

– Como é que uma coisa dessas acontece? – quis saber Jeremy, intrigado. – Como é que alguém decide aceitar sair com o Carlsen? Antes de vê-lo seminu, pelo menos.

Você beija ele. Beija o cara e, quando vai ver, ele salvou sua pele, está comprando guloseimas pra você e te chamando de engraçadinha de um jeito estranhamente afetuoso. E, mesmo quando está nos dias mais mal-humorados, ele não é tão ruim assim. Ou nada ruim, na verdade. Então você manda ele ir se foder por mensagem e provavelmente estraga tudo.

– Ele simplesmente me chamou para sair. E eu aceitei.

Era óbvio que aquilo era mentira. Alguém que já publicou na *Lancet* e tem aqueles músculos nas costas jamais chamaria alguém como Olive para sair.

– Então vocês não se conheceram no Tinder?

– O quê? Não.

– Porque é isso que as pessoas estão dizendo.

– Eu não estou no Tinder.

– O Carlsen está?

Não. Talvez. Está? Olive passou as mãos pelas têmporas.

– Quem está dizendo que a gente se conheceu no Tinder? – perguntou Olive.

– Na verdade, o boato é que vocês se conheceram no Facebook – disse Malcolm distraidamente, enquanto acenava para alguém.

Olive seguiu o olhar dele e percebeu que era para Holden Rodrigues, que parecia estar sorrindo e acenando de volta.

Olive franziu a testa. Depois analisou o que Malcolm tinha acabado de dizer.

– No *Facebook*?

Malcolm deu de ombros.

– Não estou dizendo que acreditei.

– Quem são essas *pessoas*? E por que raios estão falando da gente?

Anh botou a mão no ombro de Olive.

– Não se preocupe. As pessoas já se esqueceram da fofoca sobre você e Carlsen depois que a Dra. Moss e Sloane tiveram aquela briga sobre as pessoas descartarem amostras de sangue no banheiro feminino. Bom, pelo menos se esqueceram da maior parte dela. Ei.

Anh se sentou e abraçou Olive. Ela estava cheirando a coco. Porcaria de protetor solar.

– Relaxa. Sei que algumas pessoas têm se comportado de um jeito meio estranho em relação a isso, mas eu, Jeremy e Malcolm estamos felizes por você, Ol. – Anh sorriu para tranquilizá-la, e Olive sentiu o corpo relaxar. – Ainda mais porque você finalmente está transando.

Capítulo Oito

❤ **HIPÓTESE:** *De 1 a 10 na escala Likert, o timing de Jeremy é de -50, com erro padrão de 0,2.*

O número 37 (batatinhas chips sabor sal e vinagre) estava esgotado. Era simplesmente inexplicável: Olive tinha chegado às oito da noite e havia pelo menos um pacote na máquina automática da copa. Ela se lembrava claramente de colocar a mão no bolso de trás da calça em busca de moedas de 25 centavos e da sensação de triunfo ao encontrar precisamente quatro delas. De ficar ansiosa por aquele momento, umas duas horas depois, quando já teria terminado um terço do trabalho e poderia se recompensar com o melhor salgadinho que o quarto andar tinha a oferecer. Mas então o momento chegou e não havia mais batatinhas. E aquilo era um problema, porque Olive já tinha inserido suas preciosas moedas na máquina e estava morrendo de fome.

Ela apertou o número 24 (Twix) - que era ok, embora nem de longe fosse seu favorito - e ouviu aquele barulho decepcionante quando o chocolate caiu no compartimento de saída da máquina. Ela então se abaixou para pegar e ficou olhando para aquela embalagem dourada que brilhava na palma da mão.

– Queria que você fosse uma batatinha sabor sal e vinagre – sussurrou para o pacote, com um pouco de ressentimento na voz.

– Aqui.

– Aaaai!

Ela levou um susto e imediatamente se virou, com as mãos na frente do corpo e pronta para se defender; talvez até para atacar. Mas a única pessoa na copa era Adam, sentado em um dos sofás no meio do cômodo e olhando para ela com uma expressão neutra, embora levemente divertida.

Ela relaxou e levou as mãos ao peito, esperando que seus batimentos desacelerassem.

– Quando você entrou aqui?

– Há uns cinco minutos. – Ele olhou para ela. – Já estava aqui quando você chegou.

– Por que não disse nada?

Ele inclinou a cabeça para o lado.

– Eu poderia perguntar o mesmo.

Ela cobriu a boca com a mão, tentando se recuperar do susto.

– Eu não vi você. Por que está sentado no escuro feito um criminoso?

– As luzes estão queimadas. Como sempre.

Adam levantou sua bebida (uma garrafa de Coca-Cola), e Olive se lembrou de Jess, uma das alunas de Adam, reclamando de como ele era rígido com a regra de levar comida e bebida para dentro do laboratório. Pegou algo no sofá e entregou a Olive.

– Aqui. Pode ficar com o resto das batatinhas.

Olive estreitou os olhos.

– Foi você.

– Eu?

– Você roubou minhas batatinhas.

Sua boca se curvou num sorrisinho.

– Desculpe. Pode ficar com o que sobrou. – Ele deu uma olhada dentro do pacote. – Acho que não comi muitas.

Ela foi hesitante até o sofá. Aceitou o pacote meio desconfiada e se sentou ao lado dele.

– Obrigada, acho.

Ele assentiu e deu um gole no refrigerante. Ela tentou não ficar olhando para o pescoço de Adam enquanto ele jogava a cabeça para trás e desviou o olhar para os próprios joelhos.

– Você devia estar mesmo ingerindo cafeína às... – Olive olhou para o relógio – ... dez e meia da noite?

Pensando bem, era melhor que ele nunca ingerisse cafeína, dada sua personalidade sempre tão solar. E, no entanto, os dois tomavam café juntos todas as quartas-feiras. Olive era uma incentivadora daquele vício.

– Duvido que consiga dormir muito, de qualquer forma – comentou Adam.

– Por quê?

– Preciso fazer algumas análises de última hora.

– Ah. – Ela se recostou, procurando uma posição mais confortável. – Achei que tivesse subordinados pra isso.

– Pelo que fiquei sabendo, pedir a seus alunos para trabalhar a noite inteira é malvisto pelo RH.

– Que coisa absurda.

– Com certeza. E você?

– O relatório pro Tom. – Ela suspirou. – Preciso mandar pra ele amanhã, mas tem uma parte que não... – Ela suspirou de novo. – Estou refazendo algumas análises pra garantir que está tudo perfeito, mas o equipamento em que estou trabalhando não é exatamente... *Aff*.

– Falou com Aysegul?

Aysegul, ele tinha dito. É lógico. Porque Adam era colega da Dra. Aslan, não seu aluno, e fazia sentido que ele a chamasse de Aysegul. Não era a primeira vez que ele a chamava assim; nem a primeira vez que Olive notava. Era apenas difícil de lembrar, quando eles estavam sozinhos e conversando em voz baixa, que Adam era professor e Olive estava bem longe disso. Eram mundos à parte, na verdade.

– Falei, mas o laboratório não tem dinheiro para conseguir algo melhor. Ela é uma mentora maravilhosa, mas... No ano passado, o marido ficou doente e ela decidiu antecipar a aposentaria, e às vezes acho que ela parou de se importar. – Olive coçou a têmpora. Dava para sentir que vinha uma dor de cabeça por aí, e ela ainda tinha uma longa noite pela frente. – Vai dizer a ela que eu te contei isso?

– Óbvio.

Ela resmungou.

– Não faça isso.

– Talvez eu conte a ela também sobre os beijos que você anda extorquindo, a trama de namoro de mentira para onde me arrastou e, principalmente, sobre o protetor solar...

– Ai, meu Deus. – Olive escondeu o rosto entre os joelhos, os braços cobrindo a cabeça. – O protetor solar.

– Pois é. – A voz dele parecia abafada. – Aquilo foi...

– Constrangedor? – sugeriu ela, sentando-se ereta com uma careta no rosto.

Adam estava olhando para o outro lado. Parecia estar vermelho, mas devia ser a imaginação dela.

Ele pigarreou.

– Entre outras coisas.

– É.

Havia outras coisas também. Muitas sobre as quais ela não ia falar, porque as outras coisas *dela* com certeza não eram as outras coisas *dele*. As outras coisas dele deviam ser "terrível", "angustiante" e "invasivo". Ao passo que as dela...

– O protetor solar também vai entrar na queixa baseada no Título IX?

A boca de Adam se mexeu de leve.

– Bem na primeira página. *Aplicação de protetor solar não consensual.*

– Ah, para com isso. Salvei você de ter um carcinoma basocelular.

– *Apalpado sob pretexto de proteção contra os raios solares.*

Ela deu um tapinha nele com o Twix, e ele se encolheu um pouco para evitá-la, achando graça.

– Ei, quer metade disso? Já que pretendo mesmo comer o que sobrou das suas batatinhas.

– Não.

– Tem certeza?

– Eu odeio chocolate.

Olive o encarou, incrédula, balançando a cabeça.

– É a sua cara, não é? Odeia tudo que é delicioso, agradável e reconfortante.

– Chocolate é nojento.

– Você só quer viver nesse seu mundo sombrio e amargo feito de café preto com bagels e cream cheese. E, de vez em quando, batatinhas sabor sal e vinagre.

– Que são claramente suas favoritas...

– A questão não é essa.

– E estou lisonjeado que tenha memorizado meus pedidos.

– O fato de serem sempre a mesma coisa ajuda.

– Pelo menos nunca pedi nada que se chamasse *Frappuccino de unicórnio*.

– Estava tão bom! Tinha gosto de arco-íris.

– Quer dizer de açúcar com corante?

– Minhas duas coisas favoritas no mundo. Obrigada por comprar pra mim, aliás.

Eles haviam tido um encontro de mentira legal na última quarta-feira, embora Olive estivesse tão ocupada com o relatório para Tom que só tivesse trocado poucas palavras com Adam. Isso foi um pouco decepcionante, ela tinha que admitir.

– Aliás, onde está o Tom enquanto você e eu perdemos nossa sexta à noite trabalhando duro?

– Saiu. Acho que tinha um encontro.

– Encontro? A namorada dele mora aqui?

– Tom tem muitas namoradas. Em muitos lugares.

– Mas alguma delas é de mentira? – Olive sorriu para ele, e dava para perceber que Adam estava tentado a sorrir de volta. – Quer metade de um dólar, então? Pelas batatas?

– Pode ficar.

– Ótimo. Porque isso é cerca de um terço do que ganho.

Ela tinha conseguido fazê-lo rir, e aquilo não só transformou o rosto dele como alterou todo o espaço em que os dois estavam. Olive precisou convencer seus pulmões a não pararem de funcionar e continuarem absorvendo oxigênio, e seus olhos a não se perderem nas pequenas linhas no canto do olho dele, nas covinhas no meio das bochechas.

– Bom saber que a bolsa dos doutorandos não aumentou desde que eu era um deles.

– Você também sobrevivia de macarrão instantâneo e banana durante o doutorado?

– Não gosto de banana, mas me lembro de comer muitas maçãs.

– Maçãs são caras, seu perdulário irresponsável. – Ela inclinou a cabeça para o lado e imaginou se seria problema perguntar algo que estava curiosíssima para saber. Concluiu que provavelmente seria inapropriado, mas perguntou assim mesmo: – Quantos anos você tem?

– Tenho 34.

– Ah. Uau. – Ela achou que ele fosse mais novo. Ou mais velho, talvez. Pensava que ele existia numa dimensão sem idades. Era tão estranho ouvir um número. Saber o ano de nascimento, quase uma década antes dela. – Eu tenho 26. – Olive não sabia muito bem por que estava dando essa informação, já que ele não tinha perguntado. – É estranho pensar que você já foi um estudante também.

– É?

– Você era assim também quando estava na graduação?

– Assim como?

– Ah, você sabe. – Ela piscou para ele. – Hostil e inacessível.

Ele a fuzilou com o olhar, mas ela estava começando a não levar aquele comportamento muito a sério.

– Na verdade, talvez eu fosse até pior.

– Aposto que era. – Houve um silêncio curto e confortável, e então ela se recostou no sofá e começou a comer as batatinhas. Estava maravilhoso, exatamente o que ela esperaria de um salgadinho de máquina. – Então vai ficando melhor?

– O quê?

– Isso. – Ela fez um gesto aleatório ao redor. – O universo acadêmico. Melhora depois do doutorado? Quando você passa a ter estabilidade?

– Não. Nossa, não mesmo.

Ele pareceu tão horrorizado por aquela ideia que Olive riu.

– Por que continua aqui, então?

– Não sei.

Houve um lampejo de algo em seus olhos que Olive não conseguiu muito bem interpretar, mas... Nenhuma novidade. Havia muito que ela não sabia sobre Adam Carlsen. Ele era um babaca, mas tinha uma profundidade inesperada.

– Provavelmente rola um pouco daquela ilusão de custo irrecuperável – continuou Adam –, quando você já investiu tanto tempo e energia que fica difícil se afastar. Mas a ciência faz tudo valer a pena. Pelo menos quando funciona.

Ela concordou com a cabeça, pensando naquelas palavras, e se lembrou do Cara no banheiro. Ele tinha dito que o custo-benefício da vida acadêmica era muito ruim e que você precisava de uma boa motivação para perseverar. Olive se perguntou onde ele estaria agora. Se tinha conseguido se diplomar. Se sabia que tinha ajudado alguém a tomar uma das decisões mais difíceis da vida. Se tinha ideia de que, em algum lugar do mundo, uma garota pensava naquele encontro aleatório dos dois com alguma frequência. Ela duvidava.

– Sei que o doutorado é insuportável mesmo pra todo mundo, mas é meio deprimente ver professores com estabilidade aqui numa sexta-feira à noite, em vez de, sei lá, estarem na cama vendo Netflix ou jantando com a namorada...

– Achei que você fosse a minha namorada – disse Adam.

Olive sorriu para ele.

– Não exatamente.

Mas já que estamos falando sobre o assunto: por que exatamente você não tem uma namorada? Está ficando cada vez mais difícil pra mim entender isso. A não ser que talvez você não queira. De repente só quer ficar na sua, como tudo no seu comportamento sugere, e aqui estou eu, enchendo o saco. Eu devia pegar minhas batatinhas e meu chocolate e voltar pras minhas amostras de proteína, mas por algum motivo estar com você me deixa à vontade. E estou atraída por você, embora não saiba muito bem por quê.

– Você pretende seguir na vida acadêmica? – perguntou ele. – Digo, depois do doutorado.

– Sim. Talvez. Não.

Ele sorriu, e Olive deu risada.

– Não está decidido – disse ela.

– Certo.

– É que... Tem muitas coisas que eu amo nessa vida. Estar no laboratório, fazer pesquisas. Ter ideias de projetos, sentir que estou fazendo algo relevante. Mas, se eu seguir na carreira acadêmica, também vou precisar fazer outras coisas que eu simplesmente...

Ela balançou a cabeça.

– Outras coisas? – indagou ele.

– É. A parte de se relacionar com os outros, principalmente. Me inscrever em bolsas, prêmios, e convencer as pessoas a subsidiar minhas pesquisas. Fazer networking, que é um tipo bem específico de tormento pra mim. Falar em público ou até mesmo com poucas pessoas que eu precise impressionar. Essa é a pior parte, na verdade. Odeio tanto que minha cabeça explode, eu fico paralisada, todo mundo está olhando pronto pra me julgar e minha língua simplesmente não funciona e eu começo a desejar a morte e então o fim *do mundo* e... – Ela percebeu que Adam estava sorrindo e lançou um olhar triste para ele. – Você captou a ideia.

– Você pode fazer algumas coisas pra melhorar isso, se quiser. Só precisa de prática. Tem que se certificar de ter os pensamentos organizados. Esse tipo de coisa.

– Eu sei. Fiz isso antes da reunião com Tom. E ainda assim gaguejei feito uma idiota quando ele me fez uma simples pergunta. – *E então você me ajudou, organizou meus pensamentos e salvou minha pele, mesmo sem querer.* – Não sei. Talvez meu cérebro seja defeituoso.

Ele fez que não com a cabeça.

– Você se saiu muito bem na reunião com o Tom, principalmente considerando que foi obrigada a fazer isso com seu namorado de mentira do lado. – Ela não explicou que a presença de Adam na verdade tornou tudo melhor. – Tom com certeza pareceu impressionado, o que não é pouca coisa. E, se alguém deu mancada naquele dia, certamente foi ele. Sinto muito que tenha feito aquilo, aliás.

– Feito o quê?

– Forçado você a falar sobre sua vida pessoal.

– Ah. – Olive olhou para o outro lado, na direção da luz azul da máquina automática. – Tudo bem, já tem um tempo. – Ela ficou surpresa por continuar a falar. Por *querer* continuar a falar. – Foi no ensino médio, na verdade.

– Você era... nova.

Havia algo no tom de voz dele que foi reconfortante, talvez a firmeza, talvez o fato de não parecer estar com pena.

– Eu tinha 15 anos. Um dia minha mãe e eu estávamos lá simplesmente... Sei lá. Andando de caiaque. Pensando em adotar um gato. Discutindo sobre como eu enfiava coisas na lixeira transbordando porque estava com preguiça de levar o lixo para fora. E, então, de repente, ela teve o diagnóstico e três semanas depois ela já... – Ela não conseguiu falar. Seus lábios, suas cordas vocais e seu coração não formavam as palavras. Então ela as engoliu. – O serviço de assistência social não sabia o que fazer comigo.

– E o seu pai?

Ela negou com a cabeça.

– Nunca esteve presente. É um idiota, segundo a minha mãe. – Ela riu baixinho. – O gene de nunca querer levar o lixo pra fora claramente veio dele. E meus avós já tinham morrido, porque aparentemente é isso que acontece com todas as pessoas ao meu redor. – Ela tentou dizer isso como uma piada, para que não soasse amargo. Pensou até que tinha conseguido. – Eu fiquei simplesmente... sozinha.

– O que você fez?

– Fiquei em um lar adotivo até completar 16 anos e depois fui emancipada. – Ela deu de ombros, tentando deixar para trás aquela lembrança. – Se tivessem descoberto antes, mesmo que por uma diferença de poucos meses, talvez ela ainda estivesse aqui. Talvez cirurgia e quimioterapia tivessem funcionado. E eu... eu sempre fui boa em ciências, então achei que o mínimo que podia fazer era...

Adam procurou alguma coisa nos bolsos e então entregou um guardanapo de papel amassado para ela. Olive ficou olhando, confusa, até notar que suas bochechas estavam molhadas.

Ah.

– Adam, você acabou de me oferecer um guardanapo usado?

– Eu... Talvez. – Ele comprimiu os lábios. – Entrei em pânico.

Ela deu risada em meio às lágrimas, aceitou o guardanapo nojento e usou para assoar o nariz. Eles já tinham se beijado duas vezes, afinal. Por que não compartilhar algumas melecas?

– Desculpe – disse Olive. – Eu não sou assim normalmente.

– Assim como?

– Chorona. Eu... não deveria falar sobre isso.

– Por quê?

– Porque sim.

Era difícil explicar a mistura de dor e afeto que sempre reapareciam quando ela falava da mãe. Era por isso que quase nunca falava e também o motivo para odiar tanto o câncer. Ele não só tinha roubado a pessoa que mais amava, mas também transformara as memórias mais felizes da sua vida em algo agridoce.

– Me deixa chorona – concluiu ela.

Ele sorriu.

– Olive, você pode falar sobre isso. E também deve se permitir ser chorona às vezes.

Ela teve a impressão de que Adam foi sincero. De que poderia continuar falando sobre a mãe pelo tempo que quisesse e ele escutaria com atenção cada palavra. Mas não tinha certeza de que estava pronta para isso. Então deu de ombros e mudou de assunto.

– Enfim, então aqui estou eu agora: amando trabalhar no laboratório e mal conseguindo dar conta do resto: resumos, congressos, networking. Dar aulas. Ter bolsas rejeitadas. – Olive apontou na direção de Adam. – Propostas de pesquisa reprovadas.

– O seu colega de laboratório ainda está te perturbando?

Olive fez um gesto de desdém com a mão.

– Eu não sou a pessoa favorita dele no momento, mas tudo bem. Ele vai superar. – Ela mordeu o lábio. – Desculpe por aquele dia. Eu fui mal-educada. Você tem todo o direito de estar com raiva.

Adam negou com a cabeça.

– Tudo bem. Você teve seus motivos.

– Eu entendo o que você disse sobre não querer formar uma nova geração de péssimos cientistas millennials.

– Acho que nunca usei a expressão "péssimos cientistas millennials".

– Mas ainda acho que não precisa ser tão duro na hora de dar feedback. A gente entende a sua crítica mesmo quando ela é feita de um jeito mais gentil.

Ele a encarou por um longo tempo. Depois, fez que sim com a cabeça uma vez.

– Anotado.

– Vai ser menos duro, então?

– Provavelmente não.

Ela suspirou.

– Olha, quando eu não tiver mais nenhum amigo e todo mundo me odiar por causa desse namoro de mentira, vou ficar completamente solitária e você vai ter que sair comigo todos os dias. Vou te perturbar o tempo inteiro. Acha mesmo que vale a pena passar por isso só por ser maldoso com todos os alunos do programa?

– Com certeza.

Ela suspirou novamente, dessa vez sorrindo, e deitou a cabeça no ombro dele. Podia ter sido um pouco ousado demais, mas pareceu natural; talvez porque eles sempre acabassem em situações onde era necessário se tocarem em público de alguma maneira, talvez por causa de tudo o que tinham conversado, talvez fosse o avançado da hora. Adam... Bem, ele não pareceu ter se importado. Apenas ficou ali, quieto, relaxado, quentinho e firme sob o tecido preto da camiseta onde ela apoiou a têmpora. Pareceu ter passado um longo tempo até que ele quebrou o silêncio.

– Não me arrependo de ter pedido a Greg que revisasse a proposta de pesquisa. Mas lamento ter criado uma situação que o levou a descontar em você. Até porque, enquanto isso continuar, pode ser que aconteça de novo.

– Bem, eu sinto muito pelas mensagens que mandei – repetiu ela. – E você é legal. Mesmo que seja hostil e inacessível.

– Bom saber.

– Preciso voltar pro laboratório. – Ela se endireitou e usou uma das mãos para massagear o pescoço. – Aquele desastre com a minha transferência de proteínas não vai se resolver sozinho.

Adam piscou, e havia um brilho em seus olhos, como se não estivesse esperando que ela fosse embora logo. Como se quisesse que ela ficasse mais um pouco.

– Desastre por quê? – perguntou ele.

Olive soltou um resmungo.

– É que... – Ela pegou o celular, destravou e abriu a foto de sua última transferência. – Tá vendo? – Ela apontou para a proteína. – Isso é... Não devia estar...

Ele concordou e ficou pensativo.

– Tem certeza de que a amostra inicial estava boa? O gel também?

– Sim, nem líquido nem seco demais.

– Parece que o problema é o anticorpo.

Ela o encarou.

– Você acha?

– Sim. Eu checaria a diluição e o armazenamento. Se não for isso, pode ser um anticorpo secundário que não esteja muito bom. Passa no meu laboratório se continuar ruim; pode pegar o nosso emprestado. E também outros equipamentos ou suprimentos. Se precisar de alguma coisa, é só pedir pro gerente do meu laboratório.

– Uau. Obrigada. – Ela sorriu. – Agora estou até um pouco arrependida de não poder ter você na minha banca. Vai ver os boatos sobre a sua crueldade são exagerados.

Adam abriu um sorrisinho.

– Talvez você consiga extrair o melhor de mim.

Ela retribuiu o sorriso.

– Então talvez eu devesse ficar por perto. Só pra, sei lá, poupar o departamento inteiro do seu mau humor terrível.

Ele deu uma olhada na foto da transferência de proteína na mão dela.

– Bom, parece que você não vai mesmo se formar tão cedo.

Ela meio que riu, meio que arquejou, indignada.

– Meu Deus. Você acabou de...?

– Objetivamente...

– Essa é a coisa mais mal-educada e maldosa...

Ela estava rindo com a mão na barriga enquanto mostrava o dedo para ele.

– ... com base na sua transferência de proteína...

– ... que se pode dizer para um estudante de doutorado. A pior de todas.

– Acho que posso pensar em coisas mais maldosas. Se eu me esforçar bastante.

– Tá tudo terminado. – Ela queria não estar sorrindo. Assim, talvez ele a levasse a sério em vez de apenas olhar para ela com aquela expressão entretida e paciente. – Sério mesmo. Foi bom enquanto durou.

Ela fez que ia se levantar e sair, revoltada, mas ele segurou a manga de sua camisa e gentilmente a puxou de volta para se sentar ao lado dele no pequeno sofá; talvez até um pouquinho mais perto do que antes. Ela continuou forçando uma cara feia, mas ele a encarava tranquilo, imperturbável.

– Não há nada de errado em levar mais de cinco anos pra se formar – disse ele, num tom conciliatório.

Olive bufou e retrucou:

– Você só quer que eu fique aqui pra sempre, até ter a maior e mais completa queixa já feita na história com base no Título IX.

– Na verdade, esse era meu plano desde o início. Foi a única razão pra decidir beijar você do nada.

– Ah, cala a boca. – Ela baixou a cabeça e apoiou o queixo no peito, mordendo o lábio para que ele não percebesse como ela sorria feito uma idiota. – Ei, posso te perguntar uma coisa?

Adam olhou para ela cheio de expectativa, como parecia fazer muitas vezes ultimamente, e então Olive continuou, com a voz mais baixa e suave:

– Por que, de verdade, você está topando isso?

– Topando o quê?

– O namoro de mentira. Entendo que quer mostrar que não vai fugir, mas... Por que não está namorando alguém *de verdade*? Tipo, você não é tão ruim assim.

– Que baita elogio.

– Não, sério, o que eu quis dizer é... Com base no seu comportamento neste namoro de mentira, tenho certeza de que muitas mulheres... bem, *algumas* mulheres adorariam sair com você. – Ela mordeu o lábio e ficou mexendo no rasgo da calça jeans na altura do joelho. – Nós somos amigos. Não éramos quando isso tudo começou, mas agora somos. Você pode me dizer.

– Somos?

Ela assentiu. *Sim. Sim, nós somos, ora bolas.*

– Bom, você acabou de quebrar um dos grandes dogmas das amizades acadêmicas, que é mencionar o tempo que vou levar até me formar. Mas vou te perdoar se me contar por que isso aqui é melhor do que... arranjar uma namorada *de verdade*.

– É melhor – declarou Adam.

– Sério?

– Sim.

Ele parecia sincero. Adam não era um mentiroso; Olive apostaria a própria vida nisso.

– Então por quê? Você curte ser apalpado com protetor solar? E a oportunidade de doar centenas dos seus dólares para a Starbucks do campus?

Ele sorriu de leve. E então parou de sorrir. Também não estava olhando para ela, mas sim na direção da embalagem amassada que ela tinha jogado em cima da mesa alguns minutos antes.

Ele engoliu em seco. Ela viu seu maxilar se movendo.

– Olive. – Adam respirou fundo. – Você devia saber que...

– Ai, meu Deus!

Os dois tomaram um susto, Olive bem mais do que Adam, e se viraram para a porta. Jeremy estava parado ali, dramático, com a mão no peito.

– Quase morri de susto com vocês. Por que estão sentados no escuro?

O que você está fazendo aqui?, Olive pensou, nem um pouco amigável.

– Estamos batendo papo – respondeu ela.

Embora aquilo não parecesse uma boa descrição do que estava acontecendo. E ela não sabia muito bem por quê.

– Vocês me assustaram – repetiu Jeremy. – Está trabalhando no seu relatório, Ol?

– Sim. – Ela olhou rapidamente para Adam, que estava parado e sem qualquer expressão. – Só fazendo um pequeno intervalo. Já estava voltando, na verdade.

– Ah, legal. Eu também. – Jeremy sorriu e apontou na direção do próprio laboratório. – Preciso ir lá isolar umas drosófilas virgens. Antes que deixem de ser virgens, sabe?

Ele mexeu as sobrancelhas, e Olive forçou uma risada fraca e pouco convincente. Normalmente ela gostava do senso de humor dele. Normalmente. Agora, ela só queria que... Ela não sabia muito bem o que queria.

– Você vem também, Ol?

Não, na verdade estou bem aqui.

– Claro – respondeu ela.

Ela se levantou, relutante. Adam fez o mesmo, recolheu os pacotes vazios, sua garrafa e jogou tudo na lixeira de recicláveis.

– Boa noite, Dr. Carlsen – disse Jeremy, já na porta.

Adam apenas acenou com a cabeça, bem sucinto. Seus olhos, como sempre, eram impossíveis de decifrar.

Acho que é isso, então, pensou ela. Olive não sabia de onde vinha aquele peso que sentia no peito. Devia estar cansada. Talvez tivesse comido demais, ou de menos.

– Vejo você depois, Adam – murmurou ela, antes de caminhar até a porta e sair da sala.

Sua voz estava baixa o suficiente para que Jeremy não ouvisse. Talvez também para Adam. Mas ele parou por um momento. E, então, quando passou por ela, Olive teve a impressão de que os dedos dele tocaram de leve sua mão.

– Boa noite, Olive.

Capítulo Nove

❤ **HIPÓTESE**: *Quanto mais eu falar de um arquivo anexado em um e-mail, menor será a probabilidade de eu efetivamente anexar o referido arquivo.*

Sábado, 18:34
DE: Olive-Smith@stanford.edu
PARA: Tom-Benton@harvard.edu
ASSUNTO: Re: Relatório sobre pesquisa de câncer de pâncreas

Oi, Tom,
Aqui está o relatório que você me pediu, com uma descrição detalhada do que fiz até agora, além das minhas ideias para futuras investigações e os recursos de que vou precisar para expandir a pesquisa. Estou ansiosa para ouvir suas opiniões sobre o meu trabalho!

Atenciosamente,
Olive

Sábado, 18:35
DE: Olive-Smith@stanford.edu
PARA: Tom-Benton@harvard.edu
ASSUNTO: Re: Relatório sobre pesquisa de câncer de pâncreas

Oi, Tom,

Ops, esqueci de anexar o arquivo.

Atenciosamente,
Olive

Hoje, 15:20
DE: Tom-Benton@harvard.edu
PARA: Olive-Smith@stanford.edu
ASSUNTO: Re: Relatório sobre pesquisa de câncer de pâncreas

Olive,
Terminei de ler o relatório. Você acha que pode vir à casa do Adam para conversarmos sobre ele? De repente amanhã de manhã (terça), às nove? Adam e eu vamos para Boston na quarta à tarde.

TB

O coração de Olive bateu mais forte; se era por causa da ideia de estar na casa de Adam ou da perspectiva de receber uma resposta de Tom, ela não tinha certeza. Mandou uma mensagem para Adam na mesma hora.

Olive: Tom acabou de me chamar pra conversar sobre o meu relatório. Tudo bem eu ir aí na sua casa?

Adam: É claro. Quando?

Olive: Amanhã às 9h. Você vai estar em casa?

Adam: Provavelmente. Não tem ciclovia até a minha casa. Você precisa de uma carona? Posso ir te buscar.

Ela considerou aquilo por alguns segundos e decidiu que tinha gostado um pouco demais da ideia.

Olive: Meu colega de apartamento pode me levar, mas obrigada por oferecer.

~~~~~~~

Malcolm a deixou em frente a uma bela casa colonial espanhola, com paredes de estuque e janelas em arco, e se recusou a ir embora até que Olive concordasse em colocar um spray de pimenta na bolsa. Ela foi andando pelo caminho de tijolinhos até a entrada, maravilhada com o verde do jardim e o clima aconchegante da varanda. Estava prestes a tocar a campainha quando ouviu seu nome.

Adam estava atrás dela, pingando de suor; certamente tinha acabado de voltar de sua corrida matinal. Usava óculos escuros, um short e uma camiseta dos Matletas de Princeton grudada no peito. De todo o conjunto, os únicos itens que não eram da cor preta eram os fones sem fio em seu ouvido, que apareciam em meio às mechas do cabelo molhado. Ela sentiu a boca se curvando num sorriso e tentou imaginar o que ele estava ouvindo. Provavelmente Coil ou Kraftwerk. Talvez Velvet Underground. Um TED Talk sobre paisagismo sem desperdício de água. O canto das baleias.

Ela daria uma boa parte do salário em troca de cinco minutos sozinha com o celular dele, só para bagunçar aquela lista de músicas. Colocaria Taylor Swift, Beyoncé, quem sabe uma Ariana. Ampliaria os horizontes dele. Não dava para ver seus olhos por trás daquela lente escura, mas nem precisava. Ele abriu um sorriso para Olive. Um sorriso sutil, mas que sem dúvida estava ali.

– Tudo bem? – perguntou ele.

Olive percebeu que não conseguia tirar os olhos dele.

– Hum, sim. Desculpa. E você?

Ele fez que sim.

– Encontrou fácil a casa?

– Sim, estava prestes a bater na porta.

– Não precisa.

Ele passou à frente, abriu a porta e esperou que ela entrasse para fechar. Olive captou um pouco do cheiro dele (suor, sabonete e algo bom e indescritível) e mais uma vez pensou em como aquilo já era familiar.

– Tom deve estar vindo.

A casa de Adam era iluminada e espaçosa e tinha uma decoração simples.

– Nada de animais empalhados? – indagou ela, baixinho.

Ele estava prestes a mostrar o dedo para ela quando encontraram Tom na cozinha, digitando no notebook. Ele sorriu ao vê-la, o que Olive esperava ser um bom sinal.

– Obrigada por vir, Olive. Não sabia se teria tempo para ir ao campus antes de ir embora. Sente-se, por favor.

Adam desapareceu do cômodo, provavelmente para tomar banho, e Olive sentiu o coração disparar. Tom havia tomado uma decisão. Seu destino seria resolvido nos próximos minutos.

– Pode explicar algumas coisas pra mim? – perguntou ele, virando o computador na direção dela e apontando para uma das imagens que ela enviara. – Pra garantir que eu entendi direito seus protocolos.

Quando Adam voltou vinte minutos depois, com o cabelo molhado e vestindo uma de suas dez milhões de camisetas pretas de gola portuguesa – que eram todas levemente diferentes e ainda assim caíam como uma luva nele, de um jeito irritantemente perfeito –, ela estava terminando de explicar suas análises de RNA. Tom fazia anotações no notebook.

– Quando vocês terminarem, posso te dar uma carona de volta para o campus, Olive – sugeriu Adam. – Preciso mesmo ir até lá.

– Já terminamos – disse Tom, ainda digitando. – Ela é toda sua.

Ah.

Olive assentiu e se levantou devagar. Tom ainda não lhe dera uma resposta. Havia feito muitas perguntas interessantes e inteligentes sobre o projeto, mas ainda não tinha dito se queria trabalhar com ela no ano seguinte. Será que isso significava um não, mas ele não queria dizer isso a Olive na casa de seu "namorado"? Será que ele nunca tinha pensado que seu trabalho valia o investimento? E se ele estivesse fingindo interesse apenas por ser amigo de Adam? Adam tinha dito que Tom não era assim, mas e se ele estivesse errado e agora...

– Está pronta? – perguntou Adam.

Olive pegou a mochila e tentou se recompor. Ela estava bem. Estava tudo bem. Podia chorar mais tarde.

– Estou, sim. – Ela ficou parada e deu uma última olhada para Tom. Infelizmente, ele parecia completamente absorto no computador. – Tchau, Tom. Foi um prazer conhecer você. Boa viagem.

– O prazer foi meu – disse ele, sem nem olhar para ela. – Foram muitas conversas interessantes.

– Sim.

Devia ter sido aquela parte do prognóstico baseado no genoma, ela pensou, saindo da sala ao lado de Adam. Ela havia achado meio fraca, mas foi burra e colocou no relatório mesmo assim. Burra, burra, *burra*. Precisava ter melhorado aquela parte. O mais importante agora era evitar chorar até que estivesse...

– E, Olive... – completou Tom.

Ela parou sob o batente da porta.

– Vejo você em Harvard no ano que vem, certo? – Seu olhar finalmente se ergueu da tela para encontrar o dela. – Tenho uma bancada sobrando que é perfeita pra você.

Ela sentiu o peito explodir de alegria e uma onda violenta de felicidade, orgulho e alívio inundar o seu corpo. Aquilo poderia facilmente tê-la derrubado no chão, mas, por algum milagre da biologia, ela conseguiu ficar de pé e sorrir para Tom.

– Mal posso esperar – disse ela, a voz embargada com lágrimas de felicidade. – Muito obrigada.

Ele deu uma piscadinha e um último sorriso, gentil e encorajador. Olive mal saiu pela porta e já estava dando soquinhos no ar, pulando e dando soquinhos de novo.

– Terminou? – perguntou Adam.

Ela se virou, lembrando que não estava sozinha. Ele estava com os braços cruzados, os dedos batendo no bíceps. Tinha uma expressão condescendente no rosto, e ela devia ter ficado com vergonha, mas não conseguiu se segurar. Olive se jogou em cima dele e o apertou o mais forte que conseguiu. Fechou os olhos quando, depois de alguns segundos de hesitação, ele a abraçou também.

– Parabéns – sussurrou ele em voz baixa nos cabelos dela.

Foi o que bastou para Olive cair no choro de novo.

No carro de Adam (um Prius, obviamente) a caminho do campus, ela estava tão feliz que não conseguia ficar quieta.

– Ele vai me aceitar. Ele disse que vai me aceitar.

– Ele seria idiota se não aceitasse. – Adam sorria de leve. – Eu sabia que ele faria isso.

– Ele já tinha contado pra você? – Olive arregalou os olhos. – Você sabia e nem me falou...

– Ele não tinha contado. Nós não falamos sobre você.

– Ah, é? – Ela inclinou a cabeça e o encarou. – Por quê?

– Acordo tácito. Poderia haver um conflito de interesse.

– Certo.

Fazia sentido. Amigo próximo e namorada. Namorada de mentira, no caso.

– Posso perguntar uma coisa? – disse ele.

Ela fez que sim com a cabeça.

– Tem um monte de laboratórios que estudam câncer nos Estados Unidos. Por que escolheu o de Tom?

– Não foi bem uma escolha. Mandei e-mail pra várias pessoas, duas delas na UCSF, bem mais perto do que Boston. Mas Tom foi o único que respondeu. – Ela recostou a cabeça no assento. E então se deu conta, pela primeira vez, de que ia precisar deixar sua vida por um ano inteiro. Seu apartamento com Malcolm, as noites que passava com Anh. Até mesmo Adam. Imediatamente ela afastou aquele pensamento; não estava pronta para lidar com ele. – Aliás, por que professores nunca respondem e-mails de alunos?

– Porque nós recebemos mais ou menos uns duzentos por dia, e a maioria deles é uma variação de "Por que eu tirei C?". – Ele ficou em silêncio por um momento. – Meu conselho pro futuro é pedir pra sua orientadora entrar em contato em vez de fazer isso você mesma.

Ela assentiu e guardou a informação.

– Mas estou feliz que tenha dado certo com Harvard. Vai ser incrível. Tom é um nome importante e a quantidade de trabalho que poderei produzir no laboratório dele é ilimitada. Vou fazer análises 24 horas por dia e, se os resultados forem como eu espero, em poucos anos vou conseguir publicar em periódicos de grande impacto e provavelmente conseguir começar um teste clínico. – Ela estava muito animada com as perspectivas futuras. – Ei, agora você e eu temos um parceiro de trabalho em comum, além de sermos excelentes parceiros de namoro de mentira! – Algo ocorreu a ela. – Essa bolsa que você e Tom ganharam é pra estudar o quê?

– Modelos computacionais de células.

– *Off-lattice*?

Ele fez que sim.

– Uau. Isso é bem maneiro.

– É o projeto mais interessante no qual estou trabalhando, com certeza. O subsídio veio no momento certo também.

– Como assim?

Ele ficou em silêncio por um tempo enquanto trocava de pista.

– É diferente dos meus outros subsídios, que são mais na área da genética. É até interessante, não me entenda mal, mas depois de dez anos pesquisando exatamente a mesma coisa, eu tinha caído na rotina.

– Quer dizer que estava entediado?

– Demais. Por um momento, considerei ir trabalhar numa empresa.

Olive teve um sobressalto. Sair da universidade para a iniciativa privada era considerada a maior das traições.

– Não se preocupe. – Adam sorriu. – Tom resolveu tudo. Quando disse a ele que não estava mais gostando da minha pesquisa, nós pensamos juntos em alguns caminhos diferentes, encontramos algo que empolgava os dois e nos inscrevemos para receber os recursos.

Olive de repente se sentiu muito grata a Tom. Além de ele resgatar o projeto dela, também era o responsável por Adam ainda estar por perto. O responsável por ela ter tido a chance de conhecê-lo.

– Deve ser legal ficar animado com o trabalho novamente.

– É, sim. A vida acadêmica tira muita coisa de você e te dá muito pouco em troca. É difícil se manter firme se você não tiver uma boa motivação pra isso.

Ela assentiu sem pensar muito, lembrando que aquelas palavras pareciam familiares. Não apenas o conteúdo, mas também a forma de dizer. Não era de se espantar: era exatamente o que O Cara do banheiro tinha lhe dito anos atrás. "O custo-benefício da vida acadêmica é muito ruim. O que importa é se a sua *motivação* para estar na academia é boa o suficiente."

De repente, algo deu um clique em sua cabeça.

A voz intensa. O cabelo escuro. O jeito meio ríspido e preciso de falar. Será que O Cara do banheiro e Adam eram...

Não. Impossível. O Cara era um aluno... Mas, pensando bem, ele tinha dito isso explicitamente? Não. Não, o que ele disse foi: "Esse é o banheiro do meu laboratório" e que estava na universidade havia seis anos, e não respondeu quando ela perguntou em que ponto da tese ele estava e...

Impossível. Improvável. Inconcebível.

Assim como todas as outras coisas a respeito de Adam e Olive.

Ai, meu Deus. E se eles tinham se conhecido *mesmo* anos antes? Ele provavelmente nem se lembrava, de qualquer forma. Olive não era ninguém naquela época. Ainda não era ninguém. Pensou em perguntar a ele, mas para quê? Ele não tinha a menor ideia de que aquela conversa de cinco minutos com ele tinha sido o empurrão de que Olive precisava. Não fazia ideia de que surgia nos pensamentos dela havia anos.

Olive se lembrou das últimas palavras que dissera a ele: "Quem sabe a gente se encontra no ano que vem", e, nossa, se ela soubesse... Ela sentiu uma onda quente e agradável naquela parte mais sentimental de si mesma, que escondia com cuidado. Olhou para Adam, e a onda ficou ainda maior, mais forte, mais quente.

Você, pensou ela. *Você. Você é o mais...*

O pior...

O melhor...

Olive riu, balançando a cabeça sem acreditar.

– O que foi? – perguntou ele, confuso.

– Nada. – Ela sorriu. – Nada. Ei, quer saber? A gente devia ir tomar um café. Pra comemorar.

– Comemorar o quê?

– Tudo! Seu subsídio. Meu ano em Harvard. O sucesso do nosso namoro de mentira.

Provavelmente era um abuso da parte dela fazer esse convite, já que o encontro oficial do namoro de mentira era só no dia seguinte. Mas na quarta-feira anterior eles só tinham ficado juntos por poucos minutos, e, desde sexta à noite, houvera pelo menos uns trinta momentos em que Olive tivera que se obrigar a não pegar o celular para mandar mensagens para ele sobre coisas irrelevantes.

Ele não precisava saber que estava certo e que o problema com a transferência de proteína era o anticorpo. É lógico que Adam não teria respondido se ela tivesse mandado, no sábado, às dez da noite, aquele "Ei, o que você está fazendo?" que digitou duas vezes e apagou porque estava curiosa para saber se ele estaria no trabalho. Além disso, ficou feliz por não ter tido coragem de encaminhar para ele a matéria do *Onion* falando sobre os cuidados necessários para se expor ao sol.

Bem, era um dia grandioso e ela queria comemorar. Com ele.

Ele mordeu o lábio, pensativo.

– Vai ser café mesmo ou chá de camomila?

– Depende. Você vai vir com mau humor pra cima de mim?

– Se você pedir aquele negócio de abóbora, sim.

Ela revirou os olhos.

– Você e o seu mau gosto. – O telefone dela apitou com uma notificação. – Ah, a gente devia ir no Gripechella também. Antes de tomar café.

Ele franziu a testa, intrigado.

– Estou até com medo de perguntar o que é isso.

– Gripechella – repetiu Olive, mas não adiantou nada, porque o vinco na testa de Adam só ficou mais profundo. – Vacinação de gripe em massa pra todo mundo, professores, funcionários e alunos. De graça.

– E se chama Gripechella? – perguntou Adam, estranhando o termo.

– É, que nem o festival Coachella.

Adam claramente não estava familiarizado.

– Você não recebe e-mails da universidade sobre essas coisas? Mandaram pelo menos uns cinco.

– Eu tenho um ótimo filtro de spam.

Olive franziu a testa.

– Você bloqueia os e-mails de Stanford também? Porque não deveria. Pode acabar filtrando mensagens importantes da administração ou dos alunos e...

Adam arqueou uma das sobrancelhas.

– Ah. Claro.

Não ria. Não ria. Ele não precisa saber como te faz rir.

– Bom, a gente devia ir tomar a vacina da gripe – declarou ela.

– Eu não preciso.

– Já tomou?

– Não.

– Tenho quase certeza de que é obrigatório pra todo mundo.

Os ombros de Adam diziam com muita certeza que ele *não* era todo mundo.

– Nunca fico doente.

– Duvido.

– É sério.

– Ei, gripe é um negócio mais sério do que você pensa.

– Não é tão ruim assim.

– É, sim, especialmente pra pessoas como você.

– Como eu?

– Sabe como é... Pessoas de uma certa idade.

Adam deu um sorrisinho enquanto virava o carro para entrar no estacionamento do campus.

– Engraçadinha.

– Vamos lá. – Ela cutucou seu bíceps com o indicador. Eles já tinham se tocado muito àquela altura do campeonato. Em público, sozinhos... Não parecia mais estranho. Parecia gostoso e natural, do mesmo jeito que era quando Olive estava com Anh ou Malcolm. – Vamos lá juntos.

Ele não se moveu e entrou com o carro numa vaga onde Olive teria levado umas duas horas manobrando para estacionar.

– Não tenho tempo – disse ele.

– Você acabou de concordar em tomar café. Com certeza tem tempo.

Ele estacionou em menos de um minuto. E não respondeu.

– Por que não quer tomar a vacina? – Ela o analisou, desconfiada. – Você é uma dessas pessoas antivacina?

Ah, se um olhar pudesse matar...

– Está bem. – Ela franziu a sobrancelha. – Então por quê?

– Não vale a pena o trabalho.

Ele estava meio nervoso, mexendo as mãos? Mordendo o lábio?

– Demora literalmente dez minutos. – Ela o puxou pela manga da camisa. – Você chega lá, eles conferem seu crachá da universidade. Dão a injeção. – Ela sentiu os músculos dele ficarem tensos ao dizer a última palavra. – Fácil, rápido e, a melhor parte, você fica um ano inteiro sem pegar gripe. Totalmente... *Ah*.

Olive cobriu a boca com a mão.

– O quê? – perguntou ele.

– Ah, meu Deus.

– O quê?

– Você... Ah, Adam.

– O quê?

– Você tem medo de agulha?

Ele ficou parado. Completamente imóvel. Não estava nem mais respirando.

– Não tenho *medo* de agulha.

– Está tudo bem – disse ela, com o tom de voz mais reconfortante possível.

– Eu sei, já que não tenho...

– Aqui é um espaço seguro pra você e seu medo de agulha.

– Não é medo de...

– Eu entendo, agulhas *são* assustadoras.

– Não é...

– Está tudo bem ter medo.

– Eu *não* tenho – disse ele, de maneira um tanto contundente, e então desviou o olhar, pigarreou e coçou o pescoço.

Olive apertou os lábios e então disse:

– Bom, *eu* também tinha medo.

Ele olhou para ela, curioso, e então Olive continuou:

– Quando era criança. Minha... – ela teve que respirar fundo – ... Minha mãe tinha que me abraçar forte toda vez que eu tomava uma injeção, se não eu destruía tudo ao redor. E ela tinha que me subornar com sorvete, mas o problema é que eu queria o sorvete *imediatamente* depois da injeção. – Ela riu. – Então ela comprava um sanduíche de sorvete antes da consulta com o médico, mas, quando estava na hora de comer, já tinha derretido tudo dentro da bolsa e feito a maior sujeira...

Droga. Ela estava chorando de novo. E na frente de Adam, *de novo.*

– Ela parece ter sido maravilhosa.

– Ela era.

– E, pra deixar registrado, não tenho medo de agulha – repetiu ele. Seu tom de voz estava gentil e acolhedor. – Elas só são... nojentas.

Ela fungou e olhou para ele. A tentação de abraçá-lo era quase irresistível. Mas ela já tinha feito isso hoje, então se limitou a fazer um carinho no braço.

– Tadinho.

Ele lançou um olhar irritado para ela.

– Não venha com *tadinho* pra cima de mim.

Fofo. Ele era fofo.

– Não, sério mesmo, elas *são* nojentas. O negócio te fura e aí você sangra. A sensação é... Eca.

Ela saiu do carro e esperou que ele fizesse o mesmo. Quando Adam se juntou a ela, Olive abriu um sorriso reconfortante.

– Eu entendo – disse ela.

– Entende?

Ele não parecia convencido.

– Sim. Elas são horríveis.

Ele ainda estava um pouco desconfiado.

– Elas são.

– E assustadoras. – Ela enlaçou o braço no dele e começou a puxá-lo na direção da tenda do Gripechella. – Mas, ainda assim, você precisa superar isso. Pela ciência. Vou levar você pra tomar a vacina da gripe.

– Eu...

– Não é negociável. Vou segurar sua mão na hora.

– Não preciso que segure minha mão. Porque eu não vou.

A não ser pelo fato de que *estava* indo. Ele podia ter resistido, fincado os pés no chão, e se tornaria um objeto imóvel, não haveria a menor chance de Olive arrastá-lo para lugar algum. E, no entanto...

Ela deslizou a mão até o pulso de Adam e olhou para ele.

– Você vai, *sim*.

– Por favor. – Ele parecia estar sofrendo. – Não me obrigue.

Ele era *muito* fofo.

– É pro seu bem. E pro bem das pessoas idosas que se aproximarem de você. Quero dizer, pessoas ainda mais idosas que você.

Ele suspirou, derrotado.

– Olive.

– Vamos lá. Talvez a gente dê sorte e o chefe do departamento esteja lá pra nos ver. E eu compro um sanduíche de sorvete pra você depois.

– Quem vai pagar esse sanduíche de sorvete sou eu?

Ele já parecia resignado.

– Bem provável. Se bem que... Esquece isso. Você nem deve gostar de sorvete, já que não gosta de nada que é bom nessa vida. – Ela continuou andando, mordendo o lábio, pensativa. – Será que no refeitório tem bró-colis cru?

– Eu não mereço toda essa agressão verbal além de ainda ter que tomar vacina.

Ela abriu um sorriso.

– Você é um ótimo soldado. Mesmo com a agulha malvada querendo te pegar.

– E você é uma engraçadinha.

E, ainda assim, ele não oferecia resistência enquanto ela continuava puxando seu braço.

Eram dez da manhã num dia de início de setembro, o sol já brilhava forte e estava quente. As folhas de liquidâmbar ainda estavam bem verdes e não davam sinal de mudança. Parecia diferente dos anos anteriores, aquele verão que aparentemente não queria acabar, que se estendia pleno pelo começo do semestre.

Os alunos da graduação ou estavam cochilando nas aulas da manhã ou ainda estavam na cama, porque dessa vez a atmosfera caótica sempre presente no campus de Stanford não estava lá. E Olive... Olive teria um laboratório no ano seguinte. Tudo pelo que vinha trabalhando desde os 15 anos finalmente ia acontecer.

Não tinha como a vida ficar muito melhor do que isso.

Ela sorriu, sentindo o cheiro das flores, e cantarolou uma música baixinho, enquanto ela e Adam caminhavam em silêncio lado a lado. Ao atravessarem o pátio, os dedos dela desceram do pulso de Adam e se fecharam ao redor de sua mão.

Capítulo Dez

💜 **HIPÓTESE:** *Se eu me apaixonar, as coisas invariavelmente acabarão mal.*

O camundongo nocaute estava pendurado no fio havia muito mais tempo do que deveria ser possível, considerando que fora geneticamente modificado. Olive franziu a testa e apertou os lábios. Ele estava sem o DNA fundamental para aquilo. Todas as proteínas que permitiam se pendurar no fio tinham sido apagadas. Não era possível que ele conseguisse ficar naquela posição por tanto tempo. Era exatamente por isso que tinha apagado a porcaria dos genes...

O celular acendeu, e o canto do olho de Olive buscou a tela. Conseguiu ler o nome do remetente (Adam), mas não o conteúdo da mensagem. Eram 8h42 de quarta-feira, o que imediatamente a deixou preocupada, com receio de que ele fosse cancelar o encontro de mentira. De repente Adam pensou que, por ter deixado Olive escolher um sanduíche de sorvete para ele no dia anterior depois do Gripechella (que talvez ela mesma tivesse comido no final das contas), os dois não precisassem se encontrar naquele dia. Talvez ela não devesse tê-lo obrigado a se sentar num banco e contar todas as maratonas que eles já tinham corrido, e é possível que tivesse sido um pouco irritante quando roubou o celular dele, baixou seu aplicativo de corrida favorito e então adicionou a si mesma como amiga. Adam parecera estar se divertindo, mas talvez não estivesse.

Olive olhou para as mãos enluvadas e então de volta para seu camundongo, que continuava pendurado no fio.

– Cara, para de se esforçar tanto. – Ela se ajoelhou até seu campo de visão estar na mesma altura da gaiola. O rato batia as perninhas, o rabo balançando de um lado para outro. – Era pra você ser ruim nisso. E era pra eu escrever uma tese sobre como você é ruim. E aí você ganharia um pedaço de queijo e eu ganharia um emprego de verdade, que paga um salário de verdade, além da alegria de poder dizer "Sou doutora, mas não médica" quando alguém tivesse um AVC no avião.

O camundongo grunhiu e soltou o fio, provocando um baque ao cair no chão da gaiola.

– Agora sim.

Ela tirou as luvas rapidamente e desbloqueou o celular com o polegar.

Adam: Meu braço está doendo.

A princípio achou que ele estava dando uma desculpa para não se encontrarem. Mas então se lembrou de acordar e sentir o próprio braço dolorido.

Olive: Da vacina da gripe?

Adam: Está doendo de verdade.

Ela deu uma risadinha. Realmente não achou que seria esse tipo de garota, mas ali estava, com a mão na boca e... sim, dando risadinhas feito uma boba no meio do laboratório. O camundongo a observava, os olhinhos vermelhos numa mistura de crítica e surpresa. Olive rapidamente se voltou para o telefone.

Olive: Ah, Adam... Me desculpe.

Olive: Quer que eu vá aí dar um beijinho pra melhorar?

Adam: Você não disse que ia doer tanto.

Olive: Como alguém já me explicou uma vez, não é minha função administrar as suas emoções.

A resposta de Adam foi um único emoji (a mão amarela com o dedo do meio levantado) e as bochechas de Olive chegaram a doer de tanto que ela sorria. Estava prestes a responder com um emoji de beijo quando uma voz a interrompeu.

– Eca.

Ela olhou para cima. Anh estava parada na porta do laboratório, fazendo uma careta com a língua para fora.

160

– Ei. O que está fazendo aqui?

– Vim pegar luvas emprestadas. *E* ficar com vontade de vomitar.

Olive franziu a testa.

– Por quê?

– Acabaram as pequenas. – Anh entrou no laboratório revirando os olhos. – A verdade é que eles nunca compram o suficiente porque sou a única mulher no laboratório, mas não é como se eu não usasse luvas na mesma...

– Não, por que ficou com vontade de vomitar?

Anh fez uma cara engraçada e pegou duas luvas roxas do estoque de Olive.

– Por ver como você está apaixonada pelo Carlsen. Posso pegar algumas?

– O que você está... – Olive olhou pasma para ela, ainda segurando o celular. Anh estava ficando louca? – Não estou *apaixonada* por ele.

– Aham, claro que não. – Anh terminou de encher os bolsos com luvas e olhou para cima, finalmente percebendo a expressão aflita no rosto de Olive. Ela arregalou os olhos. – Ei, eu estava brincando! Você não me dá vontade de vomitar. Provavelmente eu faço a mesma cara quando mando mensagem pro Jeremy. E na verdade é bem fofo ver como você está caidinha por ele...

– Mas eu *não* estou caidinha. – Olive começou a entrar em pânico. – Não estou. É só...

Anh apertou os lábios, reprimindo um sorriso.

– Beleza. Se você diz...

– Não, estou falando sério. Estamos só...

– Cara, tudo bem. – A voz de Anh era tranquilizadora e um pouquinho emotiva. – É que você é tão incrível. E especial. E, sinceramente, minha pessoa favorita no mundo. Mas às vezes eu me preocupava que ninguém mais além de mim e Malcolm fosse te conhecer e saber como você é maravilhosa. Bem, até agora. Não estou mais preocupada, porque vi você e o Adam juntos, no piquenique. E no estacionamento. E... toda hora, na verdade. Vocês *dois* estão loucamente apaixonados e nas nuvens. É lindo! Tirando aquela primeira noite – acrescentou, pensativa. – Continuo dizendo que *aquilo* foi bem esquisito.

Olive ficou rígida.

– Anh, não é nada disso. A gente só está... saindo. Casualmente. Fazendo coisas juntos. Estamos nos conhecendo. Não estamos...

– Ah, tudo bem. Se você diz... – Anh deu de ombros, obviamente sem acreditar em nenhuma palavra que a amiga dissera. – Ei, preciso voltar pra minha cultura de bactérias. Venho te perturbar quando tiver um intervalo, tá?

Olive fez que sim devagar, observando a amiga se dirigir para a porta. Seu coração tropeçou de leve quando Anh se virou, de repente, com uma expressão séria no rosto.

– Ol, só quero que você saiba que... eu estava bem preocupada que você ficasse magoada quando comecei a sair com o Jeremy. Mas não estou mais. Porque agora sei como você é quando está realmente... bem... – Anh abriu um sorriso malicioso. – Não vou dizer, já que você não quer que eu diga.

Ela saiu acenando e Olive ficou lá, paralisada, encarando o batente da porta por muito tempo depois de Anh ter saído. Ela então olhou para o chão, se jogou no banco que estava atrás dela e só pensou uma coisa:

Merda.

<hr>

Não era o fim do mundo. Aquelas coisas aconteciam. Até os mais fortes acabavam tendo uma quedinha – Anh tinha dito apaixonada, ai, meu Deus, ela tinha dito *apaixonada* – por quem estavam namorando de mentira. Não significava nada.

A não ser que... Puta merda. Merda, merda, *merda.*

Olive trancou a porta da sala e se jogou numa cadeira, torcendo para aquele não ser o único dia do semestre em que seus colegas decidiriam chegar antes das dez da manhã.

Aquilo era culpa dela. Tinha sido idiota. Ela sabia, *sabia*, que havia começado a achar Adam atraente. Sabia desde o início, e então ela passou a conversar com ele, a conhecê-lo melhor, embora aquilo não fosse parte do plano; maldito Adam por ser tão diferente do que ela esperava. Por fazer com que ela quisesse estar a seu lado cada vez mais. Maldito Adam. A conclusão estava bem ali, olhando para a cara de Olive nos últimos dias, e ela não tinha percebido. Porque era uma idiota.

Ela se levantou abruptamente, procurou o celular no bolso e foi até o contato de Malcolm.

Olive: Precisamos nos encontrar.

Bendito Malcolm, que levou menos de cinco segundos para responder.

Malcolm: Pra almoçar? Estou prestes a adentrar a junção neuromuscular de um rato jovem.

Olive: Preciso falar com você AGORA.

Olive: Por favor.

Malcolm: Starbucks. Em 10 minutos.

<hr>

– Eu te avisei.

Olive não levantou a testa da mesa.

– Não avisou nada.

– Bem, talvez eu não tenha dito "Ei, não entra nesse negócio de namoro de mentira porque você vai se apaixonar", mas eu disse que a ideia era idiota e uma bomba-relógio, o que dá conta da situação atual.

Malcolm estava sentado de frente para ela, ao lado da janela da cafeteria lotada. Em volta deles, os alunos conversavam, riam e pediam bebidas, completamente alheios ao turbilhão repentino que tinha tomado a vida de Olive. Ela levantou a cabeça da superfície fria da mesa e pressionou os olhos, ainda sem coragem de abri-los. Talvez nunca mais tivesse coragem.

– Como isso foi acontecer? Eu não sou assim. Essa não sou eu. Como é que eu pude... E justo Adam Carlsen! *Quem é que fica a fim do Adam Carlsen?*

Malcolm deu uma risada de deboche.

– Todo mundo, Ol. Ele é um cara gato, alto, mal-humorado, com um QI de gênio. Todo mundo gosta de caras gatos, altos, mal-humorados, com QI de gênio.

– Eu não gosto!

– Pelo visto, gosta, sim.

Ela apertou os olhos e choramingou.

– Ele nem é tão mal-humorado.

– Ah, ele é, sim. Você só não percebe porque está caidinha por ele.

– Eu não estou... – Ela deu um tapa na própria cabeça. Duas vezes. – Merda.

Ele se inclinou para a frente e segurou a mão dela, sua pele escura e quentinha contra a de Olive.

– Olha – disse ele, a voz num tom reconfortante. – Fica calma. Vamos dar um jeito. – Ele até tentou dar um sorriso. Olive o amou muito naquele momento, mesmo com todos os "Eu te avisei". – Pra começar, qual é a intensidade da coisa?

– Não sei. Tem uma escala?

– Bem, existe gostar e existe *gostar*.

Ela balançou a cabeça, completamente perdida.

– Eu simplesmente gosto dele. Gosto da companhia dele.

– Isso não significa nada. Você também gosta da minha companhia.

Ela fez uma careta, sentindo o rosto corar.

– Não é bem do mesmo jeito.

Malcolm ficou em silêncio por um instante.

– Entendi.

Ele sabia que aquilo era algo importante para Olive. Já tinham conversado várias vezes sobre como era raro para ela sentir atração por alguém, principalmente atração sexual. Se havia algo de errado com ela. Se o passado a reprimia de alguma forma.

– Meu Deus. – Ela só queria se encolher no capuz do casaco como se fosse uma tartaruga até aquilo tudo passar. Correr uma maratona. Começar a escrever sua proposta de tese. Qualquer coisa, menos lidar com aquilo. – Estava na minha cara e não percebi. Eu só achei que ele era inteligente e atraente, que tinha um sorriso bonito e que podíamos ser amigos e... – Ela esfregou os olhos, desejando poder voltar no tempo e apagar suas escolhas de vida. O último mês inteiro. – Você me odeia?

– Eu?

Malcolm pareceu surpreso.

– Sim – confirmou ela.

– Não. Por que eu odiaria você?

– Porque ele foi horrível com você, te fez jogar fora um monte de dados. É que... comigo ele não é...

– Eu sei. Quer dizer. – Ele corrigiu, agitando a mão. – Na verdade eu não *sei*. Mas acredito que ele seja diferente com você em relação ao que foi no meu comitê de banca.

– Você odeia ele.

– É... *Eu* odeio ele. Ou... Eu não gosto dele. Mas você não precisa não gostar dele por minha causa. Embora eu me reserve o direito de criticar o seu péssimo gosto pra homens. De vez em quando. Mas, Ol, eu vi vocês dois no piquenique. Ele com certeza não estava interagindo com você da mesma forma que faz comigo. Além disso, você sabe – acrescentou ele, relutando em admitir. – Ele não é *pouco* atraente. Consigo entender o que você vê ali.

– Não foi isso que você disse quando te contei sobre o namoro de mentira.

– Não, mas estou tentando te apoiar. Você não estava apaixonada por ele naquela época.

Ela resmungou.

– Pode, por favor, não usar essa palavra? Nunca mais? Me parece um pouco precipitada.

– Tudo bem. – Malcolm tirou uma poeira inexistente da camisa. – Que ótima maneira de trazer uma comédia romântica para a vida real, aliás. Mas, então, como é que você vai contar?

Ela passou a mão na têmpora.

– Como assim?

– Bom, você tem uma queda por ele, vocês se dão bem. Estou imaginando que você esteja pensando em confessar a ele seus... sentimentos. Posso usar a palavra "sentimentos"?

– Não.

– Tanto faz. – Ele revirou os olhos. – Você vai contar pra ele, né?

– É claro que não. – Ela deu uma gargalhada macabra. – Você não pode contar pra pessoa que está namorando de mentira que você... – ela procurou a palavra certa, não encontrou e então acabou completando: – ... *gosta* dela. Não tem como. Adam vai pensar que eu planejei tudo isso. Que estava correndo atrás dele esse tempo todo.

– Isso é ridículo. Você nem o conhecia antes.

– O pior é que talvez eu conhecesse. Lembra que te falei de um cara que me ajudou a decidir sobre o doutorado? Aquele que conheci no banheiro no dia da minha entrevista?

Malcolm fez que sim.

– Talvez fosse o Adam. Eu acho.

– Você *acha*? Não perguntou pra ele?

– Óbvio que não.

– Por que "óbvio"?

– Porque talvez *não fosse* ele. E, se foi, obviamente ele não se lembra, ou teria dito algo há semanas.

Não era *ele* que estava usando lentes de contato vencidas, afinal.

Malcolm revirou os olhos.

– Escuta, Olive – disse ele, sério. – Preciso que você pense numa coisa: e se o Adam gostar de você também? E se ele quiser algo mais?

Ela riu.

– Impossível.

– Por quê?

– Porque sim.

– Porque sim o quê?

– Porque ele é ele. Ele é Adam Carlsen. E eu...

Ela não completou a frase. Nem precisava. *Eu sou eu. Nada de especial.*

Malcolm ficou em silêncio por um tempo.

– Você não percebe, né? – Sua voz estava triste. – Você é maravilhosa. É linda e amorosa. É independente, uma cientista genial, é generosa, leal... Caramba, Ol, olha só essa confusão ridícula que você criou apenas pra que sua amiga pudesse namorar o cara que ela queria namorar sem se sentir culpada. Não é possível que Carlsen não tenha notado.

– Não. – Ela estava decidida. – Não me entenda mal, eu até acho que ele gosta de mim, mas me vê como amiga. E se eu contar e ele não quiser...

– Não quiser o quê? Continuar namorando você de mentira? Não é como se você tivesse muita coisa a perder.

Talvez não. Talvez todas as conversas, os olhares que Adam lançava para ela; o jeito que a reprovava balançando a cabeça quando ela pedia chantilly extra; a forma como ele permitia que ela o tirasse do mau humor; as mensagens de texto; como ele parecia ficar tão à vontade com ela, tão obviamente diferente do Adam Carlsen de quem ela costumava ter medo... Talvez tudo isso não fosse muita coisa. Mas ela e Adam eram amigos agora e poderiam continuar amigos mesmo depois do dia 29 de setembro. Olive sentiu uma dor no coração ao pensar na possibilidade de perder isso.

– Mas eu tenho.

Malcolm suspirou e mais uma vez segurou a mão dela.

– É intenso, então.

Ela apertou os lábios e piscou rapidamente para conter as lágrimas.

– Talvez seja. Não sei. Nunca senti isso antes. Nunca quis sentir.

Ele sorriu para tranquilizá-la, embora a última coisa que Olive estivesse sentindo fosse tranquilidade.

– Olha, eu sei que é assustador. Mas não é necessariamente uma coisa ruim.

Uma única lágrima escorreu pela bochecha de Olive. Ela se apressou para secá-la com a manga da camiseta.

– É a pior de todas.

– Você finalmente encontrou alguém de quem gosta. E, tudo bem, é o Carlsen, mas ainda poderia virar algo legal.

– Não poderia. Não pode.

– Ol, eu sei como está se sentindo. Eu entendo. – Malcolm apertou a mão dela com mais força. – Sei que é apavorante se sentir vulnerável, mas você pode se *permitir* gostar de alguém. Pode querer ter algo com as pessoas além de amizade ou encontros casuais.

– Mas eu não posso.

– Não entendo por quê.

– Porque todas as pessoas de quem eu gostei na vida se foram – disse ela, de repente.

Em algum lugar na cafeteria, o barista anunciou um macchiato de caramelo. Olive imediatamente se arrependeu daquelas palavras duras.

– Desculpa. É que... É assim que funciona. Minha mãe. Meus avós. Meu pai. De uma forma ou de outra, todos se foram. Se eu me permitir gostar do Adam, ele vai embora também.

Pronto. Ela tinha colocado o sentimento em palavras, em voz alta, e pareceu ainda mais verdadeiro ao fazer isso.

Malcolm soltou o ar.

– Ah, Ol...

Ele era uma das poucas pessoas com quem Ol se abria sobre seus medos; a sensação constante de não se encaixar, a desconfiança eterna de que terminaria a vida sozinha, já que passara a maior parte dela desse jeito. De que nunca seria digna de receber o amor de alguém. A expressão do amigo, uma mistura de tristeza, compreensão e pena, era insuportável. Ela desviou o olhar para os estudantes sorridentes, as tampas de copos empilhadas ao lado do balcão, os adesivos no MacBook de uma garota, e puxou a mão.

– É melhor você ir. – Ela tentou dar um sorriso, mas sem sucesso. – Terminar suas cirurgias.

Ele não rompeu o contato visual.

– *Eu* gosto de você. *Anh* gosta de você. Ela teria escolhido você no lugar do Jeremy. E você gosta da gente também. Todos nós gostamos uns dos outros, e eu ainda estou aqui. Não vou a lugar nenhum.

– É diferente.

– Como?

Olive não respondeu e usou a manga para secar a bochecha. Adam era diferente, e o que Olive queria dele era diferente, mas não conseguia... não queria elaborar aquela ideia. Pelo menos não naquele momento.

– Não vou contar pra ele.

– Ol.

– Não – disse ela, com firmeza. Sem as lágrimas, ela se sentiu um pouco melhor. Talvez não fosse quem pensava que era, mas podia fingir. Podia simular até para si mesma. – Não vou contar pra ele. É uma péssima ideia.

– Ol.

– Imagina como seria essa conversa. Que frases eu usaria? Quais seriam as palavras certas?

– Na verdade, acho que você deveria...

– Dizer que estou a fim dele? Que penso nele o tempo inteiro? Que tenho uma queda absurda por ele? Que...

– *Olive.*

No final das contas, o que a fez cair em si não foram as palavras de Malcolm, nem a expressão de pânico no rosto dele, nem o fato de o amigo estar olhando para alguma coisa atrás dela. No final das contas, Anh escolheu aquele exato momento para mandar uma mensagem, o que a fez olhar para os números na tela do celular.

10:00.

Eram dez horas. Numa quarta de manhã. E Olive estava sentada na Starbucks do campus, a mesmíssima Starbucks onde tinha passado as manhãs de quarta nas últimas semanas. Ela se virou e...

Não ficou surpresa ao ver Adam. Parado atrás dela. Perto o suficiente para ter ouvido cada palavra que saiu da boca de Olive, a não ser que seus tímpanos tivessem se rompido desde a última vez que se falaram.

Ela desejou poder desaparecer naquele instante. Desejou conseguir rastejar para fora do próprio corpo e daquela cafeteria, derreter numa poça de suor e escorrer pelas tábuas do piso, simplesmente evaporar no ar. Mas todas essas coisas estavam, no momento, além de suas habilidades, então ela abriu um sorriso fraco e olhou para Adam.

Capítulo Onze

❤ **HIPÓTESE**: *Toda vez que eu minto, as coisas ficam piores por um fator de 743.*

– Você... Você ouviu isso? – perguntou ela.

Malcolm correu para tirar suas coisas da mesa e murmurou:

– Eu já estava de saída.

Olive mal percebeu e ficou olhando para Adam enquanto ele puxava a cadeira para se sentar diante dela.

Merda.

– Ouvi – disse ele, sereno e imperturbável.

Olive sentiu que estava prestes a se desintegrar em um milhão de pedacinhos. Ela queria que ele voltasse atrás. Que dissesse: "Não. Ouvi o quê?" Queria voltar no tempo e alterar todo aquele dia caótico. Não olhar as mensagens no celular, não deixar Anh entrar no laboratório e vê-la suspirando pelo namorado de mentira, não abrir o coração para Malcolm no pior lugar possível.

Adam não podia saber. Simplesmente não podia. Ele ia pensar que Olive tinha lhe dado um beijo de propósito e arquitetado toda aquela maluquice, que o tinha manipulado. Ele ia querer terminar tudo antes de conseguir colher os benefícios do acordo. E ia odiá-la.

Aquela possibilidade era terrível, então ela disse a única coisa em que conseguiu pensar:

– Não era sobre você.

A mentira rolou pela sua boca como se fosse um deslizamento de terra: imprevisível, rápido e com grandes chances de fazer um estrago.

– Eu sei.

Ele assentiu e... não parecia surpreso. Era como se nunca tivesse ocorrido a ele que Olive pudesse estar interessada. Ela quis chorar, um estado de espírito frequente naquela fatídica manhã, mas, em vez disso, vomitou mais uma mentira.

– É que... eu estou a fim... de um cara.

Ele assentiu novamente, dessa vez mais devagar. Seus olhos ficaram mais opacos, o maxilar mexeu de leve, muito rapidamente. Ela piscou, e a expressão no rosto dele era fria novamente.

– É, eu concluí isso.

– Esse cara é...

Ela engoliu em seco. Quem ele era? *Pensa rápido*, Olive. Imunologista? Islandês? Uma girafa? O que ele era?

– Não precisa me explicar se não quiser – disse Adam, com a voz levemente diferente, mas também reconfortante. Cansada.

Olive percebeu que estava retorcendo as mãos, mas, em vez de parar, apenas as escondeu embaixo da mesa.

– Eu... É que...

– Tudo bem.

Ele abriu um sorriso tranquilizador, e Olive... Ela não conseguia olhar para ele. Por nem mais um segundo. Desviou o olhar, desejando desesperadamente que tivesse algo a dizer. Algo que pudesse consertar tudo. Do lado de fora do café, pela janela, viu um grupo de alunos da graduação reunidos em volta de um notebook, rindo de algo que passava na tela. Uma rajada de vento espalhou alguns papéis, e um garoto correu para recolhê-los. Lá longe, o Dr. Rodrigues vinha andando na direção da Starbucks.

– Esse nosso... combinado – disse ele.

A voz de Adam a trouxe de volta para dentro da cafeteria. Para as mentiras e a mesa que estavam entre eles; para o modo delicado e suave como ele falava com ela. Gentil, ele era tão gentil...

Adam. Eu pensava o pior de você, e agora...

– A ideia é que ajude a nós dois. Se não estiver mais...

– Não. – Olive negou com a cabeça. – Não, eu... – Ela forçou um sorriso. – É complicado.

– Entendo.

Ela abriu a boca para dizer que não, certamente ele não entendia. Ele não entendia nada porque Olive tinha acabado de inventar aquilo tudo. Aquela trapalhada toda.

– Eu não... – Ela umedeceu os lábios. – Não tem necessidade de encerrar o nosso combinado antes do tempo, porque eu não posso contar que gosto dele. Porque eu...

– Cara. – Alguém deu um tapa no ombro de Adam. – Como assim você não está na sua sa... Ah, entendi. – O olhar do Dr. Rodrigues passou de Adam para Olive e se concentrou nela. Por um segundo, ele ficou parado ali, surpreso em encontrá-la. Então, abriu um sorriso devagar. – Oi, Olive.

No primeiro ano do doutorado de Olive, o Dr. Rodrigues estava em seu comitê de orientação; uma escolha bastante estranha, já que seu trabalho tinha pouca relevância para a pesquisa dela. E, ainda assim, Olive tinha as melhores lembranças de suas interações com ele. Quando ela entrava nas reuniões do comitê, ele sempre era o primeiro a sorrir para ela. Uma vez chegou a elogiar sua camiseta de *Star Wars* e ainda cantarolava o tema do Darth Vader baixinho toda vez que a Dra. Moss começava a dar uma bronca em Olive por causa de seus métodos.

– Oi, Dr. Rodrigues. – Ela tinha certeza de que seu sorriso não era nem um pouco convincente. – Como você está?

Ele fez um gesto de desdém com a mão.

– Por favor, pode me chamar de Holden. Você não é mais minha aluna. – Ele se divertiu dando um tapinha nas costas de Adam. – Além disso, tem o prazer bastante questionável de namorar o meu amigo mais antigo e menos sociável.

Olive precisou se segurar para não deixar o queixo cair. Eles eram amigos? O charmoso e ousado Holden Rodrigues e o rabugento e soturno Adam Carlsen eram *velhos* amigos? Isso era algo que ela devia saber? A namorada de Adam saberia, não é?

O Dr. Rodrigues (Holden? Meu Deus, Holden. Ela nunca ia se acostumar com o fato de que professores eram pessoas reais e não tinham apenas sobrenomes) se virou para Adam, que não se incomodara nada em ser chamado de pouco sociável.

– Você vai pra Boston hoje à noite, certo? – perguntou ele, com um tom de voz um pouco diferente.

Era mais baixo, mais rápido, mais casual. Bem à vontade. Eles eram mesmo velhos amigos.

– Isso. Vai poder mesmo dar uma carona pro Tom e pra mim até o aeroporto?

– Depende.

– Do quê? – perguntou Adam.

– Tom vai estar amarrado e amordaçado na mala do carro?

Adam suspirou.

– Holden.

– Posso deixar que ele vá no banco de trás, mas, se não calar a boca, eu jogo ele no meio da estrada.

– Está bem. Vou avisar a ele.

Holden pareceu satisfeito.

– Enfim, não quis interromper.

Ele deu mais um tapinha no ombro de Adam, mas estava olhando para Olive.

– Não tem problema – disse ela.

– Sério? Então tá. – Ele abriu um sorriso e puxou uma cadeira da mesa ao lado. Adam fechou os olhos, resignado. – Então, sobre o que estamos falando?

Eu estava contando uma mentira das brabas, obrigada por perguntar.

– Ah, nada de mais – disse Olive. – Como é que vocês dois... – Ela pigarreou. – Desculpe, me esqueci de onde vocês dois se conhecem.

Um baque: Holden chutando Adam por baixo da mesa.

– Seu merdinha. Não contou a ela a nossa história de décadas?

– Ando tentando esquecer.

– Até parece. – Holden se virou para ela e sorriu. – Nós crescemos juntos.

Ela franziu a testa e olhou para Adam.

– Achei que você tivesse crescido na Europa.

Holden fez um gesto com a mão.

– Ele cresceu em todos os lugares. E eu também, porque nossos pais trabalhavam juntos. Diplomatas, o pior tipo de gente. Mas depois, então, nossas famílias se estabeleceram em Washington, D.C. – Ele se inclinou para a frente. – Adivinha quem estudou junto na escola, na graduação *e* no doutorado?

Olive arregalou os olhos e Holden percebeu, a julgar pela forma como chutou Adam novamente.

– Você não contou merda nenhuma pra ela. Estou vendo que continua fazendo esse tipo caladão e misterioso. – Ele revirou os olhos e se voltou novamente para Olive. – Adam te contou que ele quase não se formou no ensino médio? Foi suspenso por dar um soco num cara que insistia que o Grande Colisor de Hádrons ia destruir o planeta.

– Curioso você não mencionar que foi suspenso junto comigo exatamente pelo mesmo motivo – comentou Adam.

Holden o ignorou.

– Meus pais estavam fora do país em algum tipo de missão e esqueceram temporariamente da minha existência, então passamos a semana lá em casa jogando *Final Fantasy*. Foi incrível. E quando Adam se inscreveu para a faculdade de direito? Ele deve ter contado isso a você.

– *Tecnicamente* eu nunca me inscrevi para a faculdade de direito.

– Mentiras... mentiras... Ele pelo menos te contou do dia em que foi meu par no baile de formatura? Aquilo foi épico.

Olive olhou para Adam esperando que ele negasse aquilo também. Mas Adam deu um sorrisinho, olhou para Holden e disse:

– Foi épico mesmo.

– Imagina isso, Olive. Início dos anos 2000. Escola só de meninos, ridiculamente cara e cheia de mauricinhos. Dois alunos gays na turma. Bem, dois que tinham saído do armário, pelo menos. Richie Muller e eu namoramos durante todo o último ano. E aí ele terminou comigo três dias antes da formatura por causa de um cara com quem estava saindo há *meses*.

– Ele era um escroto – murmurou Adam.

– Eu tinha três escolhas. Não ir ao baile e ficar chorando em casa. Ir sozinho e ficar chorando na escola. *Ou* levar meu melhor amigo, que planejava ficar em casa chorando por causa de ácidos gama-aminobutíricos, como meu par.

Olive quase se engasgou.

– Como se convenceu?

– Aí é que está, eu não precisei. Quando contei a ele o que Richie fez, ele se ofereceu.

– Não é pra se acostumar – disse Adam.

– Dá pra acreditar, Olive?

Que Adam fingiria estar num relacionamento com alguém pra ajudar a pessoa numa situação difícil?

– Não.

– Andamos de mãos dadas. Dançamos música lenta. Fizemos Richie cuspir o ponche que estava tomando e se arrepender de todas as suas péssimas escolhas. Depois, fomos pra casa e jogamos mais *Final Fantasy*. Esse dia foi foda.

– Surpreendentemente, foi divertido – admitiu Adam, relutante.

Olive olhou para ele e se deu conta de algo: Holden era a Anh de Adam. A pessoa favorita dele. Era óbvio que Adam e Tom também eram bem próximos, mas a relação que ele tinha com Holden era diferente e... Olive não tinha ideia do que fazer com essa informação.

Talvez devesse contar a Malcolm. Ou ele ia fazer uma festa ou ficar completamente surtado.

– Bem... – disse Holden, se levantando. – Adorei conversar com vocês. Vou pegar um café, mas a gente deveria sair mais, nós três. Nem me lembro da última vez que tive o prazer de constranger Adam na frente de uma namorada. Mas, por agora, ele é todo seu.

Depois daquele "seu", ele deu um sorrisinho malicioso que deixou Olive envergonhada.

Adam revirou os olhos quando Holden saiu para ir até o balcão. Fascinada, Olive o acompanhou com o olhar por algum tempo.

– Hum, isso foi...?

– Holden, para sua apreciação.

Adam não parecia nem estar incomodado.

Ela assentiu, ainda um pouco desnorteada.

– Não acredito que não fui seu primeiro.

– Meu primeiro?

– Seu primeiro encontro de mentira.

– Ah, sim. Acho que baile de formatura conta. – Ele pareceu refletir a respeito. – Holden não tem sorte nos relacionamentos... o que é bastante injusto.

Ela sentiu um quentinho no peito diante daquele tom de preocupação e proteção na voz dele. Ficou se perguntando se ele próprio percebia isso.

– Ele e o Tom já...?

Adam negou com a cabeça.

– Holden ficaria indignado se soubesse que você perguntou isso.

– Por que ele não quer levar Tom pro aeroporto, então?

Adam deu de ombros.

– Holden sempre teve essa antipatia profunda e meio irracional pelo Tom, desde o doutorado.

– Ah. Por quê?

– Não tenho certeza. Não sei nem se o Holden sabe. Tom diz que ele tem ciúme. Acho que é só uma questão de personalidades incompatíveis.

Olive ficou em silêncio absorvendo aquela informação.

– Também não contou ao Holden sobre a gente – disse ela. – Que não é de verdade.

– Não.

– Por quê?

Adam desviou o olhar.

– Não sei. – Seu maxilar ficou tenso. – Acho que eu não queria... – Sua voz falhou e ele balançou a cabeça antes de abrir um sorriso meio forçado. – Ele fala muito bem de você, sabia?

– Holden? De mim?

– Do seu trabalho. E da sua pesquisa.

– Ah. – Ela não tinha a menor ideia de como reagir. *Quando vocês falaram sobre mim? E por quê?* – Ah – repetiu, inutilmente.

Ela não soube explicar por quê, mas pela primeira vez os desdobramentos daquele combinado na vida de Adam de repente lhe vieram à mente. Eles tinham concordado em namorar de mentira porque ambos tinham algo a ganhar com aquilo, mas ocorreu a ela que Adam também tinha muito mais a perder. De todas as pessoas que amava, Olive estava mentindo apenas para uma, Anh, porque era completamente inevitável. Ela não dava a mínima para as opiniões dos outros alunos. Adam, no entanto... Estava mentindo diariamente para seus colegas e amigos.

Seus alunos interagiam com ele todos os dias achando que ele estava namorando uma colega deles. Será que achavam que era um depravado? Será que o relacionamento com Olive tinha mudado a maneira como o viam? E quanto aos outros professores do departamento e dos outros programas? Só

porque namorar uma aluna era permitido, não significava que era bem-
-visto. E, se Adam conhecesse, ou já tivesse conhecido, alguém de quem
ele realmente gostasse? Quando fizeram o acordo, ele tinha dito que não
ia sair com ninguém, mas isso fora semanas antes. Olive mesmo estava
convencida naquela época de que não ia se interessar por ninguém... E
aquilo a fez querer dar risada agora, do jeito menos engraçado possível.
Sem contar que somente ela estava se beneficiando daquele acordo. Anh
e Jeremy tinham comprado a mentira, mas os recursos de pesquisa de
Adam ainda estavam congelados.

E, apesar de tudo, ele ainda a ajudava. E Olive estava recompensando
aquela gentileza inventando coisas e desenvolvendo sentimentos que com
certeza o deixariam desconfortável.

– Quer tomar um café? – perguntou ele.

Olive parou de olhar para as próprias mãos.

– Não. – Ela pigarreou e tentou se livrar daquela sensação ruim no
peito. A ideia de tomar café a deixou enjoada. – Acho que preciso voltar
pro laboratório.

Ela se inclinou para pegar a mochila, na intenção de se levantar e ir embora, mas no meio do caminho um pensamento a invadiu, e ela se pegou
olhando para Adam. Ele estava com uma expressão meio preocupada, uma
ruga começando a aparecer em cima da sobrancelha.

Ela tentou sorrir.

– Nós somos amigos, certo?

A ruga ficou mais marcada.

– Amigos? – perguntou ele.

– Sim. Você e eu.

Ele a analisou por um longo momento. Alguma coisa passou pelo rosto
dele, algo desolado e um pouco triste. Muito rápido para interpretar.

– Sim, Olive.

Ela fez que sim com a cabeça, meio sem saber se deveria se sentir aliviada. Não era assim que tinha imaginado aquele dia, e havia uma pressão
estranha se formando atrás de suas pálpebras, fazendo-a se apressar para
sair dali. Ela deu tchau para ele com um sorriso meio trêmulo e teria saído
da maldita Starbucks se ele não a tivesse chamado com aquela voz.

– Olive.

Ela parou diante da cadeira e olhou para Adam. Era estranho estar mais alta do que ele.

– Talvez isso seja inapropriado, mas... – Ele contraiu o maxilar e fechou os olhos por um momento. Como se estivesse organizando os pensamentos. – Olive. Você é mesmo... Você é extraordinária, e não consigo acreditar que, se contasse a Jeremy como se sente, ele não iria...

Ele parou de falar e assentiu. Uma espécie de ponto-final, já que suas palavras e a forma como as dissera deixaram Olive à beira das lágrimas.

Ele achou que era Jeremy. Adam pensava que Olive estava apaixonada por Jeremy quando eles começaram o acordo e que ela *ainda* estava apaixonada. Porque ela tinha contado uma mentira idiota e estava com muito medo de desmentir e...

Ia acontecer. Ela ia chorar. E o que ela mais queria no mundo era não fazer isso na frente de Adam.

– A gente se vê semana que vem, tá?

Ela não esperou a resposta dele e andou apressada até a saída, esbarrando em alguém a quem devia ter pedido desculpas. Do lado de fora, respirou fundo e caminhou até o prédio de biologia tentando esvaziar a mente e se obrigando a pensar no assunto da aula que precisava dar mais tarde, na inscrição de bolsa que prometera à Dra. Aslan que faria no dia seguinte, no fato de que a irmã de Anh estaria na cidade no final de semana e ia preparar pratos vietnamitas para todos.

Um vento frio se espalhou pelas folhas das árvores do campus e colou o suéter de Olive no corpo. Ela se encolheu e não olhou de volta para a cafeteria. O outono tinha finalmente começado.

Capítulo Doze

💜 **HIPÓTESE:** *Se eu sou péssima na atividade A, as chances de ser chamada para participar da atividade A aumentam exponencialmente.*

O campus parecia estranhamente vazio sem Adam, mesmo nos dias em que seria pouco provável que ela o encontrasse. Não fazia muito sentido: Stanford sem dúvida não era nada vazia, estava sempre lotada de graduandos barulhentos e irritantes indo para as aulas ou voltando delas. A vida de Olive também estava movimentada: seus camundongos haviam chegado à idade ideal para as análises de comportamento, ela enfim tinha recebido a revisão de um artigo que submetera meses antes e precisava começar a planejar sua mudança para Boston no ano seguinte. A prova da matéria em que ela atuava como professora assistente se aproximava, e os alunos da graduação começaram a pipocar durante seu horário de trabalho, com cara de pânico e fazendo perguntas que invariavelmente estavam respondidas nas três primeiras linhas do plano de estudos.

Malcolm passou alguns dias tentando convencer Olive a contar a verdade para Adam, mas depois não insistiu mais, felizmente desanimado com a teimosia dela, além de ocupado resolvendo seus próprios dramas amorosos. No entanto, fez várias fornadas de cookies de caramelo, embora mentisse dizendo que não estava consolando a amiga autodestrutiva, apenas aperfeiçoando sua receita. Olive comeu tudo e o abraçou enquanto ele salpicava flor de sal sobre a última fornada.

No sábado, Anh apareceu para a noite de cerveja e marshmallow, e ela e Olive ficaram fantasiando como seria abandonar a vida acadêmica, encontrar um emprego no mercado que pagasse um bom salário e conceber a ideia de ter tempo livre.

– A gente podia, tipo, dormir nos domingos de manhã. Em vez de precisar examinar os ratos às seis horas.

– Isso – disse Anh, suspirando. Estava passando *Orgulho, preconceito e zumbis* na televisão, mas elas não prestavam atenção. – A gente poderia comprar ketchup de verdade em vez de roubar os sachês do Burger King. E comprar aquele aspirador sem fio que vi na TV.

Meio bêbada, Olive riu e se virou para ela, fazendo a cama ranger.

– Sério? Um aspirador de pó?

– Um sem fio. É *incrível*, Ol.

– Isso é...

– O quê?

– Tipo... – Olive riu um pouco mais. – A coisa mais aleatória de todas.

– Cala a boca. – Anh sorriu, mas não abriu os olhos. – Eu tenho uma alergia muito forte a poeira. Quer saber do que mais?

– Vai vir com uma informação totalmente inútil sobre aspiradores de pó?

Rugas se formaram no canto dos olhos de Anh.

– Não – disse ela. – Não sei nenhuma. Espera aí... Acho que a primeira mulher a se tornar CEO trabalhava numa empresa de aspiradores de pó.

– Não acredito. Isso é bem legal.

– Mas posso estar inventando. – Anh deu de ombros. – Enfim, o que estou dizendo é que... Será que eu ainda quero?

– O aspirador de pó?

Olive bocejou sem nem se preocupar em cobrir a boca.

– Não. Um emprego acadêmico. E tudo que vem junto. O laboratório, os alunos, a carga de trabalho absurda de aulas, a disputa por subsídios, o salário desproporcionalmente baixo. O pacote completo. Jeremy diz que Malcolm está certo. Que o dinheiro está no mercado privado. Mas acho que vou ficar e virar professora. Vai ser um inferno, mas é a única maneira de criar um ambiente favorável pra mulheres como nós, Ol. Criar alguma concorrência pra esses homens brancos que se acham merecedores de tudo. – Ela sorriu, linda e destemida. – Jeremy pode ir trabalhar na iniciativa privada e ganhar bastante dinheiro pra eu torrar em aspiradores de pó sem fio.

Enquanto a alcoolizada Olive analisava a determinação alcoolizada no rosto (também alcoolizado) de Anh, pensou que havia algo de reconfortante em ver que sua melhor amiga começava a compreender o que queria da vida. E com quem queria vivê-la. Aquilo também provocou uma pontada no peito de Olive, no mesmo lugar onde ela parecia sentir mais a falta de Adam, mas ela reprimiu o que sentia e tentou não pensar muito no assunto. Em vez disso, pegou a mão de sua amiga, apertou e inspirou o cheiro de maçã que vinha dos cabelos dela.

– Você vai ser muito boa nisso, Anh. Mal posso esperar pra ver você mudar o mundo.

<hr>

De modo geral, a vida de Olive continuava do mesmo jeito que sempre fora; com a diferença de que, pela primeira vez, havia outra coisa que ela preferia estar fazendo. Outra pessoa com quem preferia estar.

Então gostar de alguém é assim, ela refletiu. É sentir que não vale a pena ir ao prédio da biologia porque Adam está viajando e até a mais remota chance de cruzar com ele lhe foi tirada; é se virar constantemente ao ver um cabelo preto de relance ou ao ouvir uma voz grave que pareça tão profunda quanto a de Adam, mas que na verdade nem era; é pensar nele porque sua amiga Jess mencionou uma viagem para a Holanda ou quando está assistindo a *Jeopardy!* e a resposta correta para "aicmofobia" é "O que é medo de agulhas?"; é se sentir presa num limbo estranho e apenas esperar, esperar... por nada.

Adam ia voltar dali a alguns dias, e a mentira de Olive de que estava apaixonada por outra pessoa ainda estaria lá. O dia 29 de setembro chegaria logo e, de qualquer forma, a suposição de que Adam poderia ter qualquer intenção romântica em relação a Olive era absurda. Considerando tudo, ela tinha sorte de ele gostar dela o suficiente para serem amigos.

No domingo, o celular apitou enquanto Olive corria na academia. Quando o nome de Adam apareceu na tela, ela imediatamente parou para ler. Mas nem tinha muito o que ler: era apenas a imagem de uma bebida enorme num copo de plástico e algo que parecia um muffin. Na parte de baixo da imagem, orgulhosamente lia-se "Frappuccino de torta de abóbora" e, embaixo disso, a mensagem de Adam:

Adam: Acha que consigo contrabandear no avião?

Ninguém precisava dizer que ela estava sorrindo para o telefone feito uma idiota.

Olive: Bom, a segurança nos aeroportos é conhecida por ser incompetente.

Olive: Mas talvez não tão incompetente assim.

Adam: Que pena.

Adam: Queria que você estivesse aqui.

O sorriso de Olive ficou grudado no rosto por um bom tempo. Então, quando ela se lembrou da confusão em que estava metida, foi se transformando num longo suspiro.

~~~~~~~~

Ela carregava uma bandeja cheia de amostras de tecido para o microscópio eletrônico quando alguém bateu em seu ombro e a assustou. Olive quase tropeçou e destruiu alguns milhares de dólares em subsídios federais. Quando se virou, o Dr. Rodrigues a encarava com seu habitual sorrisinho juvenil, como se eles fossem melhores amigos prestes a ir tomar uma cerveja e curtir a vida, e não uma aluna de doutorado e o ex-membro de seu comitê de orientação que nunca tinha efetivamente lido nenhum dos trabalhos que ela entregou.

– Dr. Rodrigues.

Ele franziu a sobrancelha.

– Achei que já tínhamos combinado que era Holden.

Eles tinham?

– Certo. Holden.

Ele sorriu, satisfeito.

– Namorado viajando, né?

– Ah. Hum... sim.

– Vai entrar aí? – Ele apontou para o laboratório do microscópio com o queixo, e Olive fez que sim com a cabeça. – Aqui, deixa que eu abro.

Ele passou o crachá para destravar a porta e a segurou para ela.

– Obrigada. – Ela colocou as amostras numa bancada e sorriu, agradecida, colocando as mãos nos bolsos de trás. – Eu ia pegar um carrinho, mas não encontrei nenhum.

– Só sobrou um neste andar. Acho que tem alguém levando-os para casa e revendendo.

Ele sorriu e... Malcolm tinha razão. Sempre teve razão nos últimos dois anos: havia de fato alguma coisa que deixava Holden atraente de um jeito tranquilo e sem esforço. Não que Olive estivesse interessada em qualquer outra coisa a não ser homens gatos, altos, mal-humorados e com um QI de gênio.

– Quem sou eu para culpá-los? – brincou ele. – Teria feito o mesmo na época do meu doutorado. E então, como vai a vida?

– Hum, bem. E você?

Holden ignorou a pergunta e encostou casualmente na parede.

– Tão ruim assim?

– Oi?

– Por Adam estar longe. Caramba, até eu estou com saudade daquele merdinha. – Ele riu. – Como você está aguentando?

– Ah. – Ela tirou a mão do bolso, cruzou os braços e então mudou de ideia e os deixou pender ao lado do corpo. *Isso. Perfeito. Agindo naturalmente.* – Tudo bem. Tudo certo. Tenho estado ocupada.

Holden pareceu realmente aliviado.

– Que bom. Vocês têm se falado por telefone?

Não. É claro que não. Falar por telefone é a coisa mais difícil e estressante do mundo, e eu não consigo fazer isso nem com a moça simpática que marca minhas consultas com o dentista, quanto mais com Adam Carlsen.

– Ah, basicamente por mensagem, sabe?

– Sim, sei bem. Por mais fechado e carrancudo que Adam seja com você, saiba que ele está se esforçando e que ele é um milhão de vezes pior com todas as outras pessoas. Incluindo eu. – Ele suspirou e balançou a cabeça, mas havia um carinho naqueles gestos. Um afeto que era impossível não perceber. *Meu amigo mais antigo*, ele tinha dito sobre Adam, e claramente não estava mentindo. – Na verdade, ele já melhorou bastante desde que vocês começaram a namorar.

Olive sentiu o corpo todo se encolhendo. Sem saber o que dizer, acabou decidindo pela opção mais curta, dolorosa e constrangedora:

– Sério?

Holden assentiu.

– Sim. Fiquei muito feliz por ele finalmente ter tomado coragem pra chamar você pra sair. Há anos que ele não parava de falar dessa "garota incrível", mas se preocupava porque eram do mesmo departamento, e você sabe como ele é... – Ele deu de ombros e fez gesto de desdém com a mão. – Fico feliz que ele finalmente tenha deixado de ser cabeça dura.

O cérebro de Olive entrou em parafuso. Seus neurônios ficaram meio letárgicos e frios, e ela levou muitos segundos para processar a ideia de que Adam vinha querendo chamá-la para sair havia anos. Não conseguia compreender direito, porque... simplesmente não era possível. Não fazia sentido. Adam nem se lembrava da existência de Olive até o dia em que ela o atacou no corredor algumas semanas antes. Quanto mais pensava nisso, mais se convencia de que, se ele tivesse qualquer lembrança daquele encontro no banheiro, teria dito algo. Adam era conhecido por ser direto, afinal.

Holden devia estar se referindo a outra pessoa. E Adam devia sentir algo por essa pessoa. Alguém com quem ele trabalhava, alguém do mesmo departamento. Alguém que fosse "incrível".

A mente de Olive, que estava paralisada até uns segundos antes, começou a girar aceleradamente com aquelas informações. Deixando de lado o fato de que aquela conversa era uma completa invasão da privacidade de Adam, Olive não parava de pensar nas implicações do acordo para a vida dele. Se a pessoa de quem Holden estava falando era uma colega de Adam, não havia a menor chance de que não tivesse ficado sabendo do namoro deles. Era possível que houvesse visto os dois tomando café juntos numa quarta-feira, ou Olive sentada no colo de Adam durante a palestra de Tom, ou, meu Deus, Olive passando protetor solar no corpo dele naquele maldito piquenique. Nada disso seria bom para as intenções dele. A não ser que Adam não se importasse porque tinha absoluta certeza de que o sentimento não era recíproco. Ah, isso não seria engraçado? Tão engraçado quanto uma tragédia grega.

– Enfim... – Holden se afastou da parede, esfregando a nuca. – Acho que devíamos sair num encontro duplo um dia desses. Eu tirei uma folguinha dos encontros românticos porque foram muitas mágoas recentes, mas talvez seja hora de tentar de novo. Com sorte, também vou arranjar um namorado em breve.

O peso no peito de Olive ficou ainda mais intenso.

– Seria ótimo.

Ela tentou dar um sorriso.

– Não seria? Adam ia odiar com a intensidade de mil sóis.

Ele ia mesmo.

– Mas eu poderia te contar muitas histórias deliciosas sobre ele, mais ou menos do período entre os 10 e os 25 anos. – Holden estava empolgado com aquela ideia. – Ele ficaria morto de vergonha.

– Essas histórias são sobre taxidermia?

– Taxidermia?

– Nada. É só uma coisa que Tom disse... – Ela fez um gesto com a mão. – Não é nada.

O olhar de Holden ficou mais penetrante.

– Adam disse que talvez você vá trabalhar com Tom ano que vem. É verdade?

– Ah, sim. Esse é o plano.

Ele assentiu, pensativo. Depois pareceu tomar uma decisão e acrescentou:

– Fique de olhos bem abertos quando estiver com ele, tá?

– Olhos abertos? – *O quê? Por quê? Será que tem a ver com aquilo que Adam disse, sobre Holden não gostar de Tom?* – Como assim?

– Por você e pelo Adam também. *Principalmente* pelo Adam. – A expressão de Holden permaneceu intensa por um momento e depois suavizou. – Enfim, Tom só conheceu Adam no doutorado. Mas eu estava lá na adolescência, na época das melhores histórias.

– Ah. Provavelmente você não deveria me contar, já que...

Já que ele está fingindo ter um relacionamento comigo e certamente não quer que eu me meta na vida dele. Além disso, está apaixonado por outra pessoa.

– Ah, sim, tudo bem. Vou esperar que ele esteja presente. Quero ver a cara dele quanto eu te contar os detalhes sobre a fase da boina.

Ela só conseguia piscar, perplexa.

– A fase da...?

Ele assentiu de forma solene e foi embora, fechou a porta e a deixou ali sozinha no laboratório frio e meio escuro. Olive precisou respirar fundo várias vezes até conseguir se concentrar no trabalho.

~~~~~~~

Quando recebeu o e-mail, a princípio ela achou que tinha sido algum equívoco. Talvez não tivesse lido direito; ela não vinha dormindo muito bem e, aparentemente, ter uma paixão não correspondida por alguém deixava as pessoas bastante dispersas. Mas, depois de uma segunda, uma terceira e uma quarta leitura, ela percebeu que não era o caso. Então, o erro devia ter sido da equipe do congresso. Porque não tinha a menor possibilidade – nenhuma possibilidade – de que o resumo submetido por ela houvesse realmente sido selecionado para estar no painel de palestras.

Palestras do corpo docente.

Simplesmente não era possível. Doutorandos raras vezes eram selecionados para apresentações orais. Quase sempre, apenas produziam pôsteres com suas descobertas. Palestras eram para acadêmicos cujas carreiras já estavam avançadas – só que, quando Olive entrou no site do congresso e baixou a programação, o nome dela estava lá. E, de todos os palestrantes, o nome dela era o único que não vinha acompanhado de "Dr(a)." ou "Ph.D.".

Droga.

Ela saiu do laboratório abraçada com o notebook. Greg olhou de cara feia quando ela quase trombou nele no corredor, mas Olive ignorou e entrou feito um raio na sala da Dra. Aslan, sem fôlego, os joelhos bambos.

– Podemos conversar?

Ela fechou a porta sem esperar uma resposta.

A orientadora olhou para ela com uma expressão preocupada.

– Olive, o que...

– Não quero dar uma palestra. Não consigo dar uma palestra. – Ela balançou a cabeça, tentando parecer razoável, mas exibindo apenas desespero e pânico. – *Não consigo.*

A Dra. Aslan inclinou a cabeça para o lado e juntou os dedos das mãos. A aparência calma da orientadora normalmente deixava Olive mais confortável, mas naquela hora ela só queria atirar o móvel mais próximo para longe.

Acalme-se. Respire fundo. Use as técnicas de mindfulness e todas aquelas coisas que Malcolm vive dizendo.

– Dra. Aslan, o resumo que enviei para a SDB foi aceito. Não para um pôster, mas para uma *palestra*. Em voz alta. Num painel. Em pé. Na frente de *pessoas*.

A voz de Olive foi ficando cada vez mais esganiçada. E ainda assim, por algum motivo incompreensível, a Dra. Aslan abriu um sorriso.

– Essa é uma ótima notícia!

Olive piscou. E então piscou novamente.

– Acho que... não?

– Besteira. – A Dra. Aslan se levantou, contornou a mesa e afagou o braço de Olive. – Isso é fantástico. Uma palestra vai dar a você muito mais visibilidade que um pôster. De repente você vai conseguir fazer contatos para o pós-doutorado. Estou muito, *muito* feliz por você.

Olive ficou de queixo caído.

– Mas...

– Mas...?

– Eu não posso dar uma palestra. Não consigo *falar*.

– Você está falando agora mesmo, Olive.

– Não na frente de pessoas.

– Eu sou uma pessoa.

– Você não é *um monte* de pessoas. Dra. Aslan, não consigo falar na frente de muita gente. Não sobre ciência.

– Por quê?

– Porque não. – *Porque minha garganta vai ressecar, meu cérebro vai pifar e eu vou ser tão ruim que alguém na plateia vai atirar alguma coisa em mim.* – Não estou pronta. Para falar. Em público.

– Claro que está. Você é uma boa oradora.

– Não sou. Eu gaguejo. Fico com vergonha. Começo a divagar. Muito. Principalmente na frente de plateias grandes e...

– Olive – interrompeu a Dra. Aslan, com seu tom de voz severo. – O que sempre digo a você?

– Hum... Não coloque a pipeta multicanal no lugar errado?

– A outra coisa.

Ela respirou fundo e respondeu:

– Tenha a mesma confiança que um homem branco medíocre.

– Mais do que isso, se possível. Porque você não tem nada de medíocre.

Olive fechou os olhos e respirou fundo várias vezes, tentando evitar um ataque de pânico. Quando os reabriu, a orientadora sorria de forma encorajadora.

– Dra. Aslan. – Olive fez uma careta. – Eu acho *mesmo* que não consigo fazer isso.

– Sei que acha. – Havia uma tristeza em sua expressão. – Mas você consegue. E vamos trabalhar juntas até sentir que está pronta. – Dessa vez, ela segurou Olive pelos ombros com as duas mãos. Olive ainda estava abraçada ao notebook, como se fosse uma boia em mar aberto, mas aquele toque era reconfortante. – Não se preocupe. Nós temos algumas semanas pra você se preparar.

Você diz "nós", mas sou eu quem vai estar lá falando na frente de centenas de pessoas. E, quando alguém fizer uma pergunta de três minutos para me fazer admitir que no fundo meu trabalho é inútil e mal estruturado, sou eu quem vai desabar.

– Certo. – Olive teve que forçar sua cabeça a fazer um movimento de concordância e respirou fundo. Soltou o ar devagar. – Tudo bem.

– Por que não faz um rascunho da palestra? Você pode ensaiar na próxima reunião do laboratório. – Mais um sorriso encorajador, e Olive assentiu novamente, sem se sentir nem um pouco encorajada. – E, qualquer dúvida, estou sempre aqui. Ah, que pena que não vou conseguir assistir à sua palestra. Prometa que vai gravar pra mim. Vai ser como se eu estivesse lá.

Só que você não vai, e eu estarei sozinha, pensou Olive, amarga, ao sair e fechar a porta da sala da Dra. Aslan. Ela se recostou na parede e fechou os olhos, tentando acalmar a confusão de pensamentos que agitava sua cabeça. Então os abriu quando ouviu seu nome na voz de Malcolm. Ele estava parado na frente dela ao lado de Anh, analisando-a com uma expressão meio preocupada e meio achando graça. Estavam segurando copos da Starbucks. O cheiro de caramelo e hortelã fez o estômago de Olive roncar.

– Ei.

Anh tomou um gole da bebida.

– Por que está dormindo em pé na frente da sala de sua orientadora?

– Eu... – Olive se descolou da parede e foi andando para longe da porta da Dra. Aslan, coçando o nariz. – Meu resumo foi aceito. O da SDB.

– Parabéns! – Anh sorriu. – Mas isso já era meio certo, né?

– Foi aceito como uma *palestra*.

Por alguns segundos, os dois pares de olhos a encararam em silêncio. Olive pensou que Malcolm estivesse fazendo uma careta, mas, quando se virou para olhar, havia apenas a sugestão de um sorriso em seu rosto.

– Isso é... maravilhoso? – disse ele.

– Sim – completou Anh. Os olhos dela se voltaram para Malcolm e depois para Olive. – É, hum, ótimo.

– É um desastre de proporções épicas.

Anh e Malcolm se entreolharam. Eles sabiam muito bem como Olive se sentia sobre falar em público.

– O que a Dra. Aslan disse?

– O mesmo de sempre. – Ela esfregou os olhos. – Que vai dar tudo certo. Que vamos trabalhar juntas.

– Acho que ela está certa – disse Anh. – Vou ajudar você a ensaiar. Vamos nos certificar de que saiba tudo de cor. E *vai* dar tudo certo.

– É. – *Ou não.* – Além disso, o congresso é em menos de duas semanas. A gente devia reservar logo o hotel. Ou vamos alugar um apartamento no Airbnb?

Algo estranho aconteceu no momento em que Olive fez aquela pergunta. Não com Anh, ela continuou bebendo seu café com toda a tranquilidade. Mas o copo de Malcolm congelou no meio do caminho até a boca, e ele mordeu o lábio, fitando a manga do casaco.

– Sobre isso... – começou ele.

Olive franziu a testa.

– O quê?

– Bem... – Malcolm mexeu os pés de leve, e talvez fosse involuntário o jeito como estava se afastando de Olive. Mas ela não achou que fosse. – Nós já fizemos.

– Vocês já reservaram alguma coisa?

Anh fez que sim, animada.

– Sim. – Ela não parecia ter percebido que Malcolm estava prestes a ter um treco. – O hotel do congresso.

– Ah, beleza. Digam então quanto eu devo e...

– O lance é que... – disse Malcolm, e pareceu estar se afastando ainda mais.

– O quê?

– Bem... – Ele ficou mexendo, nervoso, no protetor térmico do copo, e se virou para Anh, que parecia totalmente alheia a seu desconforto. – A hospedagem do Jeremy já está paga por causa de uma bolsa que ele ganhou, e ele chamou Anh pra ficar lá. E aí, Jess, Cole e Hikaru ofereceram uma cama pra mim no quarto deles.

– O quê? – Olive olhou para Anh. – Isso é sério?

– Vamos economizar muito dinheiro. E vai ser minha primeira viagem com Jeremy – respondeu Anh, distraída. Estava digitando alguma coisa no telefone. – Meu Deus, gente, acho que consegui! Um lugar em Boston pra fazer aquele evento de mulheres negras, indígenas e não brancas! Acho que consegui!

– Isso é ótimo – comentou Olive, sem muita animação. – Mas eu pensei... Pensei que fôssemos ficar juntos.

Anh tirou os olhos do celular, com uma expressão pesarosa.

– É, eu sei. Foi o que eu disse ao Jeremy, mas ele argumentou que você... você sabe. – Olive inclinou a cabeça, confusa, e Anh continuou: – Por que você ia querer gastar dinheiro com hotel se pode ficar com o Carlsen?

Ah.

– Porque... – Porque. Porque, porque, *porque*. – Eu...

– Vou sentir sua falta, mas a gente basicamente só vai pro hotel pra dormir.

– Certo. – Olive apertou os lábios e acrescentou: – Com certeza.

O sorriso de Anh lhe dava vontade de gritar.

– Maravilha. Vamos fazer as refeições e examinar os pôsteres juntos. E sair à noite, claro.

– Claro. – Era tudo que Olive conseguia dizer sem parecer amarga. – Mal posso esperar – acrescentou, com o melhor sorriso que conseguiu colocar no rosto.

– Ótimo. Preciso ir. Tenho reunião do comitê de mulheres na ciência em cinco minutos. Mas vamos nos encontrar esse final de semana pra planejar coisas divertidas em Boston. Jeremy disse que tem um tour por lugares mal-assombrados!

Olive esperou até que Anh estivesse longe o suficiente para ouvi-la e se virou para Malcolm. Ele já estava com as mãos para o alto, se defendendo.

– Pra começar, Anh veio com esse plano quando eu estava monitorando um experimento de 24 horas. Pior dia da minha vida... não vejo a hora de me formar. E, depois, o que eu deveria fazer? Dizer a ela que você não vai ficar com o Carlsen porque o namoro é de mentira? Ah, espera, agora que você está absurdamente a fim dele, talvez seja meio de verdade...

– Tá bom, já entendi. – Seu estômago começou a doer. – Mas você podia ter me falado.

– Eu ia falar. Mas aí eu terminei com o Jude da neuro, ele pirou e jogou ovos no meu carro. E, depois disso, meu pai ligou pra dar um oi e perguntar sobre meus projetos e de repente estava me dando uma bronca porque eu não estava usando um *C. elegans* na pesquisa, e, Ol, você sabe bem como ele é enxerido e se mete em absolutamente tudo, então brigamos, e minha mãe se envolveu e... – Ele parou e respirou fundo. – Bom, você estava lá. Ouviu os gritos. Resultado: esqueci completamente, e sinto muito.

– Tudo bem. – Ela coçou a cabeça. – Vou ter que encontrar algum lugar pra ficar.

– Vou te ajudar – sugeriu Malcolm, rapidamente. – Vamos procurar na internet hoje à noite.

– Obrigada, mas não se preocupe. Vou dar um jeito.

Ou não. O congresso era dali a duas semanas, então era provável que já estivesse tudo reservado. As opções disponíveis com certeza estariam acima de suas capacidades financeiras, e ela teria que vender um rim para bancar. Aquilo até que era uma opção, já que ela tinha dois.

– Não está com raiva, está?

– Eu... – *Sim. Não. Talvez um pouco.* – Não. Não é culpa sua.

Malcolm a abraçou, e ela lhe deu alguns tapinhas constrangidos no ombro. Por mais que quisesse culpá-lo por aquilo, ela era a raiz de todos os seus problemas, pelo menos da maioria deles. Ela e sua decisão idiota e imprudente de mentir para Anh, em primeiro lugar. Ter começado aquela loucura de namoro de mentira. Agora ela ia dar uma *palestra* no maldito congresso, provavelmente depois de dormir na parada de ônibus e comer musgo no café da manhã. E, apesar de tudo isso, ela não conseguia parar de pensar em Adam. Que maravilha.

Com o notebook debaixo do braço, Olive voltou para o laboratório. A perspectiva de organizar os slides para sua palestra era ao mesmo tempo deprimente e aterradora. Havia algo pesado e desagradável em seu estômago e, num impulso, ela resolveu parar no banheiro e entrar na cabine mais longe possível da porta, encostando a cabeça no azulejo frio.

Quando o desconforto começou a pesar demais, seus joelhos cederam e Olive deslizou as costas pela parede até se sentar no chão. Ficou ali por um bom tempo, tentando fingir que aquela não era sua vida.

Capítulo Treze

💗 **HIPÓTESE:** *Aproximadamente dois de três casos de namoro de mentira envolvem dividir um quarto; 50% das situações que envolvem dividir um quarto ficam mais complicadas pela presença de apenas uma cama.*

Havia uma vaga no Airbnb a 25 minutos do local do congresso, mas era um colchão inflável no chão de uma despensa, custava 180 pratas por noite e, ainda que ela pudesse pagar, uma das avaliações dizia que o anfitrião gostava de brincar de viking com os hóspedes, então... Não, obrigada.

Encontrou um mais barato a 45 minutos de metrô, mas, quando clicou para reservar o quarto, descobriu que alguém tinha sido mais rápido por questão de segundos, e ela teve vontade de atirar o computador do outro lado da cafeteria. Estava tentando decidir entre um hotel decadente e um sofá nos limites da cidade quando percebeu que alguém tinha parado ao lado dela, fazendo sombra na mesa. Olive olhou para cima já com a testa franzida, imaginando que fosse um aluno da graduação querendo usar a tomada que ela estava ocupando, mas, em vez disso...

– Ah.

Adam estava parado na frente dela, a luz do sol de fim de tarde contornando seus cabelos e ombros; segurava um iPad e a encarava com uma expressão sombria. Havia menos de uma semana que tinham se visto pela última vez – exatamente seis dias, o que era só um punhado de horas e minutos. Nada, considerando que mal fazia um mês que o conhecia. E ainda assim era como se o espaço ocupado por ela, o campus inteiro, a cidade toda, tivesse se transformado ao saber que ele voltara.

Possibilidades. A presença de Adam trazia essa sensação. Possibilidade de quê, ela não tinha certeza.

– Você... – A boca de Olive estava seca. Uma situação de grande interesse científico, já que tinha bebido um gole de água uns dez segundos antes. – Você voltou.

– Voltei.

Ela não tinha se esquecido da voz dele. Ou de sua altura. Ou do modo como suas roupas idiotas lhe caíam tão bem. Nem poderia: tinha dois lobos temporais mediais em perfeito funcionamento, lindamente localizados dentro de seu crânio, o que significava que conseguia codificar e armazenar memórias sem nenhum problema. Ela não tinha se esquecido de nada e não sabia por quê, no momento, a sensação era de que tinha se esquecido de tudo.

– Pensei... Não sabia... – *Isso, Olive. Ótimo. Muito eloquente.* – Não sabia que tinha voltado.

Ele estava com a cara meio fechada, mas assentiu.

– Cheguei ontem à noite.

– Ah.

Ela deveria ter pensado em algo para dizer, mas não esperava encontrá-lo antes de quarta-feira. Se esperasse, talvez não estivesse vestindo sua legging mais velha e a camiseta mais surrada, e o cabelo não estaria uma bagunça. Não que ela alimentasse ilusões de que Adam fosse notá-la caso ela estivesse de biquíni ou com um vestido de gala. Mas ainda assim...

– Quer sentar?

Ela se esticou para recolher o celular e o notebook, abrindo espaço na mesa pequena. Quando ele hesitou antes de se sentar foi que ela percebeu que talvez não tivesse a intenção de ficar ali e ia se sentir obrigado. Ele se acomodou na cadeira com elegância, como se fosse um gato grande.

Mandou bem, Olive. Quem é que não gosta de uma pessoa carente implorando por atenção?

– Não precisa se sentar se não quiser. Sei que está ocupado. Muitas bolsas MacArthur para ganhar, muitos alunos para aterrorizar e muitos brócolis para comer.

Ele provavelmente preferia estar em qualquer outro lugar. Ela roeu a unha do polegar, sentindo-se culpada, e começou a entrar em pânico e...

E então ele sorriu. E de repente havia covinhas em suas bochechas, e seu rosto tinha mudado completamente. O ar em volta da mesa ficou mais rarefeito. Olive não conseguia respirar muito bem.

– Sabe, existe um meio-termo entre sobreviver de brownies e só comer brócolis.

Ela sorriu por nenhum outro motivo a não ser que: Adam estava *ali* com *ela*. E estava *sorrindo*.

– Duvido.

Ele balançou a cabeça, o sorriso ainda no rosto.

– Como você está?

Melhor agora.

– Bem. E como foi em Boston?

– Tudo bem.

– Estou feliz por você ter voltado – disse Olive. – Tenho certeza de que as taxas de desistência dos alunos de biologia tiveram uma redução enorme. Não podemos deixar isso acontecer.

Ele olhou para ela com gentileza e paciência.

– Você parece cansada, engraçadinha.

– Ah. Sim, eu...

Ela esfregou a bochecha e se obrigou a não ficar tão preocupada com a aparência, já que não era do seu feitio. Seria uma ideia tão idiota quanto ficar imaginando como era a aparência da mulher que Holden mencionara no outro dia. Provavelmente devia ser deslumbrante. Provavelmente feminina, cheia de curvas; alguém que precisasse mesmo usar sutiã, que não tivesse metade do corpo coberta por sardas, que dominasse a arte de aplicar delineador líquido sem fazer uma lambança na cara.

– Estou bem. Mas tem sido uma semana puxada.

Ela massageou a têmpora.

Ele a fitou.

– O que houve?

– Nada... Meus amigos são idiotas e eu odeio os dois. – Ela se sentiu culpada na hora e fez uma cara de arrependimento. – Na verdade, não odeio. Mas odeio amar aqueles safados.

– É a amiga do protetor solar? Anh?

– A própria. E meu colega de quarto também, que devia saber das coisas.

– O que eles fizeram?

– Eles... – Olive apertou os olhos com os dedos. – É uma longa história. Eles não me incluíram na hora de encontrar hospedagem pro congresso da SDB. Logo agora preciso achar um lugar para mim.

– E por que fizeram isso?

– Porque... – Ela fechou os olhos por um instante e suspirou. – Porque acharam que eu fosse querer ficar com você. Já que você é, sabe... meu "namorado".

Ele ficou parado por alguns segundos. E então:

– Entendo.

– É. Uma suposição bem grande pra se fazer, mas...

Ela deu de ombros.

Ele mordeu o lábio, pensativo.

– Sinto muito que não vá dividir o quarto com eles.

Ela fez um gesto de desdém com a mão.

– Ah, não é isso. Até que seria divertido, mas o problema é que agora preciso achar alguma coisa por perto e não tem mais nada acessível. – Ela voltou os olhos para a tela do notebook. – Estou pensando em reservar um quarto nesse motel que fica a uma hora e...

– Eles não vão saber?

Ela tirou os olhos da foto pixelada e escura e se virou para ele.

– Hein?

– Anh não vai saber que você não vai estar comigo?

Ah.

– Onde você vai ficar? – perguntou Olive.

– No hotel do congresso.

É claro.

– Bem... – Ela coçou o nariz. – Não vou contar pra ela. Não acho que ela vá prestar muita atenção.

– Ela vai perceber se você ficar a uma hora de distância.

– Eu... – É. Eles iam perceber, fazer perguntas, e Olive ia ter que arranjar um monte de desculpas e mais meias verdades com que lidar. Assentaria mais alguns andares nesse prédio de mentiras que vinha construindo havia semanas. – Vou dar um jeito.

Ele assentiu devagar.

– Sinto muito.

– Ah, não é culpa sua.

– Pode-se dizer que, na verdade, é culpa minha sim.

– De jeito nenhum.

– Eu me ofereceria para pagar pela sua hospedagem, mas duvido que haja algo disponível num raio de quinze quilômetros.

– Ah, não. – Ela negou com a cabeça, enfática. – Eu não aceitaria. Não é a mesma coisa que um café. E um docinho. E um cookie. E um frappuccino de abóbora. – Ela deu umas piscadinhas para ele e se inclinou para a frente, tentando mudar de assunto. – Que, aliás, é novo no cardápio. Você bem que podia comprar um para mim e salvar o meu dia.

– Com certeza.

Ele pareceu levemente enojado.

– Excelente. – Ela sorriu. – Acho que está mais barato hoje, alguma promoção de terça-feira ou...

– Mas você pode ficar no quarto comigo.

A forma como ele falou, tão calma e sensata, quase fez parecer que não era nada de mais. E Olive quase acreditou, até que seus ouvidos e cérebro finalmente se conectaram e ela conseguiu processar o que ele tinha acabado de dizer.

Que ela.

Podia ficar no quarto.

Com ele.

Olive conhecia muito bem as implicações de dividir o quarto com alguém, mesmo que fosse por pouco tempo. Dormir no mesmo quarto significava ver pijamas constrangedores, fazer revezamento para ir ao banheiro, ouvir claramente aquele farfalhar dos lençóis quando o outro tenta encontrar uma posição confortável sob as cobertas. Dormir no mesmo quarto significava... Não. Não. Era uma péssima ideia. E Olive estava começando a pensar que tinha chegado ao limite das más ideias. Então, pigarreou.

– Na verdade, não posso.

Ele assentiu com calma. E então perguntou, também com calma:

– Por quê?

Ela quis bater a cabeça na mesa.

– Não posso.

– É um quarto com duas camas, claro – disse ele, como se aquela informação fosse fazê-la mudar de ideia.

– Não é uma boa ideia.

– Por quê?

– Porque todo mundo vai achar que nós... – Ela percebeu o olhar de Adam e parou de falar imediatamente. – Tá, *tudo bem*. Eles já acham isso. Mas...

– Mas...?

– Adam. – Ela passou os dedos na testa. – Só vai ter uma cama.

Ele franziu a testa.

– Não, como te falei, tem duas...

– Não tem. Não vai ter. Vai ter só uma cama, com certeza.

Ele olhou para ela, confuso.

– Recebi a confirmação da reserva outro dia. Posso te mandar, se quiser. Diz lá que...

– Não importa o que diz. *Sempre* tem só uma cama.

Ele a encarou, perplexo, e Olive suspirou, recostando-se na cadeira. Ele obviamente nunca tinha assistido a uma comédia romântica na vida.

– Não é nada – disse ela. – Pode me ignorar.

– Meu simpósio é parte do workshop paralelo que vai acontecer um dia antes do evento começar, e então vou dar uma palestra no primeiro dia do congresso em si. O quarto está reservado pelo período todo do congresso, mas provavelmente terei que ir embora depois da segunda noite porque tenho algumas reuniões. Você ficaria sozinha a partir da terceira noite. Só estaríamos juntos mesmo por uma noite.

Ela ouviu a forma lógica e metódica que ele usou para listar uma série de razões sensatas para aceitar sua oferta, e então uma onda de pânico a invadiu.

– É uma má ideia.

– Tudo bem. Só não entendo por quê.

– Porque sim.

Porque eu não quero. Porque estou muito a fim de você. Porque provavelmente vou ficar ainda mais a fim depois disso. Porque vai ser na semana do dia 29 de setembro, e estou tentando não pensar nisso.

– Está com medo de que eu vá te beijar sem seu consentimento? Sentar no seu colo ou te apalpar com pretexto de passar protetor solar? Porque eu nunca faria...

Olive jogou o celular nele. Ele pegou com a mão esquerda. Ficou olhando para a capinha com um aminoácido cheio de glitter com uma expressão satisfeita e depois o colocou com cuidado ao lado do notebook.

– Odeio você – disse ela, carrancuda.

Talvez estivesse fazendo um beicinho. E sorrindo ao mesmo tempo.

A boca de Adam se curvou de leve.

– Eu sei.

– Algum dia vou conseguir fazer você esquecer essas coisas? – perguntou ela.

– Dificilmente. Mas, se conseguir, tenho certeza de que vão surgir outras no lugar.

Ela bufou e cruzou os braços e eles trocaram um pequeno sorriso.

– Posso perguntar ao Holden ou ao Tom se posso ficar com eles e deixar o quarto pra você – sugeriu ele. – Mas eles sabem que já tenho hospedagem, então vou ter que inventar desculpas...

– Não, não vou expulsar você do seu quarto. – Ela passou a mão no cabelo e suspirou. – Você ia odiar.

Ele inclinou a cabeça, confuso.

– O quê?

– Dividir o quarto comigo.

– Eu ia?

– Sim. Você parece o tipo de pessoa que... – *Parece gostar de manter as pessoas a certa distância, ser pouco flexível e difícil de conhecer a fundo. Parece não ligar muito pro que as pessoas pensam de você. Parece saber o que está fazendo. Parece igualmente terrível e maravilhoso, e só de pensar que tem alguém pra quem você gostaria de se abrir, alguém que não sou eu, me dá a sensação de que não vou conseguir ficar mais um segundo sentada nesta mesa –* ... gosta de ter o próprio espaço.

Ele a encarou.

– Olive. Acho que vou ficar bem.

– Mas, se você *não* ficar bem, vai estar preso lá comigo.

– É só uma noite. – Seu maxilar ficou tenso, depois relaxou. – Somos amigos, não somos?

As próprias palavras jogadas na cara dela. *Não quero ser sua amiga*, ela ficou tentada a responder. A questão era que ela também não queria *não* ser amiga dele. O que ela queria estava completamente além do que poderia obter e precisava esquecer aquilo. Apagar da mente.

– Sim. Somos.

– Então, como seu amigo, não me obrigue a me preocupar com você pegando transporte público tarde da noite numa cidade que não conhece. Andar de bicicleta em ruas sem ciclovia já é ruim o suficiente – resmungou ele.

Olive imediatamente sentiu aquele peso no estômago. Adam estava tentando ser um bom amigo. Ele se importava com ela e, em vez de ficar satisfeita com o que tinha, ela tinha que arruinar tudo e... querer mais.

Ela respirou fundo.

– Tem certeza de que não vai se incomodar?

Ele fez que sim, em silêncio.

– Então tá. – Ela forçou um sorriso. – Você ronca?

Ele deu risada.

– Não sei.

– Ah, como assim? Como é que não sabe?

Ele deu de ombros.

– Simplesmente não sei.

– Bom, então provavelmente você não ronca. Ou alguém teria dito a você.

– Alguém?

– Um colega de quarto. – Ela lembrou que Adam tinha 34 anos e provavelmente não dividia apartamento havia pelo menos uma década. – Ou uma namorada.

Ele deu um sorriso fraco e olhou para baixo.

– Acho que minha "namorada" vai me dizer depois do congresso, então.

Ele falou isso de um jeito despretensioso, claramente tentando fazer uma piada, mas as bochechas de Olive coraram e ela não conseguiu mais encará-lo. Em vez disso, começou a mexer num fiapo solto do casaco e pensar em algo para dizer.

– Meu maldito resumo... – ela pigarreou – ... foi aceito como palestra.

Ele a encarou.

– Palestra com o corpo docente?

– É.

– Você não está feliz? – perguntou ele.

– Não.

Ela fez uma careta.

– Porque vai falar em público?

Ele se lembrava. É claro que se lembrava.

– Sim. Vai ser horrível.

Adam olhou para ela e não disse nada. Não disse que ia ficar tudo bem, nem que a palestra ia correr maravilhosamente, nem que ela estava exagerando e desprezando uma oportunidade fantástica. Ao ficar calmo e acolher sua ansiedade, ele provocava o efeito oposto do entusiasmo da Dra. Aslan: ela ficava mais relaxada.

– Quando eu estava no terceiro ano do doutorado – disse ele, em voz baixa –, meu orientador me mandou dar uma palestra num simpósio de professores no lugar dele. Só me avisou dois dias antes, sem me dar os slides nem o roteiro. Apenas o título da palestra.

– Caramba.

Olive tentou imaginar como seria aquilo, ter que fazer algo tão desafiador com tão pouco tempo para se preparar. Ao mesmo tempo, parte dela ficou encantada por Adam estar compartilhando algo sobre si mesmo sem ter sido diretamente perguntado.

– Por que ele fez isso?

– Vai saber. – Ele inclinou a cabeça para trás e ficou olhando para o teto. Tinha uma amargura na voz. – Porque ele teve uma emergência. Porque achou que seria uma experiência formadora. Porque ele podia.

Olive apostava que era porque ele podia. Não conhecia o orientador de Adam, mas o mundo acadêmico era como um clubinho de veteranos; aqueles que tinham poder gostavam de tirar vantagem dos que não tinham, sem nenhuma consequência.

– E foi uma experiência formadora?

Ele deu de ombros de novo.

– Igual a qualquer outra que te mantém acordado em pânico por 48 horas seguidas.

Olive sorriu.

– E como você se saiu?

– Eu... – Ele apertou os lábios. – Não fui bem o bastante. – Ele ficou em silêncio por um momento, os olhos fixados em algo do lado de fora da janela. – Mas, pensando bem, nada nunca era bom o bastante.

Parecia impossível que alguém pudesse olhar para as conquistas científicas de Adam e achar que não eram o bastante. Achar que ele poderia ser menos do que o melhor no que fazia. Era por isso que ele era tão severo para julgar os outros? Porque tinha sido ensinado a estabelecer padrões inalcançáveis para si mesmo?

– Ainda mantém contato com o seu orientador?

– Ele está aposentado. Tom hoje coordena o laboratório que era dele.

Aquela tinha sido uma resposta estranhamente pensada com cuidado. Olive não conseguiu conter a curiosidade.

– Você gostava dele?

– É complicado. – Ele passou a mão no queixo, pensativo, com a cabeça longe. – Não. Eu não gostava dele. Ainda não gosto. Ele era...

Adam demorou tanto para continuar que Olive pensou que ele não completaria a frase. Mas ele completou, olhando para o sol que desaparecia atrás dos carvalhos:

– ... cruel. Meu orientador era cruel.

Olive riu, e Adam voltou o olhar para ela, confuso.

– Desculpe. – Ela ainda estava rindo um pouco. – É engraçado ouvir você reclamar do seu orientador. Porque...

– Porque...?

– Porque ele parece ser exatamente como você.

– Eu não sou como ele – rebateu Adam, de um jeito mais ríspido do que ela passou a esperar dele.

Ela deu uma risada de deboche.

– Adam, tenho quase certeza de que, se pedir a qualquer pessoa pra te descrever com uma palavra, "cruel" vai aparecer umas dez vezes.

Ela viu o corpo dele se retesar antes mesmo de terminar a frase, os ombros de repente tensos e rígidos, o maxilar travado. Seu primeiro instinto foi pedir desculpa, mas não sabia bem pelo quê. Não havia nada de novo no que ela dissera: eles já tinham falado sobre o estilo de mentoria direto e intransigente dele, e Adam sempre levara numa boa. Até mesmo admitira ser assim. E, no entanto, ele estava com os punhos cerrados na mesa, os olhos mais sombrios que o normal.

– Eu... Adam, eu... – gaguejou ela, mas ele a interrompeu antes que continuasse.

– Todo mundo tem problemas com seus orientadores – disse ele, e o caráter definitivo da declaração indicava que ela não deveria terminar a frase por ele.

E nem perguntar: *O que aconteceu? No que você estava pensando?*

Então ela engoliu em seco e assentiu.

– A Dra. Aslan é... – Ela hesitou. Os nós nos dedos de Adam já não estavam tão brancos e a tensão nos músculos começou a se dissipar. Era possível que ela tivesse imaginado aquilo. É, devia ter imaginado. – Ela é ótima. Mas às vezes sinto que ela não entende que eu preciso de mais... – Orientação. Apoio. Conselhos práticos e não apenas puro encorajamento. – Nem eu mesma sei direito do que preciso. Acho que não ser muito boa em comunicar isso talvez seja parte do problema.

Ele concordou e pareceu escolher as palavras com cuidado.

– Ser mentor de alguém é difícil. Ninguém te ensina como fazer. Somos treinados pra ser cientistas, mas, como professores, também somos responsáveis por garantir que os alunos aprendam a produzir ciência de forma correta. Eu faço meus alunos assumirem a própria responsabilidade e estabeleço padrões altos. Eles têm medo de mim, e tudo bem. Existe muita coisa em jogo, então, se ter medo significa que vão levar sua formação a sério, estou satisfeito com isso.

Ela inclinou a cabeça.

– Como assim?

– Meu trabalho é garantir que meus alunos adultos do doutorado não se tornem cientistas medíocres. Isso significa que é meu papel exigir que refaçam experimentos ou ajustem suas hipóteses. Faz parte.

Olive nunca foi de se importar muito com a opinião dos outros, mas a atitude de Adam com relação à percepção que tinham dele era tão indiferente que chegava a ser fascinante.

– Você não liga mesmo? – perguntou, curiosa. – Que seus alunos não gostem de você como pessoa?

– Não. Eu também não gosto muito deles.

Ela pensou em Jess, Alex e outras dezenas de pós-graduandos e pós-doutorandos orientados por Adam que ela não conhecia tão bem. A ideia de que ele os considerava tão irritantes quanto eles o consideravam autoritário a fez rir.

– Pra dizer a verdade – continuou ele –, não gosto muito de pessoas em geral.

– Certo. – *Não pergunte, Olive. Não pergunte.* – Você gosta de mim?

Houve um milissegundo de hesitação enquanto ele crispava os lábios.

– Não. Você é uma engraçadinha com péssimo gosto para bebidas. – Ele pegou o iPad com um pequeno sorriso nos lábios. – Me manda os seus slides.

– Meus slides?

– Da sua palestra. Posso dar uma olhada neles.

Olive tentou não parecer muito embasbacada.

– Ah... Você... Não sou sua aluna. Você não precisa.

– Eu sei.

– Não precisa mesmo...

– Eu quero – disse ele, em voz baixa.

Embora ele estivesse olhando nos olhos dela, Olive teve que desviar o rosto, porque algo estava apertando demais o seu peito.

– Está bem. – Ela finalmente tinha conseguido arrancar o fiapo solto do casaco. – Quais são as chances de o seu feedback me fazer chorar no chuveiro?

– Isso vai depender da qualidade dos seus slides.

Ela sorriu.

– Não sinta que precisa me poupar.

– Acredite, não vou fazer isso.

– Bom. Ótimo. – Ela suspirou, mas era tranquilizador saber que ele ia dar uma olhada em seu trabalho. – Você vai à minha palestra?

Quando se ouviu perguntando isso, ela ficou tão surpresa quanto Adam parecia ter ficado.

– Eu... Você quer que eu vá?

Não. Não, vai ser horrível, humilhante e provavelmente um desastre, e você vai me ver no meu pior momento. Talvez seja melhor que você se tranque no banheiro durante todo o período do painel. Só pra não passar por lá por acaso e me ver fazendo papel de idiota.

E, no entanto... Só a ideia de ter ele lá, sentado na plateia, fez com que a perspectiva de fazer aquilo fosse menos apavorante. Ele não era orientador dela, não ia poder fazer muita coisa se fosse inundada por um rio de perguntas impossíveis de responder ou se o projetor parasse de funcionar no meio da palestra. Mas talvez não fosse disso que ela precisava da parte dele.

Ela então compreendeu o que Adam tinha de especial. Por pior que fosse sua reputação, ou por mais atribulado que tivesse sido o primeiro encontro deles, desde o começo Olive tinha a sensação de que ele estava do lado dela. Em uma situação atrás da outra e de maneiras que ela nem conseguira prever, ele sempre a fazia se sentir menos julgada. E menos sozinha.

Ela soltou o ar devagar. Aquela conclusão deveria ter sido perturbadora, mas até que a acalmou, por mais estranho que fosse.

– Quero – disse a ele, pensando que talvez isso fosse mesmo dar certo.

Talvez ela nunca conseguisse o que queria de Adam, mas, pelo menos por enquanto, ele estava em sua vida. Isso ia ter que ser suficiente.

– Eu vou, então.

Ela se inclinou para a frente.

– Você vai fazer aquela pergunta interminável e capciosa que vai me levar a gaguejar coisas incoerentes, perder o respeito dos meus pares e arruinar pra sempre minhas chances no campo da biologia?

– Provavelmente. – Ele estava sorrindo. – Quer que eu compre aquela coisa nojenta... – Adam apontou para o caixa. – Aquela gororoba de abóbora?

Ela abriu um sorrisinho.

– Sim! Quer dizer, se você quiser.

– Eu preferia comprar qualquer outra coisa pra você.

– Só lamento.

Olive se levantou e foi em direção ao balcão, puxando Adam pela camisa e forçando-o a se levantar também. Ele foi sem oferecer resistência, murmurando alguma coisa sobre café preto que Olive decidiu ignorar.

Suficiente, ela pensou consigo. *O que você tem agora vai ter que ser suficiente.*

Capítulo Quatorze

💜 **HIPÓTESE**: *Esse congresso será a pior coisa que já aconteceu para minha carreira, meu bem-estar no geral e minha sanidade mental.*

O quarto do hotel tinha duas camas.

Duas camas de casal, mais precisamente, e, ao olhar para elas, Olive sentiu os ombros relaxarem e precisou se segurar para não dar um soquinho no ar. *Engulam essa, suas comédias românticas idiotas.* Ela até podia ter se apaixonado pelo cara que estava namorando de mentira, feito uma tonta, mas pelo menos não ia precisar dividir a cama com ele. Em vista de todo o desastre das últimas semanas, ela estava precisando muito de uma boa notícia.

Algumas pistas davam a entender que Adam tinha dormido na cama que ficava próximo à porta: um livro na mesa de cabeceira numa língua que parecia alemão, um pen drive no mesmo iPad que já vira com ele em vários momentos e um carregador pendurado na tomada. Uma mala preta, que parecia cara, fechada e perto do pé da cama. Ao contrário da bolsa de viagem de Olive, provavelmente não tinha sido comprada na liquidação do Walmart.

– Acho que esta é a minha, então – murmurou, sentando-se na cama ao lado da janela e se balançando um pouco para testar a firmeza do colchão.

Era um belo quarto. Não era ridiculamente chique, mas Olive de repente se sentiu agradecida por Adam ter bufado e olhado para ela como se fosse uma louca quando se ofereceu para pagar metade do valor. Pelo menos o cômodo era espaçoso o suficiente para não precisarem esbarrar um no outro toda vez que fossem se deslocar.

Não que eles fossem passar muito tempo juntos. Ela ia dar sua palestra dali a algumas horas – *argh* – e depois partiria para o coquetel do departamento, onde ficaria com os amigos até... bom, o máximo de tempo que conseguisse aguentar. Talvez Adam já tivesse tantas reuniões marcadas que eles nem fossem se encontrar. Olive estaria dormindo quando ele voltasse à noite, e na manhã seguinte um deles fingiria ainda não ter acordado enquanto o outro se arrumava. Ia ficar tudo bem. Totalmente inofensivo. No mínimo, não ia piorar a situação em que já estavam.

O visual de Olive nos congressos era sempre calça jeans preta e seu cardigã menos surrado, mas alguns dias antes Anh mencionara que aquela roupa talvez fosse casual demais para uma palestra. Depois de suspirar por horas, Olive tinha decidido levar o vestido envelope preto que havia comprado numa liquidação antes da entrevista para o doutorado e sapatos pretos de salto emprestados pela irmã de Anh. Parecera uma boa ideia, mas, assim que entrou no banheiro para colocar o vestido, ela notou que ele provavelmente encolhera na última lavagem. O comprimento não chegava nem perto dos joelhos, e não era por poucos centímetros. Ela resmungou, tirou uma foto e enviou para Anh e Malcolm, que responderam, respectivamente: "Ainda está apropriado para o congresso" e um emoji de foguinho. Olive rezou para Anh estar certa enquanto escovava o cabelo ondulado e tentava se virar com o rímel ressecado (quem mandou comprar maquiagem na loja de 1,99?).

Tinha acabado de sair do banheiro e ensaiava para a palestra em voz baixa quando a porta se abriu e alguém – Adam, lógico que era *Adam* – entrou no quarto. Ele segurava o cartão que era a chave da porta e digitava algo no celular, mas parou assim que notou Olive. Abriu a boca e...

Foi isso. Ficou com a boca aberta.

– Oi.

Olive se forçou a dar um sorriso. Seu coração fazia algo estranho dentro do peito. Batia meio rápido demais. Seria bom ir ao médico assim que voltasse para casa. Cuidar da saúde cardiovascular nunca era demais.

– Oi.

Ele fechou a boca e pigarreou.

– Você está... – Adam engoliu em seco, sem jeito. – Aqui.

– Sim. – Ela assentiu, ainda sorrindo. – Acabei de chegar. Meu voo pousou na hora, surpreendentemente.

Adam parecia meio lento. Talvez fosse o jet lag, ou talvez na noite anterior tivesse saído com seus amigos cientistas famosos, ou com a mulher misteriosa de quem Holden havia falado. Ele ficou um tempão olhando para Olive e, quando falou, só disse:

– Você está...

Ela olhou para baixo, checou o vestido e os sapatos e ficou imaginando se a maquiagem dos olhos já tinha borrado. Já estava com ela fazia longos três minutos, então era bem possível.

– Parecendo profissional?

– Não era o que eu ia... – Adam fechou os olhos e balançou a cabeça, voltando a si. – Mas, sim. Parece. Como está se sentindo?

– Bem. Ótima. Quer dizer, queria estar morta. Mas, fora isso...

Ele riu baixinho e chegou mais perto.

– Vai dar tudo certo.

Antes Olive achava que ele ficava bem de suéter, mas era só porque nunca o tinha visto de blazer. *Adam tinha essa arma secreta o tempo todo*, pensou, tentando não secar Adam. *E agora está atirando com tudo. Maldito.*

– Com certeza. – Ela jogou os cabelos para trás e sorriu. – Depois que eu morrer.

– Tá tudo tranquilo. Você tem um roteiro. Decorou tudo. Seus slides estão bons.

– Acho que estavam melhores antes de você me obrigar a mudar a cor do fundo.

– Era verde-limão.

– Eu sei. Me deixava feliz.

– Me deixava tonto.

– Hum. Enfim, obrigada mais uma vez por me ajudar com isso. – *E por responder às 139 perguntas que eu fiz. Obrigada por levar menos de dez minutos para responder meus e-mails, todas as vezes, até mesmo às cinco e meia da manhã quando você escreveu "consenso" errado, o que é muito raro pra você, e desconfio que é porque ainda estivesse meio dormindo.* – E por me deixar ficar aqui no seu quarto.

– Sem problemas.

Ela coçou o nariz.

– Imaginei que você estivesse usando aquela cama, então coloquei minhas coisas aqui, mas, se você...

Ela gesticulou, meio confusa, para o quarto.

– Não, foi ali mesmo que dormi ontem à noite.

– Está bem. – Ela *não* estava contando quantos centímetros de distância havia entre as camas. Com certeza não. – E como está o congresso até agora?

– A mesma coisa de sempre. Na maior parte do tempo, fiquei em Harvard numas reuniões com o Tom. Só voltei pra almoçar.

O estômago de Olive roncou alto quando ele falou em comida.

– Você está bem?

– Sim. Acho que me esqueci de comer hoje.

Adam arqueou as sobrancelhas.

– Não achei que você seria capaz disso.

– Ei! – Ela fez uma cara feia para ele. – Os níveis constantes de desespero com que tenho lidado na última semana demandam uma quantidade descomunal de calorias, caso você... O que está fazendo?

Adam estava debruçado sobre a mala, procurando alguma coisa que entregou para Olive.

– O que é isto?

– Calorias. Para alimentar seu desespero.

– Ah. – Ela aceitou e analisou aquela barrinha de proteína em suas mãos, tentando não cair no choro. Era só comida. Provavelmente algo que ele comprou para a viagem e acabou não comendo. Ele nunca se desesperava. Afinal, era o Dr. Adam Carlsen. – Obrigada. Você... – a embalagem da barrinha fez barulho quando ela a passou para a outra mão – ... ainda vai à minha palestra?

– Claro. Quando é exatamente?

– Hoje, às quatro da tarde, na sala 278. Sessão 3-b. A boa notícia é que o horário bate com o da palestra principal, o que significa que, com sorte, poucas pessoas vão aparecer e...

Adam se retesou. Olive hesitou.

– A não ser que você queira assistir à palestra principal.

Adam umedeceu os lábios.

– Eu...

Os olhos de Olive escolheram aquele exato momento para focar o crachá do congresso que estava pendurado no pescoço de Adam.

ADAM CARLSEN, PH.D.

Universidade Stanford

Palestrante principal

Ela ficou de queixo caído.

– Ai, meu Deus. – Olive se virou para ele com os olhos arregalados e... Meu *Deus*. Pelo menos ele teve a delicadeza de parecer encabulado. – Como assim você não me contou que era o palestrante principal?

Adam coçou o queixo, completamente desconfortável.

– Nem lembrei.

– Ai, meu Deus – repetiu ela.

Para falar a verdade, a culpa era dela. O nome do palestrante principal provavelmente estava estampado com fonte tamanho 300 na programação do congresso e em todo o material de divulgação, sem contar o aplicativo e os e-mails. Olive devia estar realmente com a cabeça na lua para não ter percebido.

– Adam. – Ela ia esfregar os olhos, mas pensou melhor e desistiu. Maldita maquiagem. – Não posso namorar de mentira o palestrante principal do congresso da SDB.

– Bom, tecnicamente são três palestrantes principais, e as outras duas são mulheres casadas de 50 e poucos anos que moram na Europa e no Japão, então...

Olive cruzou os braços e ficou olhando para ele até que se calasse. Não conseguiu segurar uma risada.

– Como esse assunto não surgiu?

– Não é nada de mais. – Ele deu de ombros. – Duvido que eu fosse a primeira escolha deles.

– Sei. – Lógico. Porque com certeza alguém recusaria a vaga de palestrante principal no congresso da SDB. Ela inclinou a cabeça para o lado. – Você me achou uma bobalhona quando comecei a reclamar da minha palestra de dez minutos que vai ser vista por quatorze pessoas e meia?

– De jeito nenhum. Sua reação foi compreensível. – Ele pensou por um minuto. – Mas, às vezes, eu acho você uma bobalhona, sim, principalmente quando coloca ketchup e cream cheese nos bagels.

– É uma mistura maravilhosa.

Ele pareceu aflito.

– Qual é a ordem de apresentação do seu painel? De repente eu ainda consigo assistir.

– Não. Eu estou no meio da lista. – Ela fez um gesto com a mão, tentando parecer despreocupada. – Está tudo bem, sério. – E estava mesmo. – Vou ter que gravar com o iPhone, de qualquer maneira. – Ela revirou os olhos. – Para a Dra. Aslan. Ela não conseguiu vir ao congresso, mas disse que quer ouvir minha primeira palestra. Posso te mandar, se você for fã de gagueira e vergonha alheia.

– Manda, sim.

As bochechas de Olive ficaram coradas e ela mudou de assunto:

– É por isso que você tem um quarto por todo o período do congresso, mesmo que não vá ficar? Por que você é o figurão?

Ele franziu a testa.

– Não sou.

– Posso chamar você de "figurão" daqui pra frente?

Ele soltou um suspiro, andou até a mesa de cabeceira e pegou o pen drive que ela tinha visto antes.

– Tenho que levar meus slides lá pra baixo, engraçadinha.

– Está bem. – Ele podia ir embora. Estava tudo bem. Superbem. Olive não tirou o sorriso do rosto. – De repente a gente se vê depois da minha palestra, então?

– É claro.

– E depois da sua – disse ela. – Boa sorte. E parabéns. É uma grande honra.

Mas Adam nem parecia estar pensando nisso. Parou à porta com a mão na maçaneta e se virou para Olive. Ficaram olhando um para o outro por alguns instantes, até que ele disse:

– Não fique nervosa, tá bem?

Ela apertou os lábios e fez que sim com a cabeça.

– Vou fazer o que a Dra. Aslan sempre diz.

– O que é?

– Ter a mesma confiança de um homem branco medíocre.

Adam sorriu, e lá estavam elas: as covinhas de parar o trânsito.

– Vai dar tudo certo, Olive. – Seu sorriso ficou mais fraco. – E, se não der, pelo menos vai ter acabado.

Foi só alguns minutos depois, quando estava sentada na cama olhando a paisagem de Boston e mastigando seu almoço, que Olive percebeu: a barrinha de proteína que Adam lhe dera era coberta de chocolate.

<hr>

Ela confirmou pela terceira vez se estava na sala correta – nada como falar de câncer de pâncreas para uma plateia que aguarda uma apresentação sobre o complexo de Golgi para causar uma boa impressão – e sentiu a mão de alguém em seu ombro. Virou-se, viu quem era e sorriu imediatamente.

– Tom!

Ele usava um terno cinza-escuro. Os cabelos louros estavam penteados para trás e o faziam parecer mais velho do que quando estava na Califórnia, e também mais profissional. Era um rosto amigável no meio de um monte de desconhecidos, e sua presença ali diminuiu seu intenso desejo de vomitar nos próprios sapatos.

– Oi, Olive. – Ele abriu a porta para ela. – Achei que fosse encontrar você aqui.

– É?

– Pela programação do congresso. – Ele a encarou com uma expressão estranha. – Não tinha percebido que estamos no mesmo painel?

Ai, *droga*.

– Hum, eu... Eu nem vi quem mais estava no painel.

Porque estava muito ocupada entrando em pânico.

– Não se preocupe. Basicamente, é um monte de gente chata. - Ele deu uma piscadinha, pousou a mão nas costas dela e a conduziu para o palco. – Tirando você e eu, óbvio.

A palestra dela não foi horrível.

Não foi perfeita também. Ela gaguejou ao falar a palavra "canalrodopsina" duas vezes e, por algum truque bizarro do projetor, seu entintamento mais parecia uma mancha preta que uma amostra.

– Parece diferente no meu computador – disse Olive para a plateia, com um sorriso tenso. – Acreditem em mim.

As pessoas riram e ela relaxou um pouco, grata por ter passado horas e horas decorando tudo que deveria dizer. A sala não estava tão cheia quanto ela temia e havia algumas pessoas – que provavelmente trabalhavam em projetos similares em outras instituições – anotando e ouvindo com atenção cada palavra que ela dizia. Devia ter sido algo aterrador e angustiante, mas lá pelo meio da palestra Olive percebeu que estava estranhamente eufórica ao ver que outras pessoas tinham a mesma paixão que ela pelo tema daquela pesquisa que tomara a maior parte dos dois últimos anos de sua vida.

Na segunda fila, Malcolm fingia estar fascinado, enquanto Anh, Jeremy e outros alunos de Stanford assentiam enfaticamente toda vez que ela olhava na direção deles. Tom revezava entre olhar intensamente para ela e checar o telefone, entediado; justo, já que ele tinha lido seu relatório. A sessão estava atrasada e o mediador acabou abrindo para apenas uma pergunta, que foi fácil. No final, dois dos outros palestrantes – pesquisadores de câncer conhecidos que Olive precisou se segurar para não tietar – apertaram sua mão e fizeram diversas perguntas sobre seu trabalho. Ela ficou apavorada e extasiada ao mesmo tempo.

– Você foi incrível – disse Anh quando terminou, e a abraçou. – Além disso, está ao mesmo tempo gata e profissional, e, enquanto você falava, eu tive uma visão do seu futuro no mundo acadêmico.

Olive abraçou Anh.

– Que visão?

– Você era uma pesquisadora poderosa, cercada de estudantes que ouviam tudo que você dizia. E estava respondendo um e-mail enorme com um simples "não".

– Ótimo. Eu estava feliz?

– Lógico que não. – Anh deu uma risada debochada. – É o mundo acadêmico, ora bolas!

– Meninas, o coquetel do departamento começa daqui a meia hora. – Malcolm se inclinou para dar um beijo na bochecha de Olive. Quando ela estava de salto, ele ficava um pouquinho mais baixo. Com certeza ia querer tirar uma foto lado a lado com ele. – Vamos beber cerveja de graça pra comemorar a única vez que Olive conseguiu pronunciar "canalrodopsina" corretamente.

– Palhaço.

Ele a puxou para um abraço apertado e sussurrou em seu ouvido:

– Você foi incrível, kalamata. – E depois, mais alto: – Vamos encher a cara!

– Por que não vão na frente? Vou pegar meu pen drive e guardar as coisas no quarto.

Olive andou pela sala agora vazia até o palco, sentindo que um peso enorme tinha sido retirado de seus ombros. Estava relaxada e aliviada. As coisas começavam a melhorar profissionalmente: pelo visto, com uma preparação adequada ela até conseguia concatenar diversas frases coerentes na frente de outros cientistas. Também ia ter a verba necessária para continuar sua pesquisa no próximo ano, e dois nomes grandes da área tinham elogiado seu trabalho. Ela sorriu e deixou a mente viajar, pensando se deveria mandar uma mensagem para Adam e contar que ele estava certo e ela sobreviveu; também deveria perguntar como foi a palestra dele. Se o PowerPoint dele deu erro, se pronunciou errado palavras como "microarranjos" ou "cariotipagem", se ia para o coquetel do departamento. Provavelmente ele sairia com os amigos, mas talvez ela pudesse pagar uma bebida em agradecimento por toda a ajuda.

– A palestra foi boa – disse alguém.

Olive se virou e Tom estava atrás dela, com os braços cruzados e encostado à mesa. Parecia estar olhando para ela fazia algum tempo.

– Obrigada. A sua também.

A palestra dele tinha sido uma reprise mais resumida daquela que dera em Stanford, e Olive precisava admitir que não se concentrara muito.

– Onde está o Adam? – perguntou ele.

– Ainda dando a palestra principal, acho.

– Ah, é. – Tom revirou os olhos. Provavelmente com afeto, embora Olive não tivesse identificado isso em sua expressão. – Ele faz isso, né?

– Faz o quê?

– Leva a melhor sobre você. – Ele se afastou da mesa e chegou mais perto. – Bom, leva a melhor sobre todo mundo. Não é pessoal.

Ela franziu a testa, confusa, querendo perguntar o que ele queria dizer com aquilo, mas Tom continuou:

– Acho que você e eu vamos nos dar muito bem ano que vem.

O lembrete de que Tom tinha acreditado o bastante em seu trabalho para convidá-la a trabalhar no laboratório diminuiu o desconforto.

– Vamos, sim. – Ela sorriu. – Muito obrigada por dar uma chance a mim e ao meu projeto. Mal posso esperar pra trabalhar com você.

– De nada. – Ele sorria também. – Acho que temos muitas coisas a ganhar um com o outro. Não concorda?

Olive achava que tinha muito mais a ganhar do que ele, mas concordou com a cabeça de qualquer maneira.

– Espero que sim. Acho que exames de imagem e biomarcadores de sangue se complementam perfeitamente, e só combinando os dois é que poderemos...

– E eu tenho o que você precisa, não é? Os recursos de pesquisa. O espaço do laboratório. E o tempo e a competência pra orientar você corretamente.

– Sim. Você tem. Eu...

De repente, ela estava vendo a borda cinza da íris de Tom. Ele tinha chegado mais perto? Ele era alto, mas não tão mais alto do que ela. Normalmente ele não era assim *tão* imponente.

– Estou agradecida. Muito agradecida. Tenho certeza de que...

Ela sentiu o cheiro pouco familiar dele em suas narinas, sua respiração quente e desagradável, os dedos apertando seu braço, e por que ele... o que ele...

– O que... – Com o coração na boca, Olive puxou o braço e deu vários passos para trás. – O que você está fazendo?

Ela levou a mão até o bíceps, e o local onde ele a segurara estava doendo.

Meu Deus... Ele tinha feito aquilo? Tinha tentado lhe dar um beijo? Não, ela devia ter imaginado. Devia estar ficando louca, porque Tom nunca faria...

– Uma prévia, eu acho.

Ela o encarou, muito chocada e anestesiada para reagir, até que ele chegou mais perto e novamente se inclinou na direção dela. Estava acontecendo tudo de novo.

Ela o empurrou. Com o máximo de força que conseguiu, ela o empurrou com as duas mãos no peito dele, até que o sujeito cambaleou para trás e deu uma risada cruel e arrogante. De repente, os pulmões de Olive falharam e ela não conseguia respirar.

– Uma prévia... do quê? Você ficou maluco?

– Ah, deixa disso.

Por que ele estava sorrindo? Por que tinha aquela expressão sórdida e abominável no rosto? Por que estava olhando para ela como...

– Uma garota bonita como você já deveria saber como a banda toca. – Ele a olhou de cima a baixo, e o brilho lascivo em seus olhos a deixou enojada. – Vai me dizer que não escolheu esse vestido curtinho pra mim? Belas pernas, aliás. Dá pra ver por que o Adam está perdendo tempo com você.

– O... O que você...

– Olive. – Ele suspirou e pôs as mãos nos bolsos. Deveria parecer inofensivo, relaxado daquela maneira. Mas era exatamente o contrário. – Não acha que aceitei você no meu laboratório porque você é boa, acha?

Boquiaberta, ela deu mais um passo para trás. Um dos saltos quase ficou preso no carpete, e ela teve que se segurar na mesa para não cair.

– Uma garota como você. Que percebeu bem cedo que trepar com pesquisadores famosos e bem-sucedidos é o melhor jeito de subir na carreira acadêmica. – Ele ainda estava sorrindo. O mesmo sorriso que Olive um dia considerou gentil. Reconfortante. – Você deu pro Adam, não foi? Nós dois sabemos que vai dar pra mim pelo mesmo motivo.

Ela ia vomitar. Ia *mesmo* vomitar naquela sala, e não tinha nada a ver com a palestra.

– Você é podre.

– Eu sou? - Ele deu de ombros, despreocupado. – Então somos dois. Você usou o Adam pra chegar até mim e meu laboratório. Até esse congresso também.

– Não fiz nada disso. Eu nem *conhecia* o Adam quando submeti...

– Ah, por favor. Você pensou mesmo que aquele resumo deplorável foi selecionado para virar palestra por causa de sua qualidade e importância científica? – A expressão dele era de incredulidade. – Alguém aqui se acha muito melhor do que é, considerando que tem uma pesquisa inútil e pouco original e que mal consegue juntar duas palavras sem gaguejar feito uma idiota.

Ela estava paralisada. O estômago se revirava, os pés estavam fincados no chão.

– Não é verdade – sussurrou.

– Não? Não acha que os cientistas da área querem impressionar tanto o grande Adam Carlsen a ponto de babar o ovo de qualquer uma que ele esteja comendo no momento? Eu certamente fiz isso quando ele me disse que sua namorada bem medíocre queria trabalhar pra mim. Mas talvez você esteja certa – debochou ele. – De repente você conhece o mundo acadêmico melhor que eu.

– Eu vou contar isso pro Adam. Eu vou...

– Por favor. – Tom abriu os braços. – Vá em frente. Fique à vontade. Quer meu telefone emprestado?

– Não. – Suas narinas estavam dilatadas. Uma onda de ódio percorria seu corpo. – Não.

Ela se virou e foi andando para a saída, lutando contra o enjoo e a bile que tentava chegar à garganta. Ela ia procurar Adam. Ia procurar os organizadores do congresso e denunciar Tom. Nunca mais veria a cara dele novamente.

– Uma pergunta rápida. Em quem você acha que Adam vai acreditar, Olive?

Ela parou de repente, a alguns metros da porta.

– Em uma vadiazinha que ele está comendo há duas semanas ou no seu amigo de anos? Alguém que o ajudou a ganhar o subsídio mais importante da carreira. Alguém que o apoia desde que era mais novo do que você. Alguém que é de fato um *bom* cientista.

Ela se virou, tremendo de ódio.

– Por que está fazendo isso?

– Porque eu posso. – Tom deu de ombros de novo. – Porque, por mais vantajosa que seja minha parceria com o Adam, às vezes é meio irritante ver como ele precisa ser o melhor em tudo, e eu gosto da ideia de tirar algo dele, pra variar. Porque você é linda, e estou ansioso para passar mais tempo com você ano que vem. Quem imaginaria que o Adam teria tanto bom gosto?

– Você é louco. Se acha que vou trabalhar no seu laboratório, está...

– Ah, Olive. Claro que vai. Porque, sabe, embora seu trabalho não seja particularmente brilhante, ele complementa muito bem os projetos atuais do meu laboratório.

Ela deu uma risada amarga.

– É mesmo tão delirante a ponto de achar que vou colaborar com você depois de tudo isso?

– Hum. É que você não tem escolha. Porque, se quiser terminar seu projeto, meu laboratório será sua única oportunidade. E se não quiser... bem, você me mandou as informações de todos os seus protocolos, o que significa que posso replicá-los facilmente. Mas não se preocupe. Talvez eu cite seu nome na página de agradecimentos.

Ela sentiu o chão tremer sob os pés.

– Você não faria isso – disse, em voz baixa. – É fraude científica.

– Escuta, Olive. Meu conselho de amigo é: aceita que dói menos. Mantenha o Adam feliz e interessado o máximo que puder e depois venha pro meu laboratório pra finalmente fazer um trabalho decente. Se você *me* mantiver feliz, vou garantir que consiga salvar o mundo do câncer de pâncreas. Sua historinha triste da mãe, tia ou professora primária idiota que morreu disso não vai te levar muito longe. Você é medíocre.

Olive se virou e saiu correndo da sala.

~~~~~~

Quando ouviu o bipe do cartão e a porta se abrindo, ela imediatamente enxugou o rosto com as mangas do vestido. Não foi exatamente eficiente: ela estava sentada na cadeira chorando havia uns bons vinte minutos, e nem um rolo inteiro de papel higiênico seria suficiente para esconder a cara inchada. Mas, na verdade, não era para isso acontecer. Ela tinha certeza de que Adam precisava ir à cerimônia de abertura ou pelo menos ao coquetel do departamento depois da palestra. Ele não era do comitê de eventos sociais? Era para ele estar em algum lugar socializando.

Mas ali estava ele. Olive ouviu seus passos ao entrar, ouviu quando ele parou na entrada do quarto e...

Não conseguiu convencer seus olhos a encará-lo. Estava um caos, afinal, um deplorável e desastroso caos. Mas deveria pelo menos tentar desviar a atenção de Adam. Talvez dizendo alguma coisa. Qualquer coisa.

– Oi. – Ela tentou dar um sorriso, mas continuou olhando para as próprias mãos. – Como foi a apresentação?

– O que aconteceu?

A voz dele estava calma.

– Acabou agora? – Ela manteve o sorriso. Bom. Isso era bom. – Como foram as perguntas...

– O que aconteceu?

– Nada. Eu...

Ela não conseguiu terminar a frase. E o sorriso – que, verdade seja dita, nunca tinha chegado a ser um sorriso – estava desmoronando. Olive ouviu Adam chegar mais perto, mas não olhou para ele. Suas pálpebras fechadas eram a única coisa que impedia o rio de lágrimas de rolar, e também não estavam sendo muito eficientes.

Ela levou um susto ao perceber que Adam estava se ajoelhando na sua frente, fitando-a com uma expressão preocupada. Ela tentou esconder o rosto com as mãos, mas Adam levantou seu queixo e Olive não teve opção a não ser olhar nos olhos dele. Então ele segurou seu rosto com as duas mãos e perguntou mais uma vez:

– Olive, o que aconteceu?

– Nada.

A voz dela falhou, desaparecendo em meio às lágrimas.

– Olive.

– Sério. Nada.

Adam ficou olhando para ela e não desistiu.

– Alguém comprou o último pacote de batatinhas?

Ela deixou escapar uma risada chorosa e meio fora de controle.

– Sim. Foi você?

– É óbvio. – Ele passou o polegar pela bochecha dela, interrompendo o curso de uma lágrima. – Comprei todos eles.

O sorriso que ela exibia parecia bem mais convincente que a malfadada tentativa anterior.

– Espero que você tenha um bom plano de saúde, porque vai ficar com diabetes tipo 2 – disse ela.

– Vale a pena.

– Seu monstro.

Ela sentiu o polegar dele passando pelo seu rosto de novo. Sempre muito gentil.

– É assim que você fala com seu namorado de mentira? – Ele parecia bastante preocupado. Os olhos, a linha da boca. E, ainda assim, muito paciente. – O que aconteceu, Olive?

Ela balançou a cabeça.

– Eu só...

Ela não podia contar para ele. E não podia *não* contar para ele. Mas, acima de tudo, não podia contar para ele.

Em quem você acha que Adam vai acreditar, Olive?

Precisou respirar fundo. Afastar a voz de Tom de sua cabeça e se acalmar antes de continuar. Inventar algo para dizer, algo que não causasse um terremoto de grandes proporções naquele quarto.

– Minha palestra. Acho que foi boa. Meus amigos afirmaram que foi. Mas então ouvi algumas pessoas falando sobre ela, e disseram...

Adam precisava tirar a mão do rosto dela. Devia estar toda molhada. A manga do blazer também.

– O que disseram?

– Nada. Que foi pouco original. Entediante. Que eu gaguejei. Sabiam que eu era sua namorada e disseram que esse foi o único motivo pra eu ser convidada a dar uma palestra.

Ela balançou a cabeça. Precisava deixar para lá. Tirar aquilo da mente. Pensar com cuidado no que ia fazer.

– Quem? Quem eram eles?

Ah, Adam.

– Alguém. Não sei.

– Viu os crachás deles?

– Eu... não prestei atenção.

– Estavam no seu painel?

Havia alguma coisa nas entrelinhas de seu tom de voz. Algo que insinuava violência, raiva e ossos quebrados. A mão de Adam ainda era delicada em seu rosto, mas seus olhos estavam semicerrados. Havia uma tensão em seu maxilar e Olive sentiu um arrepio.

– Não – mentiu. – Não importa. Está tudo bem.

Ele apertou os lábios, as narinas dilataram, então ela acrescentou:

– Não me importo com o que as pessoas pensam de mim.

– Sei – disse ele.

Aquele Adam, bem ali, era o Adam temperamental e irascível de que os alunos reclamavam. Olive não deveria estar surpresa por vê-lo com tanta raiva, mas ele nunca tinha se comportado na frente dela daquela forma.

– Não, sério, eu não me importo com o que as pessoas dizem...

– Eu sei que não se importa. Mas esse é o problema, não é? – Ele a encarou, e estava muito perto. Olive podia ver os amarelos e verdes se misturando no castanho-claro de seus olhos. – Não é o que *eles* dizem. É o que *você* acha. Você acha que eles estão certos. Não é?

A boca de Olive ficou completamente seca.

– Eu...

– Olive, você é uma ótima cientista. E vai ser ainda melhor. – O modo como ele olhava para ela, tão sincero e sério, iria quebrá-la. – O que quer que esse imbecil tenha falado diz muito sobre ele e nada sobre você. – Ele moveu os dedos e colocou os cabelos dela atrás da orelha. – O seu trabalho é brilhante.

Ela nem pensou direito. E, mesmo se tivesse pensado, provavelmente não teria conseguido se segurar. Apenas se inclinou para a frente, com o rosto no pescoço dele, e o abraçou bem forte. Uma ideia terrível, idiota e inapropriada, e com certeza Adam ia afastá-la a qualquer minuto. Só que...

Ele deslizou a mão para a nuca de Olive, como se quisesse puxá-la mais para perto, e ela ficou lá por muitos minutos, chorando lágrimas mornas no pescoço dele, sentindo como ele era acolhedor e firme, ali naquele abraço e na sua vida.

Você tinha que fazer eu me apaixonar, ela pensou.

Ele não a soltou. Não até ela se afastar e enxugar as bochechas novamente, sentindo que dessa vez poderia se controlar. Ela fungou, e ele se esticou para pegar o pacote de lenços na mesa da TV.

– Eu estou bem, sério.

Ele suspirou.

– Bom, talvez... Talvez eu não esteja bem agora, mas vou ficar. – Ela aceitou o lenço que ele lhe entregou e assoou o nariz. – Só preciso de um tempinho pra...

Ele a examinou e fez que sim com a cabeça, os olhos indecifráveis de novo.

– Obrigada. Pelo que você disse. Por me deixar espalhar meleca pelo seu quarto de hotel todo.

Ele sorriu.

– Quando quiser.

– E no seu blazer também. Você vai... Você vai pro coquetel do departamento? – perguntou ela.

Olive temia o momento em que precisaria deixar aquela cadeira. Aquele quarto. *Seja sincera*, aquela voz sábia e sensata dentro dela sussurrou. *É ele que você não quer deixar.*

– Você vai? – quis saber ele.

Ela deu de ombros.

– Eu disse que ia, mas não estou com vontade de conversar com ninguém no momento.

Ela secou as bochechas de novo, mas milagrosamente o aguaceiro tinha parado. Adam Carlsen, responsável por 90% das lágrimas do departamento, tinha conseguido fazer alguém parar de chorar. Quem poderia imaginar?

– Embora eu ache que umas bebidas de graça possam ajudar – completou ela.

Adam ficou pensativo por um momento, olhando para Olive e mordendo o lábio. Então fez que sim com a cabeça, como se tivesse tomado algum tipo de decisão, se levantou e estendeu a mão para ela.

– Vamos.

– Ah. – Ela teve que esticar o pescoço para encará-lo. – Acho que vou esperar um pouquinho pra...

– Nós não vamos pro coquetel.

Nós?

– O quê?

– Vamos – repetiu ele, e dessa vez Olive pegou sua mão e não soltou.

Nem poderia, pela forma como os dedos de Adam estavam fechados ao redor dos seus. Ele ficou olhando para os sapatos dela, até que Olive entendeu e os calçou, apoiando-se no braço dele.

– Pra onde vamos?

– Arranjar bebida de graça. Quer dizer, de graça pra você.

Ela quase se sobressaltou quando entendeu o que ele estava dizendo.

– Não, eu... Adam, não. Você precisa ir ao coquetel do departamento. E à cerimônia de abertura. Você é o palestrante principal!

– E eu já dei a palestra. – Ele pegou o casaco vermelho dela em cima da cama e a empurrou até a porta. – Consegue andar com esses sapatos?

– Eu... consigo, mas...

– Estou com meu cartão da porta, não precisamos do seu.

– Adam. – Olive agarrou-lhe pelo pulso, e ele imediatamente se virou e a encarou. – Adam, você não pode faltar a esses eventos. As pessoas vão dizer que você...

O sorriso dele estava meio torto.

– Que eu quero sair com a minha namorada?

O cérebro de Olive parou. Assim, sem mais nem menos. E então voltou a funcionar e...

O mundo estava um pouco diferente.

Quando Adam pegou a mão dela de novo, Olive sorriu e simplesmente saiu do quarto atrás dele.

Capítulo Quinze

💙 **HIPÓTESE:** *Qualquer momento da vida pode ficar melhor se houver comida sendo servida numa esteira em movimento.*

Todo mundo viu os dois.

Pessoas que Olive nunca tinha visto antes, pessoas que reconheceu de blogs e de perfis do Twitter na área de ciências, gente do seu departamento que tinha dado aula para ela. Pessoas que sorriram para Adam, o chamaram pelo primeiro nome ou por Dr. Carlsen, que disseram a ele "Ótima palestra" e "Vejo você por aí". Algumas pessoas que ignoraram Olive por completo e outras que a examinaram com curiosidade – ela, Adam e as mãos pelas quais estavam unidos.

Adam, na maior parte das vezes, apenas os cumprimentava com um aceno de cabeça, e só parou para falar com Holden.

– Vocês vão ignorar a parte chata? – perguntou ele, com um sorriso no rosto.

– Vamos.

– Deixa que eu bebo a cota de vocês, então. E peço desculpas em seu nome.

– Não precisa.

– Vou dizer que você teve uma emergência na família – disse Holden, dando uma piscadinha. – Talvez uma emergência na *futura família*, o que acha?

Adam revirou os olhos e puxou Olive para fora. Ela teve que acelerar o passo para conseguir acompanhá-lo, não porque ele andasse particularmente rápido, mas porque suas pernas eram tão longas que cada uma de suas passadas equivalia a três dela.

– Hum... Eu estou de salto.

Ele se virou para ela, o olhar descendo por suas pernas e logo desviando.

– Eu sei. Está menos prejudicada verticalmente que o normal.

Ela estreitou os olhos.

– Ei, eu tenho mais de um metro e setenta. Até que sou bem alta.

– Aham.

Adam estava com uma expressão evasiva.

– Que cara é essa? – perguntou Olive.

– Que cara?

– Sua cara.

– Só a minha cara normal.

– Não, essa cara está dizendo "Você não é alta".

Ele sorriu bem de leve.

– Consegue andar com esses sapatos? É melhor a gente voltar?

– Consigo, mas a gente pode ir mais devagar?

Ele deu um suspiro fingido, mas diminuiu o passo. A mão soltou a dela e a segurou na parte de baixo das costas, conduzindo-a para o lado direito. Ela teve que disfarçar um pequeno arrepio.

– Então... – Olive enfiou as mãos nos bolsos do casaco, tentando ignorar que as pontas dos dedos ainda formigavam. – Essa bebida de graça que você mencionou... vem acompanhada de comida?

– Vou pagar o jantar. – Os lábios de Adam se curvaram um pouco mais. – Mas sair com você não é barato.

Ela chegou mais perto e deu um esbarrão de brincadeira no braço dele com o ombro. Era difícil ignorar a firmeza daqueles músculos.

– Não é mesmo. Pretendo comer e beber o suficiente para afogar as mágoas.

O sorriso de Adam estava mais aberto do que nunca.

– Aonde quer ir, engraçadinha?

– Vamos ver... Do que você gosta? Além de água e espinafre cozido?

Ele fez uma cara feia para ela.

– Que tal um hambúrguer?

– Blé. – Ela deu de ombros. – Pode ser. Se não tiver nada melhor.

– O que você tem contra hambúrguer?

– Sei lá. Tem gosto de papelão.

– O quê?

– E comida mexicana? Você gosta?

– Hambúrguer não tem gosto de...

– Ou italiana? Uma pizza seria ótimo. Talvez eles tenham alguma coisa feita de aipo que você possa pedir.

– Vai ser hambúrguer, então.

Olive riu.

– E comida chinesa? – perguntou ele.

– Comi no almoço.

– Bem, as pessoas na China comem comida chinesa várias vezes ao dia, isso não deveria impedir você de... *Ah*.

Adam já dera dois passos à frente quando percebeu que Olive tinha parado no meio da calçada.

– O que foi? – perguntou ele.

– Aquele.

Ela apontou para um letreiro branco e vermelho do outro lado da rua.

Adam seguiu com o olhar e ficou encarando por um bom tempo, intrigado. Depois disse:

– Não.

– Aquele – repetiu Olive, e sentiu um sorriso se formando.

– Olive. – Havia uma profunda linha vertical entre as sobrancelhas dele. – Não. Podemos ir a restaurantes muito melhores e...

– Mas eu quero ir àquele.

– Por quê? Tem alguma...

Ela chegou perto dele e segurou a manga do blazer.

– Por favor. Por favor?

Adam beliscou o nariz, suspirou e comprimiu os lábios. Mas, cinco segundos depois, estava com a mão nas costas de Olive conduzindo-a até o outro lado da rua.

O problema, ele explicou em voz baixa enquanto esperavam uma mesa, não era a esteira de sushi, mas o bufê liberado por vinte dólares.

– Isso nunca é um bom sinal – disse a ela, a voz mais resignada do que combativa, e, quando o garçom os levou até a mesa, Adam foi atrás de Olive sem oferecer resistência.

Ela ficou maravilhada com os pratos que percorriam a esteira em movimento ao redor do restaurante e não conseguia parar de sorrir. Ela se virou para Adam, que a encarava com um olhar meio exasperado, meio indulgente.

– Sabe – continuou ele, olhando enquanto uma salada de alga passava perto do seu ombro –, a gente poderia ir a um restaurante japonês de verdade. Eu ficaria feliz em pagar por todo o sushi que você quiser comer.

– Mas ele vai ficar *andando* ao meu redor?

Ele balançou a cabeça.

– Retiro o que eu disse: sair com você é *preocupantemente* barato.

Ela o ignorou, levantou a portinha de vidro ao lado da mesa que dava acesso à esteira e pegou um rolinho e uma rosquinha de chocolate. Adam murmurou alguma coisa que parecia com "muito autêntico", e, quando a garçonete chegou, pediu cerveja para os dois.

– O que acha que é isto? – Olive mergulhou um sushi no molho shoyu. – Atum ou salmão?

– Provavelmente é carne de aranha.

Ela colocou na boca.

– Delicioso.

– Imagino.

Ele pareceu cético.

Não era delicioso, para falar a verdade. Mas tudo bem. E, bom, estava muito divertido. Era exatamente o que ela precisava para esvaziar sua mente de... tudo. Tudo menos o aqui e agora. Com Adam.

– Sim.

Ela empurrou para ele o sushi que tinha sobrado, desafiando-o a provar.

Ele separou os hashis devagar, com uma expressão de sofrimento, pegou o sushi e mastigou por um longo tempo.

– Tem gosto de papelão.

– Impossível. Aqui. – Ela pegou uma tigela de edamame da esteira. – Pode comer isso. É basicamente brócolis.

Ele levou um grão à boca e conseguiu fazer parecer que não tinha odiado.

– Não precisamos conversar, aliás – disse ele.

Olive não entendeu.

– Você disse lá no hotel que não queria conversar com ninguém. Então tudo bem se você quiser apenas saborear essa... – ele olhou para os pratos acumulados por ela com clara desconfiança – comida em silêncio.

Ela sorriu.

– Aposto que você é ótimo em ficar em silêncio.

– Está me desafiando?

Ela negou com a cabeça.

– Eu quero conversar. Podemos só não falar sobre o congresso? Nem sobre ciência? Nem sobre o fato de que o mundo está cheio de babacas?

E que alguns deles são seus amigos e colegas?

Ele fechou a mão, a boca bem cerrada, e fez que sim com a cabeça.

– Ótimo – falou ela. – Podemos falar sobre como este lugar aqui é legal...

– É horrível.

– ... ou sobre o gosto de sushi...

– Papelão.

– ... ou sobre o melhor filme da franquia *Velozes e furiosos*...

– *Operação Rio*. Embora eu tenha a impressão de que você vai dizer...

– *Desafio em Tóquio*.

– Exato.

Ele suspirou, e eles trocaram um pequeno sorriso. Então o sorriso foi desaparecendo e eles ficaram apenas olhando um para o outro, com alguma coisa densa e agradável colorindo o ar entre eles, algo magnético e quase intolerável, mas de um jeito bom. Olive teve que desviar o olhar, porque... não. Não.

Foi quando ela avistou um casal que estava numa mesa a poucos metros deles. Pareciam a imagem espelhada de Adam e Olive, sentados um de frente para o outro, trocando olhares afetuosos e sorrisos hesitantes.

– Acha que eles estão num encontro de mentira? – perguntou ela, recostando-se na cadeira.

Adam olhou para o casal.

– Achei que namoros de mentira precisassem envolver cafeterias e aplicação de protetor solar.

– Não, só os melhores.

Ele riu em silêncio.

– Bem... – Ele ficou olhando para a mesa e alinhando os hashis para ficarem paralelos. – Eu, com certeza, recomendo.

Olive baixou o queixo para esconder um sorriso e então se inclinou para roubar um edamame.

<hr />

No elevador, ela se apoiou no braço dele e tirou os sapatos, nem um pouco graciosa, enquanto Adam a observava e balançava a cabeça.

– Achei que você tivesse dito que não estavam te machucando.

Ele parecia curioso. Divertido? Afetuoso?

– Isso foi milênios atrás. – Olive pegou os sapatos do chão. Quando se ergueu, Adam estava novamente muito alto. – Agora estou pronta pra cortar os pés fora.

O elevador parou e as portas se abriram.

– Isso parece meio contraproducente.

– Ah, você não tem ideia. Ei, o que está fazendo?

Seu coração parou por alguns instantes quando Adam a pegou no colo, como se ela fosse uma noiva. Ela reclamou e ele a carregou até o quarto, tudo porque estava com uma bolha no dedo mindinho. Sem muita escolha, ela o abraçou pelo pescoço e se agarrou a ele, tentando garantir que iria sobreviver caso ele a soltasse. As mãos dele estavam quentinhas nas suas costas e atrás dos joelhos, os braços firmes e fortes.

O cheiro dele era maravilhoso. A sensação de estar colada em seu corpo, ainda melhor.

– Sabe, o quarto está só a vinte metros de distância...

– Não tenho a menor ideia do que isso significa.

– Adam.

– Aqui nos Estados Unidos a gente mede as distâncias em polegadas, canadense.

– Eu sou muito pesada.

– É mesmo. – A facilidade com que ele a moveu em seus braços para passar o cartão na porta contrariava aquelas palavras. – Deveria cortar bebidas de abóbora da sua dieta.

Ela puxou o cabelo dele e riu.

– Jamais.

Os crachás dos dois ainda estavam na mesa da TV, onde eles os tinham deixado, e havia uma programação do congresso aberta em cima da cama de Adam, além de sacolas de tecido e um monte de panfletos inúteis. Olive reparou naquilo imediatamente, e foi como se várias farpas fossem enfiadas numa ferida aberta. O cenário trouxe de volta cada palavra que Tom tinha dito a ela, todas as mentiras e verdades, todos os deboches e insultos e...

Adam talvez tivesse percebido. Assim que a pôs no chão, recolheu tudo que tinha a ver com o congresso e colocou numa cadeira virada para a janela, longe da vista, e Olive... Ela queria ter lhe dado um abraço. Não ia fazer isso – já tinha feito duas vezes naquele dia –, mas queria muito. Em vez disso, afastou decidida todas aquelas farpas da mente, deitou-se na cama com a barriga para cima e ficou olhando para o teto.

Ela achou que seria constrangedor ficar com Adam num espaço tão pequeno por uma noite inteira. E até era um pouco, ou pelo menos tinha sido na hora em que ela chegara, mais cedo, mas agora Olive se sentia calma e segura. Como se o seu mundo, sempre frenético, bagunçado e rigoroso, estivesse diminuindo o ritmo. Ficando um pouquinho mais fácil.

Fez-se um farfalhar de lençóis quando ela se virou para Adam. Ele parecia relaxado também; pendurou o blazer na cadeira, tirou o relógio e o colocou na mesa. Aqueles momentos casuais da vida particular – a ideia de que o dia dela e o dia dele iriam terminar no mesmo lugar ao mesmo tempo – a acalmavam como um afago.

– Obrigada por comprar comida para mim.

Ele franziu o nariz.

– Não acho que aquilo seja comida.

Ela sorriu e ficou de lado.

– Não vai sair de novo?

– Sair?

– É. Pra encontrar cientistas muito importantes? Comer mais três quilos de edamame?

– Acho que já fiz contatos e comi edamame o suficiente pra essa década.

Ele tirou os sapatos e as meias e os arrumou ao lado da cama.

– Vai ficar aqui, então?

Ele parou e olhou para Olive.

– A não ser que prefira ficar sozinha.

Não, não prefiro.

Ela se apoiou no cotovelo.

– Vamos ver um filme.

– Claro. – Ele parecia surpreso, mas não descontente. – Mas se o seu gosto pra filmes for igual ao gosto pra restaurantes, vai ser...

Ele só percebeu o golpe quando o travesseiro o atingiu. Bateu em seu rosto e depois caiu no chão, o que fez Olive gargalhar e pular da cama.

– Se importa se eu tomar banho antes? – perguntou ela.

– Engraçadinha.

Ela começou a vasculhar a bolsa de viagem.

– Você pode escolher o filme! Pode se qualquer um, desde que não tenha cenas em que cavalos são mortos, porque... Droga.

– O que foi?

– Esqueci meu pijama. – Ela procurou o celular nos bolsos do casaco. Não estava lá, e ela se deu conta de que não tinha levado o telefone para o restaurante. – Você viu meu... Ah, está aqui.

A bateria estava quase no fim, provavelmente porque tinha se esquecido de desligar a gravação quando acabou a palestra. Ela não verificava o celular havia horas e encontrou várias mensagens não lidas: a maioria de Anh e Malcolm, perguntando onde ela estava, se ia para o coquetel e dizendo para correr porque "a birita estava acabando rápido". E por fim, apenas mensagens informando que estavam todos indo para um bar no centro da cidade. Anh devia estar bem bêbada àquela altura do campeonato, porque sua última mensagem dizia: Liag s qisr encorta ♥ agente, Olvi.

– Esqueci meu pijama e queria ver se conseguia pegar algo emprestado com meus amigos, mas acho que ainda estão na rua e não voltarão tão cedo. Talvez Jess não tenha ido com eles, vou mandar uma mensagem e...

– Aqui. – Adam colocou algo preto e cuidadosamente dobrado em sua cama. – Pode usar isso se quiser.

Ela ficou olhando, desconfiada.

– O que é?

– Uma camiseta. Eu dormi com ela ontem, mas provavelmente é melhor do que esse seu vestido. Pra dormir, quero dizer – acrescentou, com um leve rubor nas bochechas.

– Ah.

Ela pegou a camiseta e a desdobrou. Imediatamente percebeu três coisas: era grande, tão enorme que ia cobrir até o meio da coxa ou um pouco mais; tinha um cheiro delicioso, uma mistura da pele de Adam com amaciante que a fez ter vontade de enfiar o rosto ali e ficar cheirando por semanas; e na frente estava escrito, com letras brancas e grandes...

– Ninja da biologia?

Adam coçou a nuca.

– Eu não comprei isso.

– Você... roubou?

– Foi um presente.

– Humm. – Ela riu. – É um belo presente. Doutor ninja.

Ele a encarou.

– Se contar pra alguém, vou negar.

Ela riu.

– Tem certeza de que posso usar? Você vai dormir com o quê?

– Nada.

O choque dela deveria estar estampado em seu rosto, porque ele lançou um olhar divertido e balançou a cabeça.

– É brincadeira. Estou com uma camiseta embaixo da camisa.

Ela assentiu e correu para o banheiro, determinada a não olhar nos olhos dele.

Sozinha sob o jato de água quente do chuveiro, foi muito mais difícil se concentrar no sushi sem gosto ou no sorriso aberto de Adam e esquecer o motivo pelo qual ele a aturou por três horas inteiras. O que Tom fizera com ela fora desprezível, e ela tinha que denunciá-lo. Precisava fazer alguma coisa. Mas toda vez que tentava pensar racionalmente, ouvia a voz dele em sua cabeça – *medíocre* e *belas pernas* e *inútil* e *pouco original* e *historinha triste* – tão alto que tinha medo de seu crânio explodir em mil pedacinhos.

Ela então tomou banho o mais rápido que pôde, distraindo-se com os rótulos do xampu e do sabonete líquido de Adam (alguma coisa hipoalergênica com pH equilibrado que a fez revirar os olhos), e se secou na maior velocidade possível. Tirou as lentes de contato e roubou um pouco da pasta de dente de Adam. Seu olhar se voltou para a escova de dente; era toda preta, até mesmo as cerdas, e ela não conseguiu evitar uma risada.

Quando saiu do banheiro, ele estava sentado na beira da cama e usava uma calça de pijama xadrez e uma camiseta branca. Segurava o controle remoto da TV em uma das mãos, o celular na outra, e revezava o olhar entre os dois com a testa franzida.

– É a sua cara.

– O quê? – perguntou ele, distraído.

– Ter uma escova de dente preta.

Ele mexeu a boca de leve.

– Você vai ficar chocada ao saber que a Netflix não tem uma categoria de filmes em que cavalos não morrem.

– Uma obscenidade, né? Seria muito necessária. – Ela embolou o vestido curto demais e o enfiou dentro da bolsa de viagem, fantasiando que o enfiava na garganta de Tom. – Se eu fosse americana, concorreria ao Congresso com essa proposta.

– Será que a gente devia casar de mentira pra você ganhar a cidadania?

O coração dela acelerou.

– Ah, sim. Acho que está na hora de dar o próximo passo de mentira.

– Então. – Ele digitou algo no telefone. – Estou jogando no Google "cavalo morto" mais o nome de qualquer filme que pareça bom.

– É isso que eu faço normalmente. – Ela caminhou pelo quarto até parar ao lado dele. – O que você tem aí?

– Tem um sobre uma professora de linguística que é chamada pra ajudar a decifrar uma linguagem alieníg...

Quando tirou os olhos do telefone, ele ficou imediatamente em silêncio. Abriu a boca e depois fechou, os olhos deslizando pelas coxas dela, seus pés, as meias de unicórnio, e rapidamente de volta ao seu rosto. Não, não exatamente ao rosto: algum ponto acima do ombro dela. Ele pigarreou antes de dizer:

– Que bom que... serviu.

E olhou para o celular novamente, segurando o controle remoto com mais força.

Demorou um bom tempo até ela perceber que ele se referia à camiseta.

– Ah, sim. – Ela riu. – Exatamente do meu tamanho, não é? – Era tão grande que basicamente cobria o corpo tanto quanto o vestido anterior, mas era macia e confortável como um sapato velho. – Talvez eu não devolva.

– É toda sua.

Ela ficou meio hesitante pensando se seria um problema sentar ao lado dele. Seria conveniente, já que estavam tentando escolher um filme juntos.

– Posso mesmo dormir com ela essa semana?

– Claro. Eu vou embora amanhã, de qualquer forma.

– Ah.

Ela sabia disso, claro. Sabia desde a primeira vez que ele dissera, semanas atrás; sabia mais cedo pela manhã quando entrou no avião em São Francisco e sabia poucas horas atrás, quando usou justamente essa informação para se convencer de que, por mais constrangedora e estressante que fosse, sua estada com Adam ia ser rápida. Só que não estava sendo constrangedora. Nem estressante. Ao contrário da ideia de ficar longe dele por vários dias. E de ficar ali sozinha.

– Qual é o tamanho da sua mala? – perguntou Olive.

– Oi?

– Pode me levar junto?

Ele a encarou, ainda sorrindo, mas devia ter percebido algo em seus olhos por trás da tentativa de fazer uma piada. Algo vulnerável e suplicante que ela não conseguira enterrar dentro de si.

– Olive. – Ele deixou o celular e o controle em cima da cama. – Não deixe que façam isso.

Ela apenas baixou a cabeça. Não ia chorar de novo. Não fazia sentido. E ela não era assim, essa criatura frágil e indefesa que duvidava de si mesma a cada passo. Pelo menos não costumava ser. Nossa, como ela odiava Tom Benton.

– Deixar o quê?

– Que estraguem sua experiência no congresso. Ou seu gosto pela ciência. Ou que façam você se sentir menos orgulhosa de suas conquistas.

Ela olhou para baixo, para o amarelo de suas meias no carpete macio. Depois, olhou para ele de novo.

– Sabe qual é a coisa mais triste disso tudo?

Ele negou com a cabeça, e Olive continuou:

– Por um momento, durante a palestra... eu me diverti de verdade. Estava meio em pânico. Quase vomitando, com certeza. Mas, enquanto falava para aquele monte de gente sobre meu trabalho, minhas hipóteses, minhas ideias, e explicava meu raciocínio, as tentativas e erros, e por que essa pesquisa é tão importante, eu... eu me senti confiante. Me senti boa naquilo. Pareceu *adequado* e *divertido*. Como deve ser a ciência quando você a compartilha. – Ela abraçou o próprio corpo. – Senti que talvez eu possa ser uma acadêmica no futuro. De verdade. E talvez fazer a diferença.

Adam fez que sim, como se compreendesse exatamente o que ela quis dizer.

– Queria ter assistido, Olive.

Dava para notar que ele estava sendo sincero. Que se arrependia de não ter estado lá. Mas até mesmo Adam – o indomável, categórico e sempre competente Adam – não podia estar em dois lugares ao mesmo tempo.

Não tenho a menor ideia se você é boa o suficiente, mas não é isso que deveria se perguntar. O que importa é se a sua motivação para estar na academia é boa o suficiente. Foi isso que ele lhe dissera anos atrás no banheiro. E que ela vinha repetindo a si mesma sempre que empacava em alguma dificuldade. Mas e se ele estivesse errado o tempo todo? E se importasse, *sim*, o fato de ser boa o suficiente? E se isso fosse o que mais importava?

– E se for verdade? E se eu for mesmo medíocre?

Ele não respondeu por um longo tempo. Ficou encarando-a, uma centelha de frustração em seu rosto, uma linha pensativa nos lábios. E então, com a voz baixa e calma, disse:

– Quando eu estava no segundo ano do doutorado, meu orientador me disse que eu era um fracasso e nunca iria conquistar nada.

– O quê? – O que quer que Olive estivesse esperando ele dizer, não era aquilo. – Por quê?

– Por causa de um desenho de primer errado. Mas não era a primeira vez que acontecia nem seria a última. E não foi o motivo mais trivial que ele usou para me desmoralizar. Às vezes, ele humilhava os alunos publicamente sem qualquer motivo. Mas aquela vez específica ficou marcada para mim, porque me lembro de ter pensado... – Ele engoliu em seco. – Me lembro de ter certeza de que ele estava certo. De que eu nunca iria conquistar nada.

– Mas você... – *Publicou artigos na* Lancet. *É professor efetivo com estabilidade no cargo e milhões de dólares em subsídios de pesquisa. Foi o palestrante principal de um congresso importante.* Olive nem tinha certeza do que mencionar, então escolheu: – Você ganhou uma bolsa MacArthur.

– Eu ganhei. – Ele soltou uma risada. – E cinco anos antes da bolsa MacArthur, no segundo ano do doutorado, eu passei uma semana inteira preenchendo fichas de inscrição para a faculdade de direito porque tinha certeza de que nunca me tornaria um cientista.

– Espera aí... Então o que Holden disse é verdade? – Ela não conseguia acreditar. – Por que direito?

Ele deu de ombros.

– Meus pais iam adorar. E, se não era pra ser cientista, eu não me importava muito com o que seria.

– O que te impediu, então?

Ele suspirou.

– Holden. E Tom.

– Tom – repetiu ela.

Seu estômago revirou.

– Eu teria abandonado o programa de doutorado se não fosse por eles. Nosso orientador era conhecido na área por ser um sádico. Como eu, aparentemente. – Ele abriu um sorriso amargo. – Eu sabia da reputação dele antes de começar o doutorado. A questão é que ele também era brilhante. O melhor. E eu pensei... pensei que podia aguentar qualquer crítica que ele fizesse e que valeria a pena. Pensei que seria uma questão de sacrifício, disciplina e trabalho.

Havia uma tensão na voz de Adam, como se ele não estivesse acostumado a falar sobre aquele assunto.

Olive tentou ser gentil ao perguntar:

– E não foi?

Ele negou com a cabeça.

– Foi o oposto, de certa forma.

– O oposto de disciplina e trabalho?

– Todos nós trabalhávamos muito, com certeza. Mas disciplina... Disciplina pressupõe ter expectativas bem claras e específicas. Códigos de comportamento definidos e uma maneira produtiva de abordar eventuais erros e desvios. Era o que eu pensava, pelo menos. É o que ainda penso. Você disse que sou cruel com meus alunos, e talvez esteja certa...

– Adam, eu...

– Mas o que tento fazer é estabelecer metas pra eles e ajudá-los a chegar lá. Se percebo que não estão fazendo algo que concordamos que precisava ser feito, explico o que está errado e o que precisam mudar. Eu não os trato como crianças, não escondo críticas em meio a elogios, e, se eles me acham assustador ou hostil por isso, que seja. – Ele respirou fundo. – Mas eu também *nunca* transformo a crítica em algo pessoal. É sempre sobre o trabalho. Às vezes é bem-feito e às vezes não é, e quando não é... pode ser refeito. Pode melhorar. Não quero que vinculem sua autoestima ao trabalho que produzem.

Ele fez uma pausa, parecendo estar longe dali. Como se realmente se dedicasse bastante a pensar naquelas coisas e no que queria para seus alunos.

– Odeio que isso tenha um tom muito presunçoso – prosseguiu ele –, mas ciência é um negócio sério e... acredito que seja meu dever como cientista.

– Eu... – De repente, o ar no quarto do hotel ficou gelado. *Fui eu que disse a ele*, pensou Olive, sentindo seu estômago embrulhar. *Fui eu que disse várias vezes que ele era assustador e hostil, e que os alunos o odiavam.* – Seu orientador não acreditava?

– Nunca entendi muito bem o que ele pensava. O que sei agora, anos depois, é que ele era abusivo. Muitas coisas horríveis aconteceram sob a supervisão dele: cientistas que não levaram crédito por suas ideias ou não tiveram a autoria de artigos reconhecida. As pessoas eram humilhadas publicamente por cometer erros que seriam normais pra pesquisadores experientes, quanto mais pra quem estava em treinamento. As expectativas eram gigantescas, mas nunca ficavam claras de fato. Prazos impossíveis eram definidos de forma arbitrária e os alunos eram punidos por não os cumprirem. Os doutorandos eram constantemente escalados para fazer as mesmas tarefas e depois colocados um contra o outro pra competir, só pela diversão do orientador. Uma vez, ele me pôs com Holden no mesmo projeto de pesquisa e disse que só quem conseguisse obter resultados publicáveis primeiro ia receber financiamento para o semestre seguinte.

Ela tentou imaginar como seria isso, se a Dra. Aslan criasse abertamente um ambiente competitivo entre ela e seus colegas. Mas não, Adam e Holden eram melhores amigos a vida inteira, então essa situação nem se comparava. Seria como se dissessem a Olive que, para receber o salário no próximo semestre, ela teria que superar Anh.

– O que vocês fizeram?

Ele passou a mão pelo cabelo e uma mecha caiu sobre a testa.

– Nós nos unimos. Percebemos que tínhamos habilidades complementares: um especialista em farmacologia podia ir bem mais longe com a ajuda de um biólogo computacional e vice-versa. E estávamos certos. Fizemos um ótimo estudo. Foi exaustivo mas também empolgante ficar horas a fio acordados tentando entender como consertar os protocolos. Sabendo que seríamos os primeiros a descobrir alguma coisa.

Por um momento, ele pareceu curtir a lembrança. Mas então apertou os lábios e tensionou o maxilar.

– No fim do semestre, quando apresentamos as descobertas ao orientador, ele disse que nós dois ficaríamos sem salário porque, ao colaborarmos, não tínhamos seguido as regras estabelecidas. Passamos a primavera seguinte dando seis tempos de aula por semana de Introdução à biologia, além do trabalho no laboratório. Holden e eu dividíamos apartamento. Eu juro que uma vez eu o ouvi falando "a mitocôndria é a usina de força da célula" enquanto dormia.

– Mas... vocês produziram o que o orientador queria.

Adam negou com a cabeça.

– Ele queria um jogo de poder. E, no fim, conseguiu: puniu a nós dois por não dançar conforme a música e publicou as descobertas que fizemos sem nos dar crédito.

– Eu... – Ela fechou os dedos segurando o tecido de sua camiseta emprestada. – Adam, me desculpe por ter comparado você com ele. Eu não quis...

– Tudo bem.

Ele sorriu para ela, tranquilizador.

Não estava tudo bem. Sim, Adam podia ser direto, dolorosamente direto às vezes. Teimoso, ríspido e intransigente. Nem sempre delicado, mas nunca sorrateiro ou malicioso. Pelo contrário: ele era honesto ao extremo e exigia dos outros a mesma disciplina que impunha a si mesmo. Por mais que os alunos reclamassem dos feedbacks duros e das longas horas de trabalho no laboratório, todos reconheciam que ele era um mentor participativo, mas que não se metia demais. A maior parte deles se formava com muitas publicações e conseguia empregos acadêmicos excelentes.

– Você não sabia.

– Mesmo assim, eu... – Ela mordeu o lábio, sentindo-se culpada. Derrotada. Com raiva do orientador de Adam e de Tom por tratarem a academia como se fosse seu parquinho particular. E de si mesma, por não saber o que fazer a respeito. – Por que ninguém denunciou o orientador?

Ele fechou os olhos por um instante.

– Porque ele foi um dos finalistas do Nobel. Em duas edições. Porque tinha amigos poderosos no alto escalão, e achávamos que ninguém acreditaria em nós. Porque ele podia impulsionar ou destruir carreiras. Porque sentimos que não havia realmente uma rede de apoio pra pedir ajuda. – Sua expressão era de amargura, e ele não olhava mais para ela. Era muito surreal pensar em Adam Carlsen se sentindo impotente. – Estávamos apavorados e, provavelmente, lá no fundo achávamos que era assim mesmo que funcionava e que merecíamos aquilo. Que éramos fracassados e nunca conquistaríamos nada.

Ela sentiu uma dor no coração por ele. E por si mesma.

– Eu sinto muito, de verdade.

Ele balançou a cabeça outra vez e seu semblante se suavizou.

– Quando me disse que eu era um fracasso, achei que ele estava certo. Estava pronto pra desistir da única coisa que eu gostava por causa disso. E Tom e Holden tinham as próprias questões com nosso orientador, é claro. Todos tínhamos. Mas eles me ajudaram. Por alguma razão, meu orientador sempre parecia saber quando algo dava errado nas minhas pesquisas, mas Tom atuava muito como mediador entre nós. Aguentava muita merda do orientador no meu lugar. Era o favorito desse cara e intercedia junto a ele pra que o laboratório parecesse menos com uma zona de guerra.

Ouvir Adam falar sobre Tom como se ele fosse um herói a deixou enojada, mas Olive ficou quieta. Aquilo não tinha nada a ver com ela.

– E Holden... Holden roubou minhas fichas de inscrição das faculdades de direito e fez aviõezinhos de papel com elas. Estava mais distante do que acontecia comigo e me ajudou a ver as coisas de forma mais objetiva. Assim como eu estou distante do que aconteceu com você hoje. – Ele a fitava. Havia um brilho em seus olhos que ela não compreendia. – Você não é medíocre, Olive. Não foi convidada pra dar uma palestra porque as pessoas acham que é minha namorada. Isso não existe, já que os resumos da SDB são escolhidos às cegas. Eu sei porque já estive na seleção em anos anteriores. E o trabalho que você apresentou é importante, minucioso e brilhante. – Ele respirou fundo. – Gostaria que você se visse da forma que eu vejo.

Talvez fossem aquelas palavras, talvez fosse o tom de voz. Talvez fosse por ele ter contado algo sobre si mesmo, ou por tê-la levado pela mão para longe de sua tristeza mais cedo. Seu cavaleiro de armadura preta. Talvez não fosse nada disso, ou talvez fosse tudo isso. Talvez sempre fosse acontecer. Ainda assim, não tinha importância. De repente, não importava mais o *porquê*, o *como*. O *depois*. Tudo que importava para Olive era o que ela queria naquele instante, e isso pareceu o suficiente.

Foi tudo muito devagar: o passo para a frente que a colocou entre os joelhos dele, a mão erguida até a altura do rosto de Adam, a forma como os dedos dela seguraram seu maxilar. Foi lento o suficiente para que ele pudesse tê-la interrompido, se afastado, dito alguma coisa. Mas ele não fez nada. Apenas olhou para ela, os olhos castanhos brilhantes, e o coração de Olive parou e acelerou ao mesmo tempo quando ele inclinou a cabeça para se apoiar na palma da mão dela.

Ela não ficou surpresa com a maciez da pele dele por baixo da barba por fazer, tão mais quente que a dela. E, quando se abaixou, pela primeira vez mais alta do que Adam, o contorno dos lábios dele sob os dela parecia com uma velha canção, fácil e familiar. Não era o primeiro beijo, afinal. Embora fosse diferente. Calmo, hesitante, precioso. A mão de Adam pousou em sua cintura enquanto ele levantava o queixo na direção dela, ávido e urgente, como se tivesse pensado muito naquilo. Como se ele também quisesse havia tempos. Não era o primeiro beijo, mas o primeiro que era *deles*, e Olive o saboreou por um bom tempo. A textura, o cheiro, a proximidade. A pequena falha na respiração de Adam, as pausas, a forma como os lábios precisaram se acostumar um pouco até acharem os ângulos certos e alguma coordenação.

Está vendo?, ela queria dizer, triunfante. Para quem, não tinha certeza. *Está vendo? Era assim que era para ser.* Olive riu com os lábios encostados nos dele. E Adam...

Adam já estava balançando a cabeça quando ela se afastou, como se o "não" estivesse esperando para ser dito o tempo inteiro, ainda que ele tivesse retribuído o beijo. Ele afastou a mão dela de seu rosto.

– Não é uma boa ideia.

O sorriso de Olive sumiu. Ele estava certo. Estava totalmente certo. Mas também estava errado.

– Por quê?

– Olive. – Ele balançou a cabeça de novo. Depois, tirou a mão da cintura dela e a levou à boca, como se tocasse os lábios para ter certeza de que o beijo tinha realmente acontecido. – Isso é... Não.

Ele estava certo mesmo. Mas...

– Por quê? – repetiu ela.

Adam esfregou os olhos. Sua outra mão ainda segurava o pulso de Olive, e ela se perguntou se ele tinha percebido. Se sabia que seu polegar estava fazendo carinho no pulso dela.

– Não é pra isso que estamos aqui.

Ela sentiu as narinas dilatarem.

– Isso não significa que...

– Você não está pensando direito. – Ele engoliu em seco. – Você está triste, bêbada e...

– Eu tomei duas cervejas. Há horas.

– Você é uma aluna, no momento depende de mim pra ter um lugar pra ficar e, mesmo que não fosse o caso, o poder que tenho sobre você pode facilmente transformar isso aqui numa dinâmica coercitiva e...

– Eu... – Olive riu. – Não estou me sentindo coagida, eu...

– Você está apaixonada por *outra pessoa*!

Ela quase se encolheu. Ele cuspiu aquelas palavras de um jeito agressivo. Aquilo deveria ter deixado Olive chateada, com vontade de se afastar, convencido-a de uma vez por todas que aquela ideia era ridícula, desastrosa. Mas não foi o que aconteceu. Àquela altura, o Adam temperamental e nervosinho já tinha se misturado muito bem ao *seu* Adam, o que comprava cookies para ela, analisava seus slides e a deixava chorar no seu ombro. Houve um tempo em que ela não conseguia muito bem conciliar os dois, mas no momento ambos estavam muito nítidos, as várias facetas dele. Ela não queria deixar nenhuma delas para trás. Nenhuma.

– Olive.

Ele respirou fundo e fechou os olhos. A ideia de que talvez estivesse pensando na mulher que Holden mencionara passou pela cabeça de Olive e foi embora. Era doloroso demais pensar naquilo.

Ela deveria simplesmente contar para ele. Deveria ser honesta e admitir que não dava a mínima para Jeremy, que não havia outra pessoa. Nunca houve. Mas estava apavorada, paralisada de medo, e depois do dia que tivera, seu coração estava a um passo de partir. Muito frágil. Adam poderia parti-lo em mil pedacinhos e ainda assim não entender nada.

– Olive, você está se sentindo assim *agora*. Daqui a um mês, uma semana, amanhã, não quero que você se arrependa...

– E o que *eu* quero? – Ela se inclinou para a frente, deixando as palavras pairarem no silêncio por alguns segundos. – O fato de *eu* querer isso significa alguma coisa? Talvez você não se importe. – Ela endireitou os ombros e piscou rápido para lutar contra o formigamento nos olhos. – Porque você não quer, não é? Talvez eu não seja tão atraente pra você e *você* não queira isso...

Ele quase a fez perder o equilíbrio quando puxou a mão de Olive e a encostou em sua virilha para mostrar que... Opa.

Opa.

Sim.

O queixo dele tremeu enquanto mantinha os olhos nos dela.

– Você não faz a menor ideia do que eu quero.

Ela ficou sem fôlego com tudo aquilo. O tom grave e gutural da voz dele, a rigidez firme sob seus dedos, o brilho faminto e raivoso naqueles olhos. Adam afastou a mão dela quase imediatamente, mas já era tarde demais.

Os beijos que eles tinham dado sempre foram muito físicos, mas agora algo mudara. Havia muito tempo que ela achava Adam bonito e atraente. Já tinha tocado nele, sentado em seu colo, considerado vagamente a possibilidade de ter algo mais íntimo com ele. Tinha pensado nele, em sexo, nele e sexo *juntos*, mas sempre fora algo abstrato. Meio turvo e indefinido. Como um esboço em preto e branco: apenas a base para um desenho que de repente começava a ser colorido.

Naquele momento estava muito nítido, naquele desejo úmido que sentia entre as pernas, no olhar intenso de Adam, como seriam as coisas entre eles. Inebriantes, suadas, ágeis. Eles fariam coisas um pelo outro, pediriam coisas um ao outro. Ficariam muito íntimos. E Olive... Agora que ela visualizava aquilo tudo, ela queria muito, *muito*.

Chegou mais perto ainda dele e disse:

– Está bem, então.

Sua voz estava bem baixa, mas ela sabia que Adam ouvira.

Ele fechou os olhos.

– Não foi por isso que chamei você pra dividir o quarto comigo.

– Eu sei. – Olive tirou uma mecha de cabelo dele da testa. – Também não foi por isso que aceitei.

Os lábios dele estavam abertos e ele olhava para a mão de Olive, a mesma que tinha tocado sua ereção havia pouco.

– Você disse nada de sexo.

Ela tinha dito isso. Lembrava-se de pensar naquelas regras, listá-las para ele, e se lembrava de ter a mais absoluta certeza de que nunca, nunca, iria se interessar em ver Adam Carlsen por mais de dez minutos por semana.

– Eu também disse que só nos encontraríamos no campus. E acabamos de sair pra jantar. Então...

Ele até podia saber o que era melhor, mas o que ele queria era diferente. Quase dava para ver os escombros da tentativa dele de manter o controle desabando devagar.

– Eu não... – Ele ajeitou o corpo, talvez apenas um milímetro. A linha dos ombros, o maxilar, ele estava muito tenso e ainda evitava olhar nos olhos dela. – Eu não tenho nada.

Foi um pouco constrangedor o tempo que ela levou para entender o que ele estava querendo dizer.

– Ah, não tem problema. Eu tomo pílula. E estou em dia com os exames. – Ela mordeu os lábios. – Mas também podemos fazer... outras coisas.

Adam engoliu em seco, duas vezes, e então assentiu. Não estava respirando normalmente. E Olive duvidava que ele pudesse dizer não àquela altura. Que quisesse dizer não. Mas ele fez um esforço.

– E se você me odiar por isso depois? E se mudar de ideia e...

– Eu não vou. Eu... – Ela chegou ainda *mais perto*. Não ia pensar no depois. Não podia, não queria. – Nunca tive tanta certeza de alguma coisa. A não ser, talvez, da teoria celular.

Ela sorriu, esperando que ele fizesse o mesmo.

A boca de Adam se mantinha séria, mas aquilo pouco importava. O toque que ela sentiu em seguida foi na altura do quadril, por baixo do tecido da camiseta que ele lhe dera.

Capítulo Dezesseis

💜 **HIPÓTESE:** *Apesar do que todo mundo diz, sexo jamais será mais do que uma atividade moderadamente agradáv... Ah.*

Foi como uma camada sendo removida.

Adam tirou a camiseta num único movimento fluido, e foi como se o algodão branco fosse apenas uma das muitas coisas jogadas para o canto do quarto. Olive não sabia dizer o nome de todas as outras coisas; tudo o que sabia era que alguns segundos atrás ele estava relutante, quase se recusando a tocá-la, e agora... não estava mais.

Ele comandava o espetáculo agora. Com as mãos grandes ao redor da cintura de Olive e os dedos deslizando por baixo do elástico da calcinha verde de bolinhas, ele a beijava.

Ele beija como um homem faminto, Olive pensou. Como se estivesse esperando por aquilo esse tempo todo. Se segurando. Como se a possibilidade de os dois transarem já tivesse lhe ocorrido mas ele a tivesse deixado de lado, enterrada em algum lugar muito profundo, onde o desejo cresceu e se tornou algo assustador e fora de controle. Olive achava que sabia como seria; eles já tinham se beijado, afinal. No entanto, percebia agora, sempre fora *ela* a pessoa a beijá-lo.

Talvez estivesse inventando coisas. O que sabia a respeito de tipos diferentes de beijos, afinal? Ainda assim, algo em sua barriga se agitou e derreteu quando a língua de Adam se enroscou na dela, quando ele mordeu um ponto macio de seu pescoço, quando fez um som gutural no fundo da garganta ao agarrar sua bunda. As mãos dele subiram até suas costelas. Olive arquejou e riu sobre os lábios dele.

– Você já fez isso antes.

Ele piscou, confuso, as pupilas escuras e dilatadas.

– O quê?

– Naquela noite em que te beijei no corredor. Você fez isso também.

– Fiz o quê?

– Tocou em mim. Aqui.

A mão dela deslizou até as próprias costelas e cobriu a dele.

Ele olhou para ela e começou a levantar a barra da camiseta, passando pelas coxas, depois pelo quadril, até chegar um pouco abaixo dos seios. Inclinou-se sobre ela e pressionou os lábios na parte mais baixa das costelas. Olive arquejou. E arquejou novamente quando ele a mordeu de leve, depois lambeu o mesmo lugar.

– Aqui? – perguntou ele. Ela estava ficando zonza. Podia ser por causa da proximidade dele ou do calor no quarto. Ou porque estava quase nua, parada na frente dele apenas de calcinha e meia. – Olive. – A boca de Adam subiu de leve, poucos centímetros, os dentes roçando em sua pele. – Aqui?

Ela não imaginava que pudesse ficar tão molhada tão rápido. Ou tão molhada e ponto. Mas ela não tinha pensado muito em sexo nos últimos anos.

– Presta atenção, meu bem – disse ele, e chupou a parte de baixo de seu seio. Ela teve que segurar nos ombros dele ou os joelhos iam fraquejar. – Aqui?

– Eu... – Ela levou um momento para se concentrar, mas fez que sim. – Talvez. É, aí. Foi... Foi um bom beijo. – Ela fechou os olhos, trêmula, e não ofereceu resistência quando Adam tirou a camiseta preta que ela estava usando. Era dele, afinal. A forma como ele a analisava não a deixou nada constrangida. – Você se lembra?

Era ele quem estava distraído agora, olhando para os seios dela como se fossem algo espetacular, a boca aberta e a respiração rápida e superficial.

– Do quê?

– Do nosso primeiro beijo.

Ele não respondeu. Em vez disso, olhou para ela de cima a baixo, os olhos brilhando, e disse:

– Quero ficar com você nesse quarto de hotel por uma semana. – A mão dele massageou o seio de Olive, não exatamente de um jeito suave. Quase forte demais. E ela se viu sem ter onde se segurar. – Por um ano.

Ele a puxou mais para perto e levou a boca ao seio de Olive, cheio de dentes, língua e uma deliciosa sucção. Ela gemeu com a mão na boca; não sabia e não tinha ideia de que seria tão sensível, mas seus mamilos estavam duros, doloridos e quase esfolados, e se ele não fizesse alguma coisa ela ia...

– Eu quero te devorar, Olive.

A palma da mão dele estava em suas costas e Olive arqueou o corpo um pouco mais. Uma espécie de sugestão.

– Isso provavelmente é um insulto – disse ela, e suspirou com um sorriso. – Considerando que você só gosta de folhas e brócolis... *Ah.*

Ele conseguia colocar o seio inteiro na boca. Inteiro. Adam soltou um gemido do fundo da garganta e ficou claro que adoraria engoli-la por completo. Olive deveria tocá-lo também; ela quem tinha pedido por isso e precisava se certificar de que ficar com ela não fosse um fardo para ele. Talvez levar a mão novamente para o lugar onde ele havia colocado antes e massageá-lo? Ele poderia orientá-la e dizer do que gostava. Talvez fosse a única vez que fariam isso e nunca mais voltassem a falar no assunto, mas Olive queria que ele gostasse. Que gostasse *dela.*

– Assim está bom? – perguntou ele.

Ela devia ter se distraído tempo demais dentro da própria cabeça, porque ele a olhava com a testa franzida, o polegar fazendo carinho no osso do quadril.

– Você está tensa.

Havia uma preocupação na voz de Adam. Ele segurava o pênis quase sem pensar, alisando e apertando de vez em quando; quando ele reparava em seus mamilos rígidos, quando ela se arrepiava, quando se contorcia e esfregava as coxas uma na outra.

– Não precisamos fazer... – começou ele.

– Eu quero. Eu disse que queria.

Ele balançou a cabeça.

– Não importa o que você disse. Pode mudar de ideia a qualquer momento.

– Não vou mudar de ideia.

Pelo jeito como olhava para ela, Olive tinha certeza de que ele ia contestar novamente. Mas ele apenas deitou a testa em seu peito, a respiração quente sobre a pele que tinha acabado de lamber, e circundou o elástico da calcinha com os dedos até mergulhá-los por baixo do algodão fino.

– Acho que *eu* mudei de ideia – murmurou ele.

O corpo dela enrijeceu.

– Sei que não estou fazendo nada – disse Olive –, mas se me disser do que gosta eu posso...

– Minha cor favorita deve ser verde, na verdade.

Olive soltou o ar quando o polegar de Adam pressionou o tecido, já molhado, no meio de suas pernas. Ela estava ficando sem ar, cheia de vergonha ao pensar que agora ele sabia exatamente quanto ela queria aquilo e ao sentir o prazer de seu dedo, grande e firme, deslizando pela costura da calcinha.

Ele com certeza sabia. Porque a encarava com o olhar vidrado, a respiração acelerada.

– Caramba – disse ele, em voz baixa. – Olive.

– Você... – A boca de Olive estava seca como o deserto. – Você quer que eu tire?

– Não. – Negou com a cabeça. – Ainda não.

– Mas se nós...

Ele enfiou o dedo por baixo do elástico e puxou o tecido para o lado. Ela estava molhada, inchada, carnuda, um pouco além da conta, já que ainda não tinham feito quase nada. Ávida demais. Aquilo era constrangedor.

– Desculpe. – Havia dois calores diferentes em seu corpo: aquele que se contorcia na boca do estômago e outro nas bochechas coradas. Olive mal podia diferenciar os dois. – Eu estou...

– Perfeita.

Ele na verdade nem estava falando com ela. Era mais para si mesmo, maravilhado pela forma como a ponta de seu dedo entrava tão fácil em meio às dobras, abrindo e deslizando, até que Olive jogou a cabeça para trás e fechou os olhos, porque o prazer corria, se expandia e tamborilava pelo corpo dela, e ela não ia conseguir, não ia conseguir, *não ia conseguir...*

– Você é tão linda... – As palavras pareciam abafadas, tiradas dele à força. Como se não tivesse a intenção de dizê-las. – Posso?

Ela levou alguns segundos para perceber que ele se referia ao dedo do meio, pela forma como ele circundava e batia suavemente próximo à entrada, pressionando a borda bem de leve. Já estava tão molhada...

Olive gemeu.

– Sim. O que você quiser – disse, ofegante.

Ele lambeu seu mamilo, como um agradecimento silencioso, e inseriu o dedo. Ou pelo menos tentou. Olive chiou e Adam também, com um "porra" rouco e abafado.

Ele tinha dedos grandes, devia ser por isso que não estavam encaixando. Só até o primeiro nó já parecia um pouco demais, uma dor de leve e a sensação de preenchimento desconfortável. Ela mudou de posição, tentando se adaptar e abrir espaço, depois se mexeu de novo, até que ele precisou segurar seu quadril com a outra mão para que ela parasse de se mover. Olive segurou nos ombros dele, a pele quente e suada sob suas mãos.

– Shhh.

O polegar roçou nela, e Olive gemeu.

– Está tudo bem. Relaxe.

Impossível. No entanto, se Olive fosse sincera, a forma como o dedo se curvava agora dentro dela... Já estava ficando melhor. Já não doía, talvez estivesse ainda mais molhada, e se ele a tocasse *ali*... Ela pendeu a cabeça para trás e enterrou as unhas nos músculos dele.

– Aí? Aí está bom?

Olive queria dizer para ele que não, que era demais, mas, antes que pudesse abrir a boca, ele fez de novo e ela não conseguiu mais ficar calada, toda gemidos, uivos e barulhos molhados e obscenos. Então ele tentou ir um pouco mais fundo e ela fez uma expressão de desconforto.

– O que foi? – A voz dele era a mesma de sempre, mas mil vezes mais rouca. – Machuca?

– Não... *Ah.*

Ele olhou para cima, ofegante.

– Por que está tão tensa, Olive? Já fez isso antes, não é?

– Eu... já. – Parecia uma péssima ideia continuar falando, mas já não havia espaço para mentiras agora que estavam tão próximos. Então, ela confessou: – Poucas vezes. Na faculdade.

Adam ficou paralisado. Completamente imóvel. Seus músculos se contraíram sob as mãos dela e ficaram assim, tensos e inertes, enquanto ele olhava para ela.

– Olive.

– Mas não tem problema. – Ela se apressou em acrescentar, porque ele já estava balançando a cabeça e se afastando dela. Não era um problema. Pelo menos não para Olive e, portanto, não devia ser para Adam também. – Eu posso aprender. Aprendi a medir a corrente elétrica nas células em questão de horas. Sexo não pode ser muito mais difícil. E aposto que você faz isso toda hora, então pode me dizer como...

– Você perderia.

O quarto estava gelado. O dedo de Adam não estava mais dentro dela, a mão tinha se afastado de seu quadril.

– O quê?

– Você perderia essa aposta. – Ele suspirou e esfregou uma das mãos no rosto. A outra, que estava dentro dela, desceu para ajeitar o pênis. A essa altura parecia enorme, e ele fez uma expressão de dor quando o tocou. – Olive, não posso fazer isso.

– Claro que pode.

Ele negou com a cabeça.

– Sinto muito.

– O quê? Não. Não, eu...

– Você é praticamente virg...

– Não sou!

– Olive.

– Não sou.

– Mas é quase tão...

– Não, não é assim que funciona. Virgindade não é uma variável contínua, é categórica. Binária. Nominal. Dicotômica. Ordinal, talvez. Estou falando de qui-quadrado, talvez de correlação de Spearman, regressão logística, modelo logit e aquela função sigmoide idiota, e...

Já haviam se passado semanas e ela ainda perdia o fôlego com aquele sorriso torto. Com aquelas covinhas que se formavam, sempre inesperadas. Olive ficou sem ar enquanto ele levava a mão à bochecha dela e a puxava para um beijo lento e carinhoso em meio a uma risada.

– Você é muito engraçadinha – disse ele, ainda com os lábios colados nos dela.

– Talvez.

Ela também sorriu e o beijou de volta. Deu um abraço nele, ao redor do pescoço, e sentiu um arrepio de prazer quando ele a puxou mais para perto.

– Olive – disse ele, se afastando um pouco. – Se por qualquer motivo sexo for algo com que você... não está confortável, ou prefira não fazer fora de um relacionamento, então...

– Não, não é nada disso. Eu... – Ela respirou fundo e procurou uma maneira de se explicar. – Não é que eu queira ficar sem sexo. Eu só... não tenho *muita* vontade de fazer normalmente. Tem algo estranho com o meu cérebro e o meu corpo, e eu não sei o que há de errado comigo, mas não sinto atração do mesmo jeito que as outras pessoas. Que as pessoas *normais*. Eu tentei... Tentei simplesmente fazer pra resolver logo a questão, e o cara com quem transei era legal, mas a verdade é que não sinto... – Ela fechou os olhos. Era difícil admitir isso. – Não sinto atração sexual a menos que realmente confie e goste da pessoa, o que por algum motivo nunca acontece. Ou quase nunca. Não acontecia há muito tempo, mas agora... Eu gosto mesmo de você, confio em você, e pela primeira vez em um milhão de anos eu quero...

Ela parou de tagarelar porque ele a beijou de novo, dessa vez de um jeito forte e imperativo, como se quisesse absorvê-la para ele.

– Quero fazer isso – disse ela, assim que conseguiu. – Com você. Quero mesmo.

– Eu também, Olive. – Ele suspirou. – Você não tem ideia.

– Então, por favor. Por favor, não diga não. – Ela mordeu o lábio, depois o dele. E então deu uma beliscadinha em seu queixo. – Por favor.

Ele respirou fundo e fez que sim. Ela sorriu e beijou seu pescoço, a mão dele espalmada na base de suas costas.

– Mas – disse ele – acho que devemos fazer isso de um jeito um pouquinho diferente.

~~~~~~~

Ela levou um bom tempo para entender qual era a intenção dele. Não porque fosse burra, desatenta ou tão ingênua assim com relação a sexo, mas...

Talvez ela *fosse* um pouco ingênua com relação a sexo. Mas, de verdade, não pensava nisso havia anos antes de Adam aparecer e, mesmo ali, nunca tinha pensado naqueles termos: ele em cima dela, abrindo suas pernas com as palmas nas coxas dela e então se ajoelhando entre elas. E se abaixando.

– O que você...?

Do jeito que sua língua entrou nela, era como se Olive fosse manteiga e ele a estivesse fatiando com uma faca quente. Ele era lento porém firme, e não parou quando a coxa dela se contraiu sob suas mãos nem quando ela tentou se esquivar. Apenas soltou um grunhido, grave e intenso; então roçou o nariz na pele próxima ao abdômen, respirou e voltou a usar a língua.

– Adam, pare – implorou ela.

E por um momento ele apenas esfregou o rosto ali embaixo, como se não tivesse nenhuma intenção de parar. Então levantou a cabeça, os olhos enevoados, de repente se dando conta de que deveria ouvi-la.

– Hum? – indagou ele, os lábios vibrando no corpo dela.

– Talvez... Talvez a gente devesse parar?

Ele ficou imóvel, a mão segurando firme na coxa.

– Você mudou de ideia?

– Não. Mas a gente devia fazer... outras coisas.

Ele franziu a testa.

– Você não gosta disso?

– Não. Sim. Bem, eu nunca... – A linha entre as sobrancelhas dele ficou mais funda. – Mas fui eu quem convenci você disso, então devíamos fazer coisas que *você* esteja a fim, e não pra mim...

Dessa vez, o meio da língua foi direto no clitóris, pressionando só o suficiente para fazê-la se agarrar ao lençol e soltar o ar de repente. A ponta ficou roçando em volta, o que era um movimento muito sutil, mas fez com que ela levasse a mão à boca e a mordesse.

– Adam! – A voz dela parecia a de outra pessoa. – Você ouviu o que eu...?

– Você disse pra fazer algo que eu estivesse a fim. – Ele respirava, quente sobre a pele dela. – Estou fazendo.

– Não é possível que você queira...

Ele apertou a perna dela.

– Não me lembro de nenhum momento em que eu não quisesse.

Aquilo parecia fora dos padrões para uma transa casual, algo tão íntimo. Mas era difícil protestar quando ele parecia tão enfeitiçado ao olhar para ela, seu rosto, suas pernas e o resto do corpo. A mão de Adam era grande e estava aberta sobre o abdômen dela, puxando-a para baixo, chegando cada vez mais perto dos seios, mas sem tocá-los. Deitada daquele jeito, Olive estava com um pouco de vergonha da concavidade de sua barriga. Das costelas aparecendo. Adam, no entanto, não parecia se importar.

– Você não preferia...

Uma mordida.

– Não.

– Eu nem disse o que...

Ele olhou para cima.

– Não tem nada que eu prefira estar fazendo.

– Mas...

Ele chupou um de seus lábios com um som alto e molhado e ela arquejou. E, então, sua língua estava dentro dela novamente, e ela gemeu, meio surpresa, meio sentindo que.... Sim.

Sim.

– Porra – disse alguém. Não foi Olive, então só podia ter sido Adam. – Porra.

A sensação era incrível. De outro mundo. A língua dele entrava e saía, deslizava em círculos, se enrolava; seu nariz tocava a pele dela, vinham sons baixinhos do fundo do peito dele quando ela se contorcia, e Olive estava prestes a... Ela...

Ela não tinha certeza de que ia conseguir gozar. Não com outra pessoa no quarto a tocando.

– Talvez isso demore um pouquinho – disse ela, meio que pedindo desculpas e odiando que sua voz tivesse saído tão fraca.

– Porra, sim. – A língua dele passeou por todos os lugares, uma lambida longa e ampla. – Por favor.

Olive não se lembrava de tê-lo visto tão entusiasmado assim com nada, nem mesmo com inscrição para bolsas ou biologia computacional. Aquilo aumentou um pouco mais a intensidade da coisa para ela, e mais ainda quando ela percebeu a movimentação do braço dele. Aquele que não estava segurando sua bunda e mantendo suas pernas abertas.

Ele não tinha nem tirado a calça ainda, que Olive tivesse visto, e aquilo era injusto, já que ela estava toda exposta para ele. Mas a forma como ele movia o braço, a mão para cima e para baixo devagar, era impossível de suportar. Ela se arqueou ainda mais, a coluna numa curva perfeita e a parte de trás da cabeça apoiada no travesseiro.

– Olive. – Ele se afastou alguns centímetros e beijou a parte interna de sua coxa, que tremia. Respirou fundo, como se quisesse guardar o cheiro dela. – Você não pode gozar ainda.

Ele roçou os lábios e enfiou a língua de novo, e ela fechou os olhos com força. Havia um calor queimando sua barriga que começava a se espalhar. Os dedos agarraram o lençol, desesperados por um porto seguro. Ia ser impossível. Impraticável.

– *Adam*.

– Não. Só mais dois minutos.

Ele chupou de novo.

Meu Deus, sim. Aí mesmo.

– Me... desculpe.

– Mais um minuto.

– Não consigo...

– Se concentra, Olive.

No final das contas, foi a voz dele que botou tudo a perder. Aquele tom de voz baixo, possessivo, a insinuação de uma ordem com aquela rouquidão das palavras, e então uma onda de prazer a invadiu como se fosse o mar. Sua mente se desligou e durante alguns segundos Olive não era completamente ela mesma, depois alguns minutos, e, quando voltou ao mundo, ele ainda a lambia, mais devagar, como se apenas quisesse saboreá-la.

– Quero te chupar até você desmaiar.

Os lábios dele roçavam suavemente sua pele.

– Não. – Olive socou o travesseiro. – Eu... Você não pode.

– Por quê?

– Eu tenho que...

Ela ainda não conseguia pensar direito. Seu cérebro gaguejava, confuso.

Ela quase gritou quando ele enfiou o dedo lá dentro. Dessa vez, entrou como uma pedra que cai na água, com fluidez e sem obstáculos; e ela se contraiu como se quisesse dar as boas-vindas a Adam e mantê-lo lá dentro.

– Meu Deus – disse ele, e passou a língua no clitóris novamente, mas ela estava sensível demais. Talvez. – Você é... – Ele enganchou o dedo, buscando as paredes internas, e o prazer jorrou, varrendo tudo dentro dela. – Tão quente e deliciosa...

A onda de calor percorreu seu corpo novamente e ela ficou sem ar, a boca aberta, cores brilhantes irrompendo sob as pálpebras. Ele grunhiu alguma coisa pouco coerente e enfiou outro dedo, já no fim daquele orgasmo, e aquilo terminou com tudo. O corpo de Olive se transformou em algo que já não lhe pertencia, algo feito de picos altos e vales exuberantes. Ela ficou pesada e mole, e não tinha certeza de quanto tempo demorou para conseguir levar a mão até a testa de Adam e empurrá-lo um pouquinho para que parasse. Ele olhou para ela com uma expressão triste mas conformada, e Olive o puxou para cima; porque ele dava a impressão de que poderia começar de novo a qualquer momento e porque seria bom tê-lo ali junto dela. Talvez Adam tivesse pensado o mesmo: ele se arrastou para cima de Olive, o peso apoiado em um dos braços, o peito sobre os seios dela, uma das coxas entre suas pernas.

Ela ainda estava com aquelas meias ridículas e, *meu Deus*, provavelmente Adam estava pensando que ela era a pior transa de todas...

– Posso te comer?

Ele disse isso e então a beijou, indiferente ao lugar em que sua boca estivera segundos atrás. Ela se perguntou se deveria ter ficado desconcertada com aquilo, mas ainda estava trêmula de prazer, o corpo se contraindo em pequenos choques com a memória do que ele tinha acabado de fazer. Não se importava, e era gostoso beijá-lo daquele jeito. Muito gostoso.

– Hum. – As mãos de Olive seguraram o rosto dele, e ela fez carinho nas bochechas com o polegar. Estavam quentes e vermelhas. – O quê?

– Posso te comer? – Ele deu um chupão na base do seu pescoço. – Por favor?

Ele respirava na altura da orelha de Olive e... não era como se ela pudesse dizer não. Ou quisesse. Deu sua permissão com um aceno e estendeu a mão para pegar no pau dele, mas Adam foi mais rápido, tirou a calça e o segurou. Era grande. Maior do que ela imaginou que seria, do que ela imaginou que o de qualquer homem poderia ser. Conseguia sentir o coração dele batendo acelerado no peito colado ao dela. Ele se ajeitou e começou a penetrar e...

Olive estava relaxada agora. E flexível. Mas ainda não era o suficiente.

– *Ai.* – Não era exatamente que tivesse doído, mas era demais. Com certeza não ia ser fácil. Mas, ainda assim, a sensação, a pressão dele contra cada parte do corpo dela, era promissora. – Você é muito grande.

Ele gemeu na altura do pescoço dela. Seu corpo inteiro vibrava, tenso.

– Você vai se acostumar.

– Eu vou – disse ela, a voz esganiçada e a respiração falhada no meio do caminho até a segunda palavra.

As mulheres dão à luz, afinal. Só que ele não estava dentro, não totalmente. Nem a metade. E não tinha mais espaço.

Olive olhou para ele. Os olhos estavam fechados, meias-luas sobre o rosto, e o maxilar estava tenso.

– E se for grande demais?

Adam levou os lábios até a orelha dela.

– Então... – Ele tentou uma estocada e talvez tivesse sido demais, mas o atrito foi ótimo. – Então vou penetrar você desse jeito. – Ela fechou os olhos quando ele atingiu um ponto que a fez gemer. – Meu Deus, Olive.

O corpo dela inteiro pulsava.

– Eu deveria fazer algo...

– Só... – Ele a beijou um pouco abaixo do pescoço. A respiração dos dois estava meio errática agora, fazendo barulho no silêncio do quarto. – Fica parada um pouco. Pra eu não gozar rápido.

Olive ergueu o quadril e ele estava tocando o mesmo ponto de novo. Aquilo fez suas coxas tremerem e ela tentou abrir mais as pernas. Para que ele pudesse entrar mais.

– Talvez você devesse...

– Devo?

Ela fez que sim com a cabeça. Estavam muito zonzos para beijar com algum tipo de coordenação àquela altura, mas os lábios dele estavam quentes e macios sobre os dela.

– Sim.

– Dentro de você?

– Se você...

Adam colocou as mãos atrás dos joelhos de Olive, abrindo suas pernas num ângulo no qual ela simplesmente não tinha pensado. Segurou firme.

– Se você quiser.

– Você é tão perfeita... Está me deixando louco.

Seu corpo se abriu completamente para ele; o acomodou de tal maneira até que estivesse todo lá dentro, penetrando tão fundo que a fez se sentir preenchida, completa, perfeita.

Ambos soltaram o ar. Olive levantou a mão até a nuca suada de Adam.

– Oi.

Ela sorriu para ele.

Ele sorriu de volta, de leve.

– Oi.

Os olhos de Adam estavam opacos, como um vitral. Ele se movimentou dentro dela, apenas uma leve estocada, e aquilo fez o corpo inteiro de Olive se contrair ao redor dele, até ela conseguir sentir o pau mexendo e pulsando dentro dela. Ela deixou a cabeça cair no travesseiro e alguém estava gemendo, um som gutural e fora de controle.

Adam tirou e penetrou novamente, e eles aniquilaram a regra "nada de sexo". Em poucos segundos, suas estocadas foram de hesitantes e exploratórias a rápidas e alucinantes. Ele levou a mão às costas dela e a puxou para mais perto enquanto penetrava, de novo, de novo, se esfregando dentro dela, pressionando, levando uma onda de prazer a percorrer seu corpo.

– Está gostoso? – perguntou no ouvido dela, sem conseguir parar.

Olive não era capaz responder. Não era capaz de emitir nada além de um sibilo em meio à respiração, os dedos agarrando os lençóis desesperadamente. Sentia a pressão dentro dela crescendo e a consumindo.

– Precisa me dizer se não estiver gostando – disse ele, com a voz rouca.
– Do que estou fazendo.

Ele estava ávido, meio atrapalhado, perdia o controle e escorregava para fora dela, tendo que entrar novamente devagar. Estava desconcentrado, mas ela também estava, totalmente tomada pela sensação boa, pelo prazer espantoso, pela facilidade com que ele entrava e saía. Por como aquilo parecia certo.

– Eu...

– Olive, você tem que...

Ele parou com um gemido, porque ela moveu os quadris e se contraiu mais, segurando-o mais forte, puxando para mais fundo.

– Estou gostando. – Ela enfiou os dedos em seus cabelos. Queria olhar em seus olhos e garantir que ele estivesse prestando atenção. – Estou *amando*, Adam.

Ele perdeu totalmente o controle. Emitiu um ruído brutal e tremeu, estocando forte e murmurando coisas sem sentido: como ela era perfeita, como era linda, há quanto tempo ele queria aquilo, como nunca ia deixá-la ir embora. Olive sentiu quando ele chegou ao auge, o prazer ofuscante e escaldante enquanto ele vibrava em cima dela.

Ela sorriu. E quando novos arrepios voltaram a percorrer seu corpo, ela mordeu o ombro de Adam e se entregou a eles também.

Capítulo Dezessete

💜 **HIPÓTESE:** *Quando eu achar que cheguei ao fundo do poço, alguém me dará uma pá. Esse alguém provavelmente será Tom Benton.*

Olive deu uma cochilada depois da primeira vez e sonhou com muitas coisas estranhas e sem sentido. Sushis que tinham formato de aranha. A primeira neve em Toronto no último ano que passou com sua mãe. As covinhas de Adam. O riso debochado de Tom Benton quando disse as palavras "historinha triste". Adam, de novo, dessa vez com o rosto sério, dizendo seu nome daquele jeito peculiar.

Então, sentiu uma movimentação no colchão e o som de algo sendo colocado na mesa de cabeceira. Piscou devagar para acordar, meio desorientada pela luz fraca do quarto. Adam estava sentado na lateral da cama e ajeitava uma mecha de cabelo dela para trás da orelha.

– Oi – disse ela, sorrindo.

– Oi.

Ela tocou a coxa de Adam por cima da calça que ele nunca chegou a tirar por completo. Ele ainda estava quente, firme. Ainda estava ali.

– Por quanto tempo eu dormi?

– Não muito. Talvez meia hora.

– Hum. – Ela se espreguiçou um pouco, os braços acima da cabeça, e notou que havia um copo d'água na mesa de cabeceira. – É pra mim?

Ele fez que sim, entregou-lhe o copo, e ela se apoiou no cotovelo para beber, sorrindo, agradecida. Olive percebeu que ele olhava para seus seios, ainda sensíveis e meio doloridos, e depois voltou o olhar para as próprias mãos.

Ah. Talvez, agora que tinham feito sexo – *um sexo gostoso*, pensou Olive, *um sexo maravilhoso*, mas quem sabe o que Adam tinha achado? –, ele precisasse de espaço. Talvez quisesse deitar no próprio travesseiro.

Ela devolveu o copo vazio para ele e se sentou.

– Eu devia voltar pra minha cama.

Ele negou com a cabeça numa intensidade que parecia sugerir não querer que ela fosse embora nunca, para lugar nenhum. Sua mão livre a enlaçou pela cintura, como se para prendê-la a ele.

Olive não se importava.

– Tem certeza? Acho que sou do tipo que rouba as cobertas.

– Tudo bem. Eu sou calorento. – Ele tirou uma mecha de cabelo da testa dela. – E, de acordo com alguém, eu pareço ser do tipo que ronca.

Ela fingiu estar indignada.

– Como é que alguém se atreve? Me diga quem falou isso e vou me vingar pessoalmente por você. – Ela deu um gritinho quando ele encostou o copo gelado em sua nuca, e então caiu na risada, levantando os joelhos e tentando se afastar dele. – Desculpe, você não ronca! Você dorme feito um príncipe!

– Muito bem.

Ele colocou o copo na mesa de volta, satisfeito, mas Olive continuava encolhida, as bochechas vermelhas e ofegante por tentar lutar contra ele. Ele sorria. Com covinhas. O mesmo sorriso que estava em seu rosto quando ele a provocou fazendo cócegas no pescoço dela mais cedo.

– Desculpe pelas meias, aliás. – Ela fez uma careta. – Sei que é um assunto polêmico.

Adam olhou para o tecido colorido na panturrilha dela.

– Meias são polêmicas?

– Não as meias em si. Mas usar meias durante o sexo.

– Sério?

– Com certeza. Pelo menos de acordo com a edição da *Cosmopolitan* que temos lá em casa pra matar as baratas.

Ele deu de ombros, como qualquer homem que só lia o *Jornal de Medicina da Nova Inglaterra* e talvez a *Revista dos Empurradores de Caminhonete*.

– Por que alguém ligaria pra isso?

– Talvez não queiram transar com pessoas que têm dedões horríveis e desfigurados sem saber.

– Você tem dedões desfigurados?

– Completamente grotescos. Estilo atração de circo. Incompatíveis com o sexo. Basicamente um anticoncepcional natural.

Ele suspirou, entretido. Estava tendo dificuldade em manter a fachada temperamental, carrancuda e intensa, e Olive *amava* isso.

– Já vi você de chinelos várias vezes. Aliás, isso não é compatível com o trabalho em laboratório.

– Você deve ter se enganado – disse Olive.

– Devo, sim.

– Não gosto do que está insinuando, Dr. Carlsen. Eu levo muito a sério as diretrizes de segurança e saúde ambiental de Stanford e... O que *você* está...

Ele era tão maior do que ela que conseguiu contê-la apenas com uma das mãos em sua barriga enquanto lhe arrancava as meias, e por algum motivo ela amou cada segundo. Até lutou bravamente, e talvez Adam ficasse com alguns hematomas pelo corpo no dia seguinte, mas, quando ele enfim conseguiu tirar as meias, Olive estava sem fôlego de tanto rir. Ele acariciou seus pés com reverência, como se fossem perfeitos e delicados, e não os pés de alguém que corre duas maratonas por ano.

– Você tinha razão – disse ele. Ainda ofegante, Olive olhou para ele com uma expressão curiosa. – Seus pés são horrendos mesmo.

– O quê? – Ela teve um sobressalto e se soltou, empurrando os ombros dele até que estivesse deitado debaixo dela. Com certeza ele poderia tê-la derrubado se quisesse, já que era gigante. – Retire o que disse.

– Você disse primeiro.

– Retire o que disse. Meus pés são bonitinhos.

– De uma maneira horrenda, talvez.

– Isso *não* existe.

Ele riu e ela sentiu o ar quente de sua respiração na bochecha.

– Deve ter alguma palavra em alemão pra isso – sugeriu ele. – Bonitinho mas absurdamente feio.

Ela deu uma mordida no lábio dele só para fazê-lo sentir uma dorzinha, mas Adam pareceu perder o controle que sempre tinha sobre si mesmo. De repente, ele queria mais; mudou de posição para que ela ficasse por baixo e transformou a mordida num beijo. Ou talvez tivesse sido Olive mesmo, já que sua língua estava no lábio dele, exatamente onde tinha mordido.

Ela provavelmente deveria dizer para ele parar. Estava suada, grudenta, devia pedir licença e ir tomar banho. É, isso seria o certo na etiqueta do sexo. Mas ele estava quente e forte, definitivamente em chamas. Tinha um cheiro delicioso mesmo depois de tudo o que tinham feito, e ela acabou perdendo o rumo e envolveu seu pescoço, puxando-o mais para perto.

– Você pesa uma tonelada – comentou ela.

Ele fingiu que ia se levantar e se afastar, mas ela o enlaçou com as pernas, apertando firme pela cintura. Ela se sentia segura com ele. Invencível. Uma verdadeira guerreira. Ele a transformara numa pessoa poderosa e selvagem, que poderia destruir Tom Benton e o câncer de pâncreas num passe de mágica.

– Não, eu adoro isso – disse ela. – Fique, por favor.

Ela sorriu para ele e notou que sua respiração acelerou.

– Você é do tipo que rouba as cobertas – rebateu ele.

Havia um ponto na base do pescoço dela, que Adam encontrara mais cedo, que a fazia suspirar, arquear para cima e derreter no travesseiro. Ele foi para cima desse ponto como se fosse seu novo norte. Tinha uma maneira de beijá-la, meio cuidadoso e meio desenfreado, que fazia Olive imaginar por que passara tanto tempo achando que beijar era algo chato e inútil.

– Eu preciso ir tomar banho – disse ela, mas não se moveu. Ele deslizou alguns centímetros para baixo, só o suficiente para se entreter com a sua clavícula e depois com a curva dos seios. – Adam.

Ele a ignorou e foi seguindo o rastro do osso saliente de seu quadril, suas costelas, a pele esticada da barriga. Beijou cada uma das sardas, como se quisesse guardá-las na memória, e eram muitas.

– Estou toda melequenta, Adam.

Ela se contorceu um pouco.

Em resposta, ele colocou a mão na sua bunda. Para mantê-la parada.

– Shh. Eu mesmo vou te dar um banho.

Ele colocou o dedo dentro dela e Olive arquejou porque... Ai, meu Deus. Ai. Ai, *meu Deus.* Dava para ouvir os ruídos molhados lá embaixo, dela mesma e do esperma dele, e ele deveria ter ficado com nojo e ela também, mas...

Não ficou. E ele gemia, como se a satisfação de ter provocado aquilo tudo dentro dela, e saber que ela tinha deixado, já fosse muito excitante para ele. Olive fechou os olhos e se deixou levar, sentindo-o lamber a pele entre suas coxas e o abdômen, ouvindo os gemidos baixinhos dela mesma, deslizando os dedos pelos cabelos de Adam para puxá-lo ainda mais para perto. Com certeza já estava limpa na hora que gozou, aquelas contrações mínimas que iam se transformando em ondas gigantes e faziam suas coxas tremerem em volta da cabeça dele. Foi então que Adam perguntou:

– Posso te comer de novo?

Ela olhou para ele, corada e meio zonza depois do orgasmo, e mordeu o lábio. Ela queria. Queria muito que ele ficasse por cima dela, dentro dela, seu peito pressionando-a contra o colchão e os braços envolvendo seu corpo. Aquela sensação de segurança, ou de finalmente pertencer a algum lugar, que ficava mais intensa quanto mais perto ele estava.

– Eu quero. – Ela desceu a mão para tocar o braço no qual ele estava se apoiando. – É só que... Estou um pouco dolorida e...

Ele imediatamente se arrependeu de perguntar. Dava para notar pelo modo como seu corpo ficou paralisado antes de se afastar dela, como se para dar um espaço que ela nem queria.

– Não. – Ela entrou em pânico. – Não é que...

– Ei.

Ele percebeu como ela ficou aflita e se abaixou para beijá-la.

– Não quero que...

– Olive. – Ele se aninhou em volta dela. Seu pênis tocou a lombar de Olive, mas ele mudou de posição e afastou o quadril na mesma hora. – Você está certa. Vamos dormir.

– O quê? Não. – Ela se sentou, com a testa franzida. – Não quero dormir.

Ele estava com dificuldade, dava para ver. Tentando esconder a ereção. Tentando não olhar para o corpo nu dela.

– Seu voo foi bem cedo hoje de manhã. Você deve estar com jet lag...

– Mas só temos uma noite – concluiu ela.

Uma única noite. Uma noite para Olive se esquecer do mundo exterior. Para evitar pensar em Tom e no que aconteceu mais cedo, e na mulher misteriosa por quem Adam estava apaixonado. Uma noite para esquecer que, quaisquer fossem os sentimentos que tivesse por ele, não eram recíprocos.

– Ei. – Ele chegou perto dela e colocou seu cabelo atrás do ombro. – Você não me deve nada. Vamos dormir e...

– Nós temos uma noite. – Determinada, ela colocou a mão no peito dele e sentou em seu colo, com as pernas abertas. O algodão da calça de Adam tocava suavemente nela, lá embaixo. – Eu quero a noite inteira.

Ela sorriu, a testa encostada na dele, o cabelo formando uma cortina que os separava do resto do mundo. Uma espécie de santuário. Ele a segurou pela cintura sem conseguir se controlar, puxou-a para mais perto e, nossa, eles se encaixavam bem demais.

– Fala sério, Adam. Sei que você é velho, mas não pode ir dormir ainda.

– Eu... – Ele pareceu ter esquecido o que ia dizer na hora em que a mão de Olive deslizou para dentro de sua calça. Seus olhos estavam fechados e a respiração, intensa. Sim. Bom. – Olive.

– Sim?

Ela continuou esfregando o corpo no dele. E puxando a calça para baixo. Ele fez algumas tentativas pouco entusiasmadas de impedi-la, mas já não parecia estar totalmente no controle e, no fim, deixou que ela tirasse as roupas que ainda vestia. Ela prendeu o cabelo e se sentou sobre os calcanhares, entre as pernas dele.

Adam tentou desviar o olhar, mas não conseguiu.

– Você é tão linda.

As palavras saíram baixas e apressadas, como se tivessem escapulido de sua boca. Soltas e espontâneas, como tudo que estava acontecendo ali.

– Nunca fiz isso – confessou ela.

E não ficou com vergonha, provavelmente porque era Adam quem estava ali.

– Não. Venha aqui.

– Então provavelmente não vai ser muito bom.

– Você... Olive. Não precisa fazer. Não devia.

– Anotado. – Ela deu um beijo em seu quadril e ele gemeu como se ela tivesse feito algo especial. Como se fosse algo de mais. – Mas, se tiver algum pedido...

– Olive. Eu vou...

Grunhir. Ele ia grunhir, um ronco alto vindo do fundo do peito. Ela passou o nariz pelo abdômen, vendo a ereção de Adam aumentar.

– Eu amo seu cheiro.

– Olive.

Devagar e com precisão, ela envolveu a base do pênis com as mãos e analisou a situação. Ela não sabia muita coisa, mas ele dava a impressão de estar perto de gozar. Parecia estar bem duro e, lá em cima, o peito ofegava, os lábios estavam abertos, e a pele, vermelha. Parecia que não ia precisar de muita coisa, o que... era bom. Mas Olive também queria mais tempo com ele. Queria muito tempo com Adam.

– Alguém já fez isso em você, certo?

Ele fez que sim, como ela imaginava. Ele fechou uma das mãos sobre o lençol, tremendo de leve.

– Ótimo. Então vai poder me dizer se eu fizer alguma besteira.

Ela disse aquela última palavra já com o rosto perto do pau, e parecia que eles estavam oscilando e vibrando numa frequência de ondas curtas que estouravam quando ela efetivamente o tocava. Antes de abocanhar a cabeça do pênis, ela olhou para ele e deu um pequeno sorriso, e aquilo pareceu destruí-lo de vez. Adam arqueou as costas, gemeu e pediu que, por favor, ela lhe desse um momento e fosse devagar para ele não gozar tão rápido. Olive imaginou se ele estava derretendo com o mesmo prazer escaldante que ela sentira mais cedo.

Era provável que sua inexperiência naquilo fosse bem óbvia. E, no entanto, ele parecia estar inacreditavelmente excitado. Não conseguia se segurar: ele se inclinava para a frente, passava os dedos nos cabelos dela, empurrava sua cabeça até que a garganta estivesse bem firme em volta de seu pênis. Grunhia, falava e olhava nos olhos dela, fascinado pela maneira como ela o encarava. Murmurava palavras com a voz rouca, como "Olive, isso", "Passe a língua...", "Assim... mais fundo. Me faz gozar".

Ela ouviu elogios sobre como era ótima, linda, perfeita; ouviu obscenidades sobre seus lábios, corpo e olhos, e talvez tivesse ficado constrangida se não fosse a quantidade enorme de prazer que jorrava dos dois dominando sua mente. Parecia natural ouvir Adam pedindo o que ele queria. E realizar esses desejos.

– Eu posso...? – perguntou ele. Os dentes dela roçaram a parte de baixo da cabeça, e ele gemeu de repente. – Na sua boca?

Ela só teve que sorrir para ele, e aquele prazer fundamental, pulsante, percorreu todo o corpo de Adam. Era o que Olive tinha sentido antes, luminoso, quente, sem qualquer culpa. Ela ainda chupava devagar quando ele recuperou o controle das pernas e segurou o rosto dela com a mão.

– Ah, as coisas que eu quero fazer com você. Você não tem ideia.

– Acho que tenho. – Ela lambeu os lábios. – Pelo menos uma parte delas.

Os olhos dele estavam vidrados, e Adam passava a mão no canto da boca de Olive. Ela se perguntou como seria possível ficar sem tudo aquilo, ficar sem *ele*, em apenas algumas horas.

– Duvido.

Ela se inclinou para a frente e escondeu um sorriso no vinco da coxa dele.

– Você sabe que pode, né? – Ela deu uma mordida no abdômen dele e olhou para o seu rosto. – Fazer essas coisas.

Ainda sorria quando ele a puxou para se deitar no seu peito e, por alguns minutos, eles conseguiram dormir.

~~~~~~

Era mesmo um belo quarto de hotel, ela pensou. Por causa das janelas grandes, principalmente. E a vista de Boston à noite, as luzes do tráfego, as nuvens e a sensação de que algo estava acontecendo lá fora, algo de que ela não precisava participar porque estava ali. Com Adam.

– Que língua é aquela? – perguntou ela, lembrando-se de repente.

Adam não conseguia olhar no rosto de Olive, que estava com a cabeça apoiada em seu peito, então continuou desenhando contornos com os dedos no quadril dela.

– Oi?

– Do livro que você está lendo. Com um tigre na capa. É alemão?

– Holandês.

Ela sentiu a voz dele vibrando pelo peito.

– É um manual de taxidermia?

Ele deu uma beliscadinha em seu quadril e ela riu.

– Foi difícil aprender a falar holandês?

Ele inspirou e sentiu o cheiro do cabelo dela enquanto pensava por um momento.

– Não tenho certeza. Eu sempre falei.

– Foi estranho? Crescer falando duas línguas?

– Na verdade, não. Em geral eu pensava mais em holandês antes de nos mudarmos para cá.

– Quantos anos você tinha?

– Humm, uns 9.

Ela sorriu ao imaginar Adam criança.

– Você falava holandês com seus pais?

– Não. – Ele fez uma pausa. – Havia babás na maior parte do tempo. Muitas delas.

Olive se endireitou para olhar para ele; apoiou o queixo nas mãos e as mãos no peito de Adam. Ficou observando-o olhar para ela, admirando o brilho das luzes da rua em seu rosto forte. Ele sempre fora bonito, mas naquele instante, sob a luz da madrugada, ele tirava seu fôlego.

– Seus pais eram ocupados? – perguntou Olive.

Ele suspirou.

– Eles se dedicavam ao trabalho. Não eram muito bons em arranjar tempo pra outras coisas.

Ela fez um som de concordância e começou a criar uma imagem mental: o Adam de 5 anos mostrando um desenho para pais distraídos, que vestiam ternos escuros e estavam rodeados de agentes secretos comunicando-se por fones de ouvido. Ela não sabia nada sobre diplomatas.

– Você foi uma criança feliz?

– Era... complicado. Foi uma criação bem padrão. Filho único de pais financeiramente ricos mas emocionalmente pobres. Eu podia fazer o que quisesse, mas não tinha ninguém para fazer comigo.

Parecia triste. Olive e a mãe sempre tiveram pouco dinheiro, mas ela nunca se sentira sozinha. Até o câncer.

– A não ser o Holden?

Ele sorriu.

– A não ser o Holden, mas isso veio depois. A essa altura eu já tinha me organizado do meu jeito. Aprendi a me divertir sozinho com... coisas. Hobbies. Atividades. Escola. E, quando precisava estar na companhia de pessoas, eu era... hostil e inacessível. – Ela revirou os olhos e o mordeu de leve, fazendo-o rir. – Me tornei igual aos meus pais. Dedicado exclusivamente ao trabalho.

– Isso não é verdade. Você é muito bom em arranjar tempo pras outras pessoas. Pra mim. – Ela sorriu, mas ele desviou o olhar, como se tivesse ficado com vergonha, então ela decidiu mudar de assunto. – A única coisa que sei dizer em holandês é *ik hou van jou*.

A pronúncia dela devia ter sido bem ruim, porque Adam demorou um tempão para entender. Quando entendeu, arregalou os olhos.

– Minha colega de quarto na faculdade tinha um cartaz com "Eu te amo" escrito em todas as línguas – explicou Olive. – Bem na frente da minha cama. Era a primeira coisa que eu via quando acordava.

– E no final de quatro anos você já tinha decorado todas as línguas?

– No final de um ano. Ela foi morar numa irmandade no segundo ano. – Ela baixou o olhar, esfregou o rosto no peito dele e depois se virou para Adam de novo. – É bem idiota, se você parar para pensar.

– Idiota?

– Quem precisa saber como dizer "Eu te amo" em todas as línguas? As pessoas mal precisam saber em uma só. Às vezes nem isso. – Ela passou os dedos pelos cabelos dele. – Já "Onde é o banheiro?"...

Ele se inclinou ao toque dela, como se o acalmasse.

– *Waar is de WC?*

Olive o olhou sem entender.

– Isso seria "Onde é o banheiro?" – explicou ele.

– Sim, eu imaginei. É que... a sua voz... – Ela pigarreou. Podia ter morrido sem saber como ele ficava atraente falando outra língua. – Enfim, esse cartaz seria útil.

Ela passou o dedo pela testa dele.

– Isso aqui é o quê?

– Meu rosto?

– Essa pequena cicatriz. Acima da sobrancelha.

– Ah. Foi uma briga idiota.

– Uma briga? – Ela riu. – Algum dos seus alunos tentou te matar?

– Não, eu era criança. Mas consigo imaginar os alunos colocando aceto-nitrila no meu café.

– Ah, com certeza. Também tenho uma.

Olive jogou o cabelo para trás e mostrou a ele uma pequena meia-lua bem perto da têmpora.

– Eu sei.

– Você sabe? Sobre a minha cicatriz?

Ele fez que sim.

– Quando você notou? Está bem imperceptível.

Ele deu de ombros e tocou nela com o polegar.

– Como você arranjou?

– Não me lembro. Mas minha mãe contava que, quando eu tinha 4 anos, caiu uma nevasca gigante em Toronto. Centímetros e mais centí-metros de neve se acumulando, a mais intensa em cinco décadas, sabe como é. Todo mundo sabia que ia acontecer e ela vinha me preparando por dias, dizendo que talvez nós ficássemos presas em casa por alguns dias. Me empolguei tanto com aquela ideia que saí correndo de casa e mergulhei de cabeça na neve. Só que fiz isso meia hora depois de come-çar a tempestade e acabei batendo com a cabeça numa pedra. – Ela riu de leve, e Adam também. Era uma das histórias favoritas da mãe dela. E agora Olive era a única pessoa que podia contá-la. A história vivia nela e em ninguém mais. – Sinto falta da neve. A Califórnia é linda e eu odeio frio. Mas sinto falta da neve.

Ele continuou acariciando a cicatriz, um sorriso fraco nos lábios. Então, quando ficaram em silêncio, ele disse:

– Em Boston vai ter neve. Ano que vem.

Ela sentiu o coração despencar.

– É.

A não ser pelo fato de que ela não iria mais para Boston. Teria que en-contrar outro laboratório. Ou não trabalhar em laboratório nenhum.

A mão de Adam subiu até o pescoço dela e envolveu sua nuca.

– Tem umas boas trilhas pra caminhada onde Holden e eu íamos na época do doutorado. – Ele hesitou um pouco e então acrescentou: – Eu adoraria levar você.

Ela fechou os olhos e, por um segundo, se permitiu imaginar aquilo. Os cabelos pretos de Adam contrastando com a neve branca e o verde das árvores. As botas dela afundando no chão fofo. O ar frio entrando em seus pulmões e a mão quentinha dele segurando a dela. Quase conseguiu enxergar os flocos de neve caindo. Felicidade.

– Mas você vai estar na Califórnia – disse ela, meio distraída.

Houve uma pausa. Longa demais.

Olive abriu os olhos.

– Adam?

Ele hesitou, pensando com cuidado nas palavras que ia dizer.

– Tem uma chance de eu me mudar para Boston.

Ela o fitou, confusa. Mudar? Ele vai se mudar?

– O quê?

Não. O que ele estava dizendo? Adam não ia embora de Stanford, ia? Ele não era... O lance de ser fugitivo em potencial não era *real*. Certo?

Mas, de fato, ele nunca tinha dito que não era. Olive pensou nas conversas anteriores e... ele havia reclamado sobre o departamento congelar seus recursos de pesquisa, sobre desconfiarem que ele ia embora, sobre as suposições que as pessoas faziam com base na sua parceria com Tom, mas... ele nunca falou que eles estavam errados. Tinha dito que os recursos congelados eram destinados para pesquisa, para o ano atual. Por isso ele queria que fossem liberados o mais rápido possível.

– Harvard – sussurrou ela, sentindo-se muito burra. – Você vai pra Harvard.

– Ainda não está decidido. – A mão dele permanecia em sua nuca, o polegar deslizando na base do pescoço, onde ficava a pulsação. – Fui chamado pra uma entrevista, mas ainda não houve um convite oficial.

– Quando? Quando vai fazer a entrevista? – perguntou ela, mas nem precisava da resposta. Tudo começava a ficar claro. – Amanhã. Você não vai pra casa. – Ele nunca disse que iria. Só disse que precisaria ir embora do congresso antes. Ai, meu Deus. *Que burra, Olive. Que burra.* – Você vai pra Harvard. Pra fazer entrevistas pelo resto da semana.

– Era a única maneira de evitar que o departamento suspeitasse ainda mais – explicou. – O congresso foi um bom disfarce.

Ela fez que sim. Não era bom, era perfeito. E, caramba, ela se sentiu enjoada. Seus joelhos bambearam, mesmo estando deitada.

– Eles vão te oferecer o cargo – murmurou ela, embora ele já devesse saber.

Ele era Adam Carlsen, afinal. E fora chamado para a entrevista. Com certeza era para *cortejá-lo*.

– Ainda não está certo.

Estava. É claro que estava.

– Por que Harvard? – perguntou ela. – Por que... Por que quer sair de Stanford?

Sua voz estava um pouco trêmula, embora ela se esforçasse para soar calma.

– Meus pais moram na Costa Leste e, embora tenha minhas questões com eles, vão precisar que eu esteja por perto mais cedo ou mais tarde. – Ele fez uma pausa, mas Olive sabia que não tinha terminado ainda. Ela se preparou. – O principal motivo é Tom. E o subsídio que ganhamos. Quero fazer mais trabalhos similares a esse, mas só vai ser possível se apresentarmos bons resultados. Estar no mesmo departamento que Tom certamente nos deixaria muito mais produtivos. Profissionalmente, não tem nem o que pensar.

Ela tinha se preparado, mas ainda assim sentiu como se tivesse levado um soco no peito que a deixou sem ar, fez o estômago revirar e o coração parar. Tom. Isso tinha tudo a ver com *Tom*.

– Claro – disse ela, bem baixo. Ajudou a manter a voz mais firme. – Faz sentido.

– E eu poderia ajudar você a se adaptar também – ofereceu ele, de um jeito bem mais tímido. – Se quiser. A Boston. Ao laboratório de Tom. Mostrar a cidade, se você... se sentir sozinha. Comprar aquele troço de abóbora para você.

Ela não podia responder àquilo. Ela, de verdade, *não* podia responder àquilo. Então abaixou a cabeça por alguns segundos, reuniu forças e a levantou novamente com um sorriso.

Ela podia fazer isso. Ela *ia* fazer.

– Que horas você vai embora amanhã?

Ele provavelmente só iria para outro hotel, mais próximo do campus de Harvard.

– Cedo.

– Está bem. – Ela se debruçou sobre ele, com o rosto em seu pescoço.

Eles não iriam dormir nem um segundo. Seria muito desperdício. – Não precisa me acordar quando sair.

– Não vai carregar minhas malas lá pra baixo?

Ela riu ainda com o rosto em seu pescoço e o afundou ainda mais lá. Aquela, pensou, seria a noite perfeita deles. E a última.

Capítulo Dezoito

💜 **HIPÓTESE:** *Um coração se parte mais facilmente que a mais fraca das ligações de hidrogênio.*

Não foi o sol, já alto no céu, que a acordou, nem o serviço de limpeza do quarto – graças a Adam, provavelmente, e à placa de "Não perturbe" na porta. O que fez Olive sair da cama, embora ela não quisesse nem um pouco enfrentar o dia, foi o zumbido frenético na mesa de cabeceira.

Ela afundou o rosto no travesseiro, esticou o braço para pegar o celular e o levou até a orelha.

– Alô? – disse, com um resmungo, mas então percebeu que não era uma ligação, e sim uma longa lista de notificações.

Incluía um e-mail da Dra. Aslan parabenizando-a pela palestra e pedindo a gravação, duas mensagens de Greg (Você viu a pipeta multicanal? e Deixa pra lá, encontrei), uma de Malcolm (Me liga quando vir esta mensagem) e...

Cento e quarenta e três de Anh.

– O que...

Ela piscou para a tela, desbloqueou o telefone e começou a rolar as mensagens. Será que eram 143 lembretes para usar protetor solar?

Anh: Ai

Anh: Meu

Anh: Deus

Anh: AIMEUDEUS

Anh: AIMEUDEUS Aimeudeus AIMEUDEUSDOCÉU

Anh: Onde vc se meteu?

Anh: OLIVE

Anh: OLIVE LOUISE SMITH

Anh: (Brinks, sei que vc não tem nome do meio)

Anh: (Mas se tivesse seria Louise, ME PROCESSA, sabe que eu tô certa)

Anh: Onde VC TÁ?!?!?

Anh: Você tá perdendo tanta coisa TÁ PERDENDO TANTA

Anh: ONDE É A PORRA DO SEU QUARTO VOU TE BUSCAR

Anh: OL precisamos falar sobre isso PESSOALMENTE!!!!!1!!!!!!!!

Anh: Vc MORREU?

Anh: É melhor ter morrido É O ÚNICO JEITO DE EU TE PERDOAR POR PERDER ISSO OL

Anh: Ol isso é vida real ou É IMAGINAÇÃO SJFGAJHSGFASF

Anh: OOOOOOOOOOOOOOOOOOOOOOOOOOOOOOOOL

Olive gemeu, esfregou o rosto, decidiu ignorar as outras 125 mensagens e mandou o número do quarto para Anh. Foi até o banheiro e pegou sua escova de dente, tentando não prestar atenção no lugar onde ficava a de Adam, agora vazio. O que quer que tivesse feito Anh surtar daquele jeito provavelmente não seria nada de mais para Olive. Jeremy tinha mostrado passos de dança irlandesa no coquetel do departamento ou Chase dera um nó num cabinho de cereja com a língua. Muito divertido, com certeza, mas Olive iria sobreviver sem ter visto aquilo.

Ela enxugou o rosto e achou que estava fazendo um ótimo trabalho em não pensar o tempo inteiro em como estava dolorida; em como seu corpo ainda zunia e vibrava, como se aquela sensação não fosse parar dali a duas, três, nem cinco horas; no cheiro sutil e reconfortante de Adam em sua pele.

Isso. Ótimo trabalho.

Quando saiu do banheiro, alguém estava prestes a derrubar a porta. Ela abriu e se deparou com Anh e Malcolm, que a abraçaram e começaram a falar tão alto e tão rápido que ela mal conseguia distinguir as palavras, embora tivesse ouvido os termos "mudança de paradigma", "consequências pra vida humana" e "divisor de águas na história".

Eles foram andando e falando na direção da cama não usada de Olive e se sentaram. Depois de alguns momentos tagarelando um por cima do outro, Olive decidiu intervir e levantou a mão.

– Esperem aí. – Já estava começando a ficar com dor de cabeça. Aquele dia ia ser um pesadelo, por muitos motivos. – O que aconteceu?

– A coisa mais bizarra do mundo – respondeu Anh.

– Mais incrível – interrompeu Malcolm. – Ela quis dizer mais incrível.

– Onde você *esteve*, Ol? Você disse que ia encontrar a gente.

– Aqui. Eu só, hum, fiquei cansada depois da palestra, peguei no sono e...

– Patético, Ol, *muito* patético, mas não tenho tempo de te dar uma bronca, porque preciso te deixar por dentro do que aconteceu ontem à noite...

– *Eu* devia contar pra ela. – Malcolm lançou um olhar mordaz para Anh. – Já que é sobre mim.

– Justo – concordou ela, com um gesto exagerado.

Malcolm sorriu, satisfeito, e pigarreou.

– Ol, quem é a pessoa com quem eu sempre quis transar nos últimos anos?

– Hum... – Ela coçou a cabeça. Sem pensar muito poderia listar umas trinta. – Victoria Beckham?

– Não. Quer dizer, sim. Mas não.

– David Beckham?

– Sim também. Mas não.

– A outra Spice Girl? Aquela que usa roupa da Adidas...

– Não. Está bem, sim. Mas esqueça as celebridades, pense em pessoas da *vida real*...

– Holden Rodrigues – disparou Anh, num arroubo, impaciente. – Ele ficou com Rodrigues no coquetel do departamento. Ol, é com grande tristeza que lhe dou esta notícia: você foi deposta e não é mais a presidente do Clube dos Caidinhos pelos Professores. Vai se aposentar, envergonhada, ou aceita o cargo de tesoureira?

Olive piscou. Diversas vezes. Uma quantidade incomum de vezes. E depois disse:

– Uau.

– Não é a coisa mais bizarra...

– Mais incrível, Anh – interrompeu Malcolm. – *Mais incrível*.

– As coisas podem ser bizarras de um jeito incrível.

– Sei, mas isso é puramente cem por cento incrível e nada bizarro.

– Espera aí – cortou Olive. A dor de cabeça estava aumentando. – Holden nem é do departamento. Por que ele estava no coquetel?

– Não faço ideia, mas você levantou uma ótima questão. Já que ele é da farmacologia, a gente pode fazer o que quiser sem precisar contar a ninguém.

Anh inclinou a cabeça.

– Sério?

– Sim. Conferimos as regras de socialização de Stanford no caminho até a farmácia pra comprar camisinhas. Basicamente as preliminares. – Ele fechou os olhos, extasiado. – Será que algum dia vou conseguir entrar numa farmácia de novo sem ter uma ereção?

Olive pigarreou.

– Estou muito feliz por você. – Ela estava mesmo, embora aquilo fosse um pouco estranho. – Como foi que aconteceu?

– Eu dei em cima dele. Foi magnífico.

– Ele foi descarado, Ol – disse Anh. – *E* magnífico. Eu tirei umas fotos.

Malcolm teve um sobressalto de indignação.

– Olha, isso é ilegal e eu poderia te processar. Mas, se eu estiver bem nelas, pode me mandar.

– Vou mandar, amor. Agora, conta sobre o sexo.

Malcolm, sempre muito aberto a respeito dos detalhes de sua vida sexual, apenas fechou os olhos e abriu um sorriso. Aquilo dizia muita coisa. Anh e Olive trocaram um olhar demorado e impressionado.

– E essa nem é a melhor parte. Ele quer sair de novo. Hoje. Um *encontro*. Ele usou a palavra "encontro" espontaneamente. – Malcolm se jogou no colchão. – Ele é tão gostoso... E engraçado. E legal. Um devasso muito gentil.

Malcolm parecia tão feliz que Olive não resistiu: engoliu aquele nó que tinha se apossado de sua garganta em algum momento da noite, pulou na cama ao lado dele e o abraçou o mais forte que conseguiu. Anh foi atrás e fez o mesmo.

– Estou muito feliz por você, Malcolm.

– Eu também – disse Anh, a voz abafada pelo cabelo dele.

– Estou feliz por mim também. Espero que ele esteja querendo algo sério. Lembra quando eu falei que estava treinando para ganhar o ouro? Bem, Holden é ainda melhor, ele é *platinum*.

– Você devia perguntar ao Carlsen, Ol – sugeriu Anh. – Se ele sabe quais são as intenções do Holden.

Ela provavelmente não ia ter uma oportunidade tão cedo.

– Vou perguntar.

Malcolm se virou para Olive.

– Você realmente dormiu ontem à noite? Ou você e o Carlsen estavam comemorando de maneiras impublicáveis?

– Comemorando?

– Eu disse ao Holden que estava preocupado com você, e ele falou que vocês provavelmente estavam comemorando. Algo sobre os recursos do Carlsen terem sido liberados. Aliás, você nunca me disse que Carlsen e Holden eram melhores amigos. Parece o tipo de informação que você devia ter contado para seu colega de quarto e fundador e membro principal do fã-clube de Holden Rodrigues...

– Espera. – Olive se sentou, os olhos arregalados. – Os recursos que foram liberados... são os congelados? Os que Stanford estava segurando?

– Talvez? Holden disse algo sobre o chefe do departamento finalmente ter cedido. Tentei prestar atenção, mas falar sobre o Carlsen meio que acaba com o clima. Sem querer ofender. Além disso, eu ficava sempre viajando fitando os olhos do Holden.

– E a bunda dele – acrescentou Anh.

– E a bunda dele – confirmou Malcolm, e suspirou de felicidade. – Uma bela bunda. Ele tem pequenas covinhas na parte de baixo das costas.

– Ai, meu Deus, Jeremy também tem! – exclamou Anh. – Sempre quero morder.

– Não é a coisa mais fofa?

Olive parou de ouvir, levantou-se da cama e pegou o celular para ver a data. *29 de setembro.*

Era dia 29 de setembro.

Ela sabia, é claro. Sabia havia mais de um mês que esse dia estava chegando, mas na última semana estivera tão ocupada surtando por causa da palestra que nem pensou em mais nada. E Adam não a lembrou também.

Com tudo que tinha acontecido nas últimas 24 horas, não era de surpreender que ele tivesse se esquecido de mencionar que seus recursos haviam sido liberados. Mas, mesmo assim... as implicações disso eram...

Ela fechou os olhos com força enquanto a conversa animada de Anh e Malcolm continuava ao fundo. Quando os abriu, o telefone tinha uma nova notificação. Uma mensagem de Adam.

Adam: Tenho entrevistas até 16h30, mas vou estar livre à noite. Quer sair pra jantar? Tem vários bons restaurantes perto do campus (embora, infelizmente, sem esteiras). Se não estiver ocupada, posso te mostrar o campus e de repente até o laboratório do Tom.

Adam: Sem pressão, lógico.

Eram quase duas da tarde. Olive sentiu que seus ossos pesavam duas vezes mais do que no dia anterior. Respirou fundo, se empertigou e começou a digitar uma resposta para Adam.

Ela sabia o que precisava fazer.

~~~~~~~

Olive bateu à porta de Adam às cinco em ponto e ele abriu poucos segundos depois, ainda usando a calça social e a camisa de botão que deviam ter sido seu traje de entrevista e...

Ele sorriu para ela. Não um daqueles meio sorrisos com que ela se acostumara, mas um sorriso de verdade. Com covinhas, rugas ao redor dos olhos e uma felicidade genuína em vê-la. Aquilo estilhaçou seu coração em mil pedaços antes mesmo que ele pudesse falar.

– Olive.

Ela ainda não tinha compreendido por que a forma como ele dizia seu nome era tão singular. Havia algo por trás, algo que não chegava até a superfície. Uma sensação de possibilidades. De profundidade. Olive se perguntou se era real, se estava vendo coisas, se ele tinha consciência disso. Olive se perguntou um monte de coisas, mas logo se forçou a parar. Não tinha a menor importância naquele momento.

– Entra.

Era um hotel ainda mais chique, e Olive revirou os olhos, se perguntando por que as pessoas sentiam necessidade de desperdiçar milhares de dólares em hospedagem para Adam Carlsen se ele mal prestava atenção ao redor. Deviam colocá-lo em qualquer lugar e doar o dinheiro para causas mais relevantes. Baleias em risco de extinção. Psoríase. Olive.

– Eu trouxe isto... Imaginei que fosse seu.

Ela deu alguns passos na direção dele e lhe entregou um carregador de celular, com o cabo esticado, para garantir que Adam não precisaria tocá-la.

– É, sim. Obrigado.

– Estava atrás do abajur da mesa de cabeceira, por isso você deve ter esquecido. – Ela apertou os lábios. – Ou talvez seja a idade. Vai ver a demência já começou a agir. Todas aquelas placas amiloides.

Ele fez cara feia para ela, que tentou não sorrir, mas já estava sorrindo, e ele revirou os olhos e a chamou de engraçadinha e...

Lá estavam eles. Fazendo a mesma coisa de novo. Droga.

Ela desviou o olhar para longe porque... Não. Não ia dar mais.

– Como foi a entrevista?

– Boa. Mas foi só o primeiro dia.

– De quantos?

– Muitos. – Ele suspirou. – E tenho reuniões com Tom pra tratar do subsídio também.

Tom. Certo. É claro. É claro, era por isso que ela estava ali. Para explicar a ele que...

– Obrigado por ter vindo – disse ele, a voz baixa e sincera. Como se, ao pegar um trem e concordar em encontrá-lo, Olive tivesse lhe proporcionado um prazer imenso. – Imaginei que fosse estar ocupada com seus amigos.

Ela negou com a cabeça.

– Não. Anh saiu com Jeremy.

– Sinto muito – disse ele, e pareceu genuinamente consternado por ela.

Olive levou alguns segundos para se lembrar da própria mentira e da suposição de Adam de que ela estava apaixonada por Jeremy. Isso tinha acontecido poucas semanas antes, mas já parecia tanto tempo... uma época em que, para ela, a pior coisa do mundo seria Adam descobrir sobre seus sentimentos por ele. Uma bobeira, depois de tudo que acontecera nos últimos dias. Ela deveria contar a verdade, mas de que serviria? Era bom deixar Adam pensar o que ele quisesse. Ia ser melhor para ele do que saber a verdade, afinal.

– E Malcolm está com... Holden – contou ela.

– Ah, sim.

Ele assentiu, parecendo exausto.

Olive visualizou Holden enviando mensagens para Adam com o equivalente ao que Olive e Anh vinham ouvindo pelas últimas duas horas. E sorriu.

– Será que é sério?

– Sério?

– Essa coisa entre Malcolm e Holden.

– Ah. – Adam encostou um dos ombros na parede e cruzou os braços. – Acho que pode ser muito bom. Para o Holden, pelo menos. Ele gosta muito do Malcolm.

– Ele te contou?

– Ele não para de falar nisso. – Adam revirou os olhos. – Você não sabe que o Holden na verdade tem 12 anos?

Ela riu.

– Malcolm também. Ele namora bastante, então normalmente é bom em administrar expectativas, mas dessa vez, com Holden... Eu estava comendo um sanduíche hoje no almoço e ele aleatoriamente informou que Holden é alérgico a amendoim. E nem tinha amendoim no sanduíche!

– Ele não é alérgico, mas finge que é porque não gosta de amendoim. – Adam passou a mão na testa. – Hoje de manhã acordei com um haicai sobre os cotovelos de Malcolm. Holden mandou por mensagem às três da manhã.

– E era bom?

Ele ergueu uma sobrancelha e ela riu de novo.

– Eles são...

– Péssimos. – Adam balançou a cabeça. – Mas acho que Holden precisa disso. Alguém de quem gostar e que goste dele também.

– Malcolm também. Eu só fico... preocupada que talvez ele queira mais do que Holden está disposto a oferecer.

– Acredite, Holden está pronto pra preencherem até o imposto de renda juntos.

– Que bom. Fico feliz. – Ela sorriu. E depois sentiu o sorriso desaparecer rapidamente. – Relacionamentos em que só uma das pessoas está interessada são muito... ruins.

Eu sei. E você devia saber também.

Ele olhou para a palma da mão, sem dúvida pensando na mulher que Holden havia mencionado.

– São. São mesmo.

O ciúme era um tipo diferente de dor. Confusa, desconhecida, algo com que ela não estava acostumada. Meio cortante, meio desnorteadora e sem sentido, muito diferente da solidão que sentia desde os 15 anos. Olive sentia falta da mãe todos os dias, mas com o tempo conseguiu canalizar a dor e transformá-la em motivação para o trabalho. Em um propósito. O ciúme, no entanto... A tristeza que ele provocava não vinha com ganho nenhum. Apenas pensamentos inquietantes e algo que apertava seu peito toda vez que a mente se voltava para Adam.

– Preciso te perguntar uma coisa – disse ele.

A seriedade em seu tom de voz chamou a atenção de Olive.

– Claro.

– As pessoas que você ouviu falando no congresso ontem...

Ela ficou rígida.

– Prefiro não...

– Não vou forçar você a nada. Mas, quem quer que sejam, eu quero... Acho que você deveria pensar em prestar queixa.

Ah, meu Deus. *Deus*. Era algum tipo de piada cruel?

– Você gosta mesmo de queixas, não é?

Ela deu uma única risada, numa tentativa ruim de ser engraçada.

– Estou falando sério, Olive. E, se decidir fazer isso, vou te ajudar como puder. Posso ir com você falar com os organizadores do congresso, ou podemos ir ao escritório de Stanford que cuida de assuntos relacionados ao Título IX....

– Não. Eu... Adam, não. Não vou prestar queixa. – Ela esfregou os olhos com as pontas dos dedos, e a sensação era de que aquilo era uma pegadinha do pior tipo. Só que Adam não fazia ideia. Ele realmente queria protegê-la, enquanto tudo que Olive queria era... protegê-lo. – Eu já decidi. Faria mais mal que bem.

– Sei por que está pensando assim. Eu sentia o mesmo em relação ao meu orientador do doutorado. Todos nós sentíamos. Mas existem maneiras de fazer isso. Quem quer que sejam, essas pessoas...

– Adam, eu... – Ela passou a mão no rosto. – Preciso que você esqueça isso. Por favor.

Ele a analisou, em silêncio, por vários instantes. Então assentiu.

– Está bem. Claro. – Ele se afastou da parede e endireitou a coluna, obviamente insatisfeito em deixar para lá, mas fazendo um esforço. – Vamos jantar? Tem um restaurante mexicano aqui perto. Ou então sushi. Sushi *de verdade*. E tem o cinema. Talvez estejam passando um ou dois filmes em que nenhum cavalo morre.

– Eu não... Não estou com fome, na verdade.

– Ah. – A expressão em seu rosto era debochada. Gentil. – Não sabia que isso era possível.

– Nem eu. – Ela deu uma risada fraca e depois se obrigou a continuar: – Hoje é dia 29 de setembro.

Um momento de silêncio. Adam a encarou, paciente e curioso.

– É, sim.

Ela mordeu o lábio.

– Já sabe o que o chefe do departamento decidiu sobre seus recursos?

– Ah, eles vão ser liberados. – Ele pareceu feliz, os olhos brilhantes como os de um adolescente. Partiu um pouquinho o coração dela. – Ia contar pra você no jantar.

– Isso é ótimo. – Ela conseguiu dar um sorriso, fraco e deplorável, em meio à ansiedade crescente. – É ótimo mesmo, Adam. Estou feliz por você.

– Devem ter sido suas habilidades com o protetor solar.

– É. – A risada soou falsa. – Vou ter que colocar no meu currículo. Namorada de mentira com vasta experiência. Microsoft Office e excelente habilidade com protetor solar. Disponível imediatamente, apenas para trabalhos sérios.

– Imediatamente, não. – Ele olhou para ela, curioso. Afetuoso. – Pelo menos não por um tempo, eu diria.

Aquele peso que ela sentiu no estômago desde que compreendeu o que precisava ser feito ficou mais intenso. Era chegada a hora. O desfecho. O momento em que tudo acabava. Olive podia fazer isso, ia fazer isso, e tudo ficaria melhor para todos.

– Acho que eu deveria ficar... – ela engoliu a saliva e pareceu ácido descendo pela garganta – ... disponível. – Olive examinou o rosto dele e percebeu sua confusão, o punho fechado na barra da camisa. – Nós estabelecemos um prazo, Adam. E conseguimos tudo o que queríamos. Jeremy e Anh estão namorando sério. Acho que nem lembram mais que eu saí com Jeremy. E seus recursos foram liberados, o que é maravilhoso. A verdade é que...

Seus olhos arderam. Ela os fechou e conseguiu conter as lágrimas. Por pouco.

A verdade, Adam, é que seu amigo, seu parceiro de trabalho, uma pessoa que você ama e de quem é próximo, é repugnante e desprezível. Ele me disse coisas que talvez sejam verdade ou mentira... Eu não sei. Não tenho certeza. Não tenho mais certeza de nada e adoraria perguntar pra você. Mas estou apavorada que ele esteja certo e que você não acredite em mim. E estou mais apavorada ainda que você acredite e o que eu contar te force a desistir de algo tão importante pra você: a amizade e o trabalho com ele. Estou apavorada com tudo, como pode ver. Então, em vez de te contar aquela verdade, vou te contar uma outra verdade. Uma verdade que me tira da equação, mas que produzirá um resultado melhor. Porque estou começando a me perguntar se é isto que significa amar: concordar em destroçar a si mesmo em mil pedaços para que a outra pessoa permaneça inteira.

Ela respirou fundo.

– A verdade é que nos saímos muito bem. E está na hora de terminar o acordo.

Dava para ver pela boca aberta, pelos olhos desorientados buscando os dela, que Adam não compreendera suas palavras.

– Acho que não precisamos dizer a ninguém explicitamente – continuou ela. – As pessoas não vão mais nos ver juntos e depois de um tempo vão achar que... não deu certo. Que terminamos. E talvez você... – Essa era a parte mais difícil. Mas ele merecia ouvir. Ele tinha dito o mesmo para ela, afinal, quando pensou que estava apaixonada por Jeremy. – Desejo apenas o melhor pra você, Adam. Em Harvard e... com sua namorada de verdade. Quem quer que escolha. Não consigo imaginar alguém não retribuindo seus sentimentos.

Ela percebeu o exato momento em que ele caiu em si. Conseguiu identificar cada um dos sentimentos que se misturaram em seu rosto: surpresa, confusão, um toque de teimosia, um pequeno segundo de vulnerabilidade, e depois tudo se transformando numa expressão vazia, fria. Ela então viu sua garganta engolindo em seco.

– Certo – disse ele. – Certo.

Ele olhava para os próprios sapatos, completamente imóvel. Absorvia devagar as palavras dela.

Olive deu um passo para trás, ainda atônita. Do lado de fora, um iPhone tocou e, alguns segundos depois, alguém caiu na gargalhada. Barulhos normais, um dia normal. Tudo aquilo era normal.

– Vai ser melhor assim – disse ela, porque o silêncio entre eles era... Ela não conseguia suportar. – Foi o que combinamos.

– O que você quiser. – A voz de Adam estava rouca e ele parecia... ausente. Recolhido para algum lugar dentro de si mesmo. – O que você precisar.

– Nunca vou poder agradecer o suficiente tudo o que fez por mim. Não só em relação a Anh. Quando nos conhecemos, eu me sentia tão sozinha e... – Por um momento, ela não conseguiu continuar. – Obrigada pelas bebidas de abóbora, por aquela transferência de proteína, por esconder seus esquilos empalhados quando fui à sua casa e...

Ela não conseguiria continuar sem engasgar com as palavras. A ardência nos olhos estava mais forte e ameaçava transbordar, então assentiu uma vez, decidida, dando um ponto-final àquela frase que não parecia ter fim.

E teria terminado assim. Certamente teria sido o fim. Teria acabado aí se Olive não tivesse que passar por ele para chegar até a porta. Se ele não tivesse segurado seu pulso. Se ele não tivesse imediatamente o soltado e olhado para ela com uma expressão perplexa, chocado por ter ousado tocar nela sem pedir permissão antes.

Se ele não tivesse dito:

– Olive, se algum dia precisar de alguma coisa. Qualquer coisa mesmo. *Qualquer coisa*. Quando quiser. Pode me procurar. – Sua boca se mexeu, como se houvesse outras palavras. Palavras que ele deixou não ditas. – *Quero* que me procure.

Ela quase nem percebeu o momento em que secou a bochecha com as costas da mão, ou quando chegou mais perto dele. Foi o cheiro de Adam que ligou o alerta: sabonete e alguma coisa meio sutil e indescritível, mas, ah, muito familiar. O cérebro dela já tinha Adam todo mapeado, armazenado em seus cinco sentidos. Nos olhos estava seu quase sorriso; nas mãos, o toque de sua pele; nas narinas, seu perfume. Ela nem precisou pensar no que fazer, apenas ficou na ponta dos pés, apertou seu bíceps com os dedos e lhe deu um beijo gentil na bochecha. A pele dele estava macia, quentinha e um pouco áspera; inesperado, mas não indesejável.

Uma despedida adequada, ela pensou. Apropriada. Aceitável.

E então as mãos dele a seguraram pela base das costas, puxando-a para perto e impedindo que ela descesse da ponta dos pés, virando a cabeça até que os lábios de Olive não estivessem mais em sua bochecha. Ela respirava com dificuldade contra o canto da boca de Adam, e por alguns segundos preciosos apenas saboreou aquilo, o prazer que corria pelos corpos dos dois enquanto fechavam os olhos e se permitiam simplesmente *estar* ali, juntos.

Em silêncio. Parados. Um último momento.

Olive então abriu a boca, virou a cabeça para o lado e respirou sobre os lábios dele.

– Por favor.

Adam soltou um gemido vindo do fundo do peito. Mas foi ela quem se aproximou, quem o beijou com vontade, os dedos entrelaçados nos cabelos dele, as unhas curtas em seu couro cabeludo. Foi ela quem o puxou ainda mais para perto, e foi ele quem a imprensou na parede e gemeu em sua boca.

Era assustador. Era assustador como aquilo era bom. Como seria fácil não parar nunca. Deixar o tempo se esticar e desdobrar, esquecer todo o resto e simplesmente permanecer naquele momento para sempre.

Mas Adam se afastou primeiro, olhando nos olhos dela enquanto tentava se recuperar.

– Foi bom, não foi? – perguntou Olive, com um sorriso pequeno e suplicante.

Ela não sabia muito bem a que estava se referindo. Talvez aos braços dele ao redor dela. Talvez àquele último beijo. Talvez a todo o resto. O protetor solar, as respostas ridículas sobre a cor favorita, as conversas calmas da madrugada... Tudo tinha sido muito bom.

– Foi – disse Adam, a voz intensa demais mesmo para ele.

Quando ele a beijou na testa uma última vez, ela sentiu o amor por ele correr como uma enxurrada, um rio em meio a uma enchente.

– Acho melhor eu ir embora – disse ela, com delicadeza, sem olhar para ele.

Adam não falou nada, e então ela se foi.

Quando ouviu o clique da porta se fechando atrás dela, foi como se Olive tivesse caído de um penhasco.

Capítulo Dezenove

💜 **HIPÓTESE**: *Quando estou em dúvida, perguntar a um amigo pode salvar a minha vida.*

Olive passou o dia seguinte no hotel, dormindo, chorando e fazendo exatamente a mesma coisa que a colocou naquela confusão para começo de conversa: mentindo. Disse a Malcolm e Anh que teria compromissos com os amigos do bacharelado o dia inteiro, fechou as cortinas blecaute e se enfiou na cama dela – que, tecnicamente, era a de Adam.

Não se permitiu pensar muito sobre a situação. Algo dentro dela – o coração, provavelmente – estava quebrado em vários pedaços grandes, não exatamente estilhaçado, e sim partido ao meio, depois ao meio de novo. Tudo o que podia fazer era chafurdar em meio aos escombros dos seus sentimentos. Dormir a maior parte do dia ajudou a diminuir bastante a dor. Rapidamente ela percebeu: o entorpecimento era um bom estado de espírito.

Mentiu no dia seguinte também. Fingiu ter recebido um pedido de última hora da Dra. Aslan quando os amigos a chamaram para eventos do congresso ou para passear por Boston, e então respirou fundo e resolveu se levantar. Abriu as cortinas, fez exercícios para o sangue circular novamente (cinquenta abdominais, cinquenta polichinelos e cinquenta flexões, embora tivesse trapaceado no último e feito de joelhos), e então tomou banho e escovou os dentes pela primeira vez em 36 horas.

Não foi fácil. Ver a camiseta do Ninja da Biologia de Adam no reflexo do espelho a fez chorar, mas lembrou a si mesma que tinha feito uma escolha. Ela decidira colocar o bem-estar de Adam em primeiro lugar e não se arrependia disso. Mas de jeito nenhum ela deixaria Tom Escroto Benton levar o crédito por um projeto no qual ela trabalhara durante *anos*. Um projeto que significava tudo para ela. Talvez sua vida não fosse nada além de uma historinha triste, mas era *sua* historinha triste.

Ela podia estar com o coração partido, mas o cérebro estava muito bem, obrigada.

Adam tinha dito a ela que a maioria dos professores nem se dava ao trabalho de responder ou ler seus e-mails porque ela era uma estudante. Então ela seguiu seu conselho: escreveu para a Dra. Aslan e pediu que apresentasse Olive a todos os pesquisadores com quem tinha entrado em contato antes, além das duas pessoas que estavam no painel e haviam demonstrado interesse em seu trabalho. A Dra. Aslan estava prestes a se aposentar e já tinha desistido de produzir resultados científicos, mas ainda era uma professora titular de Stanford. Isso tinha que valer de alguma coisa.

Então Olive fez uma busca extensa sobre ética de pesquisa, plágio e roubo de ideias. A questão era um pouco nebulosa, já que ela havia – de maneira bem imprudente, agora percebia – descrito todos os seus protocolos em detalhes no relatório que entregara a Tom. Mas, quando começou a analisar mais a fundo a situação, achou que não era tão terrível quanto pensara. O relatório que escreveu, afinal, era minucioso e bem estruturado. Com alguns poucos ajustes, ela podia transformá-lo numa publicação acadêmica. Com sorte, passaria rápido pela revisão dos pares e suas descobertas seriam registradas em seu nome.

Decidiu se concentrar no seguinte: apesar de todos os insultos e comentários grosseiros, o fato era que Tom, um dos principais pesquisadores de câncer dos Estados Unidos, tinha demonstrado interesse em roubar suas ideias de pesquisa. Ela tomou isso como um elogio *bastante* torto.

Passou as horas seguintes evitando pensar em Adam e, em vez disso, pesquisou outros cientistas que poderiam ajudá-la no ano seguinte. Era uma aposta difícil, mas ela precisava tentar. Quando alguém bateu à porta, já no meio da tarde, ela tinha três novos nomes em sua lista. Vestiu as roupas rapidamente para atender, achando que seria o serviço de limpeza. Quando

Anh e Malcolm entraram feito um raio, ela se arrependeu de não ter checado antes pelo olho mágico. Merecia ser esfaqueada por um assassino em série.

– Está bem – disse Anh, jogando-se na cama ainda intocada de Olive. – Você tem duas frases pra me convencer de que eu não deveria estar brava por você ter se esquecido de me perguntar como foi meu evento.

– Merda! – Olive levou a mão à boca. – Me desculpa. Como foi?

– Perfeito. – Os olhos de Anh brilhavam de felicidade. – Tivemos um público ótimo e todo mundo amou. Estamos pensando em transformar num evento anual e formalizar a criação de uma organização. Mentoria de mulher pra mulher. Olha essa ideia: cada doutoranda fica responsável por *duas* alunas de graduação. Quando estas passarem pro doutorado, passam a orientar mais *duas* graduandas. E em dez anos vamos ter dominado o mundo inteiro.

Olive olhou para ela, sem palavras.

– Isso é... Você é incrível.

– Eu sou, né? Tá bem, agora é sua vez de rastejar e pedir desculpas. Valendo!

Olive abriu a boca, mas, por um longo tempo, não disse nada.

– Eu não tenho uma desculpa. Estava ocupada com... um negócio que a Dra. Aslan me pediu pra terminar.

– Isso é ridículo. Você está em Boston. Devia estar num pub irlandês fingindo que ama os Red Sox e comendo donuts, não *trabalhando*. Pra sua *chefe*.

– Teoricamente, estamos aqui para um congresso de trabalho – ressaltou Olive.

– Congresso idiota – disse Malcolm, e se juntou a Anh na cama.

– Será que a gente pode sair, por favor? Nós três? – implorou Anh. – Vamos fazer a Trilha da Liberdade. Com sorvete. E cerveja.

– Cadê o Jeremy?

– Apresentando o pôster dele. E eu estou entediada.

Anh deu um sorrisinho malicioso.

Olive não estava no clima para socializar, beber cerveja ou fazer passeios, mas em algum momento iria ter que aprender a ser produtiva e viver em sociedade mesmo com o coração partido.

Ela sorriu e disse:

– Deixa só eu dar uma olhada no e-mail e a gente vai.

Inexplicavelmente, ela tinha umas quinze mensagens não lidas desde a última vez que olhou, trinta minutos antes, mas só uma delas não era spam.

Hoje, 15:11
DE: Aysegul-Aslan@stanford.edu
PARA: Olive-Smith@stanford.edu
ASSUNTO: Re: Contato com pesquisadores para projeto de câncer de pâncreas

Olive, será um prazer apresentar você a outros pesquisadores que possam lhe oferecer uma oportunidade em seus laboratórios. Concordo que talvez eles sejam mais receptivos se o e-mail partir de mim. Mande sua lista, por favor.

Aliás, você ainda não me mandou a gravação de sua palestra. Mal posso esperar para ouvir!

Um abraço,
Aysegul Aslan, Ph.D.

Olive ponderou se seria educado enviar a lista e não mandar a gravação (provavelmente não), suspirou e começou a baixar o arquivo para o notebook. Quando percebeu que tinha horas de áudio, porque se esquecera de interromper a gravação depois da palestra, seu suspiro se transformou num grunhido.

– Isso vai levar um tempinho, gente. Preciso mandar um arquivo de áudio pra Dra. Aslan, mas vou ter que editar antes.

– Tudo bem. – Anh bufou. – Malcolm, quer nos divertir enquanto isso com as histórias do seu encontro com o Holden?

– Está bem. Pra começar, ele estava com a camisa de botão azul-bebê mais fofa do mundo.

– Azul-bebê?

– Não me venha com esse tom de voz desconfiado. Depois, ele me deu uma flor.

– Onde ele arranjou uma flor?

– Não sei.

Olive foi avançando pelo arquivo MP3, tentando descobrir onde deveria cortar o áudio. O final eram apenas vários minutos de silêncio, de quando tinha esquecido o celular no quarto.

– Talvez ele tenha roubado do restaurante do hotel – disse Olive, sem pensar muito. – Acho que vi uns cravos cor-de-rosa lá embaixo.

– Era um cravo cor-de-rosa?

– Talvez.

Anh deu risada antes de comentar:

– E as pessoas ainda dizem que o romantismo acabou.

– Cala a boca. Depois, no começo do encontro, aconteceu uma coisa. Uma coisa catastrófica que só poderia acontecer *comigo*, já que minha família inteira é obcecada por ciência e, portanto, vai a *todos* os congressos. *Todos eles.*

– Não. Não me diga que...

– Sim. Quando chegamos ao restaurante, encontrei meus pais, meu tio e meu avô. E insistiram que a gente se juntasse a eles. Isso significa que meu primeiro encontro com Holden foi a porra de um *jantar de Ação de Graças*.

Olive tirou os olhos do computador e se virou para Anh, chocada.

– Foi ruim demais?

– Engraçado que você tenha perguntado, porque é com extremo assombro que preciso dizer: foi *espetacular*. Eles amaram o Holden; porque ele é um cientista fodão e também porque tem a maior lábia que eu já vi. Num período de duas horas, ele conseguiu ajudar a convencer meus pais que o plano de trabalhar como cientista fora da universidade é o máximo. Não estou brincando. Hoje de manhã, minha mãe ligou para me elogiar por ter "crescido como pessoa" e por finalmente estar tomando as rédeas do meu futuro, e como minhas escolhas de relacionamento refletem isso. E disse que meu pai concorda. Vocês acreditam? Enfim. Depois do jantar, tomamos sorvete, fomos pro quarto do Holden e fizemos um 69 como se o mundo fosse acabar e...

"Uma garota como você. Que percebeu bem cedo que trepar com pesquisadores famosos e bem-sucedidos é o melhor jeito de subir na carreira acadêmica. Você deu pro Adam, não foi? Nós dois sabemos que vai dar pra mim pelo mesmo moti..."

Olive deu um tapa na barra de espaço, pausando imediatamente a gravação. Seu coração batia acelerado; primeiro pela confusão, depois por perceber o que tinha gravado sem querer e, no fim, pela raiva de ouvir aquelas palavras de novo. Levou a mão trêmula até a boca, tentando tirar a voz de Tom da cabeça. Havia passado os últimos dois dias tentando se recuperar e...

– Que porra é essa? – perguntou Malcolm.

– Ol?

A voz hesitante de Anh a lembrou de que não estava sozinha no quarto. Ela olhou para os amigos e viu que eles tinham se sentado. Os dois a encaravam, os olhos arregalados de preocupação e choque.

Olive balançou a cabeça. Ela não queria... Não, ela não tinha forças para explicar.

– Nada. É só...

– Eu conheço essa voz – disse Anh, sentando ao lado dela. – Da palestra que vimos. – Ela parou, olhando nos olhos de Olive. – Era Tom Benton, não era?

– O que... – Malcolm se levantou. Havia um temor real em sua voz. E raiva também. – Ol, por que você tem uma gravação do Tom Benton dizendo essas merdas? O que aconteceu?

Olive olhou para ele, depois para Anh, depois para ele novamente. Eles a fitavam com uma expressão alarmada e incrédula. Anh devia ter segurado a mão de Olive a certa altura. Ela tinha dito a si mesma que precisava ser forte, pragmática, fria, mas...

– Eu só...

Ela tentou. Tentou de verdade. Mas seu rosto desmoronou e tudo que acontecera nos últimos dias desabou sobre ela. Olive se inclinou para a frente, deitou a cabeça no colo de Anh e caiu no choro.

<hr>

Olive não tinha a menor intenção de ouvir Tom destilar seu veneno novamente, então deu os fones de ouvido para os amigos, foi ao banheiro e deixou a torneira ligada até que terminassem de ouvir. Levou menos de dez minutos, mas ela chorou de soluçar o tempo inteiro. Quando Malcolm e Anh entraram no banheiro, sentaram-se no chão ao lado dela. Anh estava chorando também.

Pelo menos tem uma banheira aqui para encher com nossas lágrimas, pensou Olive enquanto entregava a ela o papel higiênico que estava usando.

– Ele é o ser humano mais repugnante, detestável, sórdido e desgraçado do planeta – disse Malcolm. – Espero que esteja com uma diarreia explosiva enquanto falamos dele. Espero que desenvolva verrugas genitais. Espero que seja acometido pela maior e mais dolorosa hemorroida do universo. Espero que...

Anh o interrompeu:

– Adam sabe?

Olive negou com a cabeça.

– Você precisa contar a ele. E vocês dois precisam denunciar o Benton pra que ele seja expulso da academia.

– Não, eu... Não posso.

– Ol, escute. O que o Tom disse é assédio sexual. Não tem a menor chance de Adam não acreditar em você. Sem contar que você tem uma *gravação*.

– Não importa.

– É claro que importa!

Olive secou as bochechas.

– Se eu contar pro Adam, ele não vai mais querer colaborar com o Tom, e o projeto no qual estão trabalhando é muito importante pra ele. Sem contar que ele quer se mudar pra Harvard ano que vem e...

Anh deu uma risada de deboche.

– Não quer, não.

– Quer, sim. Ele me disse que...

– Ol, eu reparei no jeito como ele olha pra você. Ele está muito apaixonado. Não tem a menor chance de ele querer vir morar em Boston se você não vier. E com certeza ele não vai deixar você trabalhar pra esse babaca... Que foi? – Os olhos dela iam de Olive para Malcolm, que se entreolhavam. – Por que estão agindo como se tivessem um segredo?

Malcolm suspirou e apertou a parte de cima do nariz.

– Está bem, Anh, escute. E, antes que você pergunte, não, eu não estou inventando. Isso é vida real. – Ele respirou fundo antes de começar: – Carlsen e Olive nunca namoraram. Eles fingiram para você acreditar que a Olive não estava mais a fim do Jeremy... aliás, ela nunca esteve a fim. Não sei muito bem o que o Carlsen ganha com o combinado, esqueci de perguntar. Mas, no meio do caminho, Olive começou a sentir algo pelo Carlsen, resolveu mentir para ele a respeito e fingiu estar apaixonada por outra pessoa. Mas... – Ele deu uma olhada para Olive. – Bom, eu não queria ser enxerido, mas, julgando pelo fato de que no outro dia apenas uma das camas do quarto estava desfeita, tenho quase certeza de que houve... desdobramentos mais recentes.

Foi tudo tão dolorosamente preciso que Olive enfiou o rosto entre os joelhos.

– Isso não é vida real – disse Anh.

– É.

– Nananinanão. Isso é um filme de comédia romântica. Ou um romance jovem adulto mal escrito. Que *não* vai vender. Olive, diz pro Malcolm manter o emprego, pois ele nunca vai fazer sucesso como roteirista ou escritor.

Olive levantou a cabeça, e a testa de Anh estava franzida de um jeito que Olive nunca tinha visto.

– É verdade, Anh. Desculpe por ter mentido para você. Eu não queria, mas...

– Você namorou Adam Carlsen de mentira?

Olive fez que sim.

– Meu Deus, eu *sabia* que tinha algo estranho naquele beijo.

Ela levantou as mãos, na defensiva.

– Anh, me desculpe...

– Você namorou de mentira *a porra do Adam Carlsen*?

– Parecia uma boa ideia e...

– Mas eu vi vocês se beijando! No estacionamento do prédio de biologia!

– Só porque você me obrigou a...

– Mas você sentou no colo dele!

– Mais uma vez, você me obrigou. Não foi o melhor momento da nossa amizade, aliás...

– Mas você passou protetor solar nele! Na frente de pelo menos umas cem pessoas!

– Só porque *alguém* me obrigou a isso. Está vendo um padrão?

Anh balançou a cabeça, de repente perplexa com as próprias ações.

– É que... vocês pareciam tão bem juntos! Era muito óbvio pelo jeito que o Adam te olhava que ele estava caidinho por você. E o contrário também.

Você olhava pra ele como se fosse o único cara na Terra e... sempre parecia que estava se contendo em relação a ele, e eu queria que soubesse que podia demonstrar seus sentimentos se quisesse. Realmente achei que estava ajudando e... *Você namorou Adam Carlsen de mentira?*

Olive suspirou.

– Olha, desculpa por ter mentido. Por favor, não me odeie, eu...

– Eu não odeio você.

Oi?

– Você... não odeia?

– Óbvio que não. – Anh estava indignada. – Eu meio que me odeio por ter obrigado você a fazer tudo isso. Bom, talvez não odeie, mas eu escreveria um e-mail com palavras fortes pra mim mesma. E estou muito lisonjeada que tenha feito algo assim por mim. Tipo, foi bastante equivocado, ridículo, desnecessariamente complicado e você é uma comédia romântica ambulante e... Meu Deus, Ol, você é muito idiota. Mas uma idiota muito querida, e *minha* idiota. – Ela balançou a cabeça, incrédula, mas apertou o joelho de Olive e olhou para Malcolm. – Espera aí. Seu lance com o Rodrigues é real? Ou estão fingindo transar pra que um juiz dê a ele a guarda dos afilhados que ficaram órfãos?

– Bastante real. – Malcolm tinha um sorriso presunçoso. – Transamos feito coelhos.

– Maravilha. Bem, Ol, vamos falar mais sobre isso depois. *Bem* mais. Provavelmente só vamos falar sobre o maior namoro de mentira do século XXI até o próximo milênio, mas no momento precisamos nos concentrar no Tom e... Não muda em nada o fato de você e o Adam estarem ou não juntos. Ainda acho que ele ia querer saber. Eu ia querer saber. Ol, se a situação fosse ao contrário, se você tivesse algo a perder e Adam tivesse sido assediado sexualmente...

– Eu não fui.

– Sim, Ol, você *foi.*

Os olhos sinceros de Anh estavam vidrados nos dela, e Olive de repente se deu conta da enormidade do que tinha acontecido. Do que Tom tinha feito.

Ela respirou fundo em meio a um calafrio.

– Se a situação fosse ao contrário, eu ia querer saber. Mas é diferente.

– Por que é diferente? – perguntou Anh.

Porque eu estou apaixonada pelo Adam. E ele não está apaixonado por mim. Olive massageou as têmporas tentando pensar apesar da dor de cabeça crescente.

– Não quero tirar dele algo que ama. Adam respeita e admira o Tom, e sei que o Tom esteve ao lado dele e o ajudou no passado. Talvez seja melhor ele não saber.

– Seria ótimo ter uma maneira de descobrir o que o Adam ia preferir – disse Malcolm.

Olive fungou e respondeu:

– Pois é.

– Seria ótimo se tivesse alguém que conhece o Adam *muito* bem pra gente perguntar – insistiu Malcolm, dessa vez mais alto.

– Pois é – repetiu Anh. – Isso seria ótimo. Mas não tem, então...

– *Seria ótimo* se alguém nesse quarto tivesse recentemente começado a sair com o cara que é o melhor amigo do Adam há quase três décadas! – Malcolm quase gritou dessa vez, revoltado, e Anh e Olive arregalaram os olhos e se viraram uma para a outra.

– Holden!

– Você pode pedir um conselho ao Holden!

Malcolm bufou.

– Tão inteligentes e às vezes tão lentas...

Olive de repente se lembrou de algo.

– Holden odeia o Tom.

– É? Por quê? – perguntou Malcolm.

– Não sei. – Ela deu de ombros. – Adam acha que tem a ver com algum traço de personalidade do Holden, mas...

– Ei. A personalidade do meu homem é perfeita.

– Será que existe algo mais? – questionou Olive.

Anh fez que sim, enfática.

– Malcolm, onde a Olive pode encontrar o Holden agora?

– Não sei. Mas... – ele tocou no celular com um sorriso convencido – ... por acaso tenho o número dele bem aqui.

Holden (ou Holden Bundinha Linda, como Malcolm salvara seu nome nos contatos) estava terminando sua palestra. Olive assistiu aos últimos cinco minutos – algo sobre cristalografia que ela não entendia nem queria entender – e não ficou nada surpresa com seu carisma e charme como palestrante. Ela se aproximou do palco quando acabou a sessão de perguntas, e Holden sorriu, genuinamente feliz em vê-la.

– Olive!

– Oi. Hum, ótima palestra. – Ela tentou parar de retorcer as mãos. – Eu queria te perguntar uma coisa...

– É sobre os ácidos nucleicos do quarto slide? Porque eu dei uma boa enrolada na hora de falar sobre eles. Foi minha aluna do doutorado quem montou aquilo, e ela é bem mais inteligente do que eu.

– Não. É sobre o Adam...

Holden abriu um sorriso.

– Bem, na verdade é sobre Tom Benton.

E fechou a cara na mesma velocidade.

– O que tem Tom Benton?

Certo. O que tem Tom Benton, exatamente? Olive não sabia muito bem como abordar o assunto. Não tinha nem certeza do que queria perguntar. Claro, ela podia ter vomitado a história inteira na cara de Holden e implorado para que ele consertasse tudo, mas não parecia uma boa ideia. Quebrou a cabeça por alguns segundos e então se decidiu:

– Você sabia que o Adam está pensando em se mudar para Boston?

– Sim. – Holden revirou os olhos e apontou para as janelas altas. Havia nuvens enormes e sinistras prontas para explodir num temporal. O vento, já bem gelado em setembro, balançava uma nogueira. – Quem *não* ia querer sair da Califórnia e vir pra cá? – comentou ele, irônico.

Olive gostava da ideia de ter estações do ano, mas manteve aquela opinião para si mesma.

– Você acha... acha que ele seria feliz aqui?

Holden a examinou atentamente por um tempo.

– Sabe, você já era minha namorada favorita do Adam. Não que tenha havido muitas. Você foi a única que conseguiu competir com a modelagem computacional na última década. Mas essa pergunta merece uma placa vitalícia de número um. – Ele ponderou a questão por um tempo. – Acho que o Adam pode ser feliz aqui, sim. Do jeito dele, óbvio. Rabugento e desanimado. Mas sim, feliz. Desde que você esteja aqui também.

Olive teve que se segurar para não soltar uma risada.

– Desde que o Tom se comporte – completou ele.

– Por que diz isso? Sobre o Tom? Eu... não quero ser intrometida, mas você me disse pra tomar cuidado com ele quando estávamos em Stanford. Você... não gosta dele?

Ele suspirou.

– Não é questão de gostar, embora eu não goste mesmo. Mas a verdade é que não confio nele.

– Mas por quê? Adam me contou o que o Tom fazia por ele quando o orientador era abusivo.

– Sabe, é daí que vem a maior parte das minhas desconfianças. – Holden mordeu o lábio inferior, como se decidindo se e como continuar. – Tom intercedia para salvar a pele do Adam em diversos momentos? Sim. É indiscutível. Mas como essas situações começavam? Nosso orientador era uma praga, mas não acompanhava de perto o que fazíamos. Quando chegávamos ao laboratório, ele estava muito ocupado sendo um babaca famoso pra saber o que acontecia no dia a dia do trabalho. Por isso ele tinha pós-doutorandos como Tom para orientar os doutorandos como Adam e eu e efetivamente administrar o laboratório. Ainda assim, ele sempre sabia de cada pequeno errinho que o Adam cometia. A cada quinze dias, mais ou menos, ele vinha, dizia que o Adam era um fracasso de ser humano por causa de alguma coisinha ridícula como trocar reagentes ou derrubar um béquer, e então Tom, o pós-doutorando favorito do orientador, intervinha publicamente a favor do Adam e salvava o dia. Era um padrão muito específico e acontecia só com o Adam, que obviamente era o aluno mais promissor do programa. Destinado à grandeza e tudo o mais. No início, eu desconfiava que Tom estivesse sabotando Adam de propósito. Mas recentemente comecei a me perguntar se as intenções dele não eram outras...

– Você contou isso ao Adam?

– Sim. Mas eu não tinha provas, e o Adam... Bem, você o conhece. Ele é leal de um jeito resoluto e teimoso e era muito grato ao Tom. – Holden deu de ombros. – Eles acabaram se unindo e são amigos próximos desde então.

– Isso te incomodou?

– Isso, por si só, não. Entendo que pode soar como ciúme da amizade deles, mas a verdade é que o Adam sempre foi obstinado e isolado demais para ter um monte de amigos. Eu ficaria feliz por ele, de verdade. Mas Tom...

Olive fez que sim. Pois é. *Tom.*

– E por que ele teria essa rixa estranha com o Adam?

Holden suspirou.

– Foi por isso que o Adam nunca levou a sério minhas preocupações. Não tem exatamente um motivo óbvio. A verdade é que não acredito que Tom odeie Adam. Ou, pelo menos, não acho que seja assim tão simples. Mas acredito que o Tom seja esperto e muito, muito perspicaz. E que provavelmente exista um tanto de inveja envolvida, um desejo de se aproveitar do Adam, de controlar ou ter poder sobre ele. Adam tem uma tendência a minimizar a importância de suas conquistas, mas ele é um dos melhores cientistas da nossa geração. Ter influência sobre ele... é um privilégio e não é pouca coisa.

– Pois é... – Ela assentiu novamente. A pergunta que ela tinha ido fazer estava começando a tomar forma. – Sabendo de tudo isso, sabendo de como o Tom é importante pro Adam, se você tivesse provas de... de como o Tom é de verdade, você mostraria ao Adam?

Holden não perguntou o que era a prova nem de quê. Analisou o rosto de Olive com uma expressão atenta e decidida e, quando falou, suas palavras foram cuidadosas:

– Não posso responder isso pra você. E nem acho que devo. – Ele bateu com os dedos no púlpito, como se estivesse pensando profundamente. – Mas quero dizer três coisas a você. A primeira você provavelmente já sabe: Adam é antes de qualquer coisa um cientista. Eu também sou, você também é. E boa ciência só acontece quando tiramos conclusões baseadas nas evidências que temos, não apenas naquelas que são fáceis ou que confirmam nossa hipótese. Concorda?

Olive fez que sim e ele continuou:

– A segunda é algo que talvez você não tenha noção, porque tem a ver com política e o mundo acadêmico, algo que talvez ninguém compreenda direito até que se veja a cada quinze dias no meio de uma reunião de professores que dura cinco horas. Mas a questão é a seguinte: a parceria entre Adam e Tom é muito mais benéfica pro Tom do que pro Adam. É por isso que o Adam está cadastrado como o pesquisador principal no subsídio que eles ganharam. Tom é... bem, ele é substituível. Não me entenda mal, ele é um ótimo cientista, mas boa parte de sua fama se deve ao fato de ter sido o preferido do nosso orientador. Ele herdou um laboratório que já funcionava muito bem e manteve o trabalho. Adam criou sua própria linha de pesquisa do zero e... acho que ele tende a esquecer como é bom no que faz. E provavelmente é melhor assim, porque ele já é bem insuportável. – Ele deu uma bufada. – Imagina só se ainda tivesse um ego enorme?

Olive riu dessa parte e o som saiu estranhamente úmido. Quando levou as mãos às bochechas, não se surpreendeu que estivessem molhadas. Pelo visto, chorar em silêncio era seu novo estado normal.

– A última coisa – prosseguiu Holden, sem se importar com as lágrimas – é algo que talvez você não saiba. – Ele fez uma pausa. – Adam já foi sondado por muitas instituições antes. *Muitas*. Já lhe ofereceram dinheiro, posições de prestígio, acesso ilimitado a todo tipo de instalações e equipamentos. E isso inclui Harvard. Essa não é a primeira tentativa deles de levá-lo. Mas essa foi a primeira vez que ele *concordou* em fazer uma entrevista. E só concordou depois que *você* decidiu trabalhar no laboratório do Tom. – Ele abriu um sorriso gentil e depois se virou para recolher suas coisas e colocá-las na mochila. – Use essa informação como achar melhor, Olive.

Capítulo Vinte

♥ **HIPÓTESE:** *As pessoas que atravessarem o meu caminho vão se arrepender.*

Ela precisava mentir.

De novo.

Estava virando um hábito e, enquanto contava uma história elaborada para a secretária do departamento de biologia de Harvard, dizendo que era aluna do Dr. Carlsen e que precisava saber sua localização de imediato para lhe dar um recado crucial pessoalmente, ela prometeu que seria a última vez. Era estressante demais. Difícil demais. Não valia a pena prejudicar sua saúde cardiovascular e psicofísica com aquilo.

Além do mais, ela era uma péssima mentirosa. A secretária do departamento não pareceu ter acreditado em uma palavra do que Olive disse, mas devia ter achado que não havia muito problema em informar onde ele tinha ido jantar com os professores do departamento; de acordo com o Yelp, o restaurante chique ficava a menos de dez minutos de Uber. Olive olhou para a calça jeans rasgada e o All Star lilás e se perguntou se a deixariam entrar. Depois se perguntou se Adam ficaria irritado. Depois se perguntou se estava cometendo um erro e estragando a própria vida, a vida de Adam, a vida da motorista do Uber. Estava prestes a mudar o destino da corrida para o hotel do congresso quando o carro parou ao lado da calçada e a motorista – Sarah Helen, de acordo com o aplicativo – se virou com um sorriso.

– Chegamos.

– Obrigada.

Olive fez menção de se levantar do banco do passageiro e percebeu que não conseguia mexer as pernas.

– Você está bem? – perguntou Sarah Helen.

– Estou. É só que...

– Vai vomitar no meu carro?

Olive negou com a cabeça. Não. Sim.

– Talvez?

– Não faça isso ou eu vou destruir sua nota de avaliação.

Olive assentiu e tentou se levantar de novo. Suas pernas ainda não respondiam.

Sarah Helen franziu a testa.

– Ei, o que está acontecendo?

– Eu só... – Ela estava com um nó na garganta. – Preciso fazer uma coisa. Que não quero fazer.

– É uma coisa de trabalho ou uma coisa de amor?

– Hum... Os dois.

– Eita. – Sarah Helen franziu o nariz. – Problema duplo. Você pode adiar?

– Na verdade, não.

– Pode pedir pra outra pessoa fazer por você?

– Não.

– Pode mudar seu nome, cauterizar as digitais, entrar no programa de proteção à testemunha e sumir?

– Hum, não sei. Mas não sou cidadã americana.

– Então provavelmente não. Pode ligar o foda-se e lidar com as consequências?

Olive fechou os olhos e refletiu. Quais seriam exatamente as consequências de ela não fazer o que tinha planejado? Para começar, Tom estaria livre para continuar sendo um grande cretino. Adam nunca saberia que estava sendo explorado. Ele se mudaria para Boston. E Olive nunca mais teria a chance de falar com ele de novo, e tudo que ele significava para ela se acabaria...

Numa mentira.

Uma mentira, depois de muitas mentiras. Tantas mentiras que ela contara, tantas verdades que poderia ter dito e nunca o fez, tudo porque estava

303

com muito medo de afastar as pessoas que amava. Tudo porque tinha medo de perdê-las. Tudo porque não queria ficar sozinha novamente.

Bem, a mentira não tinha dado muito certo. Na verdade, esse caminho estava indo ladeira abaixo nos últimos tempos. Era hora do plano B, então.

Hora de dizer algumas verdades.

– Não. Não quero lidar com as consequências.

Sarah Helen sorriu.

– Então, minha amiga, é melhor ir fazer o que precisa fazer. – Ela apertou um botão e a porta do passageiro destravou com um clique. – E acho bom me dar cinco estrelas pela sessão de terapia grátis.

Dessa vez, Olive conseguiu sair do carro. Deu uma gorjeta generosa para Sarah Helen, respirou fundo e entrou no restaurante.

~~~~~~~~

Ela encontrou Adam imediatamente. Ele era grande, afinal, e o restaurante não era, o que tornou a busca bem rápida. Sem contar que ele estava sentado a uma mesa com umas dez pessoas que pareciam muito ser professores sérios de Harvard. E Tom, é claro.

Puta merda, pensou ela, quando passou pela recepcionista e foi andando na direção de Adam. Imaginou que seu casaco vermelho-vivo ia chamar a atenção dele, então ela faria um gesto para que ele checasse o celular e mandaria uma mensagem pedindo que, por favor, *por favor*, lhe desse cinco minutos de seu tempo no fim do jantar. Imaginou que seria melhor contar para ele naquela noite; as entrevistas acabariam no dia seguinte e ele poderia tomar uma decisão sabendo de toda a verdade. Imaginou que seu plano daria certo.

O que ela *não* imaginou foi que Adam perceberia sua presença enquanto conversava com uma linda e jovem integrante do corpo docente. *Não* imaginou que ele de repente pararia de falar, com os olhos arregalados e a boca aberta; que ele diria "com licença" enquanto olhava para Olive, se levantaria da mesa ignorando os olhares curiosos; que andaria até a entrada, onde Olive estava, com passos largos e rápidos e uma expressão preocupada.

– Olive, você está bem? – perguntou ele.

Ah. A voz dele. E os olhos. E a forma como suas mãos se aproximaram, como se quisesse tocá-la e se certificar de que estivesse intacta e ali mesmo – embora, pouco antes de seus dedos chegarem ao braço dela, ele tivesse hesitado e deixado as mãos penderem ao lado do corpo.

Aquilo partiu um pouquinho o coração de Olive.

– Estou bem. – Ela tentou dar um sorriso. – Eu... Eu sinto muito por interromper. Sei que é importante, que você quer se mudar pra Boston e... isto é inapropriado. Mas é agora ou nunca, e eu não tinha certeza de que teria coragem de... – Ela estava se perdendo. Então, respirou fundo e começou outra vez. – Preciso te contar uma coisa. Uma coisa que aconteceu. Com...

– Ei, Olive.

Tom. Mas é claro.

– Oi, Tom. – Olive manteve o olhar fixo em Adam e não se virou para ele. O sujeito não merecia sua atenção. – Pode nos dar um minutinho em particular?

Pelo canto do olho ela conseguia ver aquele sorriso falso e malicioso.

– Olive, sei que você é jovem e não sabe como essas coisas funcionam, mas o Adam está aqui sendo entrevistado para uma posição muito importante e não pode simplesmente...

– Vai embora – ordenou Adam, a voz grave e fria.

Olive fechou os olhos e assentiu, dando um passo para trás. Tudo bem. Estava tudo bem. Era direito de Adam não querer falar com ela.

– Tudo bem. Desculpe, eu...

– Você, não. Tom, nos dê um minuto.

Ah. Ah. Que bom, então.

– Cara – disse Tom, parecendo achar graça. – Você não pode simplesmente se levantar da mesa no meio de um jantar de entrevista e...

– Vai embora – repetiu Adam.

Tom deu uma risada insolente.

– Não. A não ser que você vá comigo. Somos parceiros de trabalho e, se você age como um babaca durante um jantar com meu departamento por causa de uma aluna que está comendo, isso reflete no meu trabalho. Você precisa voltar pra mesa e...

"*Uma garota bonita como você já deveria saber como a banda toca. Vai me dizer que não escolheu esse vestido curtinho pra mim? Belas pernas, aliás. Dá pra ver por que o Adam está perdendo tempo com você.*"

Nem Adam nem Tom tinham visto quando Olive pegou o telefone e apertou o play. Ambos ficaram confusos por um momento; certamente tinham ouvido as palavras, mas não sabiam muito bem de onde vinham. Até que a gravação recomeçou.

"Não acha que aceitei você no meu laboratório porque é boa, acha? Uma garota como você. Que percebeu bem cedo que trepar com pesquisadores famosos e bem-sucedidos é o melhor jeito de subir na carreira acadêmica. Você deu pro Adam, não foi? Nós dois sabemos que vai dar pra mim pelo mesmo motivo."

– O que é... – começou Tom, dando um passo adiante com a mão estendida para tomar o celular de Olive.

Ele não foi muito longe, já que Adam o empurrou pelo peito, o que o fez tropeçar e recuar alguns passos.

Ele ainda não estava olhando para Tom. Nem para Olive. Olhava para o celular, e havia algo de sombrio, perigoso e assustador no seu rosto. Talvez ela devesse estar com medo. Talvez estivesse, um pouquinho.

"Você pensou mesmo que aquele resumo deplorável foi selecionado pra virar palestra por causa de sua qualidade e importância científica? Alguém aqui se acha muito melhor do que é, considerando que tem uma pesquisa inútil e pouco original e que mal consegue juntar duas palavras sem gaguejar feito uma idiota."

– Foi ele – sussurrou Adam. Sua voz estava tão baixa que mal dava para ouvir. Parecia até calma. Seus olhos, impossíveis de decifrar. – Foi o Tom. O motivo para você estar chorando.

Olive só conseguiu fazer que sim com a cabeça. Ao fundo, a voz gravada de Tom continuava falando. Sobre como ela era medíocre. Sobre como Adam nunca acreditaria nela. Xingando-a de vários nomes.

– Isso é ridículo. – Tom se aproximou de novo, tentando pegar o celular. – Não sei qual é o problema dessa vadia, mas obviamente...

Adam explodiu tão rápido que ela nem viu o movimento. Num segundo estava parado na frente dela, no outro já empurrava Tom na parede.

– Eu vou te matar – declarou Adam com os dentes trincados, quase num rosnado. – Se falar mais uma palavra sobre a mulher que eu amo, se olhar pra ela, até mesmo se *pensar* nela... eu vou te matar.

– Adam... – disse Tom, sem ar.

– Na verdade, vou te matar de qualquer maneira.

As pessoas começaram a correr na direção deles. A recepcionista, um garçom e alguns dos professores que estavam na mesa de Adam formaram uma aglomeração, gritando e tentando separar os dois, sem muito sucesso. Olive se lembrou de Adam empurrando a caminhonete de Cherie e quase deu uma risada histérica. Quase.

– Adam – disse ela. Mal dava para ouvir sua voz no meio daquele caos ao redor deles, mas foi o que chamou a atenção dele. Ele se virou para ela, possesso, parecendo uma força da natureza. – Adam, não faça isso – murmurou. – Ele não vale a pena.

E assim, de repente, Adam deu um passo para trás e soltou Tom. Um senhor mais velho, provavelmente reitor de Harvard, começou a dar uma bronca nele, pedindo explicações, dizendo que aquele comportamento era inaceitável. Adam ignorou todo mundo. Foi andando na direção de Olive e...

Segurou a cabeça dela com as duas mãos, os dedos passando pelos cabelos, e encostou a testa na dela. Estava quentinho e tinha aquele cheiro dele mesmo, cheiro de *conforto* e *segurança*. Seus polegares tentavam secar a confusão de lágrimas na bochecha de Olive.

– Me desculpa. Me desculpa. Eu não sabia. Me desculpa, me desculpa, me desculpa...

– Não é culpa sua – balbuciou Olive, mas ele pareceu não ouvir.

– Me desculpa, me...

– Dr. Carlsen! – Uma voz masculina gritou atrás deles, e ela sentiu o corpo de Adam enrijecer. – Eu exijo uma explicação.

Adam não deu atenção ao homem e continuou abraçado a Olive.

– *Dr. Carlsen* – repetiu ele. – Isso é *inaceitável*...

– Adam – sussurrou Olive. – Você precisa responder a ele.

Ele soltou o ar. Deu um longo beijo na testa de Olive e, mesmo relutante, se afastou dela. Quando Olive finalmente conseguiu olhar para Adam, ele já parecia mais normal.

Calmo. Irritado com o mundo. No comando das coisas.

– Manda essa gravação pra mim agora mesmo – murmurou. Olive assentiu e ele se virou para o homem mais velho que o tinha abordado antes.

– Precisamos conversar. Em particular. Pode ser no seu gabinete?

O outro homem pareceu chocado e ofendido, mas assentiu, rígido. Atrás dele, Tom fazia um escarcéu, e Adam disse, com o maxilar tenso:

– Mantenham esse cara longe de mim.

Ele se virou para Olive antes de sair e chegou perto dela. Ela sentiu a mão quente de Adam segurando seu cotovelo.

– Eu vou cuidar disso – disse a ela, mais baixo. Havia algo determinado e sincero em seus olhos. Olive nunca se sentiu tão segura nem tão amada. – E depois eu vou te encontrar e cuidar de você.

Capítulo Vinte e Um

♥ **HIPÓTESE**: *Usar lentes de contato vencidas causa infecções fúngicas e/ou bacterianas que podem ter consequências por anos a fio.*

– Holden mandou uma mensagem pra você.

Olive desviou o olhar da janela e se voltou para Malcolm, que tirara o celular do modo avião assim que pousaram em Charlotte, para fazer a conexão.

– Holden?

– É. Bem, tecnicamente é do Carlsen.

O coração dela deu um pulo.

– Ele perdeu o carregador do celular e não pode te mandar mensagem, mas ele e o Holden estão a caminho de São Francisco.

– Ah.

Ela assentiu, com uma ponta de alívio. Aquilo explicava o silêncio de Adam. Não havia entrado em contato desde a noite anterior. Ela havia ficado preocupada que ele tivesse sido preso e ponderava se ia precisar usar o dinheiro de sua poupança para ajudar a pagar a fiança. Todos os doze dólares e dezesseis centavos.

– Onde é a conexão deles? – perguntou Olive.

– Não tem conexão. – Malcolm revirou os olhos. – É voo direto. Vão chegar em São Francisco só dez minutos depois da gente, mesmo saindo só agora de Boston. Riquinhos.

– Holden disse alguma coisa sobre...

Malcolm negou com a cabeça.

– O avião vai decolar agora, mas podemos esperar por eles no aeroporto de São Francisco. Com certeza o Adam vai ter novidades pra você.

– Você só quer dar uns beijos no Holden, né?

Malcolm sorriu e encostou a cabeça no ombro dela.

– Minha kalamata me conhece muito bem.

Parecia inacreditável que ela tivesse estado fora por menos de uma semana. Todo aquele caos havia se desenrolado no espaço de poucos dias. Olive se sentia atordoada e traumatizada, como se sua mente estivesse exausta depois de correr uma maratona. Estava cansada e queria dormir. Estava com fome e queria comer. Estava com raiva e queria ver Tom receber o castigo que merecia. Estava ansiosa, contorcendo-se como um nervo danificado, e queria um abraço. De Adam, de preferência.

Em São Francisco, ela guardou o casaco – agora inútil – na mala e sentou em cima dela. Pegou o celular para ver se tinha novas mensagens enquanto Malcolm foi comprar um refrigerante. Havia várias mensagens de Anh, perguntando se estavam bem, e uma do senhorio do apartamento para avisar que o elevador estava quebrado. Ela revirou os olhos, abriu o e-mail da universidade e encontrou diversas mensagens marcadas como importantes.

Clicou no botão com uma exclamação vermelha e abriu uma delas.

Hoje, 17:15
DE: Anna-Wiley@berkeley.edu
PARA: Aysegul-Aslan@stanford.edu
CC: Olive-Smith@stanford.edu
ASSUNTO: Re: Projeto de câncer de pâncreas

Aysegul,
Obrigada pela mensagem. Tive o privilégio de assistir à palestra de Olive Smith no congresso da SDB – estávamos no mesmo painel – e fiquei muito impressionada com o trabalho dela com as técnicas de detecção

precoce de câncer de pâncreas. Adoraria tê-la no meu laboratório ano que vem! Será que nós três podemos conversar mais por telefone?

Atenciosamente,
Anna

Olive arquejou, surpresa. Cobriu a boca com a mão e imediatamente abriu o e-mail seguinte.

Hoje, 15:19
DE: Robert-Gordon@umn.edu
PARA: Aysegul-Aslan@stanford.edu, Olive-Smith@stanford.edu
ASSUNTO: Re: Projeto de câncer de pâncreas

Dra. Aslan, Srta. Smith,
Seu trabalho a respeito do câncer de pâncreas é fascinante e a possibilidade de uma colaboração seria ótima. Vamos marcar uma reunião pelo Zoom.

R

Havia outros dois e-mails. *Quatro* pesquisadores de câncer, todos respondendo à mensagem da Dra. Aslan e dizendo que adorariam receber Olive para trabalhar em seus laboratórios. Ela sentiu uma onda de felicidade tão violenta que ficou até meio tonta.

– Ol, veja só quem eu encontrei.

Olive se levantou. Malcolm estava ali, de mãos dadas com Holden, e, pouco atrás deles...

Adam. Cansado, lindo e ocupando tanto espaço na vida real quanto ocupara em sua mente nas últimas 24 horas. Olhava diretamente para ela. Olive se lembrou das palavras que ele dissera no restaurante na noite anterior e sentiu as bochechas arderem, o tórax se contrair, o coração quase sair do peito.

– Escutem aqui – começou Holden antes mesmo de dizer oi. – Nós quatro: encontro duplo, hoje à noite.

Adam o ignorou e chegou mais perto de Olive.

– Como você está? – perguntou, em voz baixa.

– Bem. – Pela primeira vez em dias, não era mentira. Adam estava ali. E todos aqueles e-mails estavam em sua caixa de entrada. – E você?

– Bem – respondeu ele com um meio sorriso.

Olive teve a estranha sensação de que, assim como ela, Adam não estava mentindo. Seu coração acelerou ainda mais.

– Que tal comida chinesa? – interrompeu Holden. – Todo mundo curte?

– Eu gosto – murmurou Malcolm.

No entanto, ele não parecia muito animado com a ideia de um encontro duplo. Provavelmente porque não queria se sentar à mesa com Adam e reviver o drama das reuniões do comitê de orientação.

– Olive? – perguntou Holden.

– Hum... Eu gosto de comida chinesa.

– Perfeito. Adam também gosta, então...

– Não vou jantar fora hoje – disse Adam.

Holden franziu a testa.

– Por que não?

– Tenho coisas melhores pra fazer.

– Tipo o quê? Olive vai também.

– Deixa a Olive em paz. Ela está cansada e temos um compromisso.

– Tenho acesso ao seu calendário do Google, seu cara de pau. Você não tem compromisso. Se não quer sair comigo, fala a verdade.

– Não quero sair com você.

– Ah, seu merdinha. Depois da semana que tivemos. E bem no meu *aniversário*.

Adam recuou de leve.

– O quê? Não é seu aniversário.

– É, sim.

– Seu aniversário é dia 10 de abril.

– É mesmo?

Adam fechou os olhos e coçou a testa.

– Holden, nós nos falamos diariamente há 25 anos e eu estive em pelo menos cinco de suas festas de aniversário dos Power Rangers. A última foi quando você fez 17 anos.

Malcolm tentou disfarçar a risada com uma tosse.

– Eu sei quando é o seu aniversário – insistiu Adam.

– Você sempre errou o dia. Eu só não falei nada porque sou muito legal. – Holden apertou o ombro de Adam. – Então, comida chinesa pra celebrar a dádiva do meu nascimento?

– Por que não tailandesa? – interrompeu Malcolm, dirigindo-se a Holden e ignorando Adam.

Holden soltou um resmungo e começou a dizer algo sobre não haver uma boa salada *larb* em Stanford, um assunto no qual normalmente Olive estaria bastante interessada, só que...

Adam estava olhando para ela de novo. Vários centímetros acima das cabeças de Holden e Malcolm, Adam a fitava com uma expressão que era meio de desculpas, meio de impaciência e... cheia de intimidade. Algo familiar que eles já tinham compartilhado antes. Olive sentiu algo dentro dela derreter e conteve um sorriso.

De repente, o jantar pareceu uma ótima ideia.

Vai ser divertido, disse ela, apenas mexendo os lábios, enquanto Holden e Malcolm continuavam discutindo se seria melhor conhecer uma nova hamburgueria.

Vai ser insuportável, respondeu Adam, mal abrindo os lábios e parecendo tão resignado e conformado, tão incrivelmente *Adam*, que Olive não conseguiu evitar e caiu na gargalhada.

Holden e Malcolm pararam de discutir e se voltaram para ela.

– O que foi?

– Nada – disse Olive.

O canto da boca de Adam estava se curvando também.

– Por que está rindo, Ol?

Ela abriu a boca para se defender, mas Adam foi mais rápido.

– Tudo bem. Nós vamos. – Ele disse "nós" como se ele e Olive fossem um "nós", como se nunca tivesse sido de mentira, e ela sentiu a respiração presa na garganta. – Mas então estou dispensado de qualquer comemoração de aniversário no ano que vem. Na verdade, nos próximos dois anos. E eu veto a nova hamburgueria.

Holden deu um soquinho no ar e depois franziu a testa.

– Por quê?

– Porque – respondeu ele, sustentando o olhar de Olive – hambúrguer tem gosto de papelão.

~~~~~~~

– Precisamos começar falando sobre o óbvio – disse Holden, degustando as entradinhas grátis.

Olive ficou tensa. Não sabia se queria discutir a questão de Tom com Malcolm e Holden antes de falar a sós com Adam.

Mas nem precisava ter se preocupado.

– Que é o fato de Malcolm e Adam se detestarem.

Ao lado dela na mesa, Adam franziu a testa, confuso. Malcolm, que estava sentado na frente de Olive, cobriu o rosto com as mãos e resmungou.

– Fui informado por fontes seguras – continuou Holden, sem perder o ânimo – que Adam chamou os experimentos do Malcolm de "desleixados" e "um mau uso dos recursos de pesquisa" durante uma reunião do comitê e que Malcolm ficou ofendido. Adam, eu disse ao Malcolm que provavelmente você estava em um dia ruim. Talvez um de seus alunos houvesse conjugado um verbo errado num e-mail ou sua salada de rúcula não fosse 100% orgânica. O que tem a dizer em sua defesa?

– Hum. – Adam franziu ainda mais a testa, e Malcolm enterrou ainda mais o rosto nas mãos. Holden esperava nitidamente por uma resposta e Olive ficou vendo aquilo tudo se desenrolar, pensando se deveria pegar o celular para filmar aquela catástrofe. – Não tenho nenhuma lembrança dessa reunião do comitê. Mas parece algo que eu diria.

– Ótimo. Agora diga ao Malcolm que não foi nada pessoal, e assim poderemos superar isso e pedir arroz frito.

– Ai, meu Deus – murmurou Malcolm. – Holden, por favor.

– Não vou comer arroz frito – disse Adam.

– Você pode comer broto de bambu enquanto as pessoas normais comem arroz frito. Mas, no momento, meu namorado acha que o namorado da BFF dele, que também é meu BFF, tem algo contra ele, e isso está acabando com a minha vontade de ter encontros duplos, então, por favor.

Adam ficou só olhando.

– BFF?

– Adam. – Holden apontou com o polegar para Malcolm, que fazia uma careta. – Por favor.

Adam respirou fundo, mas se virou para Malcolm.

– O que quer que eu tenha dito ou feito não foi pessoal. Já me disseram que sou desnecessariamente hostil. E inacessível.

Olive não viu a reação de Malcolm. Estava ocupada demais examinando Adam e a pequena curva em seus lábios, aquela que virou um quase sorriso quando se voltou para Olive e encontrou seus olhos. Durante o breve segundo em que trocaram aquele olhar, antes que ele desviasse o rosto, eram só os dois ali, e aquela espécie de passado que compartilhavam, as piadas internas bobas, o modo como implicavam um com o outro sob a luz do sol de fim de verão.

– Perfeito. – Holden bateu as mãos num aplauso bastante alto. – Rolinho primavera pra começar, beleza?

Aquele jantar foi mesmo uma boa ideia. Aquela noite, aquela mesa, aquele momento. Sentar ao lado de Adam, sentir o cheiro da chuva, olhar os pingos escuros no tecido cinza de sua camiseta de gola portuguesa, causados pela chuva que tinha acabado de começar quando entraram no restaurante. Mais tarde, eles precisariam ter uma conversa séria sobre Tom e muitas outras coisas. Mas, por ora, era como sempre fora entre Adam e ela: como colocar o vestido favorito, aquele que estava perdido dentro do armário, e descobrir que ele ainda cabia certinho como antigamente.

– Quero rolinho primavera – disse ela, e olhou para Adam. O cabelo dele estava começando a crescer de novo, então ela fez o que parecia natural: estendeu a mão e ajeitou a franja dele. – Vou me arriscar aqui e supor que você odeia rolinho primavera, assim como todas as outras coisas gostosas do mundo.

Ele mexeu os lábios para dizer "engraçadinha" bem na hora em que o garçom trouxe água e deixou os cardápios em cima da mesa. Três cardápios, para ser exato. Holden e Malcolm pegaram um cada, Olive e Adam trocaram um olhar divertido e apanharam o que restou para compartilhar. Funcionou perfeitamente: ele dobrou de um jeito que a parte vegetariana ficava do lado dele e todos os pratos principais e coisas fritas, do lado dela. Foi tão ao acaso que ela deu risada.

Adam apontou com o indicador para a parte de bebidas.

– Olha essa aberração – murmurou ele.

Seus lábios estavam tão perto da orelha de Olive que ela sentiu uma brisa de ar quente, íntima e bem-vinda ali, onde o ar-condicionado estava a toda.

Ela riu.

– Não acredito.

– Assustador – disse ele.

– Maravilhoso, você quer dizer.

– Não quero, não.

– Este é meu novo restaurante favorito.

– Você nem provou ainda.

– Vai ser espetacular.

– Vai ser horrendo...

Alguém pigarreou, lembrando a eles que não estavam sozinhos. Malcolm e Holden estavam olhando: Malcolm com uma expressão sagaz e desconfiada, Holden com um sorriso de quem sabe das coisas.

– Do que estão falando?

– Ah. – As bochechas de Olive coraram. – Nada. É que eles têm chá de abóbora com especiarias.

Malcolm fez um gesto de ânsia de vômito.

– Eca, Ol. *Que nojo.*

– Cala a boca.

– Parece uma delícia. – Holden sorriu e se inclinou na direção de Malcolm. – A gente podia dividir um.

– Como é que é?

Olive tentou não rir com a expressão horrorizada de Malcolm.

– Não deixa o Malcolm começar a falar sobre abóbora com especiarias – avisou ela a Holden, num sussurro exagerado.

– Ih, droga – disse Holden, e levou a mão ao peito fingindo estar assustado.

– É um assunto sério. – Malcolm soltou o cardápio. – Abóbora com especiarias é tipo a caspa do cabelo do Satanás, o arauto do apocalipse. Tem gosto de bunda, e não de um jeito bom. – Ao lado de Olive, Adam assentia devagar, muito impressionado com o discurso de Malcolm. – Um copo de latte de abóbora com especiarias tem a mesma quantidade de açúcar de cinquenta balas Skittles. E absolutamente *nada de abóbora.* Podem pesquisar.

Adam olhou para Malcolm com algo semelhante a admiração no rosto. Holden se virou para Olive e disse, com cumplicidade:

– Nossos namorados têm tanta coisa em comum!

– Eles têm. Acham que odiar grupos alimentares inteiros é um traço de personalidade.

– Abóbora com especiarias não é um negócio inofensivo – argumentou Malcolm. – É uma bomba de açúcar radioativa que se infiltra em todo tipo de produto e é a principal responsável pela extinção das focas-monge-do-caribe. E você – disse, apontando para Holden – está por um fio.

– O quê... Por quê?

– Não posso namorar alguém que não respeita minha posição sobre abóbora com especiarias.

– Para ser justo, não é uma posição muito respeitável... – Holden percebeu a cara feia de Malcolm e ergueu as mãos, defendendo-se. – Eu não tinha ideia, meu bem.

– Devia ter.

Adam estalou a língua, entretido.

– Pois é, Holden. Tem que se esforçar mais.

Ele se recostou na cadeira e seu ombro tocou o de Olive. Holden levantou o dedo do meio para ele.

– Adam sabe e respeita a posição da Olive em relação a hambúrguer e eles nem... – O que quer que estivesse pensando em dizer, Malcolm teve a presença de espírito de não falar. – Bem, se Adam sabe, você devia saber sobre a abóbora com especiarias.

– Adam não era um babaca até uns doze segundos atrás? – perguntou Holden.

– Parece que o jogo virou, não é mesmo? – murmurou Adam.

Olive esticou o braço para dar uma beliscadinha na lateral de sua barriga, mas ele a parou segurando seu pulso.

Você é mau, ela disse sem emitir som. Ele apenas sorriu diabolicamente, olhando para Malcolm e Holden e se divertindo.

– Ah, qual é. Não dá nem pra comparar – disse Holden. – Olive e Adam estão nesse rolo há anos. A gente se conheceu semana passada.

– Não estão, não – corrigiu Malcolm, com o dedo em riste. Adam ainda segurava o pulso de Olive. – Eles começaram a sair, tipo, um mês antes da gente.

– Não – insistiu Holden. – Adam estava a fim dela há séculos. Provavelmente estudou seus hábitos alimentares em segredo, organizou dezessete bancos de dados e criou um algoritmo para prever as preferências culinárias dela...

Olive caiu na gargalhada e declarou:

– Ele não fez isso, não. – Ela bebeu um gole de água, ainda sorrindo. – A gente começou a conviver recentemente. No começo do semestre.

– Sim, mas vocês já se conheciam. – Holden estava franzindo a testa. – Vocês se encontraram no ano antes de você começar o doutorado, quando veio pra entrevista, e ele está de olho em você desde então.

Olive negou com a cabeça, riu e se virou para Adam, achando graça. Só que Adam já olhava para ela e não parecia estar achando graça. Ele parecia... alguma outra coisa. Preocupado, talvez, ou tímido, ou resignado. Em pânico? E assim, de repente, o restaurante ficou em silêncio. Os pingos da chuva nas janelas, as conversas das pessoas, o tilintar dos talheres... tudo parou. O chão se inclinou e se moveu um pouco, e o ar-condicionado ficou frio demais. A certa altura, Adam soltou seu pulso.

Olive pensou novamente no incidente do banheiro. Voltou aos olhos ardendo, às bochechas molhadas, ao cheiro de reagente e pele masculina limpa. O borrão escuro de um vulto grande parado na frente dela com uma voz intensa, reconfortante e entretida. O pânico de estar com 23 anos, sozinha no mundo, sem ter a menor ideia do que fazer, aonde ir, qual era a melhor escolha.

Minha motivação é boa o suficiente para o doutorado?

É a melhor motivação.

De repente, as coisas tinham ficado bem simples.

Havia sido Adam, afinal. Olive tinha razão.

Ela só não estava certa sobre o fato de *ele* se lembrar ou não dela.

– É – disse ela. Não estava mais sorrindo. Adam ainda olhava para ela. – Acho que ele estava.

Capítulo Vinte e Dois

💜 **HIPÓTESE:** *Quando me for dada a possibilidade de escolher entre A (contar uma mentira) e B (dizer a verdade), eu vou acabar, inevitavelmente, optando...*
Não. Não dessa vez.

Olive não tinha dúvida de que as histórias de Holden eram bastante floreadas e resultado de anos de prática em comédia, mas ainda assim riu como nunca tinha rido na vida.

– Então eu acordei com essa cachoeira em cima de mim...

Adam revirou os olhos.

– Foi uma gota.

– E fiquei me perguntando por que estava chovendo dentro da cabana, quando me dei conta de que estava vindo da cama de cima do beliche e que Adam, com uns 13 anos na época...

– Com 6. Eu tinha 6 anos, você tinha 7.

– Tinha feito xixi na cama, e o xixi estava pingando do colchão em cima de mim.

Olive cobriu a boca com a mão, sem conseguir muito bem esconder seu divertimento, assim como já tinha falhado quando Holden havia contado do filhote de dálmata que mordera a bunda de Adam através da calça jeans, ou que ele foi escolhido como "O aluno com mais chance de fazer as pessoas chorarem" no anuário do ensino médio.

Pelo menos Adam não parecia constrangido nem mesmo perturbado como ficou na hora em que Holden falou sobre ele estar de olho nela – o que explicava... muita coisa.

Tudo, talvez.

– Cara, 6 anos – disse Malcolm, então balançou a cabeça e secou os olhos.

– Eu estava doente.

– Ainda assim. Meio velho demais para um acidente desses.

Adam apenas encarou Malcolm até que ele baixasse a cabeça.

– É, talvez não fosse tão velho assim – murmurou Malcolm.

Havia uma tigela enorme de biscoitos da sorte ao lado do caixa. Olive percebeu na hora em que estavam saindo do restaurante, soltou um gritinho e mergulhou a mão para pegar quatro pacotinhos de plástico. Entregou um para Malcolm, um para Holden e um para Adam, com um sorriso sarcástico.

– Você odeia isso, né?

– Não odeio. – Ele aceitou o biscoito. – Só acho que tem gosto de isopor.

– Provavelmente tem o mesmo valor nutricional também – resmungou Malcolm enquanto saíam para a umidade fria do começo da noite.

Surpreendentemente, ele e Adam estavam descobrindo várias coisas em comum.

Não chovia, mas a rua brilhava sob a luz do poste; um vento suave fazia as folhas farfalharem e gotas isoladas caírem no chão. O ar fresco entrava nos pulmões de Olive, uma sensação agradável depois de horas dentro do restaurante. Ela desceu as mangas da blusa e acidentalmente tocou o abdômen de Adam. Sorriu para ele, fingindo pedir desculpas; ele ficou corado e desviou o olhar.

– "Àquele que ri de si mesmo nunca faltarão motivos para rir" – leu Holden. Ele colocou um pedaço do biscoito na boca e refletiu sobre a mensagem. – Isso é sacanagem? – Ele olhou em volta, indignado. – Esse biscoito da sorte acabou de me sacanear?

– Parece que sim – respondeu Malcolm. – O meu diz: "Por que não tratar bem a si mesmo em vez de esperar que outra pessoa o faça?" Acho que meu biscoito sacaneou você também, amor.

– Qual é o problema dessa fornada? – Holden apontou para Olive e Adam. – O que diz o de vocês?

Olive já tinha aberto o dela e mordia o canto de onde tinha retirado o papel. Era bem banal e, ainda assim, seu coração deu um pulinho.

– O meu é normal – disse ela a Holden.

– Está mentindo.

– Não.

– E o que diz?

– "Nunca é tarde demais para dizer a verdade."

Ela deu de ombros e se virou para jogar fora a embalagem. No último momento, decidiu guardar a tirinha de papel no bolso de trás da calça jeans.

– Adam, abra o seu.

– Não.

– Anda logo.

– Não vou comer esse pedaço de isopor só pra não ferir seus sentimentos.

– Você é um péssimo amigo.

– De acordo com a indústria de biscoitos da sorte, você é um péssimo namorado, então...

– Dá aqui – interrompeu Olive, tirando o biscoito da mão de Adam. – Eu como. E leio a frase.

O estacionamento estava totalmente vazio, a não ser pelos carros de Adam e Malcolm. Holden tinha vindo do aeroporto de carona com Adam, mas ele e Malcolm iam passar a noite no apartamento de Holden para levar Fleming, o cachorro, para passear.

– Adam vai te dar uma carona, Ol?

– Não precisa. É uma caminhada de menos de dez minutos daqui pra casa.

– Mas e a sua mala?

– Não é pesada, e eu... – Ela parou de repente, mordeu o lábio por um segundo e pensou nas possibilidades. Depois deu um sorriso, ao mesmo tempo hesitante e cheio de intenções. – Na verdade, Adam vai andar comigo até em casa. Certo?

Ele ficou calado e enigmático por um momento. Depois, respondeu calmamente:

– Claro.

Adam colocou as chaves no bolso da calça jeans e pôs a bolsa de viagem de Olive no ombro.

– Onde você mora? – perguntou, quando Holden já não estava mais por perto.

Ela apontou a direção em silêncio.

– Tem certeza de que quer carregar minha bolsa? Ouvi dizer que é muito comum dar um jeito nas costas depois de certa idade.

Ele a fuzilou com o olhar, e Olive sorriu enquanto saíam andando do estacionamento. A rua estava silenciosa, a não ser pelas solas do All Star no concreto molhado e pelo carro de Malcolm passando ao lado deles alguns segundos depois.

– Ei – chamou Holden do banco do passageiro. – O que o biscoito da sorte do Adam dizia?

– Hummm. – Olive fingiu olhar a tira de papel. – Nada de mais. Só "Holden Rodrigues, Ph.D., é um mané".

Malcolm acelerou o carro, e Holden levantou o dedo do meio, fazendo Olive cair na gargalhada.

– O que está escrito de verdade? – perguntou Adam, quando enfim se viram sozinhos.

Olive lhe entregou o papel amassado e ficou em silêncio quando ele se virou para ler sob a luz do poste. Não ficou surpresa ao ver um músculo se mover em seu maxilar nem quando ele colocou o papel no bolso da calça. Ela sabia o que dizia, afinal.

Você pode cair de amores: alguém vai te segurar.

– A gente pode falar sobre o Tom? – perguntou ela, desviando de uma poça. – Não precisa, mas se puder...

– A gente pode. Deve. – Ele engoliu em seco. – Tom vai ser demitido de Harvard, é claro. Outras medidas disciplinares ainda estão sendo decididas. Foram várias reuniões até tarde da noite ontem. – Ele deu uma olhada rápida para ela. – Por isso não liguei pra você mais cedo. O coordenador de Título IX de Harvard deve entrar em contato com você em breve.

Que bom.

– E o seu subsídio?

O maxilar de Adam ficou tenso.

– Não sei. Vou pensar em alguma coisa. Ou não. Não estou muito preocupado com isso no momento.

Aquilo a surpreendeu. Mas também não surpreendeu, considerando que as implicações profissionais da traição de Tom talvez não tivessem machucado tanto quanto as pessoais.

– Sinto muito, Adam. Sei que ele era seu amigo...

– Não era. – Adam de repente parou no meio da rua. Virou-se para ela, os olhos castanhos e brilhantes. – Eu não tinha ideia, Olive. Pensei que conhecia o cara, mas... – Ele engoliu em seco. – Nunca devia ter confiado você a ele. Me desculpa.

Ele disse "confiado você" como se Olive fosse algo especial e precioso. Seu tesouro mais amado. Aquilo a deixou arrepiada, com vontade de rir e chorar ao mesmo tempo. Feliz e confusa.

– Eu... tive medo de que você ficasse com raiva de mim. Por estragar as coisas. Sua relação com Tom e talvez... talvez você não poder mais se mudar para Boston.

Ele negou com a cabeça.

– Não me importo. Não me importo nem um pouco com nada disso.

Eles ficaram se olhando por um longo momento, a boca de Adam remoendo algo, como se estivesse engolindo o restante das palavras. Ele não continuou, então Olive fez que sim, virou para a frente e seguiu andando.

– Acho que encontrei outro laboratório – disse ela. – Pra terminar minha pesquisa. Fica perto, então não vou ter que me mudar ano que vem.

Ela colocou o cabelo atrás da orelha e sorriu para ele. Havia algo essencialmente agradável em tê-lo assim ao lado, físico, inquestionável. Ela sentia, num nível meio visceral, a alegria intensa que sempre acompanhava a presença dele. De repente, Tom era o último assunto que Olive queria discutir com Adam.

– O jantar foi legal. E você tinha razão, aliás – completou ela.

– Sobre a gororoba de abóbora?

– Não, isso estava *maravilhoso*. Sobre o Holden. Ele é mesmo insuportável.

– Você passa a gostar mais dele depois de uma década ou um pouco mais.

– Passa?

– Não, na verdade não.

– Pobre Holden. – Ela soltou uma risadinha. – Mudando de assunto, você não era o único que lembrava.

Ele olhou para ela.

– Lembrava do quê?

– Do nosso encontro. Aquele no banheiro, quando vim pra entrevista.

Olive achou ter visto o passo dele vacilar por meio segundo. Ou talvez não. Ainda assim, havia um toque de incerteza no suspiro que ele deu.

– Você lembrava mesmo?

– Sim. Só demorei um pouquinho a perceber que era você. Por que não disse nada?

Ela estava curiosa demais para saber o que vinha passando na mente de Adam nos últimos dias, semanas, anos. Já havia começado a imaginar um pouco, mas algumas coisas... ele mesmo teria que explicar.

– Porque você se apresentou como se a gente não se conhecesse – respondeu ele.

Ela achou que ele estava um pouquinho corado. Talvez não. Talvez fosse impossível ter certeza sob aquele céu sem estrelas e as luzes fracas da rua.

– E eu... – continuou ele. – Eu já pensava em você. Fazia anos. E não queria que...

Ela imaginou como havia sido. Eles passavam um pelo outro nos corredores, estiveram em diversos simpósios de pesquisa e seminários do departamento juntos. Ela não tinha pensado em nada disso, mas, agora... imaginava o que *ele* tinha pensado.

Há anos que ele não parava de falar dessa "garota incrível", mas se preocupava porque eram do mesmo departamento, Holden tinha dito.

E Olive havia presumido tanta coisa... Como tinha se enganado...

– Não precisava ter mentido, sabe? – disse ela, sem acusá-lo.

Ele ajustou a alça da bolsa no ombro.

– Não menti.

– Meio que mentiu. Por omissão.

– Verdade. Você ficou... – Ele apertou os lábios. – Ficou chateada?

– Não, de jeito nenhum. Não é uma mentira tão ruim.

– Não é?

Ela roeu a unha do polegar.

– Eu fiz muito pior. E também não falei sobre o encontro do banheiro, mesmo depois de ligar os pontos.

– Ainda assim, se você estiver...

– Não estou chateada – disse ela, gentil mas decidida. Encarou Adam, querendo que ele entendesse. Tentando descobrir como contar para ele. Como *mostrar* para ele. – Eu estou... outras coisas. – Ela sorriu. – Contente, por exemplo. Que você tenha se lembrado de mim, guardado a lembrança daquele dia.

– Você... – Ele fez uma pausa. – Você é muito memorável.

– Rá, rá. Não sou mesmo. Eu não era ninguém, só parte de um grupo enorme de novatos. – Ela deu uma risada autodepreciativa e olhou para os pés. Seus passos tinham que ser bem mais rápidos para acompanhar as pernas compridas de Adam. – Odiei meu primeiro ano. Foi muito estressante.

Ele olhou para ela, surpreso.

– Você se lembra da primeira vez que falou num seminário? – perguntou Adam.

– Lembro. Por quê?

– Você chamou seu discurso de turbinado. E colocou uma foto de *A nova geração* nos seus slides.

– Ah, é mesmo, eu coloquei. – Ela deu risada. – Não sabia que você era fã de *Jornada nas estrelas*.

– Tive uma fase. E, no piquenique daquele ano, em que choveu, você ficou brincando por horas com os filhos de alguém. Eles amaram você. Tiveram que arrancar o mais novo do seu colo pra conseguirem colocá-lo dentro do carro.

– Os filhos da Dra. Moss. – Ela olhou para ele, curiosa. Uma brisa passou e bagunçou os cabelos de Adam, mas ele não pareceu se incomodar. – Não sabia que você gostava de crianças. Achei que era o oposto, na verdade.

Ele arqueou uma sobrancelha.

– Não gosto de pessoas de 25 anos que agem como criancinhas. Não me importo quando elas realmente têm 3 anos.

Olive sorriu.

– Adam, o fato de você saber quem eu era... Isso influenciou sua decisão de embarcar no namoro de mentira?

Pelo menos uma dúzia de expressões diferentes passaram pelo rosto de Adam enquanto ele buscava uma resposta, mas ela não conseguiu decifrar nenhuma.

– Eu queria ajudar você, Olive.

– Eu sei. Acredito. – Ela passou os dedos na boca. – Mas era só isso?

Ele apertou os lábios, soltou o ar, fechou os olhos e, por um segundo, pareceu que alguém arrancava seus dentes e sua alma. Então respondeu, resignado:

– Não.

– Não – repetiu ela, pensativa. – É aqui que eu moro, aliás.

Ela apontou para o prédio de tijolos na esquina.

– Certo. – Adam olhou em volta, analisando a rua. – Quer que eu carregue sua bolsa lá pra cima?

– Eu... Talvez depois. Antes preciso te dizer uma coisa.

– Claro.

Ele ficou parado na frente de Olive, e ela olhou para ele, para as linhas de seu rosto lindo e familiar. Havia apenas uma brisa fresca entre eles e uma distância que Adam parecia decidido a manter. Seu namorado de mentira teimoso. Único de um jeito maravilhoso e perfeito. Deliciosamente singular. Olive sentiu seu coração transbordar.

Ela respirou fundo.

– O negócio é o seguinte, Adam. Eu fui uma idiota. E estava errada.

Ela mexia, nervosa, numa mecha de cabelo, depois pôs a mão na barriga e... Está bem. Está bem. Ia dizer a ele. Ia fazer isso. Agora.

– É tipo... tipo teste de hipóteses na estatística – acrescentou ela. – Erro tipo 1. É assustador, né?

Ele franziu a testa. Dava para ver que não tinha a menor ideia de aonde ela queria chegar.

– Erro tipo 1?

– Um falso positivo. Pensar que alguma coisa está acontecendo quando não está.

– Eu sei o que é erro tipo 1...

– Sim, claro. É só que... Nas últimas semanas, o que me apavorava era que eu estivesse interpretando errado a situação. Que me convencesse de algo que não era verdade. Que visse algo que não estava ali apenas porque eu queria ver. O pior pesadelo de um cientista, certo?

– Sim. – Ele franziu as sobrancelhas. – É por isso que, na análise, você determina um nível de significância que...

– Mas a questão é que o erro tipo 2 é ruim também.

Ela olhou bem dentro dos olhos dele, hesitante e urgente ao mesmo tempo. Estava com medo. Com muito medo do que estava prestes a dizer. Mas também extasiada porque enfim ele ia saber. E determinada a colocar para fora.

– É – concordou ele, devagar e confuso. – Falsos negativos são ruins também.

– Essa é a questão com a ciência. Somos levados a acreditar que falsos positivos são ruins, mas os falsos negativos são tão assustadores quanto. – Ela fez uma pausa. – Não conseguir enxergar algo mesmo que esteja na frente dos seus olhos. Deixar de ver algo de propósito, apenas porque está com medo de ver coisas de mais.

– Está dizendo que o ensino de estatística é inadequado?

Ela deu uma risada e de repente sentiu um calor, mesmo no frio escuro da noite. Seus olhos começaram a arder.

– Talvez. Mas também... acho que *eu* tenho sido inadequada. E não quero mais ser.

– Olive. – Ele deu um passo para a frente, apenas poucos centímetros. Não o suficiente para um abraço, mas sim para sentir seu calor. – Você está bem?

– Aconteceram... muitas coisas antes de conhecer você, e acho que elas me deixaram meio confusa e deprimida. Na maior parte do tempo, vivo com medo de ficar sozinha e... Posso te contar um dia sobre isso, se quiser. Primeiro preciso entender, eu mesma, por que me esconder atrás de um escudo de mentiras pareceu uma ideia melhor do que admitir pelo menos um pouco da verdade. Mas eu acho...

Ela respirou fundo, um pouco trêmula. Sentiu uma lágrima, uma só, descer pelo rosto. Adam viu e mexeu a boca para dizer o nome dela, sem som.

– Acho que em algum momento no meio do caminho eu esqueci que era alguém. Esqueci de mim mesma.

Foi ela que chegou mais perto. Que colocou a mão na barra da camiseta dele, segurou com cuidado e se agarrou a ela; que começou a tocá-lo enquanto sorria e chorava ao mesmo tempo.

– Tem duas coisas que eu preciso te contar, Adam.

– O que eu posso...

– Por favor. Só me deixa contar.

Ele não era muito bom nisso, em ficar parado sem fazer nada enquanto os olhos dela ficavam mais e mais cheios de lágrimas. Dava para ver que ele se sentia inútil, as mãos caídas ao lado do corpo com os punhos fechados, e ela... ela o amava ainda mais por isso. Por olhar para ela como se fosse o começo e o fim de cada um de seus pensamentos.

– A primeira coisa é que eu menti para você. E minha mentira não foi só por omissão.

– Olive...

– Foi uma mentira real. Péssima. Idiota. Eu deixei você... Não, eu *fiz* você pensar que eu gostava de outra pessoa quando, na verdade, eu não gostava. Nunca gostei.

Ele colocou a mão no rosto dela.

– O que você está...

– Mas isso não é muito importante.

– Olive. – Ele a puxou mais para perto, pressionando os lábios na testa dela. – Não importa. Qualquer que seja o motivo pelo qual está chorando, vou dar um jeito. Vou consertar. Eu...

– Adam – interrompeu ela com um sorriso molhado. – Não é importante porque a segunda coisa, isso sim, é o que vale.

Eles estavam muito próximos agora. Ela sentia seu cheiro, seu calor; as mãos dele estavam no rosto dela, os polegares secando as bochechas.

– Minha linda – murmurou ele. – Qual é a segunda coisa?

Ela ainda chorava, mas nunca estivera tão feliz. Então disse, provavelmente com o pior sotaque que ele já tinha ouvido.

– *Ik hou van jou*, Adam.

Epílogo

♥ **RESULTADOS:** *Análises cuidadosas dos dados coletados, levando em conta possíveis confusões, erros estatísticos e viés da pesquisadora, mostram que, quando eu me apaixono... as coisas, na verdade, não são tão ruins assim.*

Dez meses depois

– Fica ali. Você estava parado ali.

– Ali?

Ele estava fazendo aquilo só para agradá-la. Aquela expressão deliciosa de conformado em ser explorado tinha se tornado a favorita de Olive no último ano.

– Um pouquinho mais perto do bebedouro. Perfeito.

Ela deu um passo para trás, admirou sua composição e então deu uma piscadinha para ele enquanto tirava a foto. Considerou brevemente colocá-la como protetor de tela do celular – atualmente era uma selfie deles dois no parque Joshua Tree algumas semanas antes, Adam com os olhos apertados por causa do sol e Olive com os lábios em sua bochecha –, mas depois pensou melhor.

O verão tinha sido cheio de passeios para fazer trilhas, sorvetes deliciosos e beijos de madrugada na varanda de Adam, rindo, contando histórias e olhando as estrelas, muito mais brilhantes do que aquelas que Olive um dia tinha colado no teto do quarto. Ela começaria a trabalhar num laboratório de pesquisa de câncer em Berkeley dali a uma semana, o que significava uma rotina mais ocupada, estressante, com um pouco de transporte público envolvido. Ainda assim, mal podia esperar.

– Fica parado aí – ordenou ela. – Faz uma cara de hostil e inacessível. E diz "abóbora".

Ele revirou os olhos.

– O que vai fazer se alguém aparecer?

Olive olhou em volta. No prédio de biologia, o corredor estava silencioso e deserto, e a luz baixa da noite deixava o cabelo de Adam quase azul. Estava tarde, era verão e fim de semana, ainda por cima. Ninguém ia aparecer. E, se aparecesse, Olive Smith e Adam Carlsen juntos já não era mais novidade.

– Tipo quem?

– Anh pode aparecer. Pra te ajudar a recriar a magia.

– Tenho quase certeza de que Anh está com Jeremy.

– Jeremy? O cara por quem você está apaixonada?

Olive mostrou a língua para ele e olhou para o celular. Feliz. Ela estava tão feliz e nem sabia por quê. Só que sabia, sim.

– Está bem. Falta um minuto.

– Você não tem como saber a hora exata. – O tom de voz de Adam era paciente e indulgente. – Não tem como saber o minuto.

– Errado. Eu fiz uma transferência de proteína naquele dia. Olhei meus registros no laboratório e reconstituí o tempo e o local, até com margem de erro. Sou uma cientista minuciosa.

– Hum. – Adam cruzou os braços. – E como ficou essa transferência de proteína?

– Não importa. – Ela sorriu. – O que você estava fazendo aqui, aliás?

– Como assim?

– Um ano atrás. Por que estava andando pelo departamento no meio da noite?

– Não lembro. Talvez tivesse um prazo apertado pra alguma coisa. Ou talvez estivesse indo pra casa. – Ele deu de ombros e olhou ao redor até ver o bebedouro. – Talvez eu estivesse com sede.

– Talvez. – Ela deu um passo à frente. – Talvez você estivesse secretamente esperando por um beijo.

Ele a encarou, achando graça.

– Talvez.

Ela deu mais um passo, depois outro e outro. E então seu alarme tocou uma vez, bem quando ela estava na frente dele. Mais uma intromissão em seu espaço pessoal. Mas, dessa vez, quando ela ficou na ponta dos pés e envolveu seu pescoço com os braços, Adam a puxou ainda mais para perto.

Fazia um ano. Exatamente um ano. E, àquela altura, o corpo de Adam já era tão familiar que ela conhecia a largura exata de seus ombros, o roçar de sua barba por fazer, o cheiro de sua pele, tudo de cor; podia sentir o sorriso nos olhos dele.

Olive se jogou em cima dele, deixando que Adam a segurasse, e então se moveu até que a boca estivesse na altura da orelha dele. Com os lábios ali, ela sussurrou, suavemente:

– Posso te beijar, Dr. Carlsen?

Nota da autora

Escrevo histórias que se passam no universo acadêmico porque é o universo que eu conheço. Pode ser um ambiente bem restrito, exaustivo e isolado. Na última década, tive excelentes mentoras que me apoiaram incessantemente, mas eu poderia listar dezenas de casos em que me senti um fracasso enorme que só fazia besteira na minha trajetória científica. Mas isso, como todo mundo que já esteve lá sabe, é o doutorado: um exercício de estresse, competição e alta pressão. A academia tem um jeito muito particular de destruir o equilíbrio entre trabalho e vida pessoal, desgastar as pessoas e fazê-las esquecerem que valem mais que o número de artigos publicados ou o dinheiro dos subsídios que conseguem arrecadar.

Pegar aquilo que mais gosto de fazer (escrever histórias românticas) e colocar como pano de fundo a vida acadêmica nas áreas STEM tem sido surpreendentemente terapêutico. Minhas experiências não foram iguais às de Olive (nada de namoro de mentira acadêmico para mim), mas ainda assim consegui colocar muitas das minhas frustrações, alegrias e decepções nas aventuras dela. Assim como Olive, nos últimos anos eu me senti sozinha, determinada, indefesa, assustada, feliz, encurralada, inadequada, incompreendida, empolgada. Escrever *A hipótese do amor* me deu a oportunidade de retomar essas experiências com um toque de humor e às vezes autoindulgência e perceber que poderia colocar minhas próprias dificuldades sob outra perspectiva – e até rir delas de vez em quando! Por esse motivo – e eu sei que não deveria dizer isso –, este livro tem tanto significado para mim quanto minha tese de doutorado.

Está bem, é mentira. Tem muuuito mais significado.

Se você não está familiarizado com esse ambiente, eis algumas considerações sobre um assunto que aparece bastante no livro: o Título IX é uma lei federal americana que proíbe qualquer tipo de discriminação baseada em gênero em todas as instituições que recebem recursos federais (ou seja, a maioria das universidades). Ela obriga as universidades a reagir e tomar medidas cabíveis em situações de má conduta que vão desde ambientes de trabalho hostis a assédio e agressão. As universidades que têm acesso aos recursos têm coordenadores de Título IX, cujo trabalho é lidar com queixas e violações, além de informar a comunidade acadêmica sobre seus direitos. O Título IX tem sido crucial para garantir acesso igualitário à educação e proteger estudantes e funcionárias contra discriminação baseada em gênero.

Por fim, as mulheres nas organizações STEM que Anh menciona são ficcionais, mas a maioria das universidades americanas têm divisões com iniciativas similares. Para organizações da vida real destinadas a apoiar acadêmicas mulheres nas áreas de ciências, tecnologia, engenharia e matemática, acesse awis.org; e, para as que apoiam especificamente mulheres negras, indígenas e não brancas nessas áreas, acesse sswoc.org (ambos em inglês).

No Brasil, de acordo com relatório da Elsevier, no período de 2011 a 2015, as mulheres representavam 48% da comunidade científica, sendo líderes mundiais em publicação científica (escreviam 49% dos artigos do país). Elas correspondem a 40% dos pesquisadores doutores em todas as áreas do conhecimento, segundo dados do Open Box da Ciência. No entanto, existe uma ocupação ainda inferior quando se olha para os topos das carreiras e para os espaços de poder, como em cargos de chefia, além da sub-representação nas áreas STEM.

Atualmente, para reverter essa situação, projetos liderados por universidades, empresas e outras organizações têm surgido para incentivar a participação de mulheres e não brancos em áreas tradicionalmente dominadas por homens brancos.

Agradecimentos

Para começar, permitam-me dizer: asgfgsfasdgfadg. Nem acredito que este livro existe. Sério mesmo, afgjsdfafksjfadg.

Em segundo, permitam-me dizer mais uma coisa: este livro *não* existiria se mais ou menos umas duzentas pessoas não tivessem segurado a minha mão nos últimos dois anos. *Deixa para a música dos créditos* Em uma ordem bastante desorganizada, preciso agradecer:

A Thao Le, minha maravilhosa agente (sua DM no Instagram mudou a minha vida para muito melhor); Sarah Blumenstock, minha fantástica editora (que *não* é aquele tipo de editora); Rebecca e Alannah, minhas primeiras leitoras beta (e um destaque para Alannah por ter dado o título!); meus gremlins, por serem gremaliciosos; Papai Lucy e Jen (obrigada por todas as leituras e por me apoiarem infinitamente), Claire, Court, Julie, Katie, Kat, Kelly, Margaret e minha esposa, Sabine (ALIMONE!) (assim como Jess, Shep e Trix, meus gremlins honorários). Às parceiras do My Words are Hard, por ouvirem minhas reclamações: Celia, Kate, Sarah e Victoria. A meus TMers, que acreditaram em mim desde o começo: Court, Dani, Christy, Kate, Mar, Marie e Rachelle; Caitie, por ter sido a primeira pessoa na vida real que me fez acreditar que eu poderia falar sobre tudo isso; Margo Lipschultz e Jennie Conway, que deram opiniões preciosas depois de ler os primeiros rascunhos; Frankie, pelas informações sempre oportunas; Psi, por me inspirar com sua bela escrita; às Berkletes, pelos arremates; a Sharon Ibbotson, pelas inestimáveis opiniões editoriais e pelo encorajamento; Stephanie, Jordan, Lindsey Merril e Kat, por lerem o manuscrito e ajudarem a consertá-lo; Lilith, pela arte incrível e a capa maravilhosa, assim como o pessoal da Penguin Creative; Bridget O'Toole e Jessica Brock, por me ajudarem a convencer as pessoas a ler este livro; todo mundo na Berkley que ajudou este manuscrito a tomar forma nos bastidores; Rian Johnson, por fazer A Coisa que me inspirou a fazer Todas as Coisas.

A verdade é que nunca me vi como alguém capaz de escrever algo além de artigos científicos. E provavelmente nunca teria escrito se não fossem todos os autores de fanfic que publicam histórias maravilhosas na internet e me encorajaram a começar a escrever. E com certeza eu não teria tido a coragem de produzir uma história original de ficção se não fossem o apoio, a torcida, o incentivo e as críticas construtivas que recebi de toda a comunidade de fãs de *Star Trek* e *Star Wars*. A todos que deixaram comentários e elogios para minhas ficções, que me escreveram nas mídias sociais, que me mandaram DM, fizeram artes para mim ou *mood boards*, que torceram por mim ou dedicaram um tempo para ler algo meu: obrigada. De verdade, muito obrigada. Devo muito a vocês.

Por último e, vamos falar a verdade, com certeza também o menos importante: um obrigado sem muito entusiasmo para Stefan, por todo o amor e toda a paciência. É melhor não estar lendo isto, seu hipster pretensioso.

CONHEÇA OS LIVROS DE ALI HAZELWOOD

A hipótese do amor
A razão do amor
Odeio te amar
Amor, teoricamente
Xeque-mate
Noiva
Não é amor
No fundo é amor
Um amor problemático de verão

Para saber mais sobre os títulos e autores da Editora Arqueiro,
visite o nosso site e siga as nossas redes sociais.
Além de informações sobre os próximos lançamentos,
você terá acesso a conteúdos exclusivos
e poderá participar de promoções e sorteios.

editoraarqueiro.com.br